南京大学校史口述历史丛书
主编 | 朱庆葆

我的高考

南京大学1977、1978级考生口述实录

武黎嵩　单雨婷　等 | 整理

江苏凤凰文艺出版社
JIANGSU PHOENIX LITERATURE AND
ART PUBLISHING, LTD

图书在版编目（CIP）数据

我的高考：南京大学1977、1978级考生口述实录 / 朱庆葆主编；武黎嵩等整理. — 南京：江苏凤凰文艺出版社, 2018.6
ISBN 978-7-5594-1506-6

Ⅰ. ①我… Ⅱ. ①朱… ②武… Ⅲ. ①纪实文学－作品集－中国－当代 Ⅳ. ①I25

中国版本图书馆CIP数据核字(2017)第309369号

书　　　名	我的高考：南京大学1977、1978级考生口述实录
主　　　编	朱庆葆
整　　　理	武黎嵩 等
责 任 编 辑	汪　旭
出 版 发 行	江苏凤凰文艺出版社
出版社地址	南京市中央路165号，邮编：210009
出版社网址	http://www.jswenyi.com
印　　　刷	江苏扬中印刷有限公司
开　　　本	718×1000毫米　1/16
印　　　张	20
字　　　数	268千字
版　　　次	2018年6月第1版　2018年6月第1次印刷
标 准 书 号	ISBN 978-7-5594-1506-6
定　　　价	59.00元

（江苏文艺版图书凡印刷、装订错误可随时向承印厂调换）

序

朱庆葆

40年前的今天,大街小巷的许多青年人都在热烈地讨论着一场消失了十多年的考试,他们的脸上重新浮现出兴奋的神情,眼中又有了希望的光芒,他们中间有的甚至已经不太年轻。在他们盼来高考这一曙光之前,已经度过了十多年的漫漫长夜,对于那些被剥夺追求自己理想抱负的权利的年轻人来说,这暗夜曾经那么漫长,无边无际,看不到尽头。

1966年史无前例的"十年浩劫"爆发,高等学校入学考试制度作为旧资产阶级教育制度遭到了前所未有的质疑和批判。在激烈的声讨中,高考中断了。有的学生已经缴纳了高考报名费,在等待这场改变命运的考试到来,可是一等就是12年。

此后,有整整五年半的时间,中国的高校停止了任何形式的新生招收。无数中国年轻人大学梦碎,被迫将自己对于知识的理想深深地埋在心里,将对未来的憧憬的希望小心翼翼地藏好。

1971年4月,国务院召开全国教育工作会议,重新将高校招生工作提上议程。此后规定高校招收新生初中毕业即可,但需经两年以上劳动锻炼或具有"实践经验"。文化考试被取消,招生办法改为"自愿报名,群众推荐,领导批准,学校复审"。高校要遵循"学制要缩短,教育要革命"的指示精神,学习年限普遍压缩为两到三年。在这个历史背景下,1971年起高校开始招收所谓的"工农兵大学生",这些大学生主要依靠的是"群众推荐"和"领导选拔",讲究"出身",讲究"根正苗红",甚至要讲究"八仙过海,各显神通"。这样的选拔方式,无关于真正的学识,不利于学校开展真正的知识教育,国家学术人才的培养也趋于停滞,也无疑让广大普通的年轻人心灰意冷。他们一边失望迷茫,一边寻找着生活的出路。"老三届"学生和"文革"期间毕业的中学生们,有的作为回乡知青返回农村老家,或者去往其他地区的农村参加"上山下乡"运动;有的进入工厂做学徒,成为了工人;还有的在城市或乡村的中小学被聘用,当起了代课老师……这些日子对于心怀理想的人来说,是苦闷的,是无望的,但也无形中磨练了他们的意志,让他们成长为更坚强、更务实的一代。

终于,十年浩劫过去了,但高考制度的恢复却依然有着许多阻碍。在"两个凡是"错误思想的影响下,拨乱反正步履维艰。十年的荒废也让社会上流行的"读书无用论"的风气给恢复高考带来了巨大的压力。在邓小平同志正式恢复工作之前,甚至一度出现要延续"群众推荐"和"领导选拔"模式相结合的选拔模式。

邓小平同志恢复工作之后,十分重视人才的培养和教育的改革,他指示组织教育界进行深刻反省和讨论,对十年浩劫中教育制度弊端十分不满的人们也终于敢敞开心扉,说出内心真实的想法,恢复高考的呼声越来越大。1977年8月13日到9月25日,教育部召开了当年第二次高等学校招生工作会议,会议通过了《关于一九七七年高等学校招生工作的意见》,决定恢复高等学校新生入学考试。1977年10月12日,国务院正式批转了教育部《关于一九七七年高等学校招生工作的意见》。一声惊雷——高考恢复了。

10年了,等待了10年的机会终于来了。大多数年轻人都是从广播中得知了这一消息,在田间地头,在工厂隆隆的机器声边,再次满怀着对未来的期望,沉浸在巨大的幸福感中。虽然有了希望,但他们接下来面对的是比较严峻的备考问题。对于很多人来说,上一次真正意义上的学习,可能已经是很久以前的事了。他们中的大部分人,此时一方面要保证自己日常工作基本完成,另一方面则要尽可能多地搜集复习资料,旧教材成了他们的救命稻草。白天工作,晚上熬夜复习,有的人还挤出时间参加了补习班。天气越来越冷,考生们的心却越来越热。从六六届到七七届高中毕业生,这当中有工人、农民、知青、复员军人、在职干部和为数不多的应届高中毕业生，570万考生积极备考。高考一天天临近，他们也在一步步向着梦寐以求的大学迈进。

与此同时，全国各省市高考筹备工作如火如荼。江苏省也在各地级市组织了初试、体检、复试。在料峭寒冬中，考生们终于迎来了高考的这一天，这场冬季高考也成了他们人生刻骨铭心的记忆。他们也许与自己的昔日的同学、朋友甚至是老师同坐一个教室，不同年龄，不同经历，却难得地在此时有着平等的机会，他们紧张地下笔，自信地作答，笔下的一张轻飘飘的纸卷，承载了他们多年的压抑和沉甸甸的梦想。

高考结束后，有的人如愿以偿，更多的人则是收拾好心情奔赴下一次高考的战场，但无论如何，希望长存。

1978年春，全国有273000余名大学生踏入校园。这年二月，南京大学也迎来了恢复高考后的第一批大学生，新鲜血液的到来打破了此前沉闷死板的气氛，重新开启这所传统名校敢于拼搏、不畏挑战的优良学风。1978年9月，又一批高考的佼佼者进入了南大校园。

七七、七八级大学生抓住时代赋予的机会，如饥似渴地学习，这一刻他们等了太久，也太害怕会再失去，不敢有一丝一毫的松懈。无论是在教室里、在寝室中、在图书馆的长桌边、还是在昏黄的路灯下，他们竭尽所能汲取着知识，恨不能攥住生命里的每一秒来学习。大学生活是辛苦的，但也是充实的，幸福的。尽管还没有走出物质匮乏的年代，可吸收着知识的养分，他们迅速地成长着。

毕业后，这批大学生迅速填补了各行各业的专业人才的空缺，为国家改革开放和现代化建设及时奉献了最新鲜、最强大的力量。

恢复高考至今已有40年。这40年里，我国的教育体制越发完善，人才培养也取得了很多伟大的成就，而40年前国家恢复高考的决定无疑是至关重要的。1977年的这一重大转折，不仅改变了许多人一生的命运，更让文化教育事业重新步入正轨，让"知识就是力量"成为信仰，刻入人心。

作为中国著名的高等学府，南京大学有着116年的悠久历史。40年前的恢复高考，无疑也改变了南京大学的命运和发展方向。一所高等学府，最终是由老师和学生支撑起来的。而优秀的学子,永远是一所高校的未来与希望。正因为恢复高考这一历史事件有着如此重要的意义、深远的影响,所以探寻恢复高考前后的历史细节,完善我们的历史记忆是毋庸置疑的必行之事。能够对这一时期的历史有一个较为完整的记录,无论对南京大学,还是对整个国家来说,都是一件有益的事。

本书以口述实录的方式,希望通过南京大学七七、七八级校友的高考经历,记录一代南大人的风采,记录下一代南大人的精神面貌,展现出恢复高考的若干细节以及其对千千万万个个人命运产生的影响,对恢复高考前后南京大学的历史作一番忠实而严谨的还原。

本书是"南京大学校史口述历史"的重要组成内容之一,历时一年多的采集整理,运用严谨的口述历史采集方法,辅以影像记录补充;以多学科视角,采用微观实证、历史与记忆等新文化史方法,形成对历史叙述深入的挖掘和探索。呈现出历史洪流之下,个体生命的记忆。

在改革开放四十周年到来之际,我们谨以此书:

献给改革开放最伟大的总设计师邓小平同志。

献给改革开放之初那一代艰苦奋斗、学而有成的新时代大学生们。

献给曾经参加过或者即将参加高考的莘莘学子们。

朱庆葆:南京大学党委副书记、南京大学中华民国史研究中心主任、教授、博士生导师。

前言：一场无声的革命，一代人的青春之歌

武黎嵩

1977年，随着粉碎四人帮、"文化大革命"宣告结束，黑暗与混乱终于退场。中国向何处去？在无数人彷徨的身影中，恢复高考的消息传遍中国，一度前途灰暗的青年人看到了希望。13届，570万人涌向了高考考场，踏上了改变自己命运的征途。

1977年的寒冬，考场上却散发着郁郁勃发的生气，数百万考生正在用自己手中的笔，书写着未来的轮廓。第二年春天，273000余名大学新生踏入大学校园，在高校停止招生的十年寒冬后，人们终于等到了春回大地的一天。1978年7月，新一轮的高考再次拉开帷幕，前后两届共1000多万的考生，重新燃起了掌握自己人生的激情。

40年过去了，昔日少年如今两鬓斑白，但40年的风雨中，他们始终和社会的进步血脉相连。如今，他们依然是各行各业的中流砥柱。从1977到2017——40年风雨兼程，高考记忆不断变化，但时代赋予它的特殊意义却未曾褪去。我们站在当下，回顾40年前的风雨，聆听南京大学老一辈学者讲述他们风华正茂之时的意气风发、艰难苦恨，记录整理他们在1977年、1978年踏入南大校园的故事，形成了我们的"在希望的田野上——我的高考一九七七、一九七八"口述历史项目。自2016年6月以来，南京大学口述历史协会的师生采访了19位南京大学七七、七八级校友，且在南京大学从事教学、科研、管理工作的教授、研究员，记录下他们的高考记忆。同时，向十位毕业于南大、在各地工作的校友约稿追忆其高考前后的生活。

我们从一代学人的成长历程之中,看到了我们伟大民族一步步走向复兴的艰难轨迹,能够在当下记录这个中国命运的转折关头,是我们的幸运,也是时代给予我们最好的馈赠。

"十年浩劫"中的学习生活

七七、七八两级高考生的构成,可谓中国教育史的一大奇观,其中不仅有应届生,更多的是那些"文革"前、"文革"中毕业的初高中学生,因为"十年浩劫"的缘故,高考于1966年停止,中学毕业生因缺乏足够的升学通道而大规模堆积。因政策原因,他们中的大多数人成为了下乡插队的知青,虽然部分人通过招工、招干从农民变成了工人或干部,但这与他们预期的人生已经大不相同。

童星老师是"老三届",与那些在"文革"期间高中毕业的学生不同,在"文革"开始前,他本已做好了参加高考的准备,但"文革"的爆发却令他的升学计划推迟了11年。谈及这一段经历,他感慨万分:"'文革'对我的影响,这个问题很难三言两语说清楚,"他解释道:"一开头我们是被当作'红卫兵小将',利用完之后就一起赶下乡了,这就导致我们对'文革'那一套东西信仰的破灭。到了农村之后,就面对现实的生活了,以前那些高调的东西都没有了。"

童星老师回忆了他在"文革"期间的经历:"在1966年,大概是11月,我也去过一次北京,去接受毛主席的接见。之后我作为知青下乡插队。下乡之后,先是种田,当农民,搞了3年;后来到公社的供销社做临时工,供销社临时工按照现在的讲法就是'农民工'。农民工做了大概有3年,后来正式招工,身份就成了工人。成为工人之后又被县委、县政府借调去,也是中国特色,叫'以工代干',就是工人编制当干部,大概又干了3年。在农村连头带尾10年,实际上待了9年,1968年10月下乡,1977年底考上南大,1978年2月入学。"童星在农村扎根,实际上,正如他所说,知青生活几乎已经改变了他人生的走向:"我是做好了在农村待一辈子的打算的,我和当地人结了婚,在读大学以前就生了三个小孩,所以我现在有三个子女、四个孙辈。我在南大留校工作以后过了几年,才想办法把我爱人从插队的农村调过来,此前则是分居两地。"

而文革开始时,龚放老师正在江苏省常州中学读高一。龚放回忆起往事:"当时我们年轻幼稚,头脑简单,只要是党中央、毛主席的决策都坚决拥护,我们对北京四中和北京女一中红卫兵的倡议举双手赞成,把废除高考作为'教育要革命'的重大举措。除了高三的有些学兄学姐怅然若失外,当时很少有人想到这将会完全改变我们人生的轨迹,我们中的绝大多数人也许从此就和大学无缘了!"

作为六八届毕业生中的一员,龚放老师因为要前往内蒙组成"建设兵团"抗击"苏修侵略军"的传言而热血沸腾,但要被派去苏北农场却令他情绪低落。他听从了几位"造反派战友"的意见,前往溧阳插队落户。他回忆当时的生活:"溧阳汤桥尽管属于苏南范围,但靠近安徽郎溪、广德,发展比较落后,生活也相对艰苦。我们咬紧牙关,把劳动当作'艰苦但能够把人锻炼成钢铁的过程'。我的一个学长将这段话作为马克思的语录赠送给我,我也深信不疑并努力践行。我们雨天一身水,晴天一背汗,学插秧,学挑担,学着在稻田秧行间跪着耘田,撑着小鸭船夹塘泥。在生产队劳动了四年半后,我被抽调到汤桥公社广播放大站当线路维修员。我的工作就是爬电线杆或者栽茅篙,牵广播线。其实我有两份工作、两项任务:一项是登记在册、拿工资但户口仍在生产队的线路维修员;一项是帮公社办公室写材料、写通讯稿,完全义务的笔杆子——通讯报道员。尽管有时候改写稿子要加班加点,但与在生产队割麦插秧挑担子相比,毕竟劳动强度低多了,看书的时间也更多了。"饱尝生活的艰辛,他感叹道:"在真切体会到'谁知盘中餐,粒粒皆辛苦'的同时,我们真正想念在学校、在课堂读书学习的难能可贵!我不止一次地梦见自己重新背起书包进了学堂,但是,上学深造,似乎已经是遥不可及的'奢侈品'了!"

吴稚伟老师是浙江绍兴人,由于父母都是驻守西北的军人,他随父母在西安生活。回忆起大学前的生活,他说:"我中学是在西安六中上的。高中毕业以后实行'上山下乡',我就跑到黄土高原上,陕西省渭南市大荔县石槽公社的七生产大队,在那里待了两年。"知青的生活并不容易,他回忆道:"在农村我们必须要自立,我们还有地要种,当时公社大队是没有什么供应能力的。我们可以去生产队领粮食,但是副食要靠自己解决。所以那时副食对知青们是一个很大的挑战,因为很少能够有知青自己种蔬菜、养牲畜。"

潘毅老师在文革期间高中毕业,1976年曾经被贫农组长推荐上大学,但是最后还是与大学梦失之交臂。所幸,他在高中打下了坚实的基础,抓住了1977年高考的机会。"我高中的基础还是不错的。一方面我是七四届高中毕业的,我们这一届是'不幸中的幸运'的一批人,我们高中入学在1972年,当时邓小平回来当副总理,那段时间出现了一段时间的所谓教育'回潮'。虽然也是天天学工学农,但是学校对课程教学还是比较重视的,我们正好在这个阶段,就比较幸运,基础打得还可以。"他所在高中的任课教师都是下放的知识分子,他清楚地记得:"我的数学老师是清华的研究生,后来被下放;我的两位语文老师,一位是非常优秀的师范学校毕业的老教师,虽然他的普通话讲得不好,但语文课讲得非常好;一位是从南京下放的教师,普通话很标准,课也教得很好。""我在高中阶段还是学到了不少东西,受到了比较好的训练,教学内容的深度也很不错。"

1975年,左成慈老师高中毕业,下乡插队。他回忆道:"我去了当时城市郊区的东方红公社,城东大队第六生产队——现在叫崇川区钟秀乡——城东街道六组的蔬菜队。在当时的条件下,作为一个普通职员的孩子,基本上招工、返城、参军这几条路都是不可能的,当时我的想法是死心塌地做一个农民。"那时,他甚至有些悲观,"我做梦也没有想高考这件事,甚至夸张一点说,那时候连笔是方的还是圆的都已经快要分不清了,连领取年终结算的时候我们都是按手印,不再签名了。"

陈谦平老师高中毕业后幸运地留在城里就业,被分到了南京金属工艺厂,就是现在老字号——宝庆银楼。"我们那一批一下子就进了三四百名青工,经过近一周的培训,让每个青工做一个戒指,由十个老师傅每人先挑选一名大徒弟。这十个老师傅早先在宝庆银楼很有名气,当时都六七十岁了。

我有幸被余松鑫师傅看中,成为首批的十大徒弟之一。这十个人后来成为设计人员或生产车间的班组长。我之所以被相中,主要是有绘画的基础,做出来的首饰比较精美。"

突如其来的喜悦与惶恐

回想起得知恢复高考消息的时候,老师们还会感慨地用"不可思议""难以置信"来形容。左成慈老师道出了许多考生的心声:"大概是在1977年的10月,社会上开始流传任何人都可以参加高考的说法,但当时的我并不敢相信,因为'文化大革命'刚刚结束,怎么可能谁都可以高考了呢?"张立新老师则是从制度上怀疑消息的可靠性,他说:"当时我们也不敢相信,因为那时有个不成文的规定,就是知青下放满两年,才有资格推荐到工厂、军队或者推荐上大学。我们当时两年还没到,也没当回事,就想着以后推荐不上的话就算了。"

老师们得到恢复高考的消息主要是通过听广播和熟人相告。据陈仲丹回忆:"1977年下半年,我在做民办教师,去邻近的广洋中学参观访问。我坐在船上,突然有一个广播,听到'恢复高考'这个消息,我一下子愣住了,就像《高考一九七七》那个电影里一样。"而潘毅老师则代表了一部分正在生产队中劳动的下乡学生,他是干着农活得知高考消息的:"我确切知道要高考,应该是在当年的9月,清楚地记得,那天我在收完水稻的田里种麦子,一个高中同学也是我们这个生产队的,他过来找我,说确定马上要高考了。"

恢复高考固然可喜,但是考生们对于报名资格却又产生了或多或少的疑虑,其中也有很多老师担心着自己的出身问题。贺云翱老师因为自己的"成分"曾被迫放弃了很多机会:"我高中毕业的时候有过一些机会,比如进部队……后来我们当地的干部说不行,'他不能参军','他家成分不好'。之后县里的文化局也来要过我,作为写文字的人去剧团什么的,后来也是说我成分不行不能去。"所以,"高考的时候特别担心政审,政审问题就是一道紧箍咒"。而且,当时社会对于恢复高考这一消息还是存在争议的,在宝应参加考试的童星老师就表示:"社会上'左'的风气还没有扭转过来,比如江苏省高等教育局副局长在全国性的会议上极力批评中央关于恢复高考的决策,称之为邓小平'右倾'路线的又一次'复辟',认为应该保持原先由工农兵推荐入学、不考试的做法。"最后政府还是顶住了压力,为考生们提供宽松的政审环境,让大部分考生能够顺利报名考试。

在经历了疑惑和挣扎后,考生们还是满怀希望地报了名,但是距离考试只剩下一到两个月,紧张的复习时间让不少考生心生焦虑,甚至不知道从何下手。考生们首先要面临的是:因为几年劳动,许多知识已然忘记,而当时又鲜有复习资料的困窘。黄卫华老师回忆说:"虽然我一直当教师,但其实很多知识都忘记了,我就参加了我原来高中举办的复习班,这样通过复习掌握了一些知识。我也不敢完全裸考。我虽然是数学老师,但是有些东西,像平面几何、立体几何、因式分解,以前学得很简单。像十字相乘法,还是我当老师的时候,把我姐姐的书拿出来看才学会的。她是'文化大革命'前上的初中,内容比较全。我不会做,但是要去教人家,就得自己看。很多数学知识实际上我是自学和在县文教局教师进修学校学的。"

当时除了自学,还有大量老师自发开设的补习班,无偿地为考生助力。张捷老师表达了对这些老师的敬意和感激,"我们补习班的老师都非常和蔼可亲。那个时候春季,晚上我们在教室里听课,还有同学不是正式补习班的学生,就在教室外面隔着窗户听,周祥昌老师看到了就说'那个同学你进来听吧,你进来没关系的',还有个教化学的胡老师,女儿刚刚不幸意外病逝,仍然按时来帮我们上课补习,大家也是感动和感谢不已。"

对备考生而言,另一大困难就是他们本不充裕的复习时间还要分很大一部分给当时正在做的工作。吴稚伟老师道出当时一些对于参考生的劳动要求:"什么样的知青可以报名高考呢?就是必须要挣足够的工分,工分是在农村参加劳动积累的一个分值,所以我们白天在地里干活,晚上复习。"即使当时有政策依据可以请假,但因为农忙的劳动力需要,许多考生只能选择放弃,龚放老师就是一个典型的例子:"根据当时的政策规定,如果是在职职工报考,允许请假半个月复习迎考。但是我在公社广播站工作,那年恰逢大旱，不少地方河沟见底，无水插秧，必须几级电站接力，提水、翻水。我奉命到开渠引水工地上去牵喇叭，搞广播，编《抗旱火线战报》。在这种情况下，我不可能向领导提出请假，即便提出也根本不会获准。所以要看书复习，只能是利用晚上的时间。"

尽管有种种困难，但他们还是在极为艰苦的条件下进行最后的冲刺。吴稚伟回忆道："那时候我们复习还是比较艰苦的，因为农村没有电，所以只能用煤油灯。当时我们生产队总共有七个知青，我们四个男知青住在一起，复习的时候有两盏煤油灯。但是，我们有个知青，他考音乐类，单簧管，他练习乐器的时候非常吵闹，我们三个人就没法好好复习。所以我们三个知青用一盏煤油灯，另外一盏就让他端到厨房去练习单簧管。"而龚放老师则是在公社的办公室复习："因为到处用电紧张，为了保证抽水、翻水用电，即便公社办公室也都点煤油灯或者蜡烛照明。天气很热，蚊虫也多。我就打一桶井水，将双脚浸泡在水里，这样一则可以解暑，二来蚊虫也咬不到腿脚，就这样在昏黄的煤油灯下看书做题。"

正如贺云翱老师所言，考试主要还是靠平时的积累："复习考试的时候，也没有太多资料，当时是张老师（贺云翱老师的高中班主任）找来一些基本的资料让我看。因为我是1974年毕业的，毕业三年之后教材也有一些变化。当时张老师找来的就是1977年的教材，比较新的，我们的复习主要是根据教材。我自己认为1977年参加高考的学生有一个特点，就是主要还是看原来的知识积累，因为只有二三十天可以复习。"

那是一场改变命运的考试

经过短暂的复习之后，老师们或自信或忐忑，走向了改变自己人生命运的地方。周沛老师回忆道："我现在还能回想起当时进入考场前的一些场景。考生有兴高采烈的，有惶恐不安的，也有晕头转向的。我记得还有人忘记带准考证，骑车回去拿。当时我作为考生年龄还是比较大了，因为当了五年兵，都二十几岁了。外面一些应届生在背作文、背历史、背地理，当时觉得人家真了不起,自己就傻乎乎地进了考场。我还怀揣了一个包子,因为我容易饿,饿了会发抖,我是带着包子进考场的,后来由于专心答题,忘记了饥饿就没吃。当然,估计真的要吃的话,监考老师会不允许的。"

而陈红民老师回忆高考,就讲到自己难忘的"忘带准考证"的经历:"考试的第二天下午到达考场时,我突然发现准考证没有带。考场在宁海中学,离我家不远,骑车回去取来得及。但匆匆赶来赶去,肯定影响情绪。我不知为何做了一个极为冷静的决定,先去办公室找到监考老师,说明情况,请求允许在考试结束后再送准考证给她审查。那位女老师很爽快地说,没有问题,我认识你,前面三科下来,我看这个考场就你考得好。我才想起,她巡视考场时经常看我答卷。这不但免了我赶回家取准考证,而且给了我极大的信心。当天下午是考地理,我居然考了92.5,是所有科目中最高的。更巧合的是,多年之后,我在另外场合下遇到这位女老师,她竟然是南京大学历史系方之光教授的太太——窦老师。理所当然,她是我的师母。"冥冥之中,一切似有天助,是耶,非耶?

谈到高考题目,老师们普遍认为不是太难,但是仍然有区分度。除了数学、语文、政治,文科还要考历史、地理,理科考物理、化学。黄卫华老师说:"考试是考四门,一个数学,一个政治,一个语文,理化是一张卷子,就是物理和化学,总分是400分。考完以后,我觉得除了物理,其它的都可以。我是化学好,化学50分,我那50分肯定能拿到。数学差不多90多分,语文大概80多分。作文怎么估的分呢?那年正好我老师去批卷子,他知道我的文风,所以他一看就猜是我的。他回来就告诉我'黄卫华,你这次语文,理科生能考到80多就不错了'。所以我一算,我的分在300左右。"

张红霞老师谈到七七年第一次高考,难免有些遗憾:"我那天进考场前是非常紧张的,因为怕考不好。拿到卷子又觉得题目太少、太简单了,所以大概一个小时都不到就做完了,可我就是没有看到反面那一行字,也没想到反面还有作文题。"语文本来是张老师的强项,但是因为漏写作文却拖了后腿。"我交完卷到了门口,我突然觉得我一定错了,但我不知道错在哪里,于是我就看坐在第一排的考生,我突然感到那是在写作文。我马上问老师:

'老师,是有作文的吧?'这个老师现在告诉我:'有啊,你自己怎么没看到。'我当时就哭了,说:'我又没有作弊,我能不能现在进去补做?'她说:'不可以,这是考场纪律问题。'那一年,像我这样作文漏做的,据说整个淮阴市一共有十七人。"

由于七七年是恢复高考的第一年,高考和招生工作都略显仓促,加上考生对于高校的专业设置等方面并不了解,其中也有不少"历史的偶然"。

录取的时候,老师们也多多少少遇到些意外。谈到填报志愿,陈仲丹老师分享了自己的故事:"我学历史是很偶然的,那时候志愿是用毛笔抄在公社墙上的,我们文科,就是哲学系、中文系、外语系、历史系这几个。我当然不会上外语系了,因为外语要加试;哲学我也不想上,因为看不懂;所以就剩下历史和中文了。本来我想上中文的,而且肯定也能上,但是抄志愿的人抄错了,本来中文系是汉语言文学专业,少抄了两个点,就变成汉语言文字了,我一看学文字,那很无聊,就选了历史系。"肖敏老师回忆:"那一年高考,各单位准备时间很短,就很混乱。录取的时候听说是各个高校在招生办'抢'档案,谁抢到算谁的。本地的学校可能抢得比较厉害,就把一些本地的考生给抢了。七七级录取时间紧,没太有规则,七八级录取时就有规则多了,就是按第一志愿第二志愿这样。我当时是被徐州医学院录取了,但我根本就没有申请医学院,它把我的档案拿到了,然后就问我,医学院你愿不愿意来,因为我不想学医,所以就没去。"

吕效平老师也谈到自己遇到的两个很大的障碍:"一个是南京市教育局规定,所有公办老师只许考中五个人,因为那时候在南京的中学做老师的知青很多。如果允许他们考试的话,他们三分之一甚至一半的人都会考走的,这样中学就会严重缺乏老师。那时候的概念就是个人的权利、个人的利益不重要,重要的是国家的事业。所以南京市教育局发了这个文件,我考了第四名,这样我就有机会上了。还有一个障碍,政治考试满分100分,我考了93分,因为我《毛泽东选集》学得好,他们那个考试主要就是《毛泽东选集》。分数登记的时候,他们不相信,政治怎么能考到93,就给我填了63。南京大学的录取老师是外文系的几个老师,一看我说南京大学没有拿到我材料,我说不可能,我考得非常好的,然后他们说你政治不行,我说政治尤其不可能不行。然后我姐姐在外文系,我姐姐的老师和同学他们已经在学校做老师了,他们说我给你查分,结果卷子一看拿出来93分,登记63分,差30分。"

人们的境遇,有如此偶然的影响,然而偶然之中,又蕴含着多少必然?

恢复高考招生录取后的南大校园

经历了文化大革命十年的挫折,1978年南京大学迎来了久违的新鲜血液。1977级新生在2月报到入学,紧接着1978级新生在同年9月报到入学,很多人都是第一次离开家乡来到南京。冒荣老师回忆自己来到南京的艰辛:"那时候交通不方便,我是坐轮船来南京上学的。长江的航运,现在没有客运了,只有货运,还有旅游的。当时从南通到南京,逆水而行,路上大概要花十四个小时,船票两块五角钱。那时候一个学徒工,十八到二十块钱一个月,一般的工人就二三十块钱一个月。我是自己来的,因为我已经走过好多路了。"

七七、七八两级学生年龄相差很大。有的文革前高中毕业的学生已经超过了30岁,甚至已经结婚生子。有的则是应届高中毕业生,最小的只有16岁。秦亦强老师就讲到自己作为应届生的心态:"我们那一级有不少老三届,年龄最大的是1946年生的,1946年到1949年生的比较多。他们跟我们的年龄基本上就是两辈的关系,当时他们30多岁,我们16岁。我们应届生和他们老三届,对学习的态度有所不同。我觉得老三届和工作过的人,重新得到了一个学习的机会,因为很难得,就非常投入,非常认真。而我们这批人,十六岁上大学,到学校里如果把握不好的话,就会迷失自己,觉得学习没有那么迫切,因为没有那么来之不易,所以就不是非常努力。那个时候如果有班主任或者辅导员来引导,结果就会不一样。"

进入大学以后,学习是一件至关重要的事。由于文革对教育的影响,高中教育不重视基础知识,使得进入大学以后的学习显得尤为困难,尤其是像英语这样特殊的学科。但是全校学生都表现出了高度的学习热情和刻苦的学习态度。张红霞老师回忆道,"我们排队打饭的时候,都是很整齐的一列一列,也是'低头族',头低着背英语单词,排到自己了,再抬起头来。我们六点钟起床,早上大喇叭响,必须起来跑步,围着八舍半小时跑完以后,都拿着英语朗读,冬天是在路灯下朗读。"我上大学首先碰到的困难就是英文根本不会,摸底考试就考了5分,所以在英文上狠下功夫。"左成慈老师也回忆说:"我每天生活基本上是这样的,六点起床,食堂是六点半开饭,每天花十来分钟把个人卫生做好以后,在六点十五或者六点二十的时候就到食堂去排队,等着食堂的窗口开门去吃饭。这个时候我手上都是有单词本在背单词的,一边排队一边把碗夹在胳肢窝里背单词。吃完早饭以后,我固定在中文系小楼门口,无论寒暑地读英文,高声地把英文读出来,一边读一边背。"

另外,专业课在学生的课程体系里占比例很大,当时选修课还比较少。陈红民老师说,南大当时是中国最早实行学分制的大学之一。当时对学生的毕业要求是修够125学分,而专业课学分就占到了110分以上。并且,学生很早就进行了专业的分流,进行专门的知识学习和学术训练。贺云翱老师谈到历史系的学生大一下半学期就进行了专业分流。系里非常重视他们的专业课,当时像蒋赞初这样的知名教授都来为本科生授课。除此之外,系里还请来了例如宿白、朱伯谦、刘叙杰、姚迁、罗宗真、李蔚然等其他高校和研究机构的知名学者,来为本科生授课。

二十世纪七八十年代,南京大学鼓楼校区的物质条件还比较差。宿舍远不能和今日的鼓楼宿舍相比,每间宿舍住的人数从八人到十人不等。潘毅老师说,"我们当时是安排了十个人一间宿舍,是宿舍楼顶头最小的一个房间,五张双人床,上下铺,过道非常窄,所以稍微胖一点的人就很难进出。印象特别深的是,当时的校长匡亚明到学生宿舍来看望大家,因为我们宿舍正好就是进门第一间,一到就到我们宿舍来了,他比较胖,肚子比较大,想直接进到宿舍里有困难,侧着进来也有点困难,最后还是侧着进来,因为侧着进来肚子可以往里面收,这个给我的印象比较深刻。"丁柏铨老师也回忆道:"1978年的夏天特别热,40摄氏度以上,并且这种高温天气持续了很多天。我们晚上就都睡在篮球场上,每人拿一张席子垫在地上当床铺,因为宿舍里面没有空调,也没有电扇,热得无法入睡。当时一般的住户都没有空调,空调可能要到上世纪九十年代中甚至九十年代末才开始普遍使用。寝室里也没有电扇,都得自己弄一个小电扇,所以夏天的时候宿舍里面就像蒸笼一样。后来学校提前放暑假,考试暂时不考了,等下学期开学再考。"

食堂也是学生日常活动的重要场所,学生八个人一桌,人来齐了才能用盆打饭。另外,由于缺少椅子,很多学生都是站着在吃饭的。学校对于贫困学生发放了伙食费,张立新老师回忆道,甲级户伙食费是十四块七毛钱。农村家庭的学生还可以拿到家庭助学金。由于生活条件艰苦,还要面对上学所需的种种开支,吃饭如何节俭显得尤为重要。吴稚伟老师回忆道:"我记得原来在南园门口有一家馄饨店,卖馄饨和面条,偶尔去吃一下,就已经是一件很奢侈的事情了。早上一二节课以后,学生食堂会拉出包子来放在南园门口,大家下了课就跑出去买包子,我觉得那个包子吃起来特别香。"除了日常的饮食,学生还要用不多的生活费购买书本。贺云翱老师当时拿的是班上最高的18元奖学金,其中一半的钱都用来买书了。生活用品则是能省则省,贺老师穿的棉衣补丁打了很多,鞋也是母亲给他做的。另外,贺老师还说由于价格太贵,他大学四年都没有买过水果。

图书馆的条件也远没有现在的现代化,当时鼓楼的图书馆是今天的校史博物馆,但是很多学生都在图书馆学习很久。周同科老师说:"当时的南大图书馆,条件很糟糕,找书不太方便,基本上就是站在柜台翻卡片柜,翻到一本书,再把书号抄给柜员,柜员帮忙找,找半天才出来说没有,要看的书很难借到。书籍管理很严,当时书被视为重要财产,需要妥善保管,没有现在讲究利用的概念,很难满足同学们旺盛的读书需求。虽然条件艰苦,但当时的学习氛围很好,同学们也没有什么别的事情,就是学习。大家特别热爱图书馆,去图书馆还得抢座位,比如,先吃完饭的同学就得背十来个书包跑到图书馆去占位子,迟了就没有了。晚上宿舍楼的厕所里面都有人看书,因为厕所的灯通宵亮着,而宿舍是统一熄灯的。后来有人向匡亚明校长提意见,学校就特许考试期间在西南楼开一个不熄灯的教室,让同学们复习。"可见,虽然当时学习的硬件设施较为落后,但是学生的学习热情并没有因此减退。

文化大革命结束不久,社会思潮的"左倾"未能完全扭转,一些社会旧观念还未能完全解放。对于大学生来说,谈恋爱也是大学生活重要的一面,但是上个世纪七八十年代的南京大学,恋爱的氛围却显得颇为拘谨。童星老师回忆道:"谈对象的问题,当时已经结婚的同学就无所谓了,没有结婚但已经谈好对象的,在读书期间都可以结婚。我们班上仅有一对是毕业时明确关系的,平时都是私下的活动。校规也没讲允许,也没讲不允许。但当时的人,即使是在热恋中,也不会当着人拥抱、牵手的。"陈红民老师也表示,当时不提倡进大学之后谈恋爱,尤其是在大学发展新的恋情,会被看作"陈世美"而遭人白眼,当时甚至有人因此受到处分,或者在毕业分配时遭遇刁难。相比之下,张红霞老师与自己的丈夫高抒的自由恋爱显得难能可贵,张老师说:"当时学校纪律是非常保守、非常严格的。……大多数同学,尤其是我们女同学,根本就没有任何反对或者不理解,而且我们女同学大多数悄悄地都有男朋友,但她们不像我这么公开而已。其实我也没有想过什么公开不公开,我觉得我该这么做就这么做,现在看来我好像有点自我中心,朝好的一面说是创新精神,朝坏的一方面说是特立独行、不守纪律。"

这是一场伟大的革命

总结高考对于个人、国家的影响,潘毅老师说:"高考改革不仅彻底改变了我们个人的命运,对国家的发展影响也是极其深远的。文革期间,高校教育暂停,人才特别缺乏。恢复高考选拔人才,对后面的改革开放和整个国家的发展都太重要了。对个人来讲,我能搭上高考这辆车是我这辈子最幸运的事情,没有改革开放,就不会有个人后面的发展。我们家在农村,当时除了当兵以外没有其他途径出来深造或者工作,所以高考算是我实现当工程师梦想的唯一机会。而且1977年、1978年高考对我们这些当时已经回乡几年的人来说,就更难得了,因为像我们在农村里长大的年轻的一代,如果没有高考,大家可能就会考虑找对象结婚,如果成了家,即使后面机会来了,可能也不一定会参加高考了……我们是幸运的,因为恢复高考上了大学;国家是幸运的,因为恢复高考为国家培养了大量的人才。真的发自内心感谢恢复高考。"

吕效平老师对于高考也有自己的理解:"整个文化大革命使得社会停顿起来,有一拨人就被甩出去了,他们从农村回到上海回到北京,连住房都没有,然后也没有技术,等到30多岁再来学,就来不及了,那我们在社会大踏步进步的时候,我们赶上了这样的进步,跟上了这样的潮流,这样就不至于和我们的时代拉开距离。对我来说,重要的是国家命运改变了,我在国家命运里面享受社会进步。"

托克维尔在《旧制度与大革命》中说道,一场革命成功之后,那么此前所有革命的理由便不复存在。40年后,当高考已经成了大多数中国青年人生中的必由之路的时候,我们在质疑高考的考试内容、质疑应试教育的教育异化。但是,有识之士不会质疑"高考"这一形式本身,它不是一场普通的选拔考试,它承载着社会流动和社会公平,它给无数人以"天道酬勤"的信仰,它让无数人实现了自己的梦想。

在改革开放40年到来之际,我们以口述历史和约稿的形式,记录下二十九位南京大学1977、1978级学生的高考记忆,记录下这样一场无声的革命,献给那些亲身经历了共和国曲折奋斗年代的人们。

目 录

序 | 001 朱庆葆
前言：一场无声的革命，一代人的青春之歌 | 001 武黎嵩

口述编　在希望的田野上
——南京大学七七、七八级校友的高考口述

时代成就了我们 | 003 贺云翱 口述
居处水乡，龙门一跃 | 025 陈仲丹 口述
时代弄潮儿 | 037 周 沛 口述
从首饰工人到大学生 | 047 陈谦平 口述
什么时候奔向梦想都不晚 | 059 龚 放 口述
我要把书读到底，看看是个什么样子 | 073 潘 毅 口述
我们为什么而做学问 | 081 童 星 口述
从代课教师到大学教授 | 093 黄卫华 口述
从大学梦碎到大学梦圆 | 109 丁柏铨 口述
从种菜知青到博士教授 | 123 左成慈 口述
改变命运的选择 | 131 张立新 口述
我们为什么要读大学 | 141 周同科 口述
两次高考，一生奋进 | 161 陈红民 口述
理想是船，高考是帆 | 171 张红霞 口述
三十年的轮回 | 187 肖 敏 口述
燃起梦想，照亮了希望 | 193 吴稚伟 口述

高考赐予我那数学之外的礼物	201	冒　荣　口述
知识饥渴时代的学习	209	张　捷　口述
十六岁上大学	223	秦亦强　口述

追忆编　追逐命运的曙光
——南京大学历史学系七七、七八级校友的高考追忆

苦等录取通知的煎熬	235	陈益民
我亲手撕毁了一件独一无二的文物	239	管永星
懵懵懂懂的高考经历	243	胡友祥
准考证中的难忘岁月	250	李友仁
抓住命运的一线曙光	253	陆　华
花甲之年忆高考	259	孙　鸿
五兄弟见证高等教育史	265	王虎华
蜜月里新娘送我上大学	268	徐瑞清
我的高考传奇	275	杨冬权
终于挤上了末班车	289	郑会欣

| 后　记 | 295 | 单雨婷 |

口述编

在希望的田野上

——南京大学七七、七八级校友的高考口述

时代成就了我们

受 访 人 贺云翱
采访时间 2016年9月30日；2016年10月16日
采访地点 南京大学历史学院
采访整理 朱笑言、张益偲、许汝南、单雨婷
作者简介 贺云翱，江苏扬州人，1956年12月生，1977年考入南京大学历史系。现为南京大学历史学院考古与文物系教授，博士生导师，南京大学文化与自然遗产研究所所长、南京大学南京历史文化研究中心主任、《大众考古》月刊主编。兼任中国考古学会三国两晋南北朝隋唐考古专业委员会副主任，中国考古学会公共考古专家指导委员会副主任，江苏省古陶瓷研究会会长等。

"小医生"

我家在宝应县农村,我从家乡的初中学校升高中时很幸运,正好那年要求上高中要考试,如果搞推荐而不是考试,我就上不了,因为我家庭成分不好,伯父在中国香港,舅父在中国台湾,"文革"中要排斥有"海外关系"的人。那年考高中,我的成绩很好,考到了宝应县中学——宝应最好的中学,我们生产队属于城郊公社,大多数人是进城郊中学读高中,但由于那年实行考试选拔,县、镇里面的中学就也都可以报名。

宝应县中学的老师大都来自很好的大学,如南京师范学院、北京师范学院等等。当时老师们对学生十分关爱,对学习的要求也很高。虽然那时学校也有批判老师的事情发生,但实际上师生关系很好。读高中时,当时都是推荐上大学,大家也就没有参加高考这个想法,只想把学习搞好,完成学习任务,老师让我们做什么我们就做什么。高中时我很幸运地做了班长,跟同学之间的关系比较好,对老师的了解也比较多,当时师生之间总体上是互相信任的。

我于1974年高中毕业,那时候跟现在不一样,也没有什么毕业联欢,就是同学们互相写一写美好的告别语句。我们班上主要是城市的学生,县城的学生毕业之后自然就会找工作,只有少数农村的学生,毕业之后就回家了。我是农村人,高中毕业后就回了农村——当时叫作"回乡知青"。那时,我对未来也没什么想法,就像其他农民一样,跟着村里年纪大的人去除草、插秧,我那时候还学会了耕地。最苦的活是挑粪,挑一百米路左右就要放下来歇一歇,肩都磨破了,特别苦。我在农村什么苦都吃过,但我觉得别人能干的活我也能干。不过我真正做农民的时间很短,大概也就一年不到。农村对宝应县中学毕业的学生还是很重视的,生产队安排我做农业技术员,我学会了看各种农作物病虫害,用鼻子能识别出几乎所有的农药品种，工作做得也很好。我还做过材料员，就是帮助参军的人、回城知青等人做文字材料，也做过很短时间的小学代课老师。再后来，大队干部又让我去了本地的医务站。

那时候农村有赤脚医生，还有赤脚兽医，我就是进入了这样的工作岗位，一边学习一边做，当地的干部认为我做农技员非常认真，做农民也很认真，表现不错，正好有一个去学习的名额，大队领导就让我去了泰州畜牧兽医学校学习，学习时间是将近一年。那个学校的老师好多都是扬州农学院下放的，教学都非常好。那段时间，我比较系统地学习了畜牧兽医系的各门课程，还有实践课。学完之后，我回到了宝应，从事"赤脚兽医"工作，期间多次获奖励。农民厚爱我这位"土兽医"，那时我年龄小，个子不高，为牲畜治病，白天黑夜地随叫随到，他们亲热地叫我"小医生"。

处一份道义，扬一种精神

大概到了 1977 年 9 月，社会上开始传可能要恢复大学考试。不过我在乡下，当时并不知道这个情况。我真正得到消息，已经是 10 月了。这个消息来自于我的一个高中老师，叫张贞庆，他是我高中时期宝应县中学的高中教研室主任，也是我的班主任。我们宝应县中学当时高中有十个班，我在一班，好像是被认为最好的班，我是班长，当时跟班主任老师感情很深，他待我像儿子一样。我那时候才十几岁，是农村学生，家里又穷，张老师对我特别爱护。他把高考的消息告诉给我的时候，我正在离县城五六十里路的乡下，给牛打防疫针。当时要防传染病，所以组织了很多兽医，一个大队一个大队地跑，去打防疫针。他当时通过一个人带口信给我，说大学可以考试了，叫我赶快准备，我就非常快地赶回了县城。到了县城老师家，老师真的可以说像父亲一样，已经在他家厨房里面，给我做了一个板铺，叫我不要回家了，就住在这儿复习。当时离考试的时间非常近了，只有不到一个月，这样我就真的住了下来。当时他家里还有一个他的亲戚,我俩一起复习。①

复习考试的时候,也没有太多资料,当时是张老师找来一些基本的资料让我看。我是 1974 年高中毕业的,毕业三年之后教材也有一些变化。当时张老师找来的就是 1977 年的教材,比较新,我们的复习主要根据教材。我自己认为 1977 年参加高考的学生有一个特点,就是主要还是靠原来的知识积累,因为只有二三十天可以复习。复习的时候也稀里糊涂,就是翻翻教材,自己练练题目。张老师不让我太辛苦,有时晚上还拉我去看电影。有时候我坚决不去,他说,不行,你今天一定要跟我去。我记得看过朝鲜电影《卖花姑娘》,还有国产电影《闪闪的红星》,大都是革命战争题材的。考试前一天晚上他还拉我去看《白毛女》,就是不让我熬夜,不要太紧张。

我复习时的心态比较放松,也不算累。我觉得这也是宝应县中学老师们的一种方式——如果你已经有了充分准备,就没有必要在快考试的这段较短的时间里熬夜、过度紧张。那天我走进考场之前,也是张老师把我送到宝应县中学的考点,告别时他对我说,你不要紧张,你是有把握的。在调整心态和复习的过程中,我觉得自己主要还是得益于张老师的帮助。

考试还是比较顺利的,我觉得题目都比较熟悉。我们那时候考试和报志愿很有意思,一开始都不敢报好学校,所以我一开始报的都是什么高邮、盐城的师范学校。后来张老师一看,说:不行,要么就南京大学,要么就北京大学,其他的你不要报。我就改报了南京大学。张老师前几年去世了,我回家乡专门参加追悼会,也写了悼念文章,老师对我的知遇之恩真是太重了!复习考试是他告诉我的,最后选择学校也是他给我决定的,后来也顺利考上了。

后来是张老师先拿到我的录取通知书,因为他当时在县城里面,跟招生办的人说好了,一拿到我的录取通知书就立即给他。那天晚上很晚

---

① 1 里大约等于 0.5 千米。下文同。五六十里,大约等于二十五到三十千米。

了,他蹬着自行车从城里骑车到乡下,一到我家,就跟我和父母说"恭喜啊,恭喜啊"。考上之后县城的广播电台专门对我做了一次访谈,采访我作为一个农村青年是怎样热爱学习、又红又专的,还是比较热闹的。因为是在农村,用现在的话来说就是比较糊涂,考试也好,考上也好,都没有什么感觉。当时还没认识到考上大学的重要性,考上了就考上了,也没有怎么样。家里虽然很高兴,但也没有像现在一样请酒、吃饭,更没有什么谢师宴,当然我还是上城里去了趟老师家里,当面感谢他。那个时候师生关系非常简单,老师觉得你这个学生很优秀,他应该帮助你,不会索要一分钱,而且还贴钱帮助你,事后你也觉得应该感谢一下老师,就是这样。师生关系大概就是"君子之交",处的是一份道义。

我不是太了解我们宝应县中学的录取情况。我在高中一班,那年考上大学最多的就是我们班,考取了四个,所说其他班有的一个也没考上。我们班有一位考上厦门大学,还有一位考上一个徐州的大学,另外一位考上了一个船舶学校,也在南京。考上厦门大学数学系的同学,现在也是教授。考到徐州的同学,后来回到我们县做了教育局副局长。进校以后,我所知道的从我们宝应县考上来的,还有哲学系的童星老师,我们历史系的陈仲丹老师。当时我们考得都不错,童星老师当时还是江苏省的文科"状元"。当然,我是很荣幸地考进了南京大学。

1977年高考时,我们高中毕业已经好几年了,但高中时的学习状态,应该讲对高考有决定性作用。高中阶段,我也要感谢老师们,特别是张老师。他虽然是语文老师,但是非常会做思想工作,非常会带学生,给了学生许多正面的影响,我认为这是一种理想的引导。后来我上了大学,他还经常给我写信,说要为祖国学习等等,今天听起来可能被认为都是大话,但他们恰恰一直都是以一种超越自我、轻个人、重家国的人生观来引导学生。所以我认为一位好的老师、一个好的班风、一种理想的引导,对中学生都是有影响的,甚至是影响一生的。

我上大学之后没多长时间,张老师也离开了教育岗位,去做了宝应县司法局局长。地方上人都说他为人正派,是位优秀的局长。读高中时，由于我家庭成分不好，不能入共青团，高中十个班，其他的班长大都是共青团员，但是我不是，所以有时学校开干部会开到最后，说非团员干部退出，我和极少数人退出去，其他人会盯着我们看。那时候才十几岁，心理承受能力还不强，这种情况对我是有打击的，所以后来内心就特别渴望人与人之间的平等、尊严和互相尊重。但是张老师跟我说不用担心，他一次次帮我去跑团县委，一直到我快要高中毕业时，就是 1974 年 5 月 4 日，他终于帮我解决了这个问题，让我加入了共青团。中学教育对我来说是非常重要的，我家里都是农村人，母亲不识字，父亲虽然识一些字，但是对高考、大学全无概念，所以我始终认为应该感谢张老师，还要感谢我的师母刘道庆，在我复习迎考的那段时间，她每天都做好吃的饭菜，我一辈子都忘不了他们的深厚恩情！

1977 年高考有政审的环节，我当时是比较害怕。高中毕业的时候我有过一些机会，比如进部队，当时我帮当兵的人做政审材料，把材料送到带兵的人那里，带兵的是甘肃部队的一个首长，他看中了我，说：小鬼，你为什么不报名？我就跟他讲我报不了，我家成分不好。他问我家什么成分，为什么不好，我就跟他讲我舅舅怎么样，我伯父怎么样。他又说，他们在香港、台湾，我们的部队在北方，没关系。可后来我们当地的干部说不行，他不能参军，他家成分不好。之后县里的文化局也来要过我，作为写文字的人去剧团什么的，后来也是说我成分不行，不能去。

所以高考的时候我特别担心政审，政审问题就是一道紧箍咒，我再努力地

1978 年大一时和老师合影，前排右三开始是蒋赞初、吴白匋、李伯谦、秦浩、张之恒、查瑞珍老师，后排右一为贺云翱

考,政审过不了还是白搭。但是那年政审,说是对青年大学生要放松一点,一般的历史问题、家庭问题是放开的,所以后来也没问题。好像有一些地主、富农、资本家的孩子也参加高考了,因为我进校的时候就有这样的人。当时我们在南京大学学生会,哲学系、中文系、外语系等等,不同专业的学生会在一起交流,说自家是什么成分,就有人说自己家是地主或者说是富农的。没有因为家庭成分问题影响高考,应该讲当时对人也是一种很大的解放。

这才是青年,这才是青春

到南京大学报到的时候,我是从宝应县坐长途汽车来的南京。那时从宝应县到南京时间很长,早晨出发,要下午四点左右才能到中央门汽车站。那时候,我们到了车站都有学生接,感到很亲切,他们是年级比我们高的学长,是学校最后的两届工农兵大学生。接到学校之后,他们就迅速把我们送到宿舍,是学校南园二号楼——那时候宿舍已经安排好了——然后再把我们带到系里。那时候历史系办公楼在西南楼,就是现在鼓楼校区生物系所在的那个楼。我印象中报到手续都是在系里面完成的,有一个主管学生的书记——瞿老师,是他接待我们。报到以后会有一些欢迎新生的活动,全系的老师、同学都聚在一起,开一个迎新晚会,同学们一起唱歌,很快就融洽了。我记得当时还叫我出一个节目,我刚好从老家带了口琴,就吹了一首口琴曲,那水平真的很差,现在想想都不好意思,但是那场面非常热烈,也很温馨。我们毕竟是从农村来的,第一次到大城市感到什么都新鲜。那时候家里父母看我一个人来南京本来很不放心,但是后来发现完全不用。我们班主任朱宝琴老师对我们也特别关心!

宿舍八个人一间,一边两张床,上下铺,上面四位,下面四位,是比较拥挤的。我们是二月份来的,刚刚过了春节,天气还很冷。饮食相对比较简单,但吃饱没问题。我来自农村,家里经济比较困难,后来学校发助学金,我拿的是班上最高的,应该是十八块钱。那时候一半的钱用来吃饭,一半用来买书。当时经济很困难,除了助学金之外,你吃饭时可以有免费的汤,有些菜也很便宜。我最喜欢买咖喱土豆,只要几分钱,非常便宜,所以我大学毕业后很多年都不想再吃土豆,因为吃得太多了。如果你经济条件好,有好的贵一些的菜;经济条件不好,也有很便宜的菜,每个同学都能各取所需,应该都能吃饱。

那时候的食堂比较简单,窗口很少,开饭之后同学们来排队,菜也是一大盆一大盆放在那里,你买土豆,就从大盆里面给你打一份,免费的汤放在食堂的一角。那时候桌子特别大,同学们围着这个大桌子坐,相互之间就能交流、讨论问题。很多人坐在一起,比如对面坐了哲学系的,这边坐了历史系的,就可以边吃边讨论,这样一来,同学之间的交流也比较多。现在的食堂,一桌最多只有四个同学,好像学生更喜欢人少一点,我们那时候喜欢人多一点,喜欢热闹,可以一边吃饭一边说话交流。当时家里面很困难,印象中整个大学期间我好像都没买过水果,没有热水瓶,穿的棉衣有打补丁的,鞋都是农村里面母亲做的布鞋,没有穿过什么皮鞋,这一类的东西那时候跟我没有缘分。

我们那一级考古专业,不管考古还是历史,我都觉得学校领导特别重视。我们考古专业的老师,哪一门课是哪位老师教,我大都记得清楚。张之恒老师教我们旧石器、新石器史;北京大学的李伯谦教授教我们商周考古——李老师后来是北京大学文博系的主任;除了北京大学的老师,商周考古也有南京博物院的邹厚本老师教我们,秦汉考古就是查瑞珍老师，魏晋南北朝考古是蒋赞初先生，隋唐考古是秦浩老师，古文字是洪家义老师，古代陶瓷是浙江省考古所的朱伯谦老师，古汉语是孟昭庚老师、伍贻业老师等。当时，我是古汉语课的课代表。当然还有中国史、世界史、哲学、政治经济学等公共课程。教学的老师都很资深，如世界史的张树栋老师，中国古代史的洪家义、吕作燮、史全生老师，中国近现代史的路哲老师，中国历史文献学的倪友春老师，史学史的邓华老师等。还有一些课程比如古代建筑，是南京工学院建筑系的刘叙杰老师来教我们，刘老师的父亲就是我国著名的建筑史专家刘敦桢先生，刘老师家学深厚，教学要求高，对学生极其关爱，他不仅在课堂上讲，还带我们出去实习，对我们后来做考古及文化遗产研究帮助很大。还有一些北京大学有名望的老师，比如说宿白先生，当时也来给我们讲过课。考古测绘是南京博物院的老师来教的。当时还有南京医学院的姚传业老师（体质人类学课程）、我们学校图书馆的何克辛老师（考古摄影课程）等多个院、系的老师给我们上过课。

有的老师是本校或本系的老师，有的是从外面请来的——北京大学的老师、南京工学院（现东南大学）的老师、南京医学院的老师，还有中国社科院考古所、南京博物院、南京市博物馆的老师，如石兴邦先生、汪宁生先生、佟柱臣先生、安金槐先生、赵青芳先生以及姚迁、纪仲庆、汪遵国、邹厚本、葛治功、方长源、尤振尧、白英等老师。一些特别资深的专家，应该是我们的任课老师请来的——如做三国两晋南北朝考古的南京博物院的罗宗真先生，还有南京市博物馆的李蔚然先生，应该都是我们蒋先生请来的。当时承担课程的老师会请一些老师来，提升我们的眼界，弥补学校师资力量的不足，因为考古学是一个涉及知识面比较宽、实践性要求高的学科，单单靠本校的老师可能不行，比如我们的陶瓷课，就是浙江省考古所的朱伯谦老师来教的。古代书画是中文系的吴白匋老师教的——吴老师应该是胡小石先生的最后一位弟子，我们非常荣幸能听他上课。我印象中外请的老师分为两种，一种是院系特意邀请来的，另一种是任课老师凭自己的朋友关系去邀请的，他们认为学生应该跟这些著名的专家接触,所以我们现在特别感谢学校和老师们对1977级考古专业学生在师资配置上的特别照顾。

此外,在野外实习时,老师还会请许多当地的专家给我们讲课。我们在陕西、河南、湖北实习时,听过巩启明、宫大中、何正璜、韩伟、段浩然、安金槐、王劲、陈振裕、舒之梅、林邦存等十多位老师的课,内容十分丰富,饱含着这些老师的终身积累,夏鼐先生、苏秉琦先生也到我们考古实习的地方看望和指导我们,还与我们合影留念。这些著名专家的课程和人生故事激发起我们热爱专业、矢志学术、服务社会的很高热情,真的非常感谢他们!

那时学习氛围特别好。晚上熄灯之后,在盥洗室、路灯下面、教学楼的台阶上,都有人就着灯光看书,早晨到处都是读书声。另外在食堂里面,吃饭时我们经常跟中文系、外语系还有其他系科的同学交流,谈学术,关心国家。我现在看当时的日记都可以看到,"要为祖国的四化而奋斗。""要又红又专。""要有理想,为国家贡献青春。"这类东西在学校每个人身上都能感受到。那个时代"文革"刚刚结束,有这样一个机会,能考上南京大学这样的学校,这是时代对我们的眷顾,我们能不努力吗?

我的英语底子很差,原来在中学学的是俄语,到大学才学英语,所以我借书以中文为主,英文书也借。我现在还记得当时借得比较多的英文书,像 *The Archaeology of Early Man* 这类,那时候我们借了是想自己翻译,翻译之后还能去发表。印象中,我在湖北的一个杂志上发了第一篇翻译文章,是谈早期人类考古学问题,具体是关于尼安德特人的。不过主要还是看中文书。那时候没有电脑,都是手工查询,一张一张卡片地找。当时读书大概分两类,一类是近现代学者写的书,东西方的都看,比较杂,读的量也大;还有一类是古籍文献、考古报告等原始资料。那时为了多读书,寒、暑假尽量不回家,就在学校学习,最自由的状态下读书效果最好,我现在还是这样要求学生。

图书馆馆藏英文文献是旧的比较多一些,我当时看到的一本 *Industry Archaeology*,《工业考古学》,算是比较新的,像 *The*

Archaeology of Early Man 这样的新书，其实是不多的。我当时看的书主要是文科方面的，理工科的书也会去翻翻，比我们文科的更先进、更新一点。早期我基本上没接触过系图书馆，都是在学校图书馆借。那时候借书上限比较多，开始时可借的书少，后来好像一次可以借十本左右，每一次我们都借尽量足，一次性背回去，这样可以把一个专题的一批书同时借出来，比较方便阅读。比如说，我们会就一个课程论文或者自己感兴趣的一个专题，或者对某一类文物，或者某一个课程老师布置的任务，集中地借一批书来读，自己要做研究，经常写些读后感。

我们进校的时候还没有细分专业，就是历史系，一开始也是上历史学的公共课——世界史、中国史、哲学、马克思主义政治经济学、古代汉语等，这都是要上的。上了半年不到，系里面就给我们开会，意思是要分专业，历史学和考古。我当时选了考古学，我们班里一开始好像有十三个人选了考古学，后来有一个退出去了，好像是肖朗同学，后来他去研究世界史了。

1979年5月 在苏州园林与考古实习的同学合影，左三是贺云翱

历史系每年学生总数大概四十人,当时我们考古学是十二个人。这样我们从一年级下半学期开始就学考古学专业课了,课开设得很细。因为专业课开得早,大四也不会为找工作、考研而烦恼,我们的知识也比较系统。当时全校的课可以通选,我还选修过美学、心理学,选过地理系的地貌学、第四纪地质学、城市历史。当时理科的课我们也选,而且都是修学分的,跟他们一起到田野去考察,一起去做理科的课程论文等等。当时就是想建构一个更好的知识结构,打好专业基础。

七七级学生进校的时候,都比较自觉地有一种自我期待,然后奔着这种理想不断调整计划和兴趣,不断补充知识,大量阅读,一边读书一边做读书笔记,也会经常自我探讨或者写一些小论文。那时候我们会从一年级开始自己设计未来,写学术规划——我将来究竟要在哪一个专业方面做研究,我究竟要架构一个什么样的知识结构,我的学术理想是什么。在那时的日记里还能看到我的学习计划:应该读什么书,补充什么知识,选哪个系的什么课,会有一个自我建构。在后来的知识增长中及对社会的了解中也会做一些计划调整,再补充相关知识,还会对自己做得不好的地方进行自我批评。现在我们教本科生,我也会问四年级的学生,你们的学习一开始有没有做过学术规划?有没有树立什么学术理想?对未来的发展怎么计划和去实施?但是他们几乎没有人这么跟我谈过,是不是他们保密,还是没有做过?

我们班上年龄最大的同学近四十岁,最小的还不到二十岁,所以那个时候开玩笑,年纪最小的叫年纪最大的同学"爸爸"。同学们在一起的气氛非常融洽,每个人都很有个性,有的人还自己写诗,像周晓陆老师,我们现在还在历史学院一起工作。晓陆老师有各种各样的爱好,他当时翻译过屈原的诗,非常有见解,才华都展现了出来,他在生活上也给过我帮助,近年来他还出版了自己的诗集,还有张敏老师,他记忆力特别好,后来他做了江苏省考古研究所所长,现在也经常来给我们的学生讲课。系里的老师也经常和我们在一起,组织交流,跟我们座谈。我们从二年级——1979年开始出去实习,一实习就是几个月。第一次考古发掘实

1981年在河南洛阳实习,于龙门石窟与老师合影,第二排右三为秦浩老师,左一是贺云翱

习去的是南通海安青墩遗址,后来学古建筑到苏州去实习。蒋赞初先生给我们讲南京历史的时候,我们就在南京地区实习。秦浩老师还带我们到郑州、洛阳、西安实习过,本科期间在湖北荆州、武汉,特别是在鄂州也有大量的田野实习。

我们那时候田野实习中喜欢写诗,讴歌这样的考古生活,每到一个地方就写诗去歌颂,赞美当地的民俗风情文化和自然山水。当时都觉得世界的一切是那么美好,学习是那么地快乐,未来是那么地美丽,心里充满了激情,感觉到一定要学好,一定要为国家做贡献。我现在看当时写的诗,都为那时青年大学生的昂扬风气感动,歌唱祖国,歌唱美好的生活,向往未来,这才是青年,这才是青春。

我读本科的时候,鼓楼校区的南园内对着北门,有幢小楼,是学生会和团委所在地,楼下是学生会,楼上是团委。我当时在学生会工作,学生会有学习部、生活部、宣传部等等,我当时是在宣传部。我和我们宣传部部长冒荣——后来做过学校高教研究所所长,我们在一起办黑板报,那个黑板报看的人非常非常多,甚至每次新的黑板报一出来,看的人挤满道路,其他人连走路都很困难,黑板报前围的全是人,因为当时也没有其他的宣传手段。我也是黑板报主要的工作人员,会写稿子、会在部长安排下开展工作,就为大家做些事情。当时的学生会同事还有我的好友周同科,中文系七八级的,他后来成为南大教授、书法家。当时同学们会积极投稿,我们要选择、修改,所以我那时候就比较喜欢做编辑,毕业后就一直喜欢做编辑,办刊物。当然我自己也会写小文章,大概写过几百篇东西,用过几十个化名。那时候学生参与学校活动的热情很高,对服务公共事业,对活用知识,这些意识是非常强的。

学校也很重视学生工作,当时的校长是匡亚明,书记是章德,他们当时在学校里还组织过一些集体活动,这些活动对学生的影响也非常大。我们进学校学生会就像应聘一样,大家也是各个院系来的。我刚到学生会的时候,上面还有工农兵大学生。工农兵大学生也很好,比我们成熟,会主动跟我们交流,寒暑假回家还会带一些好吃的来和我们分享,大家也会经常讨论问题,学校有什么任务,我们会合作,分头去做——组织演讲、办黑板报、办文学杂志、给学校报纸或广播站投文章、组织学生的各种联欢活动。学生会有各个部门,不同部门负责不同的工作。总体来讲那时候大家对做这类事情都很严肃,都认为这是非常有意义的,同学们参与的积极性也很高。我们那时候办黑板报,经常需要找粉笔字写得特别好的、做事情特别认真的同学来抄写。我们每次邀请,就会有许多人来报名,气氛很好。

到了1980年代解放思想的时候,一是学校里有大的报告会,会请一些著名学者来给我们作报告,有时在阶梯教室,有时在学校的小礼堂,听的人特别多,有时候许多人没座位就站着听,教室里站满了就站窗外听。这个我的印象比较深,那时候学校经常会请中国科技大学、北京大学、香港中文大学等校的学者,当然也有本校的学者来作报告,他们的思想都很活跃,会谈一些国际国内形势,也会对当时中国的形势作一些剖析,更多的是作科学问题的报告,物理、化学、天文、地理等,我们都喜欢去听,"他山之石,可以攻玉"嘛。我印象很深的有地理学家陈正祥的报告、天文学家戴文赛的报告、化学家温元凯的报告等。如温元凯先生是南京大学化学系毕业的,当时在中国科技大学工作,他的报告既讲学术问题,也谈学习和研究方法,真的很生动,让人深受教益。二是系里会组织一些思想学习活动,比如读报纸,谈体会。还有一类就是同学们相互讨论,自己看书,交流读书经验。那时候我们特别喜欢看报纸,经常读《参考消息》《人民日报》《光明日报》,读了之后就交流,还会自己写文章。我那时候还在《光明日报》上发表过文章,就是写"解放思想""报效祖国"之类的。

那时候我们跟老师联系比较密切,我觉得这从某个角度来讲也是一种思想的解放。那时候大家常常谈论的,一是国家的思想解放,还有就是要求学生做"新人"。我那时候还会收集资料,带着问题跑到老师家里去请教,我记得自己找过南京工学院的刘叙杰老师,在他家求教城市考古与城市文化问题;到南京师范学院就是今天的南京师范大学的地理学家、我国人文地理学的鼻祖李旭旦先生家,他家就在南园八舍对面的一个院子里,我去求教历史文化地理学问题。那时候学生在课堂上或者课外登门向老师讨教,是很普遍的事情。现在不要说本科生,连研究生都很少主动跟老师联系,来讨教、交流,都要老师主动找他(她)们了。

那时候学校不时会在小礼堂放一些电影,也很便宜,票价就几分钱,一毛钱。我们会到小礼堂去看一些英文原版电影,或者一些什么反映第二次世界大战的电影。学校里放的电影,一般内容还比较严肃,多数都是以重大事件为题材或者著名演员演的。给我留下印象比较深的就是那个外国拍的关于二战的电影,场面非常宏大。

当时非常流行伤痕文学,我们也特别喜欢看。这样的作品在图书馆能借到,同学之间也会传,比如你买了一本,你看完我看。当时给我很深印象的就是《第二次握手》,那个小说在学生中间特别流行,那是一个关于科学家凄美的爱情故事,体现了人的那种纯洁、坚守的精神。我们刚入学的时候,这个小说已经流行了,据说之前是手抄本,但我们看到的时候已经是正式出版物。另外当时一些伤痕文学的诗文,像北岛、舒婷的诗,也特别流行。我们自己也写类似的作品,那时候学校里有一本文学杂志,就发表了我的散文《姐姐》。所以那个时候我们不仅读,很多学生都写作,写诗、写散文、写小说。

那时候写作主要还是反思"文革",因为 1977 年、1978 年进校的学生,绝大多数都是经过"文革"的,除了少数的高中应届毕业生可能受"文革"影响不深。他们本人,他们的家庭,他们的长辈,其实多少都受到"文革"的冲击。到学校之后思想解放了,加上受到社会上伤痕文学的影响,很多同学都是发自于内心地写这些小说、散文、诗歌。我们的黑板报经常发表这一类作品,同学们也很喜欢看。

南京大学在我的印象中,整个气氛都非常活跃,那时候匡校长还组织舞会——虽然我没有参加,是听同学说的——当时是很新鲜的。我们的校长都组织舞会,就说明大家思想还是很开放的。那时候除了做课程实习,我们出校门的次数不是太多,偶尔出去看看电影、出去转转。印象最深的大概就是从学校出去,从南园宿舍那边走到新街口,一路上有不少老字号,现在大多都被拆掉了。还有我们班组织同学去登紫金山,爬到紫金山上面就奖励两个苹果,我们从不同的路线朝上登攀,天没怎么亮就出发了,不管有没有苹果都很开心。

岁月峥嵘,幸而与理想同行

那时候大学毕业生因为实行分配制,基本上在毕业之前就有单位来预先要人。像我们考古、历史专业的同学,会有一个单子给你,上面是要人的单位——有北京的机构或者某个省的重要机构,这些机构有政府的,有研究机构的,也有新闻出版的,也有学校,我们更多的是挑选博物馆、考古机构,大家基本都是奔着自己的专业理想选择单位,选择空间很大。

一开始学校团委希望我能留下来,但我没有这个想法,因为我更希望做与专业方向相关的工作。正好南京博物院来洽谈——当时是双选——他们也点了我的名,希望我到南京博物院工作。那时候考研对我们来说意义不是很大,而且我来自农村,对于出国、考研好像一点没有什么概念,比较懵懂就觉得有一个非常好的专业岗位要我,那我就去。因此,我就到了南京博物院。在我们二年级考古实习的时候,南京博物院的专家们带过我们,我们跟他们在一起好几个月,相处得感情很好,老师也了解我们。学习期间我还去博物院向老师们求教过问题。南京博院当时的考古部主任纪仲庆先生，直接跟我讲"小贺到我这来吧"。我们还没毕业，他就来要我们了，我们也很乐意到他们手下去工作。

当时同班有五位同学一起选了南京博物院，因为都想做专业工作，有的选了安徽省博物馆，也有同学出国深造了。那时候大学毕业生不存在就业压力，选择的空间很大，是自由选择制，选择自己满意的单位。

工作以后，我每年都要发几篇论文，参与写书、做田野考古工作，我当时在南京博物院还兼任共青团的书记。后来工作了大概两年，我准备考研，而且也真考了，一边做考古发掘，一边在深夜复习，很苦的，考过之后，熊海堂老师对我说，我的专业课成绩很高，但是大概外语课少了两分，报了南京大学没录取。后来北京大学的宿白先生，非常优秀的一位老师，当时决定要我，推荐我的是教过我们的北京大学的李伯谦先生，他比较了解我，后来听说南京大学不录取我，就叫我到北京大学去，我也答应了他。但是后来正好"五一"劳动节放假，北京大学的那个期限大概就是"五一"之前，我们这边调档没调过去，等能调了，北京大学录取结束了。所以后来我就决定不再读研了。

我今年快六十岁了，高考过去将近四十年，尽管这中间是坎坷的，工作中也有一些波折，但总体上讲还是很幸运，也可以讲幸福感很高。就我本人来说，在大学毕业之后到南京博物院考古部做考古，做了多个重大的考古项目，如扬州高邮神居山西汉广陵王刘胥家族墓考古发掘、徐州龟山西汉楚王刘注墓发掘、句容城头山新石器至商周遗址发掘、扬州唐城南门遗址发掘、南京六朝墓发掘等，还兼做团书记。然后1984年参加了学术刊物《东南文化》的创办，我那时二十多岁，在梁白泉、王英、唐云俊等先生的支持下参与创办了这份刊物，从起刊名到做编辑部主任共八年，这个刊物做得也很成功，现在还是核心期刊。1996年又创办了南京市文物研究所（现在改名为"南京市文化遗产保护研究所"），并且做了这个所的负责人，获得了2000年全国"十大考古发现"，负责了明孝陵申报世界遗产的学术工作，还做了六朝都城考古工作，发现了钟山南朝北郊坛遗址、南朝上定林寺遗址、六朝至隋唐的石头城遗址等。2002年又回到母校做老师,开始创办南京大学文化与自然遗产研究所等,一边教学,一边做自己认为对国家有意义并且还感兴趣的研究工作,这些年我和研究所的同志承担过全国数百个课题,还应邀为一些党和国家领导人讲课,自我感觉是尽心尽力,做得也真的开心。

一路走来,尽管非常辛苦,但是实现了自己的理想。本科时期我就有这个理想,就是为了学术事业,为了国家,我能够尽自己的力量。能够

毕业证

实现这个理想,我感觉很幸福。如果说有那么一点遗憾的话,就是我那时候考研,如果不是调档遇到了麻烦,就能被北京大学录取——宿白先生也是一位国内外都很知名的教授——内心认为也许我今天在学术上还可以做得更好一些。这是我唯一的一点遗憾。

入学的时候,就高考的底子而言,我的外语比较差。我在宝应县中学才开始学俄语,英语是进了南京大学才学的,外语方面我整体弱一些。中学时尤其是农村读初中的底子薄一些,我们知道有许多不足,根基不厚,所以要不断学习。但是一九七七级、一九七八级两届学生做出的成就,一定是奋斗出来的。七七级学生从决定高考到高考之间,其实只有

一两个月时间,那时候我们还有工作,也不可能都在复习,时间是极短的,能够考上,肯定是自己在"文革"那段时间有积累,不是靠临时复习出来的。平时有积累,高考的时候就体现了,我们还是有一定的实力。特别在进校之后,我看到的这种学习的奋斗精神,当然包括我本人的亲身体验,可以讲是今天很多学生很难比拟的。他们四年如一日,每天都早晨五六点钟,天蒙蒙亮就起来读书,夜里面就着洗手间门口的灯或路灯

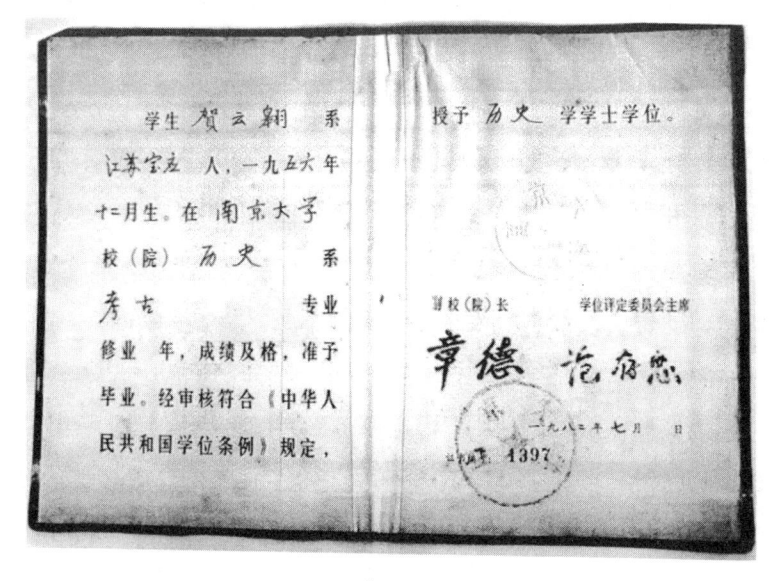

学士证

读书,这种现象非常普遍。

我从跟其他同学的交流中,知道很多同学是有理想的。我觉得在大学里边有没有理想,能不能把自己的命运跟国家的命运、人类的命运结合起来,是很重要的。尽管今天听起来比较高大上,但是那时候——我现在翻开当时的日记——就是这样想的,后来也是这样做的。毕业之后在生活中会遇到各种麻烦、困难,比如被人嫉妒、被人打击,遇到不公平的事情,但是你不能放弃,为理想要一直执着坚守,毕竟你不是只为自己,你有远大的事业追求,这样内心才能经受得住挫折,才有力量愿意一直向前走,才有幸福感。

七七、七八级学生有一个很大的优势,就是他们不用像今天这样,承受那么大的就业压力。现在我看到研究生,甚至包括博士生,居然为了工作如此费心,到处去找单位,到处去参加招聘考试,甚至放弃了课程去考试。现在的不少优秀学生不能潜心学术,这让我很痛心也很遗憾。我们那时候不存在这种问题,因为单位很多,可以随便挑,所以那个时候,就会比较容易把自己的理想跟需要的岗位结合起来。今天的学生,很难找到一个实现理想的平台。所以在这个背景下,我认为我们是占了便宜的,或者说是拥有了比较好的社会资源。有这种社会需求,正好也有选择的机会和条件,两者很容易结合。

所以要分开来看,一方面要看到七七、七八级学生的这种优点,他们的奋斗精神和他们的理想主义情怀;另一方面,也应该看到,他们处于特殊的社会背景下——已经将近十年没有考大学——他们出来的时候,社会对他们的期待,对他们的渴求,社会给他们提供的各种条件,是非常丰厚的。当时有个玩笑话,说七七、七八级的学生毕业之后非常吃香,会有好多人来找他们谈对象,条件非常优厚的一些女孩子的父母会找来,"哎呀,我的女儿嫁给你吧"。那个时候的大学生,本身就受到社会的优待和欢迎,这种期许是社会给我们的,我们要对得起社会,而今天的大学生数量多,竞争激烈。所以我们两方面都要看到,完全说是因为他们有优势,所以他们做出了成就,我觉得这并不实事求是。"时势造英雄",大概有这层意思吧。

关于高考,我有两点感悟。第一是中国的人才选拔,目前也只能通过高考。如果没有高考,我们很难把优秀的学生选拔进高校。因为中国这种人情社会,如果没有高考这道门槛,也许会把我们搞砸掉,会让优秀的人上不了大学。什么时候我们这个社会不是讲人情而是讲公平竞争,讲法规,不用人情来运转了,大学办得也都很优秀,大家都能够公正地自由择校,也许就不需要高考了,所以我们需要办更多高质量的大学。但是就今天看来,高考还是唯一的方式。第二点,由于高考是让学生进行高校选择、专业选择的唯一机会,所以会带来大家只会为高考而高考的问题,这又是一个很悲剧的事情。七七级、七八级的学生,在得到消息之前,不知道有高考,我们也没想过会去参加高考,那我们其实就是平时自己看书学习,家里没有书,就到别处去借,星期天会到公共图书馆去借书看。那个时候就是喜欢看书,没有功利性,也没有目的性,单纯喜欢。今天的初、高中生好像读书就是为了高考,这样一来,由于过分强调功利性,可能给了我们学生一种暗示,认为我进了大学了,好像我就达到目的了。这种心态会损害自我的兴趣,以及不利于自我理想精神的培育。

所以我觉得,第一,高考这个形式,目前仍然是相对最公平的选拔机制;第二,高考中间存在的过分功利化的现象,对学生的理想主义、自我兴趣培养、自我独特才华的发挥是一种损害,这一点确实是存在的。这是很遗憾的,世上没有十全十美的事情。

居处水乡，龙门一跃

受 访 人 陈仲丹

采访时间 2016年11月11日

采访地点 南京大学仙林校区历史学院楼143室

采访整理 黄丽祺、朱雪雯、张益偲、许汝南、
单雨婷

作者简介 陈仲丹，江苏海门人，1956年生，现任南京大学历史学院世界史系教授、博士生导师。南京大学一九七七级历史专业本科毕业生，历史学博士。

在荒芜中苦读

高考之前我在江苏省宝应县射阳公社,因为家里是下放的。我父亲之前在扬州卫校工作,后来在"文革"中被扣了"三反分子"(反党、反社会主义、反毛泽东思想)的帽子,成了所谓的"牛鬼蛇神"被批斗,后来就被赶到农村去了,也是比较失意。他是学医的,就在公社卫生院工作,还是有工资的。但是农民的生活就真的很困难。我记得曾经看过一个渔民,穷到家里只有一条还不太破的裤子,所以夫妻俩撑船到镇上看病,船上只有一个人能穿着这条裤子出去走,女的要出去男的就把裤子给女的,自己窝在船里,穷到这样的程度。农村吃饭也很困难。我的同学中午吃一顿干饭,早晚都吃稀饭,而且菜就是咸菜、蔬菜,很少吃肉、鸡蛋,肉一年就吃七八次。

我在农村的时候,在当时的公社中学读初中。上初中的时候,学生就很少了,一个班只有二十多个人。那时传言"上了学要下放",从公社下放到农村就变成知识青年了,户口从镇上户口变为农村户口,吃不上商品粮,所以大家就不上学。后来我在那个学校做过教师,说明当时我的文化程度还是比较高的。

至于高中,七七级的同学都是从"文革"过来的。"文革"的高中跟现在的不一样,第一,"文革"期间是两年制,不是三年制,初中两年、高中两年;第二,课程好多跟现在不一样,当时是工厂工人教工业基础知识,生产队会计教农村会计,学实用知识。我在农村上的高中,课也开不全,地理课、历史课全都不上,主要开语文、数学,物理、化学还是教的。后来来过一位老师教英语,他叫杜振,是我英语的启蒙老师,也是我的恩师,琴棋书画无所不知,对我帮助很大,后来他去宝应中学任教。我们那时候学的都是所谓面向社会实践的有用知识,比如"三机一泵"——柴油机、抽水机、拖拉机和水泵。我后来做工的工厂就是做柴油机零件的，还要教农民用柴油机。其实柴油机是跟着师傅要动手做的，开拖拉机也是，就像学自行车一样，需要练，不需要在课堂上学。那时候的学习其实学不到什么东西。当时劳动还特别多，我们大概有一半时间在劳动，我们还有试验田。总的来讲就是学不到东西。当时基本都不用做作业，只有数学做一点，语文做一点，主要是作文，学业是比较轻松的。当然，中学最后有一个考试，但也不是高考，所以好学生也不愿意学习。

我做教师的时候，会给学生讲李白、杜甫，他们印象就比较深。那时的教材鲁迅的文章比较多，还有社论——什么反击"右倾翻案风"这种大批判的文章——只能学着写点所谓"小评论"的批判文章。真正的古文很少，就是《曹刿论战》和《史记》里的《鸿门宴》，外国的文章基本没有。那时候教材编得很糟，老师水平也低，学生如果不是自己好学，学不到什么东西。

从高中毕业到考上大学，这中间我工作了四年多——做了一年工人，后来在我毕业的中学做了三年半的民办教师。我能考上大学跟我做民办教师就有关系，而且即使到了农村，我也算是比较好学的。我爱看书，当时也没有图书馆，主要是我自己买了很多书，一直在看。找到什么书就看什么书，爱看书对高考就有帮助。我在农村的时候办过自学小组，当时已经看过一些自然辩证法。现在回过头发现，那时候看的书都不是乱看的，知识面宽了，历史考试就简单了，谈地位、影响的题目相对来说就比较好做，看看就会写了。

我那时候买书是通过写信给上海新华书店的邮购部，他们寄书的目录过来，然后我去买。我有两三百本书，这个对我的学生也是有好处的：我的学生有相对好一些的，后来上大学、做干部的，就有人是因为受我的影响，有一些价值观念上的看齐；我还告诉他们通过什么途径去买书，有个学生喜欢画画，我送些讲美术的书给他，如《怎样画铅笔画》。农村的孩子不怎么读书，很调皮，那时候我当他们的班主任，管打架什么的也很头疼。那个时候就是你能早点看到书，就能比别人多学点。

被错别字改变的人生

1977年下半年,我在做民办教师,去邻近的广洋中学参观访问。我坐在船上,突然有一个广播,听到"恢复高考"这个消息,我一下子愣住了,就像《高考1977》那个电影里一样。

我是有点偏科的。高考要考数学,读文科的人都不怎么看数学。我不是一点都不看,但也就看一点,最喜欢的还是文学作品。所以我当时一下子就傻了,傻了以后去看电影,放的《地道战》,我没心情看,就去看数学。当时觉得来不及了,因为我还有工作。那时我隔壁有个教数学的老师,我后来能考上南京大学跟他有很大关系:第一,他有教材,还有什么数理化自学丛书,那个时候都是宝贝,外面看不到的;第二,他还教我做题,题做不出来他随叫随到,真是帮助很大。后来高考时我的数学考了六十几分,我们班还有十几分的。因为那个时候文理不分,就是一张卷子,所以我考的分数算高的。

当时的中学对高考还是很重视的,重视到什么程度呢?我们这些教师都激动起来了。住我隔壁的数学老师,因为没有教科书,他就自己编讲义,有一些公式、题目,字数不多,两三万字,然后找人刻钢板。"文革"那些测量土方、生产会计都是不考的。当时学校还是很支持我们高考的,同事之间关系很好,也想大家都有个出路——民办教师不是正式教师,没有编制的,工作几十年,不能转公办,最后年纪大了,生活无着落,下场很惨。另外像我们在农村当教师,公办教师基本上不和民办教师谈恋爱,女的是民办教师可以,男的不行,因为你身份低,也没保障。

复习的时候,就是背地理、政治,历史也是找本书来背,"五四"运动的意义、巴黎公社失败的原因、工农联盟、四大文明古国之类的。当时出题很死,高考的题目大概就是这么几个题。我当时还是比较喜欢看历史的东西,"四人帮"的时候也讲历史——"儒法斗争史",虽然是官腔官调,但是可以看古文,像刘禹锡的《天论》等等。我当过政治教师,有一年他们考高中,考十道题,我猜中了八道,就是我从报纸上抄下来的,所以政治、历史这些我就比较熟。语文作文题我记得叫《苦战》,就是这么两个字,命题作文。当时叶剑英有首诗"科学有险阻,苦战能过关",就用的这个题目。政治就是时政,考一点理论,什么"无产阶级专政下继续革命"之类——这些后来都属于批判"四人帮"的东西,但是当时还在考,所以等于是废话。

我们都没有受过什么很好的教育,童星老师是"老三届",基础比较扎实,人也比较聪明,就考得比较好。我们那个地方那么穷困,能考出来也不容易。我们这一批人走了以后,学生高考就普遍考得不太理想了,因为有点水平的老师都走了,直接影响当地的中学的教学质量。

那个时候时间很紧,分两次考,一次是公社的初考,谁都能考,改完试卷以后,再选拔到县里面考,要不然人太多。我初考考得不太好,一共两门,数学不是很好,语文大概能做出来,但也达到复试的线了。复试就考得好一些。当时我把一切工作都停了下来,连学生作文都没批,就堆在那边,考完再批改,上课可能也耽误了一点,因为忙着复习。

后来开会的时候有人告诉我,邮局来了封南京大学的信,是入学通知。我拿到以后立刻就轰动了,因为上南京大学的人,我们公社就我一个,我就是最好的。另外最好的是我一个同事,考了苏州医学院,现并入苏州大学;其他人可能更差一些。当时就能感觉到,公社里的一些年轻女打字员——她们在镇上工作,穿衣服也比较整齐——平常不跟我说话,我一拿到录取通知就跟我说话了,说明我地位比较高了。

那时候理工科加上附加题总分四百多分,文科是四百分,我考了三百三十几。北京大学是三百三十以上,所以我达到了北京大学的录取分数线,要是报北京大学就上了,但我第一志愿报的是南京大学。像童星老师,他是当之无愧的全省状元,考了三百六十几分。数学我考得不错,其他的就更高了。后来查到我语文拿了九十多分,写的文章也成了范文,这跟我当教师的经历有很大关系,因为我教政治、语文。

我学历史是很偶然的,那时候不像现在有本厚厚的册子介绍志愿,当时可选的专业不多。志愿是用毛笔抄在公社墙上的,我们文科,就是哲学系、中文系、外语系、历史系这几个,没有经济系,没有政治系,没有法律系,现在的海外教育就更没有了。我当然不会上外语系了,因为外语要加试;哲学我不想上,因为看不懂;所以就剩下历史和中文了。本来我想上中文的,而且肯定也能上,但是抄志愿的人抄错了字,本来中文系是"汉语言文学"专业,少抄了两个点,就变成"汉语言文字"了,我一看"文字",心想那可能很无聊,就选了历史系。所以我本来要上中文系的,就让这两个字搞坏了。这是很偶然的。我挺喜欢地理,但南京大学地理是理科的,所以我要上南京大学,就只有历史系了,那时候也没有考古什么的。所以人生、命运,都是很偶然的。古人讲,人的命运就像柳树上的柳絮,飘到哪就是哪。飘到厕所就是厕所,飘到池塘就是池塘,其实就是这样的。所以少抄了两个点,我的专业就不一样了,我遇到的人也不一样了。

我政审情况还好,我父亲工作的医院是帮了忙的。我父亲算是有点问题,如果查档案的话,就会看到他是挨整的,所以我政审的时候还蛮担心的。但是那个时候,邓小平已经讲了要放松,如果他没讲,估计就不行。我们单位的一个人,父亲是右派,他第一次就不能如愿,后来是扩招进的大学。毛泽东有句话是"可以教育好的子女",家庭是家庭,本人是本人,不过各个地方情况不一样。

南京大学在我们的印象中是个圣地。那时候农村孩子要是上了大学,就相当于有了工作,那就不是农村户口了,这个很重要。我有个同学是农村的,家里给他定了蛮不错的"娃娃亲",后来他上了高级师范,可以到小学或者初中工作,就解除婚约,在农村里闹得挺大的,还有人告状,说他是"陈世美"。而且上了大学,前途就很好了,一个是能在城市工作,一个是有专业了。那时候我有个想法,就是成为一个历史学工作者,教教书,写写东西。我刚来的时候,英美对外关系研究室的吴世民老师就对我说,你要写能发表的东西。我就想着写的东西要能印成铅字。这就是那时候的期待。

这世上没有我不能吃的苦

当时的交通还是很方便的,宝应到南京有汽车。我来南京报到,是先坐船到宝应住一晚,第二天早上买汽车票,坐到南京,当时汽车要开六七个小时。报到期间,学校还会有人在车站那里接站,然后有汽车从站台把我们接到学校,学校里也有相应的迎接台。

我们的住宿条件非常差,十个人住一间房。当时最普遍的是八个人住一间房,如果八个人住,还有空的位置放东西,十个人住就没有放箱子和其他东西的空间了,我们只能把箱子堆在地上,堆得非常高。有一个同学时殷弘,现在已经是非常著名的学者了,他人比较矮小,当时就直接把箱子放在床上,整个人像虾米一样弯曲着睡觉。因为人侧着睡也很难放下箱子,就把箱子竖起来放。要是想拿箱子里靠下的一件衣服,就得把箱子里的东西一件件都翻出来,才能拿到。

我们吃饭的条件也比较差。那时候叫"包伙",就是必须一桌人到了以后才能吃,大家拿一个盆子打菜打饭,然后有一个人给大家分,桌子上还写有名字。实行了一年后,因为太不方便,这种方式就被改掉了。

我们班上同学,年纪最小的是应届生,大的三十多岁,我二十二岁,算中间。北京大学还有父子一起考上的,夫妻一起考上的,这是很难得的事情了。当时大家都像海绵一样吸取知识,要是有一个讲座,窗子上扒的都是人。那时候学习积极性真的很高,根本不需要人催促,也没有人厌学,晚上学习大家都会熬夜。那时候我很喜欢熬夜,一般要看书到两三点。当时我的下铺是朱剑,现在《南京大学学报》的主编,他睡觉很警醒。现在想想真的很影响别人睡觉,因为我只要上床,床就会动。有一天我轻手轻脚把鞋子放好,他对我说,鞋子你就重重地放,我已经习惯了,要是一个鞋子掉下来了,另一个老掉不下来,我就睡不着。现在想想,他其实是等我睡了才能睡,我两点睡觉他就得等到两点。这是一件很害人的事情,但是当时是想不到这些的,当时的人学习都非常疯狂。

当时的必修课很多,选修课少,比较呆板。以中国近代史为例,一年分上下两段,一个星期上四节课,现在应该一个学期就上完了,所以我们的课至少要比现在多一倍。必修课时间拉得长,就讲得很啰唆,中国史、世界史都要教三年,最后才开一点选修课。老师也就是讲讲教材里的东西,没有现在灵活,当时比较重视基础。当时的选修课,比如蒋孟引先生,开了一门"西方史学史",讲一些比较基础的东西,他备课非常认真,一口湖南话。他们这样的大学者,早年在英国拿到博士学位,学问都很好,知识面也很宽广。有一些老学者,如韩儒林先生,当时就已经很著名了。还有茅家琦先生,年轻时就很有名气,现在也有九十岁了。

图书馆书不多,找书也非常困难。那时候大家都想看《十日谈》,排队排了非常长,因为就那一本,所以大家都是冲过去借。当时我们借书不像现在是开架,过去是要先查卡的,然后填一个条子进去,有些书可以借到,有些就借不到。文科的书相对多一些,因为学理科的人也看文科的书,但学文科的人不太看理科的书。文科书籍很多都是基础性的东西,都是非专业性的,而理科的书淘汰起来快,比如关于网络、计算机的书,过时了就报废,只能当废纸。那时借书,一次能借三四本,期限差不多一个月。

我们学世界史,会看一些英文书,但是看得很慢。那时候就看英文的通史什么的,经常要查字典,老记不住。南京大学有很多老外文书,就是金陵大学、中央大学留下来的,我就经常找一些老书来读。至于港台书,有个小的港台阅览室,就是放一些报刊。外文书是可以借的,一般通史著作都可以借到。到了四年级,院系的图书馆也可以借书了。

当时有一个阅览室,里面的书也要查条子才能看。阅览室在老图书馆旁边,就是原来金陵大学的校史馆,看书要上二楼,我的很多时间都是在这个地方消耗掉的。座位非常少,要排队的,大概开放五分钟内,座位就被抢光了,没有座位的就只好去别的地方看书。但是宿舍也不太好坐,有两三个人就很挤了。教室也不行,我们找不到空教室,课都排满了,我们就只有找个草地坐坐。我们上自习也去教室,但是会去那种特殊的教室，里面的椅子是带扶手的，可以搬来搬去，你可以找一张空椅子搬到某个地方去坐着自习。我们的教室在西南楼，随时想去看书的话，还是有座位的。

除了学校里的学习以外，我们也去学校外面活动，出去转转，看电影什么的。因为鼓楼有一个优点——在市中心，我们就在鼓楼和新街口之间跑。那时候还有一个百花书场，讲讲相声，现在都不在了。看电影是常有的，但那时候电视不多见。在街上跑跑，也算一种文化生活。同学们还会约着去一些景点，团支书周晓陆就组织过我们到三台洞这样一些"野景点"，一般人旅游不会去的地方。他是南京人，就带着我们跑，燕子矶、牛首山……都是到这种地方，大概去过四五次。聚餐、吃饭很少，因为经济条件不好，很少一起吃饭。大家以吃食堂为主，很少出去吃。

学校里面是有助学金的。我拿得少，只有七块钱；贺云翱拿得最多，有二十几块。他当时最穷，他家平均每个人的收入只有三块钱，因为只有三块，所以给了他最高的补贴。每人都有一点，条件特别好的就不给了，比如有同学的爸爸是大校，工资水平比较高，就不拿了。

当时学校有规定，不准谈恋爱，但实际上还是有人谈。因为年龄很大，不能谈恋爱就把人家给耽误了。有的女孩子都二十五六了，总不能不让人家谈。而且这个机会是末班车，这里集中了那么多单身男青年，在大学里找不到对象，在外面就很难找到了。总的来说学校是不管的，特别是到了高年级，其实也知道哪两个人是男女朋友关系，因为他们都在一起，但不像现在，没人拉手之类的。

虽然不管谈恋爱，但分配工作的时候会把男女朋友分开。当时有两个做法，一个是把两人分开，另一个是如果想分在一起，就都分到比较差的地方。这个其实也是很奇怪的，有点不近人情，但当时就是这个做法，不能照顾。因为规定不许谈恋爱，你谈了我可以当作不知道，但你们一直在一起就要到最差的地方，决不可能两个人都到北京的大机关。我们班四十三个人，女生特别少，七个女同学，六比一。两个女生已经有男朋友了，后来果然跟男朋友结了婚。其他五个女生全都是本班找，一点儿也没有到外面去，高度的"自产自销"。

当时工农兵学员和我们不在一起上课，我听过他们的课。他们人很少，二十个左右，在一间很小的教室里面，也都是一些扶手椅，我有时就和他们一起听听课。我们和工农兵学员的课门类差不多，应该都是一个系统下来的。现在的课就很灵活了，但这样也有问题，必修课成分占得少了，必须要自己下功夫。当时有一个规定，必修课不能讲老师自己的研究成果，选修课可以讲。必修课必须要把知识原原本本传授给学生，可以讲研究动态，但是不能随意讲自己的东西。

那时候同学关系都不错，工农兵学员和我们的关系也还可以。有的工农兵学员会比较担心别人看不起他们，因为他们不是考进来的。事实上，虽然有一些文化水平不高的，但里面的人才也很多，比如张异宾、李良玉等，都是很有才华的。现在学生的承受能力没有我们强，但工农兵学员的承受能力更强。我在农村的时候参加过函授班，扬州师范学院中文函授班，业余学习三年，老师会在宝应集中面授。我没有学完，因此没有拿到文凭，但那是一个大专文凭。有一次我去函授，那时候地震，房子不能住，大家都在防震棚里，没有任何取暖措施。当时还在下雪，我住在防震棚里，雪花直接飘在头上，相当于半野外的生活，一夜睡下来，身上冷得不得了。我当时就讲，这个苦都能吃的话，这个世界上就没有我不能吃的苦了。

爱折腾的"七七级"

一般来说，七七级的人，行政能力很强，自己打理自己的能力也很强，所以不管是经商还是做干部，都有做得很好的。我们这一批同学，总的来说，还是很有成就。贺云翱，他相当于一个人创办了一个公司，办了两本杂志，养着二三十个人，每期杂志卷首语都是他写，还要去开学术讨论会，还要教课，非常敬业。他并没有很好的物质条件，没挣到什么钱，但是他很有理想，创办的《大众考古》杂志，影响很大，还拿了考古学界的奖。

杨冬权,原来的中央档案局局长,中央办公厅副主任,工作也做得非常好。上学的时候他就很喜欢看书、写文章,本科时就在《南京大学学报》上发文章了。他被分配到档案局,但档案局是个行政机构,不太适合搞学术,他就每周日(当时没有双休日只有周日休息一天)跑到国图或者省图去查资料,还写过东西。

周晓陆,以前是大队书记,全国、江苏省的知青模范,比我大几岁,是一个很成熟的人,行政能力很强,有什么问题都能自己解决。我们班有个同学,喜欢外文系法文专业的一个女生,就疯狂地追求她。最后闹得比较大,就要处理了。周晓陆就去找这个同学,让他主动承认错误,写检讨。

我们班里也不是没有普通的同学,但是每个人在普通的岗位上,也都认认真真做事。班里很多元化,也不都是学历史的。七七级历史系的人都有自己的追求,爱折腾,就想把事情做好一点,出彩一点。

那时候,就业无法自主选择,是系里面分的。分配是按照分配方案,比如三十个学生,有三十个岗位,这叫分配方案。但是会有一些单位没人去,我们考研,就空出来一些岗位。这样就由我们辅导员朱宝琴确定分配方案,她要找学生谈到哪个单位,比如说,喜欢打篮球、喜欢娱乐的同学去团中央,喜欢做学术的到档案局,这样也有点照顾到每个人性格的意味了。

我们的辅导员朱宝琴很正直。她本来是我们的书记,现在退休了。她工作很认真,也不搞什么人际关系。她当过浦口校区的书记,后来到我们系来当一个教师。要是换作别人,肯定不愿意,但是她就做普通教师。辅导员的工作高度敏感,决定人家一生的前途,好的去处和差的去处差很多——在北京中央机关和安徽某矿山子弟中学,差别太大了。辅导员工作因此很考验人的——真的很难分配,总有人有意见。但是她确实是正直的人,也比较公平。

总体来讲,分配主要是去两个地方,一是北京,二是南京,其他很少,就只两个去安徽的名额。那时候我们班有一个男同学和一个女同学,女同学年龄大一点,想找男朋友,但是她的相貌、条件一般,她就找到了这个男同学。这个男同学要去安徽考博物馆,她就说她也去。结果她一去就出了问题,她去的那个单位叫安徽省地质局,要二次分配——分配里面有名堂的——一般都是一次分配——二次分配就是在她到安徽省地质局报到以后,叫她到矿山某子弟中学去。你来单位,结果下面还有分支,后来还是学校出面给她重新分配去了省地方志办公室工作。

我们七七级的分配,用分配老师的话来说,就是从来没有这么好过,因为多少年没有人了,很多职位空缺。我要是不考研,到北京找个国家级的出版社是没问题的,后来连地图出版社都没人去。

我走的基本上是一条钻研学术的路,读硕士、博士,最后成为老师。如果不是这么做,可能会从事别的工作,但我走上现在这条路也没什么后悔,这个跟你的特长、兴趣有关系。学历史的也不一定要搞历史,当时对我们来讲,到党政机关就算很对口了。真正从事历史研究的人很少,不到五六分之一。大部分历史系的人都在做别的工作,或者做一些和历史相关的工作。

时代弄潮儿

受访人 周 沛

采访时间 2017 年 3 月 7 日

采访地点 南京大学社会学院楼

采访整理 郝怿、邓雅欣、张益偲

作者简介 周沛，1954 年 6 月出生于江苏南通；1978 年 9 月考入南京大学哲学系；现为南京大学政府管理学院教授，博士生导师，中国残疾人事业发展研究基地、南京大学残疾人事业发展研究中心主任。

遥不可及的大学梦

我的老家在江苏南通县平潮镇,就是今天南通市通州区平潮镇。我出生于一个小知识分子家庭,父亲、大哥及大姐等当时都是中小学教师,这对培养我读书写字的兴趣爱好有直接的助益。十岁小学四年级的时候,我已经通读过《三国演义》,尽管不少字还不认识,但是对故事梗概有了大概了解,这在一定程度上帮助我喜欢上了历史以及文言文。我们那个年代,小朋友的"课外读物"主要是连环画,即"小人书"。当时读的小人书主要有两大类型,一是中国的古典小说,像《三国演义》《水浒传》《岳飞传》《杨家将》等;一是革命题材的小说,如《铁道游击队》《洪湖赤卫队》《红岩》《林海雪原》之类的。阅读小人书,不仅给我们带来乐趣和知识,更重要的是培养了孩童读书的兴趣与习惯。

我接受过完整的小学教育,但中学教育却是"残缺"的。因为中学期间正值"文革"的早、中阶段,学校停课闹革命,不上课或很少上课,学生就成天玩,如骑自行车、玩无线电、打乒乓球,还有钓鱼、抓螃蟹等等,可以玩的东西非常多,很是开心。我们还参加"毛泽东思想宣传队",演节目,唱样板戏等等。中学时的课程大多是学工学农的内容,从文化学习上看,我的中学教育是"断档"的;但从社会学习和社会实践上看,则有一定"社会阅历"的积累。

对于上大学这个遥远的梦想,只有在小学时有过。记得家父有一支金笔,曾对我说,等你考上大学后给你。那时的大学梦,仅是朦胧的、虚幻的。而在中学阶段,那时大学停止招生(1966—1971),我以及很多小伙伴都没有这个念想,不仅感到遥不可及,而且觉得此路不通,因为现实生活中大学的门已经封闭。

1972年初,我高中毕业,当年年底应征入伍,参加了中国人民解放军,那时叫"毛泽东思想大学校",在陕西省、甘肃省、宁夏回族自治区那一带当兵。紧张的军营生活对年轻人是很好的考验和锻炼,我的身心得到了很好的锤炼,练就了强壮的体魄与较为坚定的意志。尽管那时大学已经开始招收"工农兵学员",但是,我也知道无论如何这都是与己无关的事情。

大概在1977年10月的一天,我随连队在陕西陇县穆家寨一个山头劳动,听到山坡上的高音喇叭在播送要恢复高考的新闻。几天后找到《解放军报》,看到确实有恢复高考的消息,动心之余还有茫然。动心是想尝试,不能放弃这个机会,茫然是怎么复习考大学?我一无所知。

在家人和友人的鼓励和支持下,我开始偷偷复习。之所以"偷偷",是因为:当时的战士身份与军营环境不允许我公开复习。因为部队有繁重的营建劳动与战备训练。我参加过盖房子、搬砖头、拖预制板等劳动,什么都要干。夏天收工时,衣服后背都是一片白色,那是出汗后带有盐分的汗渍;我也常常参加野营拉练,风餐露宿,睡过猫耳洞,有时一天要行军一百里①的山路。在这种情况下,一个战士想参加高考,只能是"偷偷复习"了。

由于我的中学学习是"断档"的,因此,怎么复习我一点也不知道。但是我知道,一切应该从头开始。我就从初中数学的"有理数"复习起。没有教材,我就向驻地老百姓的一个初中生借了初中数学书,自己去看什么"有理数""三角函数"等等;现在还记得,当时居然还能一看就懂,并且能做对大多数题目。

1978年4月复员回乡后,我到二哥工作的地方,江苏淮阴地区灌云县闭门复习迎考。二哥在县委宣传部工作,给我找来复习资料。其间我主攻数学,兼顾政治、语文、历史、地理等其他课程。之所以如此,是因为我数学基础比较差,而对语文、历史、地理、政治等文科的内容,我基本上

---

① 一百里,即50千米。

比较清楚。这与我平时一直看书有关,如我在部队时翻阅了范文澜先生《中国通史》的前几册,尽管是囫囵吞枣式的;这也和当时政治学习的氛围有关,如1974年的"批林批孔"运动以及1975年的"无产阶级专政下继续革命"理论。那时我还在部队当"小教员",给全连战士讲授"儒法斗争"之类的内容。尽管当时对那些内容也不是太明白,更不了解其政治背景,但对后来的考试有很大作用,所以政治、历史,还有语文等,对我来说不是太难,最终考上了南京大学。

揣着包子进考场

你问当年有无政审?七八级是有政审的,但是我没有在政审这个环节遇到什么问题,因为我是退伍战士。七九级以后好像取消政审了。在那个特殊年代,政审往往可能把一些成绩合格的考生因家庭成员的"政治原因"而刷掉,这种情况后来就不存在了。

我们七八级全国招生三十多万,非常少。当时我是在江苏南通县参加高考的,考场设在平潮小学。试卷是全国卷,七八级开始都是全国卷了。七八级的试卷,现在网上也能下载,用现在的眼光看,是非常简单

的。但历史地看,在那个时代,十有八九的人是做不好那套试卷的,题目再简单,那时候很多人做不出来。这是因为"文革",教育停滞十年带来的恶果。但是另一方面,在那十年中,能坚持读书的人,或许就是恢复高考的幸运儿,这也说明了知识积累和持之以恒的道理。

现在我还能回想起当时进入考场前的一些场景。考生有兴高采烈的,有惶恐不安的,也有晕头转向的。我记得还有忘记带准考证,骑车回去拿的人。作为考生我当时年龄还是比较大的,因为当了五年兵,都二十几岁了。外面一些应届生在背作文、背历史、背地理,当时觉得人家真了不起,而自己傻乎乎地就进了考场。我还怀揣了一个包子,因为容易饿,我饿了会发抖,所以我是揣着包子进考场的,后来由于专心答题,忘了饥饿而没吃。当然,估计真要吃的话,监考老师会不允许的吧。

第一门考的是政治,第一个名词解释就是"阶级",我乐得心花怒放,因为我复习过这个名词——"所谓阶级就是一个集团占有另一个集团的劳动……"是列宁说的一句话,我一气呵成,一下子写出来。当时我政治是拿了比较高分数的,八十几分,换算成一百五十分制就是一百二十多分。如果五门课程中有三门拿八十分左右,那就离重点大学不远了。后来的语文、历史、地理等,我的考分都接近八十分。

考　生　须　知

1. 凭证准时入场,对号入坐。置证于桌面左角,供核对。
2. 遵守试场纪律,保持试场肃静;独立进行答卷;规定时间内交卷。
3. 文具用品自带,作好考前准备,中途不得离开试场。
4. 缺考不补;迟到15分钟以上作弃考论。
5. 本证只供考生本人使用,不得涂改转用。
6. 考试时间:(外语口试时间另行按排)

日期	上午时间	科目	下午时间	科目
7月20日(星期四)	7:30～9:30	政治	2:30～4:30	物理历史
7月21日(星期五)	7:30～9:30	数学	2:30～4:30	化学地理
7月22日(星期六)	7:30～10:30	语文	2:30～4:30	外语

考试之后估分，我低估了自己，觉得分数或许能上中专或者大专之类的。当时，有中专上也愿意去，因为当时只要上了高等院校，就是国家的人了，就业就有保证。结果分数公布，我的考分比录取线高出很多，就毫不犹豫报了南京大学。

之所以选择南京大学，也是因为那时南京大学排得挺前的——北京大学、清华大学、中国人民大学、复旦大学还有南京大学，南大总是在前五六名。那时候南京大学的文科就只有历史、中文、哲学几个系，我报的是哲学系。以当时的社会情况，普遍是能考上大学就不错了，很少有刻意挑剔专业的。反正文科主要就是文史哲三个系选择，后来才知道有经济系，那是1978年才成立的，原来很小的一个系，因为市场经济的飞速发展，现在商学院可牛了。当时考虑的是"入了大学门，就是国家人"；分配工作就是"我是一块砖，天南海北任党搬"，特单纯。能被南京大学录取，说实话挺惊喜的。很遗憾的是，录取通知书可能是交上去了，准考证、学位证、毕业证我都保留着。

历史的幸运儿

那时候交通不方便，我是坐轮船来南京上学的——长江航运，现在

哲学 系　　经济 专业 八一 级

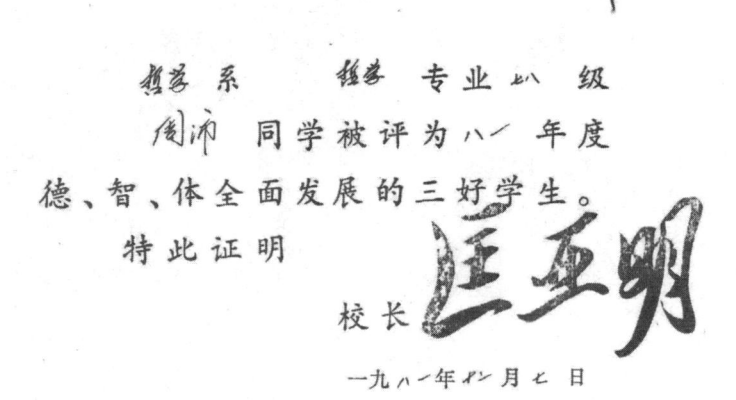

周沛 同学被评为 八一 年度

德、智、体全面发展的三好学生。

特此证明

校长 匡亚明

一九八一年十二月七日

已经没有客运了，只有货运，还有旅游观光的——当时从南通到南京，溯流而行，路上大概要花十四个小时，船票两块五毛钱。那时候一个学徒工的工资，十八到二十块钱一个月；一般的工人二三十块钱一个月。

我是自己来的，因为我已经走过好多路了。当时我住在南园二舍，后来是十一舍，在八舍的东面。南京大学因为是全国性的高校，学生来自五湖四海，我们班有北京的、上海的、浙江的、福建的、湖南的、广东的、广西的、东北的、西北的，江苏籍学生比较多。南京大学七八级哲学系入学时一共五十八位同学。

七七、七八级绝大多数同学入学前都在社会上历练过，有当过兵或正在当兵的，有上山下乡的知识青年，有在工厂当工人的，有在农场当职工的，有在农村务农的，还有在商场当营业员的，也有在小学当代课教师的，当然，也有几位应届毕业生。生源构成复杂，折射了当年中断高考十年后社会青年的复杂结构。同时，入学同学年龄差别很大，以我们班为例，有年龄差十五岁的。大的同学对小的同学说："小朋友，叫叔叔。"这在今天是个笑话，可在当年确实如此。

1978年秋季入学时，南京大学几个食堂只有桌子没有板凳，我们是站着吃饭的，你们可能没法想象。但是我当时觉得非常幸福了——当

哲学系

在部队服役时是蹲着吃饭的,上大学了已经可以站着吃饭了。那时上大学有助学金,完全够吃饭,不用缴纳学费,学习书籍是免费发的。

在"文革"断档十年的背景下,恢复高考后的大学生深知上大学的来之不易,抓紧点滴时间学习,可以说是如饥似渴地徜徉在知识的海洋中。那时候大学生生活是"三点一线",宿舍、教室、食堂。教学楼及宿舍十点钟熄灯,许多同学买来蜡烛,秉烛夜读,学习氛围很好,大家深知读书机会的珍贵,都有渴望补充知识的迫切需求。整个社会对知识日益尊重,大学生也确实当了一回"天之骄子"。

大概在1981年前,南京大学图书馆设在现在鼓楼校区的档案馆,很漂亮的一个建筑,但不大。有借书卡,先在这个卡上查,查到了然后就借,还是比较原始的。系里有资料室。绝大多数同学都有提前到图书馆及教学楼占位子的习惯——用书包或一本书放在位子上,就意味着这里有人了。这一方面说明大家读书的热情高涨,另一方面也说明当年图书馆及教室等硬件的不足。

当时的课程设置主要集中在哲学原理、马克思主义哲学史、中外哲学史、自然辩证法、逻辑学、心理学以及物理学、数学等方面。从总体上说,当时学习和研究的主要是政治问题,也有社会经济问题,我们还到安徽滁州(当时叫滁县)做了家庭联产承包责任制的社会调查。不管同学们后来从事什么工作,经过哲学系四年的学习,大家的理论基础、思维方式、逻辑方法、研究视野、认识和分析问题的能力等都得到了极大的锻炼,受益终生。我们要感谢南京大学,感谢南京大学哲学系的老师。

当时学生的信息源除报刊外,就是校园广播和广播电台,载体是校园里的大喇叭和少数同学才拥有的收音机。录音机是1970年代末1980年代初才逐渐进入校园的,但是学生拥有者很少。当时教室自习时有个亮点,就是能看见有一些同学带着收音机,用耳机在听,一般都在听英语或音乐。如果说现在大学生看手机刷朋友圈是一种生活必需,那么,当年大学生听广播和录音机则是一种学习手段与时尚。

1977年恢复高考对七七、七八级考生,对我们这一代人,对整个社会,都具有极为深远的现实影响与历史意义。许多有志青年通过努力实现了上大学的夙愿,决定了其后来的人生发展方向。社会提供了广阔的舞台,我们在各行各业都发挥出了重要作用。这一代人不仅改变了当年我国人才短缺的窘境,还肩负起承上启下的重担,为改革开放添注了有生力量。尽管除了少数人后来成为重要人物或名人,绝大多数人默默无闻地从事着普通工作;但是我们不能否认,七七、七八级大学生在整体上是我国特殊年代与特殊时期的特殊代表,他们确实为我国的改革开放,为民族的振兴做出了特殊贡献。他们是历史的幸运儿,也是时代的弄潮者!

从首饰工人到大学生

受访人	陈谦平
采访时间	2017 年 5 月 5 日
采访地点	南京大学历史学院 209 室
采访整理	黄丽祺、单雨婷、张益偲、朱笑言、袁缘

作者简介 陈谦平，籍贯江苏省扬州市江都区，1955 年 2 月 10 日生于南京市。现任南京大学特聘教授、南京大学中华民国史研究中心学术委员会主席、博士生导师。1978 年 2 月进入南京大学历史系学习，1982 年 1 月毕业后留校任教。2002 年 3 月获南京大学历史学博士学位，全国优秀博士论文获得者。曾任南京大学历史系主任（2006 年 1 月至 2014 年 5 月）。国务院学位委员会第六届、第七届中国史学科评议组成员，教育部高等学校历史教学指导委员会副主任，国家社会科学基金学科规划评审组专家、国家社科基金抗日战争专项基金评审委员。社会兼职有中国史学会理事、中国现代史学会副会长、中国抗日战争史学会副会长、江苏省历史学会副会长等。

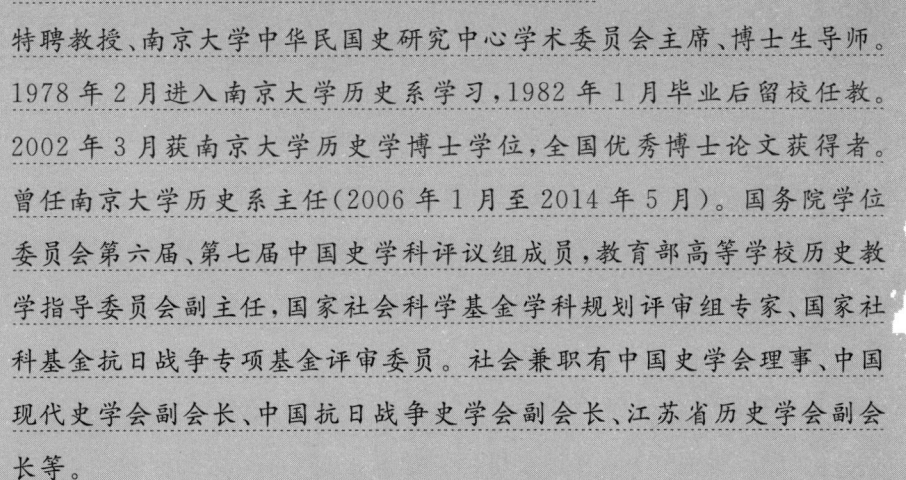

书香传家

  我的父亲是南京市食品公司的国家干部,一直做计划财务工作,母亲则在南京新街口百货商店当营业员。我的祖籍为扬州市江都区,家境富裕,曾祖父那一辈人可能是盐商,在北京开了一个名叫"大丰号"的钱庄,也算是民族资产阶级吧。第一次世界大战期间,中国民族资产阶级开始合股搞股份制银行,我的曾祖父关掉了"大丰号",参股周作民在北京成立的金城银行。金城银行是当时北方著名的"北四行"之一,规模很大。而时任中南银行总经理的胡笔江亦是我家亲戚。1920年代,我的爷爷在汉口金城银行当襄理(一说总账会计),我父亲是在汉口英租界出生的。由于患上痨病(肺结核),爷爷于1920年代末就去世了,奶奶只得带着我父亲回到了江都老家,由于有金城银行的抚恤金和股息,他们母子那时的生活还算殷实。

  我家的教育环境比较好,也算书香门第。我家在三条巷有一栋三层楼的小洋房,还有晒台和平台。当时南京四层楼以上的建筑不多,每年国庆节放烟火时,我们就会登上平台,玄武湖和中华门两处燃放的烟花都能够一览无余。记得以前家里有很多古代字画、碑帖等,都是祖上留传下来的。奶奶有几个红色的大皮箱,里面装的有祖宗牌位、古字画、掐丝珐琅碗、象牙筷子等,也有她的老衣(寿衣)。我十分清楚地记得,有一个箱子里装着一套清朝的官服。奶奶告诉我,我祖父当年用银子捐了一个官(几品不得而知)。当时家里瓷器也有一些,有一套四只摞碟,碟子四周画的是分属春夏秋冬不同季节的花鸟,十分精美。我父亲喜欢喝酒,冬天喝酒用可以烫酒的酒盅。先在酒盅里倒进开水,小酒杯斟满酒后放进酒盅,再盖上盖子,等酒热了再喝。这套酒器也很精美。这些瓷器应该至少是明清时代的。"文革"开始时"破四旧",家里的一些亲戚被抄家、批斗。我奶奶胆子小，把那些字画、清朝官服、老衣、连同祖宗牌位，一并扔进炉灶里烧了。

我记得，父亲的书桌上还有很多线装书和碑帖。父亲爱好看书，他的书法非常好，听奶奶和母亲讲，以前在江都老家时，每年春节前都给邻居们写春联，供不应求。父亲从小就要求我们练毛笔字，在他的督促下，我二姐和哥哥的书法都很好。他晚年在定居意大利和瑞士的我大姐处留下了很多墨宝。可惜的是，我哥哥当年在高淳县青山公社插队时，某晚家里失火，人虽无恙，但包括《兰亭序》在内的碑帖拓片都被付之一炬。

大学梦碎

应该是受到家庭环境的影响，我家兄弟姐妹四个学习成绩都很好。我大姐于1963年从南京市第二女子中学考上清华大学，轰动一时。我二姐1966年高中毕业于该校，因"文革"爆发未能高考。我哥哥亦于同年从南京名校第九中学初中毕业。我上的小学在南京还算有名，这就是历史悠久的逸仙桥小学。我小学的学习成绩一直很好，也是班中队旗手。但"文化大革命"使我的大学梦破碎了。

1966年5月，"文化大革命"爆发时我刚刚十一岁，小学四年级。打这以后，我基本上没有再接受过系统的基础教育。所以，实际上我也就只有小学四年级的文化程度。1967年和1968这两年，我们基本上没怎么上过课，就算小学毕业了。毕业后在小学自办的"初中班"学习一年，1969年9月，整个班搬到了南京市第二十六中学（现在是南京外国语学校的初中部）。我只记得在第二十六中学的一年半时间里上过英语课，学了二十六个英语字母，还学过"毛主席万岁、万万岁"之类的英语句子，至于语文和数学学过的内容已经完全没有记忆了。印象最深的是到南京药学院的校办工厂学工，到南京近郊的湖熟人民公社学农。我在工厂做过翻砂工，在农村插过秧，但更喜欢同工人师傅打乒乓球，在农民家的水塘里钓鱼。

1971年1月初中毕业,我又从第二十六中到新宁中学上高中。这个学校过去是南京第六女子中学,"文革"后全国取消女中,便改为新宁中学。当时该学校的师资力量较强,因为从当时的南京地质学校调来了几位教师教数理化。高中读了两年(1971年2月到1973年1月)。这两年高中老师教得好,学生学得也带劲,在此期间,我打下了较为扎实的数理化和语外基础。记得教导主任和班主任常常教导我们要认真学习,因为周恩来总理指示当时的教育部长周荣鑫,大学要恢复招生,甚至计划从我们这届高中生中招一批大学生,这成为我们学习的动力。广大师生干劲十足,老师们教得认真,同学们学得刻苦。记得班级和年级经常举行语文、数学、物理、化学等各科测验和考试,每个礼拜还有检查错别字竞赛。成绩优异者会发小奖品。要问那时我的学习成绩如何?绝对是全年级前三名,大部分测验也是拿全年级第一名,有时候第二名。我写的作文经常被老师拿到各个班去巡回诵念;数学、物理、化学成绩也都不错,数学稍差一点,物理、化学都是全年级的前三名。当时我们都积极准备参加高考了。结果没想到,1973年1月高中毕业后还是要下农村,插队当知青。

当时的南京"革委会"比较人性化,规定了一个政策,即每个家庭可以留一个孩子在城里就业。我在家里排行老幺,两个姐姐和一个哥哥当时都不在南京:我大姐于1968年从清华大学毕业,毕业后同我的大姐夫一起被分到了辽宁省铁岭市的一个农机配件厂;我二姐1966年高中毕业后无法考大学,也于1969年前往江苏省生产建设兵团,在南通海门县的将军山农场工作,当时在团政治部做宣传干事;我哥哥是六六届初中毕业生,也于1969年初去高淳县青山人民公社插队,高淳当时还不属于南京。于是我就留在南京城等候分配工作,并于1973年10月分到了一家大集体企业:南京金属工艺厂,就是现在很有名的老字号——宝庆银楼。

国家那个时候要搞外贸,增加外汇收入,而我所在的厂隶属于南京工艺美术公司,原来生产医疗器械,叫南京第二医疗器械厂。这个厂里有十几个师傅,解放前都在银楼做金银首饰,公私合营时进了这个厂。现在国家要发展外贸,就把这批老师傅的积极性调动起来,让他们带一批青年工人,教会他们生产金银首饰,为国家出口创汇。我们那一批一下子就进了三四百名青工,经过近一周的培训,让每个青工做一个戒指,由十个老师傅每人先挑选一名大徒弟。这十个老师傅早先在宝庆银楼很有名气,当时都六七十岁了。我有幸被余松鑫师傅看中,成为首批的十大徒弟之一。这十个人后来成为设计人员或生产车间的班组长。我之所以被相中,主要是有绘画的基础,做出来的首饰比较精美。

我们当时主要做黄金和珠宝首饰,包括手镯、戒指和项链等出口国际市场。经过"文化大革命",当时的国人对黄金并无任何追求。我记得当时在工厂路上,有青工捡到一串泡过药水的纯金戒指,拾金不昧,立即上缴,受到表扬。改革开放后,黄金首饰热销,听说后来有新进厂的工人在库房领到黄金后,跑到当铺里换钱去打游戏机,由于数额巨大,后来被判死刑,成为南京当时很有名的案件。

当时大集体工厂的工资收入比国营工厂低,我们一级工每月也就三十三块多钱。那时候的"老三届"(六六、六七、六八届),无论初中还是高中,都下农村;新四届(六九、七○、七一、七二届)基本都进工厂,而且在南京进的都是国营工厂,像南钢、南化、南汽和一些军工厂等。再下面就是我们1973、1974、1975、1976年毕业的高中或初中生,又是下农村。因为我留城,所以进了工厂,也算是幸运。

由于我喜欢看书,又喜欢写些东西,因此被厂领导看中,经常让我做做宣传工作,不过是业余的,还得完成工作量。后来中央搞"批林批孔""评法批儒",经常让我给全厂的职工宣讲历史,主持宣传报栏等,还当了工宣队队员,对五老村小学的学生进行宣讲。

不过,由于父亲的历史问题,我在政治上不得进步。记得小学时参加不了"红小兵";中学时"红卫兵"组织将我拒之门外;进了工厂,写了入团申请书,也是石沉大海。上大学更是想都不敢想。

小平让我考大学

我们家的文化氛围对我影响还是很大的。对我来说,每天完成工厂规定的工作量实在是轻而易举,闲暇之余,经常读些书。特别是参加"批林批孔"和"评法批儒"的经历,使我对历史产生了浓烈的兴趣。当时可读的书不多,我就从南京图书馆借《史记》来读。我记得上大学以前,我将《史记》通读了三遍。至于《封神榜》《西游记》《三国演义》《水浒》《红楼梦》《七侠五义》等古典名著,更是读得滚瓜烂熟。不过,数理化原先基础就不扎实,因而荒废。

1977年初,我大姐和大姐夫调到了合肥的中国科技大学,大姐告诉我可能要恢复高考,要我复习高中课程,准备考试。那时候粉碎"四人帮"不久,外贸公司的金银首饰外销订单很多,对饰品的产量和质量要求都比以前高,没有时间来投入复习备考。有朋友给我支招,教我在量血压时作弊,只要下肢一用力,血压就会很高。结果我经常去医务室混病假条。这样才有了大块时间进行复习。

最初我想考工科,因为我觉得自己动手能力比较强,加之在工厂是技术骨干。但后来考虑到时间紧迫,来不及复习数理化,所以就先报文科试试。由于高考停了十二年,集聚了大量知识青年,大家都想考大学,因而报考的人数特多。江苏省又是教育和文化大省,因此那年我们考了两次。首先是预考。预考是由南京市组织的,先淘汰一大批考生。江苏省的高考好像是在10月进行的,考了数学、语文、政治和史地四门。那时没有全国统考,只有省考,从1978年开始就全国统考了。考试成绩如何?说实在话,我到现在都不知道我高考总分是多少,反正数学成绩不好,而语文、政治和史地绝对在九十到九十八分之间,甚至更高。我还记得作文题目叫《苦战》。

当时填报志愿,也没多少学校可选。文科就是文、史、哲,其他专业都没有,经济学到七八级才招生,我们学校当时招了一个大专班。当时也可填报几个志愿,但我从小在南京长大,没有去过其他地方,我就填了南京大学。那个时候根本不懂什么大学好坏,就是南京大学比较熟,离家又不远。自从"文革"开始,我们就经常到南京大学去看大字报、看批斗当权派。当时看过批斗彭冲——当时的南京市委书记、江苏省委书记处书记。后来他当过上海市市委书记、中央政治局委员、人大常委会副委员长。批斗彭冲的时候,我就坐在他脚底下,我还记得彭冲当时穿一件绛色中山装。我以前经常看大字报的地方,就是现在的西南楼。那时候没事做,就整天到处跑。南京大学是江苏省"文革"的重灾区,"红总"与"八二七"两派斗得一塌糊涂,南京大学教师文凤来、曾邦元当年就是这两派的头头。我第一志愿填了南京大学历史系;第二和第三志愿都是南京大学历史系,其他学校都没填报。那个时候,父母根本不管我,随我自己填报志愿。现在想起来,第一、第二、第三志愿怎么能都填一个学校呢,真是破釜沉舟了。

考完那天,我也没有太多的想法。因为我家院子里面住了一些区教育局的老师,我问考得怎么样,他们说:"你在白下区文科考了第一。"我也没有去求证,因为我对此不感兴趣。厂里的领导、师傅和同事们也对我抱有厚望,说我肯定没问题。我记得当时碰到我们厂里的丁书记,他说:"哎呀,你肯定没问题。"后来有一天在厂里面,突然收到一封挂号信,我一看是南京大学寄来的,同事们都说是南京大学的录取通知书。打开一看,我真的被南京大学历史系录取了。

要知道,在那个年代,我家的成分不太好,算中小资产阶级。尽管我父亲是国家干部,但是其脱党和经商的经历使他在历次政治运动中都受到审查和冲击。我记得之前在厂里想入团,写了好多申请书,结果团干部跟我谈话,要我写对父亲历史问题的认识,并与之划清界限。我觉得父亲挺冤枉的。我不愿意写思想认识,当然因此也就无法入团。

在入学政审上我也没有遇到阻碍。托邓小平同志的福,我终于圆了大学梦。

我的大学生活

我们是1978年2月入学的,但因入学考试是1977年进行的,所以仍称我们为七七级。历史系在南京大学是小学科,每年招生人数很少。我记得刚报到时班上只有三十四个同学,同年五月份又扩招了八个。这样我们班一共有四十二个人,七个女生,其他都是男生。基本上以江苏的为主,外地的少。部队的有六七个,以南京军区为主,都是现役军人,也是考进来的。我们班年龄最大的同学是来自苏州的丁家钟,生于1947年,是六六届高中毕业,后来和我一起留系,做了团总支书记,不过最后还是回苏州了。最小的张益群生于1961年,扬州人,做过教育部行政学院副院长,现任教育部驻多伦多总领馆教育组参赞。所以同学之间年龄最大差为十四岁。

我在班上和同学关系总体不错,因为我个性比较开朗,也喜欢交朋友,愿意帮人忙。可以说,那时我在班上的威望还是比较高的。记得大学二年级的时候,班上民主选举班委,结果我的选票是第一。班党支部书记跟我说,你票数高也不是就说明你可以当班长。我说我根本不想要当班长,这只说明群众认同我而已。后来我做了班委,为班服务。

我们班的党支部书记就是周晓陆,他年纪不大经验却很老到。他是南京知青,由于其父母被下放,他到泗洪农村插队,二十多岁就做过大队党支部书记。周晓陆多才多艺,在国内考古学界闻名遐迩,在南京博物院、西北大学、北京师范大学和西安美院先后担任研究员、教授和博导,前些年调来我院任教。贺云翱也在我们班,他好像是1957年出生的,很有文采,整天在校学生会宣传组出墙报,也算学生干部。贺云翱在考古学界,尤其是物质文化和非物质文化遗产领域研究国内外闻名。南京大学学报主编朱剑亦是同班同学,靖江才子啊,在国内大学学报界算得上老大了。陈仲丹教授硕士毕业后去南京师范大学任教,后来又读王觉非先生的博士,毕业后留在历史学院任教。

我们当时同工农兵学员的关系也很好,一直把他们视作我们的学兄和学姐。我觉得,总体上讲七六级同七七级有差距,但是差别也没那么明显,特别是在文史哲各学科。理科可能要求比较高,但文科,各人有各人的经历,各人有各人的性格,不一定要按照书本去死记硬背。七六级有相当多人才,像梁侃,他后来是茅家琦先生的硕士生毕业,又到美国耶鲁大学去读史景迁的博士,现在是美国西雅图大学教授;韩明也是茅先生的硕士,后来跟章开沅先生读博士,他当年写了一篇关于孙中山让位袁世凯的文章,发表在《历史研究》上,相当有影响力;徐金万毕业后分到江苏省委党校,后来当过江苏省委组织部副部长、南京市委常委兼组织部长,现在是南京市政协副主席;张异宾是七六级哲学系的,现在是南京大学的党委书记,著名哲学家。当时他是青年军人,个子又高,非常帅,篮球打得特好。

当时印象深刻的老师太多了。比如韩儒林先生、王绳祖先生、蒋孟引先生、胡允恭先生、吴白匋先生等,这些都是历史系泰斗,高山仰止级的人物,我于1982年2月留校,给系主任茅家琦先生当秘书,同这些老先生有过较多的接触。老先生中我印象最深的是刘毓璜先生,他高度近视,但讲先秦思想史时从不照本宣科,一张纸条,引经据典,就是经常拖堂,有时中午近一点才下课,弄得我们常常吃不上饭。王觉非先生学问做得好,非常严谨,为人也和蔼,但他不喜欢学生上课迟到。茅家琦先生当时才55岁,英俊潇洒,通过选举当上了系主任,他在太平天国史和晚清史研究领域影响很大,常常有美欧学者来拜访他。我最喜欢张树栋先生给我们上的世界古代史。记得他第一堂课就测验我们的英语水平,并告诉我们英语的重要性。他给我们讲过的世界上古史,使我终身难忘。还有卢明华老师,当时任历史系总支副书记,主管学生工作。我们在打球,他在旁边可以喊出我们班每个人的名字。我就问:"卢老师,你怎么谁都认识?"他就说:"开玩笑,你们都是我招来的,照片不知道看了多少遍,三十多人谁不认识。"

那时没有什么学生组织,也没什么社团,但有班委会。我们的班委还是不错的,班里也比较团结,体育活动比较多。我们经常打篮球,踢足球。七七级、七八级那几年是历史系体育运动的辉煌时期:男子篮球拿过全校亚军;足球拿过全校第三名。卢明华老师夸我们"厉害",因为那年我们系篮球队有几个校篮球队队员,包括两个美国留学生。最厉害的是我班的王勇,来自连云港,他不仅篮球打得好,三级跳远也拿了省大学生运动会冠军,听说他保持的省大学生三级跳远纪录至今未破。

那时的伙食怎么样呢?南京大学的伙食好可是全国有名的。记得吃饭是在南苑的第一学生食堂(后来失火被烧)。学生十个人一桌,没板凳,拿八个脸盆打八样菜,绝对够吃,且吃得很过瘾。一个月八块钱伙食费,顿顿有荤,如狮子头、红烧肉、烧鱼、烧鸡和各种蔬菜。大锅饭吃了半年就改了,大约食堂负担不了,后来慢慢改为在窗口打饭菜。我因为每月奖学金有二十多块钱,还经常回家改善伙食,因此常常在食堂吃小炒。那时候我们食堂八毛钱的小炒是非常美味的。

同学之间谈不谈恋爱?有一段时间学校流行跳交际舞,我们历史系学生古板,很少见有同学去跳。我们班上大龄同学多,结婚的有好几个。此外,很多同学读书前就有女朋友或男朋友了。不过我们班的才子唐明峰(已经去世了)有一次追外语系的女生,给人家写情书,落款竟然是"司马迁"。人家到历史系告状,党支部和班委查笔迹,发现是唐明峰,然后就找他谈话。他说我又没写真名,我写的"司马迁",司马迁不就是历史系毕业的吗?

图书馆我是爱去的。中国古代史的古籍比较多,但是中国近现代的史料则较少。中国近现代史教研室有不少资料,张宪文老师他们自己也从中国台湾买了一些。我本科论文做的是"中山舰"事件研究,主要靠的是历史系资料室和教研室的资料。历史系资料室藏书几万册图书。中国近现代史教研室里的书都是从系里借来的。后来我做系主任,重新放到资料室。因为书丢失得太多了,搞了一个特藏室。

国际"三好学生"

随着改革开放后中国跟欧美国家建立了外交关系,文化交流日益频繁,欧美学生和访问学者迫不及待地纷纷到中国来进修与留学。南京大学是欧美学生前来留学的热门学校之一。当时匡亚明老校长的思想特别开放,创造各种条件让外国留学生充分了解中国。其中,让中国学生同外国留学生住在一起(简称"陪住"),就是他的一个创举。从1978年秋冬开始,我就成了"陪住生"。当时外事部门要求尽量派来自城市(特别是南京市)、家庭条件比较好的同学去陪住。提倡陪住生带外国留学生到家里做客,增进互相了解。我们七七级一共挑选了男女各五个同学去"陪住",其中五个南京同学,其余同学分别来自北京、扬州与南通。

我陪的是一个法国人和一个加拿大人。当时留学生楼在九舍,就是现在的南苑宾馆。最初我们三个人住一个房间,每天可以在公共浴室洗澡,当时这样的条件算是非常优越了。与我们原先在学生宿舍八个人住一间、睡上下铺相比,可谓优渥啊。那个法国同学叫米歇尔·罗阿,住了一年,于1979年6月回国了,我现在跟他也没什么联系。加拿大人中文名叫巴里,英文名叫 Barry Douglas Till,他长我三岁,是铁路工人的儿子,英国牛津大学的文学硕士。巴里没有任何不良习气,不抽烟、不喝酒、不搞女人。

巴里跟蒋赞初老师学考古,非常用功。他来南京是要写一本书,书名叫"In Search of Old Nanjing"(《南京掌故》)。这本书后来在香港出版,请的是著名女书法家萧娴为他的书题写书名。但由于当时南京城市周边不允许外国人随便进出,这为他在南京考察历史古迹带来大麻烦。那时出了南京市区,周边的每个路口都竖立着"外国人禁止进入"的牌子,而他要去江宁、句容甚至丹阳拍南朝石刻照片,因此经常误闯禁区。南京大学外办经常接到市公安局的电话:"你们有个叫巴里的学生,由于误闯禁区,又被我们扣留。"学校只得去公安局领他回来。后来他就跟我说:你能不能去南京周边那些有石刻而我又不能去地方拍些石刻照片?我同意了。后来,我就骑着我那辆永久牌自行车,帮他拍了不少辟邪、天禄、麒麟等照片,后来都被用在他的书里了。

  直到现在,我们的感情都很深,经常有书信往来。他现在在加拿大不列颠哥伦比亚省首府维多利亚市立博物馆当亚洲部主任,快要退休了。我于1995年和2017年先后去看过他。最让他骄傲的是,他被评为南京大学的"三好学生"。听说当时有人提醒匡校长:"外国人也能评三好学生?"匡校长的回答是:"为什么不能呢?"巴里被评为三好学生后非常开心。也许有人会问:资本主义国家的人怎么可以在社会主义中国被评为三好学生呢?我要说的是,他的人品非常好。他学习用功,经常在图书馆看书,很晚才回来。但每次深夜回宿舍,他都是轻轻地开门,踮着脚,灯也不开。洗漱完毕后悄悄地上床睡觉,生怕吵醒我。其实我并没有睡着,但这一切令我感动。这就是来自白求恩故乡的加拿大同学。

什么时候奔向梦想都不晚

受访人 龚 放

采访时间 2017年3月8日

采访地点 南京大学和园小区

采访整理 单雨婷、朱笑言、张益偲、袁缘

作者简介 龚放，江苏江阴人，1949年2月生。1978年考入南京大学中文系汉语言文学专业，1982年7月毕业留校工作。现为南大教育研究院教授，博士生导师。曾任南京大学教育科学与管理系主任暨高等教育研究所所长，南京大学校务委员会委员、学术委员会委员。

谁的青春不迷茫

我是六八届高中毕业生。1966年"文化大革命"开始的时候,我正在江苏省常州中学上高一。我记得刚刚进入6月,高三的学长都已经完成体检,填报志愿,踌躇满志、信心百倍地准备参加高考了。我所在的省常中当时与苏州高中、南师附中和扬州中学并列,被人称作江苏省高级中学的"四大名旦"。高考学生金榜题名的比例很高,每年都有百分之六七十的毕业生能进入高等学府深造。未料到《人民日报》突然全文刊载了《北京市第四中学全体革命师生为废除旧的升学制度给全市师生的倡议书》,中央很快做出了全国高校招生"推迟半年进行"的决定,全国统一高考制度由此被废除。当时我们年轻幼稚,头脑简单,只要是党中央、毛主席的决策都坚决拥护,我们对北京四中和北京女一中红卫兵的倡议举双手赞成,把废除高考作为"教育要革命"的重大举措。除了高三的有些学兄学姐怅然若失外,当时很少有人想到这将会完全改变我们人生的轨迹,我们中的绝大多数人也许从此就和大学无缘了!

"文化大革命"如野火燎原般迅速席卷全国。青年学生大都血脉偾张,激情澎湃,朗诵着高尔基的散文诗《海燕》:"让暴风雨来得更猛烈些吧!"积极投身其中,写大字报,上街游行,破"四旧",批斗"走资派",有的还参加造反、武斗,有的甚至搭上了年轻的生命(我所在的省常中就有三位高一同学在"文革"中不幸丧命)。但当时人们普遍还认为这是参加革命,是捍卫毛主席、党中央。在那个躁动、狂热的年代,年轻人的热情用在了动乱上,也有很多时代的误导和自身的盲目在其中。

"文革"造成了社会动荡,经济凋敝,上千万"老三届"毕业生既上不了学,也无法进工厂企业就业。于是,掀起了大规模的"知识青年上山下乡运动"。六六、六七届毕业生已经在1968年秋冬安排下乡插队劳动,我们是六八届高中毕业生，在1969年初"分配"。本来传说我们将赴内蒙组成"建设兵团"，据说每十个知青一顶帐篷，每人发一杆枪，配合曾经在无锡、常州"支左"的二十七军，抗击"亡我之心不死"的"苏修侵略军"。远赴内蒙，扛枪戍边！这也着实让我们这些狂热依旧、热血未冷的年轻学子激动不已。但是后来的消息却让我们情绪直线低落：内蒙戍边的任务交给北京和上海知青了，江苏省的中学毕业生是到苏北农场，组成江苏省生产建设兵团，主要是接管原来的劳改农场，省常中的六八届毕业生去射阳的新洋农场，"番号"是"中国人民解放军江苏生产建设兵团二师十二团"。尽管还是军垦农场，但因为不再是去风雪弥漫的北国边陲，不再是抗击苏修的第一线，所以就远没有去内蒙那样让人怦然心动。恰好在这时，我在省常中"红色造反团"的"战友"——已经下乡插队的几位学长极力鼓动我不要去苏北农场，而去农村插队。他们的理论是："知识青年就像苗圃的树苗一样，长到一定阶段就要分开，就要栽种到广阔天地去，才能生根、成材；如果还是众多学生挤在一起，就像苗圃的树苗不分开不移栽那样，永远长不大！"我认同并接受他们的"移植"理论，没有与同班同学一起到新洋农场做"兵团战士"，而是与其他三位同学一起，在1969年5月4日来到溧阳县汤桥公社东陵大队杭东生产队插队落户。

　　溧阳汤桥尽管属于苏南范围，但靠近安徽郎溪、广德，发展比较落后，生活也相对艰苦。我们咬紧牙关，把劳动当作"艰苦但能够把人锻炼成钢铁的过程"。我的一个学长将这段话作为马克思的语录赠送给我，我也深信不疑并努力践行。我们雨天一身水，晴天一背汗，学插秧，学挑担，学着在稻田秧行间跪着耘田，撑着小鸭船夹塘泥……在真切体会到"谁知盘中餐，粒粒皆辛苦"的同时，我们真正想念在学校、在课堂读书学习的难能可贵的时光！我不止一次地梦见自己重新背起书包进了学堂，但是，上学深造的梦想，似乎已经是遥不可及的"奢侈品"了！

与1977年高考"擦肩而过"

1973年10月,在生产队劳动了四年半后,我被抽调到汤桥公社广播放大站当线路维修员。那时候没有电视,也很少有农民家有收音机,就靠有线广播和村口地头的高音喇叭宣传政策方针,联系千家万户。所以每个公社都建有一个广播放大站,配两个工作人员,一个负责开机值机,另一个负责线路维修。我的工作就是爬电线杆或者栽茅篙,牵广播线。其实我有两份工作、两项任务。一项是登记在册、拿工资但户口上仍归属生产队的线路维修员;一项是帮公社办公室写材料、写通讯稿,完全义务的"笔杆子"——通讯报道员。尽管有时候改写稿子要加班加点,但与在生产队割麦插秧挑担子相比,劳动强度低多了,看书的时间也更多了。

1976年10月粉碎"四人帮"之后,开始拨乱反正,宣传、歌颂老一辈革命家的历史功绩。溧阳在抗日战争时期属于新四军茅山抗日根据地,是陈毅、粟裕等开创的革命老区。江苏省镇江军分区在1977年春组织苏南有关市县成立茅山抗日根据地创作组,从军队和地方抽调人员到老区采访、调查,用文艺创作形式反映新四军茅山斗争的史实。我因为之前参加知青创作活动出过一些成果,就被溧阳县人民武装部选中进入了创作组。先是在溧阳前马水西村——当年陈毅、粟裕挺进江南时的新四军江南指挥部所在地采风,后来又到皖南泾县和江苏丹阳、金坛、句容、溧水及茅山等地调查访谈,到镇江、南京图书馆、档案馆查阅相关报刊、资料。工作节奏快,活动范围广,文字任务重,但感觉十分充实!

1977年10月,镇江军分区政工科又从创作组抽调了五个人,其中军队三人,地方两人,到北京去采访当年在茅山根据地战斗过的老同志。我与县人武部的章科长作为溧阳的两个代表被遴选进去,另一位来自地方的是金坛中学的汤钟音老师。能够加入这样一个采访组,能够进北京做为期二十天左右的高层采访,我当然感到无上荣光,格外兴奋。因为当时进北京是十分稀罕之事，更别说是要访谈许多曾经与陈毅、粟裕等生死与共、并肩作战的老前辈了！

我记得大概是十月二十几日，我们一行五人乘火车去北京。大家都是硬座票，连带队的军分区政工科孙科长也没有买卧铺票。在飞驰的列车上我突然听到广播，说中央已经决定恢复业已停止了十年之久的全国高校招生考试，将以统一考试、择优录取的方式选拔人才上大学。这让我的心脏几乎为之停跳！恢复高考了，而且很快可以报名，一个月之后就参加初试。这让我很兴奋啊，可以放开考试了，而不是像招收工农兵学员那样由地方、单位领导推荐。推荐要讲成分讲出身，有些地方还要讲关系，怎么也轮不到我。所以当时我兴奋莫名，马上找到孙科长说："恢复高考了，我能不能回去报名考大学？"没想到平时文雅和蔼的孙科长立即虎下脸来，狠狠批评了我一顿："这个进京采访的机会千载难逢，镇江军分区下属近十个县市几十个创作人员里，就选了你们几个人来参加，地方同志就只有你和汤老师两个，怎么能轻言放弃呢？再说宣传老一辈革命家，怎么好意思不完成任务就中途溜号去高考呢？"我转而一想，孙科长说得不无道理，老一辈"龙灯花鼓夜，长剑走天涯"，舍生忘死，毁家纾难，我等后辈怎么能为了自己参加高考而半途而废呢？所以，我就这样和1977年的高考失之交臂了。

到了北京之后，我们先住在前门大栅栏某旅馆，后来又搬到解放军的一个营房住，前后在北京将近一个月时间。我们访谈了很多老革命，比如故宫博物院院长吴仲超，他曾经是苏南特委书记、新四军战地服务团副团长。访谈了全国妇联的副主席之一、后来任中纪委副书记的章蕴，她曾任苏南区党委委员兼妇女部长。还找了空军学院副院长吴肃少将，陈毅任新四军一支队司令时他是作战参谋，后任江南指挥部作战科长。还有一个农业部的司长叫陆平东，抗战时期是共产党溧阳县委书记。他们大多受林彪、"四人帮"迫害，有的刚刚从"牛棚"解放出来，得知我们来自茅山老区，分外激动，格外热情，讲起陈毅、粟裕当年的人品、韬略、文才、战功，真是滔滔不绝。本来我们还要找粟裕的夫人楚青采访，但因为她当时身体不好,没能接受我们的访谈。整个访谈积累了很多资料,我白天访谈,晚上整理成文。这些极其丰富又极为鲜活的素材,为我们的后期创作提供了无尽的源泉!第二年我们在江苏人民出版社出版了两本小说集:《弯弓射日到江南》和《创业艰难百战多》,我自己也创作了三部短篇小说,而且是这两本书的两个最后的统稿人之一。1978年秋我上南京大学中文系读本科后,还运用访谈所得素材,创作并发表了《炊事班长的心事》《五一子》和《轰天雷》等短篇小说。

"失之交臂"与"失而复得"

尽管收获多多,但与"文革"后首次高考"失之交臂",让我感到实在可惜,难以释怀。我还是希望有这么一个机会能够弥补缺憾。因为离开学校到农村插队时尚不觉得有何不妥,等到整天面朝泥土背朝天,起早摸黑耕耘收割的时候,方才知道有机会再走进课堂读一点书,实在太难得、太宝贵了。在停招多年后,1972年大学开始选拔工农兵学员,说是"择优推荐",其实最重要的是两条:一看出身成分,二看人情关系。尽管我父母亲都是教师,出身成分属于"职员",问题在于我父亲被说成"有政治历史问题",加上有个叔叔被划为"右派",属于"社会关系复杂",这两条就足以让我与"推荐上大学"无缘了。与我一起插队东陵的同窗好友陈申在1974年被推荐上了南京师范学院,1975年,后来成为我的妻子的本地回乡知青杨清香因为"出身贫农,根正苗红"也获推荐进了南京师范学院。在衷心地祝贺他们的同时,我也有些怅然若失,我意识到高等学府对我而言是"可望而不可即"。

粉碎"四人帮",恢复统一高考制度,让我重新燃起进大学深造的希望。但我怎么也没有想到一切会来得那么迅速,那么及时!1977年11月初考、12月复试,1978年2月入学。一转眼,1978年的高校招生考试又启动了!"失之东隅,收之桑榆",我终于等来了人生转折的大好机会!

我兴冲冲地报名参加高考,但是留给我的复习时间实在是太短太短，而要补习、复习的内容又实在是太多太多！我虽说是六八届高中毕业生，其实只修完了高一的课程。下乡之后，父母一再关照我要忙中偷闲，好学上进，铭记"莫等闲，白了少年头"。务农之余，我也确实在煤油灯下看了很多书，但那多半是《马克思的青年时代》《缘缘堂随笔》《海底两万里》等闲书。高二、高三的数学、物理、化学课程，我都没有学过，重新来学实在捉襟见肘，所以我决定不报理工农医，而报文科。这样只要集中力量补学数学等科目。

根据当时的政策规定，如果是在职职工报考，允许请假半个月复习迎考。但是我在公社广播站工作，那年恰逢大旱，不少地方河沟见底，无水插秧，必须几级电站接力，提水、翻水。我奉命到开渠引水工地上去牵喇叭，搞广播，编《抗旱火线战报》。在这种情况下，我不可能向领导提出请假，即便提出也根本不会获准。所以要看书复习，只能是利用晚上的时间。因为到处用电紧张，为了保证抽水、翻水用电，即便公社办公室也都点煤油灯或者蜡烛照明。天气很热，蚊虫也多。我就打一桶井水，将双脚浸泡在水里，这样一则可以解暑，二来蚊虫也咬不到腿脚，就这样在昏黄的煤油灯下看书做题。

因为已经将近十二年不摸课本了，能够找到的复习资料少之又少，用的大都是我原来初中、高一用过的课本，以及读初中时购买的许莼舫的《平面几何学习指导》等有限的几本参考资料。汤桥中学的一些老师与我熟悉，他们支持我复习迎考。每天早晨，施仲明老师等从中学来集镇买菜路过公社，常常会敲开我的临街窗户，"丢"给我一张白纸，上面是待解的几道数学题。我的三弟龚扬，是常州六六届初中毕业生，在武进小新桥插队，当时已经在公社文化站工作，也在复习迎考。我们兄弟俩互通有无，相互交换复习资料和作文信息。因为他靠常州市近，获得资料的渠道也多，所以他对我的支援远超过我对他的帮助。他时常将收集、寻觅到的地理、历史、政治、数学复习资料寄给我。其中很多是油印的，还有一些是他自己用复写纸工工整整地誊写好的。我所在的广播站离公社邮电局很近，我是那里的常客，以前是去看《参考消息》，现在更多地是等我兄弟俩的"鸿雁传书"。每当我收到他复写誊抄的一沓沓高考资料时,亲情暖意就在我心头油然而生。

当时,恰巧有两件事发生,给我提供了复习迎考的宝贵时间。首先是1978年3月初,我父亲骑自行车去上班的时候被人撞了,腿股骨断裂,在常州第二人民医院住院诊治。我请了两个礼拜的假回常州照料、服侍。因床位紧张,我父亲只能睡在病房走道里的加床,幸好是在走廊尽头,我就在他病床前打地铺,晚开早收,照顾卧床牵引接骨的父亲。端茶送饭、挂水、按摩之余,我得空就看书做题,清晨起来在病房外朗读外语。父亲当时在中学教英语,我有不解之处,也可以就近请教。

后来到了四月份,镇江军分区政工科通过溧阳县人武部通知:我所写的关于新四军抗日根据地的三个短篇小说都被选中了,要到南京后宰门省人民出版社招待所集中改稿。半个月的改稿结束后,出版社和创作组又选留两个人统稿,其中有一个是我。所以我有一个多月的时间在南京,可以起早读一点书,晚上改稿结束了之后自己做一些题目。我记得和我一起统稿的还有一个溧水文化馆的恽建新老师,他是常州人,"文革"前从江苏师范学院物理系毕业,很关心我,不时鼓励我。有几次我们一起路过广州路,他遥指南京大学的校门调侃我:"小龚,加油啊,再过几个月你就会在这个门里进出啦!"实在没有想到,居然真的被他言中了!考进南京大学以后,我曾经在第十一舍住了两年,果真经常在广州路的南京大学后门进出!恽建新老师为人真诚,才华出众,后来成为一个造诣颇深的书法大家。

走进考场:哪朵云上会有雨

1977年首次恢复高考,其实是各省市自治区分别出题考试的,1978年才真正实行全国统一考试。考试时间是从7月20日到22日,我还一直保留着当年的准考证,所以时间不会错。

我记得我是到上沛中学考场参加高考的。上沛在溧阳的西北部,离我插队的汤桥公社有十五里路,①临近几个公社的考生都集中到这里。和我一起去考的还有两个当地知青。一个叫吕治炎,与我同年,就是上沛镇人,当时在汤桥集镇上的老虎灶负责泡开水。还有一个是我广播站的同事、值机员汤法明,他父亲是新四军老战士,他自己刚刚从汤桥中学毕业两年。汤桥中学的教导主任蒋老师十分热情,邀请我和汤法明住在他上沛的家里,就用竹片在堂前开两张床铺。因为恰逢三伏天,很热,在人家堂前开铺还要挂蚊帐,很不方便。所以我们住了一夜就搬到上沛集镇的豆腐坊住了。尽管屋子里弥漫着十分浓烈的豆腥味,但因为晚上没有其他人,我们可以安静地在那里"临时抱佛脚"。参考的人很多,除了我们这些老知青外,还有邻近好几个公社中学的应届毕业生,都住在附近简陋的小旅社,或者借住在公家办公用房。我记得农历快到月半了,晚上一轮圆月升得很高很亮像大银盘一样挂在天上,还能听到附近一些考生读书、背诗的声音。

一天考两场,一共考了两天半时间。考题并不算难,但有些人考着考着就不来了,也许是某门考试"卡壳"了吧?和我一同住豆腐坊的值机员小汤,他第二场考下来,可能化学做得不好,就不考了,后来经我劝说,第四场又鼓足勇气进了考场。我所在的那个考场靠窗一排八个考生,大概都是"老三届"知青。我们每场考试都是认认真真做到最后。不像其他人一样考了一半多会就交卷了。这道"风景线"不久引起了考场工作人员的关注,后来连上沛考场的主考官也专门来察看。这位主考官是上沛中学的王校长,后来出任溧阳政法委书记,他后来告诉我:"当时考场有老师告诉我:这一排八人总是做到最后,看来这朵云上会有雨。"

最后半天是考英语。1978年高考时,外语只作为参考分,不计入录取分数(外语专业除外)。所以考到最后一场时,开考半个小时后,全场走得几乎就剩下我们八个人了。年轻考生大都觉得没什么考的,一到可以交卷时间就走了。我的想法是,虽然不计入录取总分,但人生难得

---

① 1里等于0.5千米。

南京大学1978年新生入学考试总成绩统计表（一）

系别	学生数	400以上	390以上	375以上	350以上	335以上	300以上	299以下	备注
中文	52	13	5	20	2	2	10		姜放441，朱衡夫421
历史	59	12	16	24	4	2			李友仁（429.4）
哲学	58	7	9	33	4				胡维定（437.5）
经济	29	8	5	11	4				胡毓奇424
数学	113	46	32	23	11				薛柏春（477）
计算机	80	21	16	38	1				张秉娜（458），钱炜德（455.5）
天文	41	24	7	8			1		张可可（435，宋颂兴（442）
物理	202	91	53	38	15				刘春令（452）
化学	168	48	47	62	12		1		周振华（447）
生物	75	10	13	33	15	2	1		庄慧如（417）
地理	103	6	13	44	30	4	1		李京朱（421）
地质	125	11	10	42	51	8	3		棣遥民（412），唐怡峰（426）
气象	117	9	21	35	21				蔡文地（429.5）
天文	124	9	4	8	37	28	23	1	傅 浩（416）
合计	1346	315	251	419	207	95	50	16	

次高考,再怎么也得善始善终吧!尽管十多年不摸英语了,临时突击也未能改变若明若暗、似懂非懂的状态,但我坚持认真审题、做题,直到清脆的铃声响起,方才郑重交卷。卷面很难看,自己也很惭愧,英语都丢得差不多了。后来得知我英语成绩最差,只有五十六点五分,但那一年江苏省考英语专业,五十分就能上线参加面试。

我当时给自己定的目标是平均每门课要考到九十分,总分争取四百五十分,英语不算。最后考下来,我记得是八月份寄的考试成绩通知书,我总分考了四百四十一分,也就是每门课八十八分左右。

未能达到预定目标,主要是因为数学只考了八十,"豁边"了。我自己觉得初中和高一数学基础打得比较扎实。我初中读的是常州市一初中,后来改名叫二十一中,是常州最好的初中。初中阶段我对数学很有兴趣,特别是因式分解、平面几何等等,几个同学花时间比赛添加辅助线、多种证法,整个的兴趣爱好都在那里。高一在省常中读书,我的班主任张雪君老师就教立体几何,鼓励我们开动脑筋,多种方法证题解题。我还记得自己曾经因为多种证题期末考试得了一百零二分。尽管下乡插队了十年,很多东西我还记得。复习时我就基本没在平面几何、立体几何上花功夫,时间主要投放到学习三角函数、解析几何等科目上去了。数学考试时我也很自负,前面题目似乎做得很顺利,做完之后我粗粗检查了一遍,就开始做后面理科考生必做的附加题,而且也做出来了。没想到前面一个三角的题和另外两个小题我解错了,而附加题即便文科生把它做了出来,也不计分。

我考得最好的一门是地理,考了九十七分。考地理也有一个糗事,说给你们听听。第一道题是一张中国地图,要求你把当时的二十九个省市自治区名称及其省会城市名称都写出来。这个题其实并不难,现在看更是很简单的,因为天气预报每天都会涉及。我也很快就标明而且确信无疑了。全部考完后将试卷复看了三遍,我就看出问题来了:怎么内蒙古自治区的版图好像小了呢?原来我复习时看的是1960年代初的地图,弄得很熟。没想到"文化大革命"的时候区划有所调整,把内蒙古自治区的有些地方划给了河北和辽宁。出题依据的是1970年代出版的地图,当然和我初中时学的以及复习时看的地图册有所不同了。问题在于我一时兴起,居然就在题目边上加写几句批语:"内蒙版图有误,请再核实!"等等。这也算是"妄加评议"吧!后来听溧阳参加地理阅卷的老师说起,曾经有人批到这份试卷,我的"妄加评议"在阅卷老师中传为笑谈。

再说一下我填报的高考志愿。当时好像是报名参加高考时就填报志愿了,不像现在都是成绩出来之后再填。那个时候报志愿不像现在一样考虑大学层次,讲究"985高校""211高校"之别,也没说一定要把北大、清华、复旦报在最前面。我当时填的五个志愿,第一是南京大学,第二是北京师范大学,第三才是复旦,第四、第五是华东师范学院和山东大学,专业都是中文系或者新闻系、历史系。这样的志愿排序,放在今天看是很好笑很悖理的。当时我没填北大,因为比较远,我的女朋友刚好那年从南京师范学院数学系毕业,分到溧阳南渡中学工作了,我不想离得太远。

南京大学的录取通知书那年发得特别迟。到9月中旬了,其他学校的都发了,人家都先后拿到入学通知书了,我却还"音信全无"。我表面上淡定自如,其实心里直嘀咕:是不是又因为政审而搁浅了?没想到姗姗来迟的是好消息!到9月底我终于拿到了录取通知:南京大学中文系汉语言文学专业!那时候家里没电话,我立刻到邮电局给父亲发了电报:儿已录取南京大学。

"而立之年"始读书

大学生活终于开始了,当时我写了一首叫作《而立之年进大学》的诗,抒发自己的感慨,后来刊载在南京大学中文系学生刊物《耕耘》上。那时候南京大学门口迎接新生时写的标语都是"欢迎你,未来的文学家""欢迎你,未来的哲学家""欢迎你,未来的数学家""欢迎你,未来的天文学家"等等,认为上了大学就成"家"了。大概到1990年代,新生入学时就不写这些了,因为大家认为上了本科,还不能算是成才或是"成家",只能算作人才的"毛坯"。像我们这样经过"文化大革命"和十年的插队劳动,还有机会进入大学,就已经很感激很感慨了,有类似于"欢迎你,未来的建设者"这样的标语,其实是让人倍感亲切的。

南京大学中文系七八级是一个大班,有五十二人(三年后又有五位专科班同学升本加入),其中最大的特点是年龄跨度大。我可以算是班上年龄最大的,1949年生人,算是"四〇后"。我们班还有三位1961年出生的,也属牛,但比我整整小了一圈。1982年夏我们毕业时,黄宏同学就在我的毕业纪念册留言:"我们都属牛,真好!"他们都是应届高中毕业生(当时高中只有两年),因为是江苏省中学生作文竞赛前三名,所以就被保送进了南京大学。

我一直认为,七七、七八级大学生是共和国历史上绝无仅有的两期大学生,学生年龄跨度大,经历、阅历差异大,使得大学的生态"前无古人,后无来者"。其中得益最深的,是那些有幸借助历史变革之车进入大学,与我们这些饱经风霜、历尽艰辛的"老三届"共同完成本科学业的年轻学子。他们进校时还相当稚嫩,如与我同属牛却小了十二岁的吴锦才,是江苏句容人。刚入学时,我们让他担任一个团小组长,他兴奋地在铺上打滚:"我掐指算了一下,我这个职务的级别相当于公社书记!"但是四年之后当他毕业离开南京大学到新华社工作时,已经成熟了许多。后来他很快成长为"京中名记者",后来又成为新华社国内部的负责人。十七八岁的年轻人和我们这些老知青在一起学习、生活,我们的思维方式、价值取向和行为准则,给了他们许多参考、许多借鉴、许多教益。当然,他们的热情、直率和真诚,也让我们受益匪浅。

对我们这些"老三届"知青来说。十年蹉跎、十年彷徨之后能够进入大学深造,真是弥足珍贵!我们抓住时机,看很多书,想很多问题,同时还把大学生活安排得有条不紊。刚入学时我们住在二舍,我们早晨五点多就起床了,起床之后,就跑到北园大操场锻炼,除了跑步,还玩单杠、双杠。后来搬到十一舍,靠近广州路的南园大门附近,我就改到五台山体育场去跑步。有时候起得早,学校大门还没开,我们就得翻墙出去。在五台山黑黢黢的体育场跑步,望着高耸的空荡荡的看台,有一种超脱而又特别的感觉。等我们三圈跑完回来,学校的大喇叭才开始放起床曲,我通常是读半个小时的外语,然后再去吃早饭。

除了如饥似渴地学习、读书之外,我们还会在教师指导下做一些学术研讨,并且组织很多活动。比如春游的时候到汤山南唐二陵参观(当年还没开放,我们去大队会计那里找了钥匙去看),中秋的时候到燕子矶一起去赏月,去石榴园里买石榴吃等等。那时还有一些外国学生,有些同学就陪外国学生去农村,带他们到采石矶去看李白的衣冠冢。生活还是非常有诗意,很丰富多彩的。

对于自己"而立之年上大学",我有极深的感慨。1978年有机会参加全国性的高考,应当说是人生的一个拐点。没有邓小平同志高屋建瓴、果断决策,及时恢复全国高考,也许我的人生道路将会全然不同!我抓住这个机会,凭着多年的积累以及以前中学打下的底子,考上了大学,并在大学任教,带研究生,做科研,真的感受到如孔子所云,"不知老之将至"!2014年我年满六十五岁退休了,但我退而不休,且行且喜,现在还继续做研究工作,经常参加江苏和全国的学术活动。常言道:人生七十古来稀。我已经是奔七之人,但仍然觉得精力充沛,生活充实,浑身有使不完的劲。也许,这都是拜1978年高考所赐!

我要把书读到底，看看是个什么样子

受访人	潘　毅
采访时间	2017 年 4 月 20 日
采访地点	南京大学仙林校区行政南楼 310 室
采访整理	单雨婷

作者简介　潘毅，江苏南通人，1957年生。1978年进入南京大学学习，先后获学士、硕士和博士学位。1989年至1992年在英国伦敦大学帝国学院从事博士后研究工作。南京大学化学化工学院教授、博士生导师，曾任南京大学副校长。

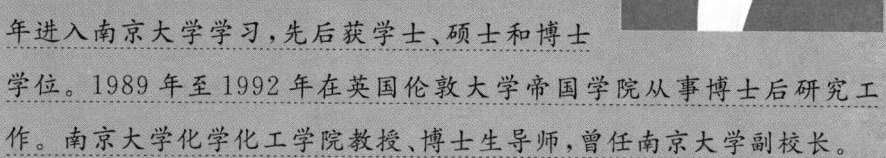

复习四天去高考

1974年我高中毕业回到农村，1976年回乡满两年，按规定有资格被推荐成为工农兵学员上大学。当时大队里面有小队，小队里面有贫农组长，大队的贫农组长会有资格推荐工农兵学员候选人，我被推荐上了，但当时推荐渠道可能不止一个。在等待推荐的过程中，我就想怎么总没有通知下来可以参加考试或者面试，等了个把月，问了以后才知道，考试已经考过了，根本就没有我，这是我在1976年的一个经历。

1977年初就听传说可能恢复高考，但当时我一直不敢相信会是真的。后来到1977年上半年的时候，没有任何动静，也听不到说要考。当时我有一个比我小几岁的表弟，他在高中教书，他们学校里已经开始准备了，他就说可能要开始高考了。我也关心这个事情，因为当时在农村当农民干活，田里面的农活也很紧张，我是生产小队的会计，又是主要劳动力之一，所以天天在田里劳动，从来没有离开农田去复习，而且也不知道有关高考的消息准确不准确。

我确切知道要恢复高考，应该是在当年的9月。我清楚地记得，那天在收完水稻的田里种麦子，我的一个高中同学（也是我们这个生产队的）过来找我，说：确定马上要高考了，大家都在原来的中学里复习了，你成绩这么好，怎么还在田里干活？让我放下手里的活，和他一起去原来上高中的中学，去上辅导课。我想：去去也好，所以我就放下田里面的活，和他一起去了。到学校听了一个下午的课，感觉进度太慢，我也没再去，从那时开始我就进入认真准备考试的复习阶段。尽管这样，我几乎一天也没有离开地里面的劳动，还是照样天天出工，我认为作为生产队的干部，应该天天带领大家一起出工劳动，不可以耽搁的。

其实我高中的基础还是不错的。一方面我是七四届高中毕业的，我们这一届是"不幸中的幸运"的一批人,我们高中入学在 1972 年,当时邓小平回来当副总理,那段时间出现了一段时间的所谓教育"回潮"。虽然也是天天学工学农,但是学校对课程教学还是比较重视的,我们正好在这个阶段,就比较幸运,基础打得还可以。

另外一个方面,我高中的任课老师,无论是语文政治还是数理化,都是被下放的知识分子。我的数学老师是清华大学的研究生,后来被下放;我的两位语文老师,一位是非常优秀的师范学校毕业的老教师,虽然他的普通话讲得不好,但语文课讲得非常好,一位是从南京下放的教师,普通话很标准,课也教得很好。基本上我的老师都算是科班出身非常优秀的教师,所以我在高中阶段学到了不少东西,受到了比较好的训练,教学内容的深度也很不错。

1977 年,在江苏省正式的高考之前,还有一个预考。那时候没有什么复习资料可以买,应该说也没有钱买。我自小有一个习惯,就是把我上课的教科书、作业本那些东西专门收到一个地方,虽然农村很潮,物什也容易生霉,但是我一直没把这些资料丢掉,在高考复习时,这些就派上用场了。虽然已经离开学校几年了,但看到熟悉的教科书和自己做的作业本,还是很亲切的。整个高考复习阶段我记得我就买过一本资料,就是县中出的一个简易版的北京地区高考复习模拟题,一毛五一本,所以我整个高考复习花了一毛五分钱。这样我就利用工间休息和晚上的时间复习。工间干完活以后,大家聊天我就看书,那时候我看书的效率特别高,无论什么嘈杂的环境都影响不到我,复习的状态非常好。

预考大概在十一月底,我是去二十几公里外的一个小镇上参加的。我感觉题目不是特别难,自己考得不错,但也不知道能不能进入统考,预考完了,我还是继续天天到地里干农活,照样做自己本来的事情,同时等消息。

统考前的一个星期,有人过来通知预考通过的考生,告诉我们什么时间在哪个地方参加统考。统考是在县城里面。知道可以参加统考已经离考试只有一个星期了,我当时正在忙一个有关学习的现场会,我是大队学习辅导员,负责这个事情,知道要参加统考,我专门到公社请了假,他们批准了,这样我有了四天的时间,完整用于复习迎考。正好我姐姐家在县城,那时还有四天时间,我就想到我姐姐家复习,那里相对比较安静,所以我就离开了农村,去复习了四天,四天以后参加高考。①

高考前要填志愿,我们高中毕业就在农村里面,没有机会了解外面的世界。虽然我当农村辅导员,也能看到报纸的信息,但是对大学完全一无所知。填志愿的时候,我有一个亲戚在当时的南京化工学院,但我以为他就在南京大学,我以为南京就一个大学叫作"南京大学"。等拿到高考填志愿那个本子,我才知道原来南京有这么多大学。当时问了老师,知道南京大学是最好的,我也希望上南京大学。当时对年轻人能离开农村到城里当工人就是非常大的梦想,当科学家是不敢想的。选专业的时候,有老师在旁边提供参考意见,我就问他填什么专业比较容易录取,老师说化学。我们那年还要填二级专业,我问化学里面什么容易录取,老师说有机化学,因为有机化学要做实验,比较辛苦,可能好多城里的孩子不愿意读。所以我第一志愿就填的南京大学化学系有机化学专业。高中里的孩子,绝大多数对数学最有兴趣,其次物理,再其次是化学,所以我也一样。当时填志愿可以填三个,我的第一志愿填的是南京大学化学系有机化学专业;第二志愿填的是物理方向,南京邮电学院,具体二级专业不记得了,偏物理偏通讯的方向;第三志愿填的是数学,因为我当时最喜欢数学,想如果不能到好学校,到一个好专业也可以,所以我填的扬州师范学院,我想出来当老师也挺好的。

1977年高考是有政审的,但其实影响不大。我们家是贫农,家里面很穷,在解放以前没什么财产,成分算比较好,我肯定没受到影响。而且我感觉1977年到高考之前的政审,其他人受影响的也不多。这是跟邓小平有关系的,应该是从1975年开始,邓小平就说要给所谓的地主、富农、右派"摘帽子",就是通过进一步调查,确认够不够得上特别反动,够

---

① 1公里等于1千米。下文同。

不上就要平反，把他们变成公社社员。1977年政审，他们这些人的子女也就没受什么影响，至少在我们那个地方没有什么影响。因为我在我们生产大队做既做学习辅导员，也做所谓的材料员，材料员就是负责一些问题调查，写成材料供有关部门决策，"摘帽子"的事情也是材料员的工作之一，我们大队经过我这里的，原来所谓的"地富"的帽子，基本都摘光了。我印象中只有一个没有摘，因为那个人是跟日本鬼子有联系，是还乡团的头。所以那个时候考大学政审一般是没什么问题的。

后来参加最后的统考，出来感觉也还不错，因为基本的题目都能做。我记得数学是一张卷子，物理化学是一张卷子，语文是一张卷子，政治一张卷子。考完以后就没有任何信息，也没出来分数。出结果应该是到了次年的二月份。那一天我是到公社的另外一个大队开会，临近傍晚，有一个邮递员专程过来送录取通知书给我，那个时候要求把通知书送到本人手里，他已经到我们家去过，我们家说我不在，于是他又带着通知书送到我开会的地方。一看通知书是录取的第一志愿，南京大学有机化学专业。接到通知书的那一刻，感觉很复杂，既有喜从天降的喜悦，又有不知路在何方的彷徨。

励学敦行窗前读

那时虽然我已经二十二岁，年龄也不小了，但没出过远门，当时是第一次来南京。我有个表哥在南京当兵，他正好回去探亲，我就跟他一起来南京。那时候也比较简单，我记得我带了个木箱子，我表哥帮我一起拿棉被等过来报到。因为我们那时候都没有钱，国家有助学金，所以也不用带钱。报到时学校里安排得很好，有接站的。来了之后到宿舍里，也没感觉到条件有多好。当时南京大学的集体宿舍，八个人或者十个人一间，小房子，上下铺。我们是被安排了十个人一间宿舍，是宿舍楼低一楼层顶头最小的一个房间，五张双人床，上下铺，过道非常窄，所以稍微胖一点的人就很难进出。有个印象特别深的事，当时的校长匡亚明到学生宿舍来看望大家,因为我们宿舍正好就是进门第一间,一到就到我们宿舍来了,他比较胖,肚子比较大,想直接进到宿舍里有困难,侧着进来也有点困难,最后还是侧着进来了,因为侧着进来肚子可以往里面收。

我们同届同学关系非常好。我们七七级、七八级很多学生都成年了,像我是1957年的,年纪算中等,小的比较少,大的比较多。大的有四几年的,比我们大十几岁,小的也有,1961年、1962年的应届生。我们这届都比较珍惜学习机会,因为能进入大学太难得了,所以那时候我是把所有的精力都放在了学习上,当时也没有电脑之类的娱乐设备。平时同学们基本上晚上教室熄灯了才回宿舍,我记得那时候就有专门管宿舍的职工,晚上十点钟就熄灯了,大家晚上九点半回到房间里,洗漱、睡觉,熄灯后就聊一会儿天。同学之间非常关心,没有什么矛盾,关系很融洽,老的关心小的,如果有人有困难,大家也愿意伸出手来一起帮助。

我们进来的时候,还有一届工农兵学员,大家关系也挺好的。学校里曾经有高考进来的学生和工农兵学员之间的摩擦,但是也不严重。我们这个班是没有过这种摩擦的,也没有什么群体性的针对工农兵学员的事件。

当时化学系的专业设置和招生规模与现在差别不大,我们那年招了四个专业,无机、有机、物化、高分子,没有招分析专业,有一百多个学生,老师也差不多有一百多位,规模不是很大。当时副教授就算比较资深的,老师中有比较资深的教授,也有一些资历较浅的,讲师或者助教。在我的印象中,当时一些比较年轻的老师上课要先旁听课,因为自己上不了讲台,稍微新一点的知识,他们也是不懂的。由于刚刚恢复正常高等教育,没有完整的教科书。我进校以后,帮我们的专业课刻了很多钢板来印教科书,基本上是上完一章节的课,就油印一章发给同学。那时候确实很简陋,教室也不够,学校就在北大楼后面搭了个平房,大家都把它叫做北平房,上课经常到那里。北平房是用毛竹搭的房子,地上还是泥土,放上有扶手的凳子就成了我们的教室。

我们学有机化学要做实验,那时候实验设备很简陋,仪器都是比较原始的。很多东西都要自己在实验室自己做，比如我们用的滴管，就要自己从玻璃管在煤气灯上拉成滴管，这都是基本技能。再比如塞子，不是后来我们要用的那种磨口塞，两边一套就可以，当时我们都要用橡皮塞，要自己打孔，把孔打出来以后把玻璃棒穿进去。

当时给我留下深刻印象的老师很多，专业课和公共课的老师都有。因为老师都很认真地上课，也很希望把东西教给大家。也有大家学起来感觉比较困难的，那就是数学。我们学化学的学生很多都怕数学，一考数学大家都觉得考得太难了。

我们集体活动不多，但是也有。记得比较深刻的就是清明节一定会去雨花台祭奠烈士，因为是要集体走着去的。我们是化学专业整个大班一起去雨花台吊唁烈士，因为路走得比较远，而四月份的天，开始有点热，所以每次走着感觉很累。

那时候还流行过交谊舞，虽然以现在的眼光看起来比较正常，但是当时绝大多数人都不会去。当时主要的娱乐是看电影，因为学校礼堂每个星期有电影，一毛钱一张票。当时我的活动非常有规律：平时周一到周五都在教室度过，白天上课，晚上自习；礼拜六也会安排学习，一般是礼拜六或者礼拜五晚上去看一场电影；礼拜天有时候同学会组织去玩，逛逛南京的景点。

改变的岂止个人命运

临近毕业的时候大家都在考虑去向。七七级都是包分配，大家都在考虑能到什么单位去。我可能跟很多同学不一样，我当时就想读研究生，想再念书。因为我爸爸解放以前念过私塾，但也没有念多少书，我妈妈是文盲，一个字不认识，所以当时我有个很朴素的想法：我要把书读到底，看看是个什么样子。就是这种朴素的想法支撑着我，要完成上一辈没有完成的学业。我一路过来就是这样，大学毕业就想考研究生，研究生毕业就想考博士，中间基本没有断过。硕士毕业的时候，因为缺老师，所以让我报到做老师，但是报到了也没让我参加工作，就读博士了。博士算是在职读的，但实际上也没有工作，博士毕业之后才留在学校工作。

高考改革不仅彻底改变了我们个人的命运，对国家的发展影响也是极其深远的。"文革"期间，高校教育暂停，人才特别缺乏。恢复高考选拔人才，对后面的改革开放和整个国家的发展都太重要了。对个人来讲，我能搭上高考这辆车是我这辈子最幸运的事情，没有改革开放，就不会有个人后面的发展。我们家在农村，当时除了当兵以外没有其他途径出来深造或者工作，所以高考算是我实现当工程师梦想的唯一机会。而且1977年、1978年高考对我们这些当时已经回乡几年的人来说，就更难得了，因为像我们在农村里长大的年轻的一代，如果没有高考，大家可能就会考虑找对象结婚，1977年高考时，我已经回乡三年多了，我在想，如果没有1977年、1978年的恢复高考，可能自己也就要考虑找对象成家了。如果成了家，即使后面机会来了，可能也不一定会参加高考了。尽管有"老三届"的高中毕业生参加高考，但参加的人数并不是很多，真正进入大学学习的也非常少，我想主要原因就是他们已经结婚了，有家庭，有自己的孩子，有责任要养家糊口了。高考给了我们在高等学校深造的机会，我们才有后面的发展，没有高考，就没有我们后来的一切，所以高考对我人生的改变是根本性的。没有高考，也许这辈子不会走出南通，更别说到世界各地访学交流；没有高考，做梦都没有想过会成为高校的教授，大学的院长、副校长。我们是幸运的，因为恢复高考上了大学；国家是幸运的，因为恢复高考为国家培养了大量的人才。发自内心感谢党和国家恢复高考。

我们为什么而做学问

受访人 童 星

采访时间 2016年7月，2017年3月15日

采访地点 南京大学仙林校区圣达楼

采访整理 江漫、徐鹏、张玥敏、胡上洋、白桦、单雨婷、张益偲

作者简介 童星，江苏南京人，1948年生。1977年考入南京大学哲学系，南京大学政府管理学院教授、博士生导师。现任南京大学社会风险和公共危机管理研究中心主任、江苏省社会风险研究基地主任。曾任南京大学研究生院副院长。

起个大早，赶了晚集

我小学和初中时光都是在南京燕子矶度过的，我母亲后来做了燕子矶小学的校长，我父亲是燕子矶中学的老师，我也在燕子矶中学读书。后来通过全市统一考试，我考入南京一中读高中。当时中小学没有重点与非重点的区别，教育资源配置还是比较均衡的。

当时也没有分什么文科班、理科班，数理化、历史、地理、语文，所有这些课程都是主课，大家都是重视的，不像后来有文科生、理科生的区分。我的母校也就是燕子矶中学，现在校史展览的时候还把我的照片放到最大，因为后来他们的升学情况越来越糟糕。我的儿女读中学时也不在重点学校，如我的儿子初高中都是在十一中读的，后来照样考上南京大学，硕士毕业后再到国外，在美国布朗大学读博士，现在回来在南京师范大学工作。我的三个小孩读书的时候从来没有上过一个补习班，也没有请过一个家教，但这是在1990年代，我最小的孩子是1996年上大学的。那时候什么补习班都没上过，其他人也没有上过。

下乡以前我基本上都在中学图书馆看书，那时候图书馆条件挺好，西方的、俄罗斯的文学名著，基本上我都在中学时候看遍的。因为那时候不分文理，所以都会涉及。另外那时候的考试和现在不太一样，现在考试越来越专业化了，我们那时没有选择题、填空题，一般都是论述题，一张卷子，大小问答题，然后是作文，前面小作文，后面大作文。一次语文考下来，你都得有一篇大作文，两三篇小作文，基本上都这样。现在都是填空、选择，专业化了，就出现了专业机构、题海战术，连猜带蒙的一些东西也就答出来了。

我的父母都是教师，父亲是中学教师，母亲先是小学教师、后任中学教师。因为他们都是教师，"文革"期间属于被整的对象，然后成天就挖防空洞，书也不教了。当时叫"深挖洞，广积粮"，准备跟苏联打仗，就挖地道，挖防空洞。现在对我来讲，父母对我最正面的影响，大概是在奉献精神方面了。我认为，中学老师和小学老师，他们是真心希望学生超过自己。大学老师就不一定，大学老师有的拼命压住自己的学生不让他出头，害怕他抢了自己的饭碗，但中小学老师大多有"蜡烛精神"：点亮了别人，燃尽了自己。我觉得这方面我受的影响比较深，所以我留南京大学任教以后，不管是教书还是做科研，都是真心扶持学生，结果我的学生跟其他同龄人相比，好像要强一些。我现在带出来整整七十个博士，其中做教授的有三十九人，博导二十一人，长江学者一人，跨世纪和新世纪人才有八九个。

在我读高二时，因成绩优异，学校准许我提前一年高考，当时志愿都已经填报好了。由于我视力不好、高度近视，而北京大学的数学力学系对视力要求不高，我就报了这个专业，体检等一些准备也做好了。然而这时"文革"开始了，大学招生考试停止，这一停就持续了十一二年。

"文革"对我的影响，这个问题很难用三言两语说清楚。我们今天对于"文革"的讨论分短的和长的两种看法，长的达十年，真正闹得厉害的就是两年多。一开头我们是"红卫兵小将"，之后就一起被动员下乡了，这就导致我们对"文革"那一套东西信仰的破灭。到了农村之后，就必须面对现实的生活了，以前那些高调的东西都没有了。我原本做好了在农村待一辈子的打算，和当地人结了婚，在读大学以前就生了三个小孩。所以我现在有三个子女、四个孙辈。我在南京大学留校以后过了几年，才把我爱人从插队的农村调过来，此前则是分居两地。

那个时候，应该讲几乎人人都是红卫兵，但是打架、斗老师的并不是很多。喊喊口号开开会，这是大多数人都跟着做的；真正的"文攻武卫"，真正打人、捏造一些谣言来整老师的，比较少。特别是我们这些当时学习比较好、老师比较喜欢的人，不会干这类事情。在1966年，大概是11月，我也去过一次北京，去接受毛主席的接见。之后作为知青我下乡插队。下乡之后，先是种田，当农民，搞了三年；后来到公社的供销社做临时工,公社现在叫乡,现在的乡比较大,往往是两三个公社并在一起的,供销社临时工按照现在的讲法就是农民工;农民工做了大概有三年,后来正式招工,身份就成了工人;成为工人之后又被县委、县政府借调去,也是中国特色,叫"以工代干",就是以工人编制当干部,大概又干了三年。在农村连头带尾十年,实际上待了九年,1968年10月下乡,1977年底考上南京大学,1978年2月入学。

我插队落户的地方叫夏集,属于苏北宝应县,是宝应、兴化、高邮三县交界的地方,位于"里下河地区",是江苏省最低洼的地方。有四条河,北边一条苏北灌溉总渠,西边一条京杭大运河,东边一条串场运河,从盐城到南通,南边一条通扬运河,从南通到扬州,被这四条河围在当中的一块就是里下河地区。它的地面比海平面还低,都是沼泽地,现在叫湿地,"城市之肾",就像长征时候过的草地一样。

准备考试我只花了一天

我在宝应参加的高考,因为我的户口在宝应,考上以后才回南京。中央做出恢复高考的决定后,《新闻联播》第一条就播送了这个重大消息,各大报纸的头版头条也都是这个内容。但人们对高考恢复的态度并不是一致支持的,现在媒体报道说当时群情激昂,实际上并非如此。当时社会上"左"的风气还没有扭转过来,比如江苏省高等教育局副局长在全国性的会议上极力批评中央关于恢复高考的决策,称之为邓小平"右"倾路线的又一次"复辟",认为应该保持原先由工农兵推荐入学、不考试的做法。

当年江苏省高考文科有四门科目,语文、数学、政治和史地。我准备考试只花了一天时间,用来复习数学书上的一些公式。当时并不能说是下定决心去高考,而是有些犹豫。县委宣传部报道组五人之中有四个都是毕业了的大学生,只有我的身份是知青;但在《人民日报》《新华日报》等一些大报上发表文章的数量,却是我的较多。我的编制在供销社,但是一直被借调到县委、县政府工作，当时在县报道组。我拖到报名期限的最后一天才去报名，因担心如果考不好而被下岗，不让我在县里工作。报道组的其他四位劝我放心去考，就算没有考好他们也会去说情，不可能下岗的。我的家庭也很支持我参加高考，包括爱人也支持，好多人都劝她不要放我走，但她还是支持我。虽然当时复习时间非常短，但我也没有很忐忑，而是抱着考得上就读、考不上拉倒的想法，心态比较放松。

1977年还是各地自行出卷，所以我们考试用的是江苏本省出的试卷，总分是四百分，数学附加题二十分，但不计入总成绩里。我数学是一百二十分，但只算一百，政治是九十九，历史地理是一百，语文扣分比较多，总分三百八十六，名列全省第一。作文题目是《世上无难事，只要肯登攀》，也可能是《登攀》。考政治时，后面有道问答题是关于索马里军事政变的，很多人都答不出来，但只要是批判美帝苏修，都可得分。我在县委宣传部工作期间，曾被省委宣传部抽调去参加过为期三个月的"大批判"写作组，撰写批判"四人帮"的文章，也讨论些国际形势的问题，因此对此比较了解。许多考生说没有复习到这个内容，当时补习班也还没出现，谁都不知道会怎么考。我原来的学习底子和工作经历对我参加高考帮助挺大，数学全靠之前中学的底子，在宣传部工作也得到了很多语文和政治方面的锻炼。

关于填报志愿的情况，那个时候选择专业有这样一条背景，经过"文革"中以及"文革"结束后的思想转变，大家都发现，思想、理论是最重要的，解放思想、更新观念，这都是哲学问题。第一，人们很信仰哲学，更新观念、解放思想；第二，大家都非常羡慕文学家、作家。现在作家没什么地位——最近有一张照片，大家都捧陈凯歌，莫言站在旁边都没人睬——但在1980年代，文学青年写文学作品，往往一篇文章就能改变人们的观念。我考入哲学系时，考分高的都报了哲学系。因为当时南京大学文科只有四个系，哲学系分最高，中文系第二，历史系第三，还有外文系。其他许多院系都是1978年之后才有的。

虽然我分数比较高，但是也不存在遗憾。当时我的第一志愿是复旦大学的新闻系,第二志愿是南京师范学院的中文系,第三志愿是扬州师范学院的中文系。后来省政府招生办允许南京大学和东南大学(当时的南京工学院)提前拿考生材料录取,于是我的相关材料被拿到南京大学,收到录取通知书时我十分惊讶。我下放到农村,跟当地人结婚,有了小孩,能进入南京大学我就觉得没有什么遗憾了。我觉得现代人生活工作压力过大,有些过度紧张,什么"不想当将军的士兵不是好士兵"等等,都是些害人的话,没道理。对一个单位、一种事业来讲,不能够知足常乐,但对一个人来讲就是应该"知足常乐"。每个阶段都应该有目标,这个目标比现实略高,原来的目标实现了,高一点的目标再往前。一开头就定一个大目标,始终实现不了怎么办呢?我认为,许多时候人就是这样走过来的,没有什么考虑,只是出于一种本能,下意识的。

我选了文科,还因为一条,下乡后接触到的社会现实对考文科是比较有用的。理工科的东西,十年都没有接触,也没怎么用过。我在上大学之前,写的人物通讯在《人民日报》头版都登过,笔头比较厉害,是大家公认的。还有一个原因,如果要带工资上学的话,一定要单位开证明,单位证明最后是宣传部开的,我发现如果学哲学和中文,让部长签字比较容易。

1977年11月高考,一个月后收到录取通知书,1978年2月入学报到。我报到的前一天还在原单位工作,收到录取通知书也没有特别激动,就像平常一样。因为"文革"还在批"臭老九",不知道后来会变成什么样。"文革"中学制改成九年,小学五年,初中两年,高中两年,我来上大学时三十周岁,现在的考生一般都是十八周岁吧,当时有些人仅十五六周岁,就像我院的张凤阳老师他们一样。1977年恢复高考时张凤阳正好是应届高中毕业生参加高考,只有十五六岁。有的地方甚至父子一起参加高考读大学。

"坐冷板凳，搞真学问"

学校迎接七七级学生是在中央门的长途汽车站，我记得我见到的第一个老师就是后来写《实践是检验真理的唯一标准》的胡福明老师。对我来讲，印象最深刻的就是现今八十一岁高龄的胡福明老师，他给我最大的教诲就是"紧密联系实际"——学习理论是为了推动社会改造，即务实精神、实事求是。其次还有孙伯鍨先生，现在已经去世了，他是我校张异宾书记的老师，他最激励我的就是"坐冷板凳，搞真学问"。他是研究马克思早期思想的，张异宾还跟着他学西方马克思主义。在他的影响下我们都读原著，马恩全集也好，列宁全集也好，都认真地读，不人云亦云，都要见到证据，见到原始版本，所以张异宾写过的《回到马克思》《走进马克思》，实际上都是继承了他的风格。胡老师和孙先生这两种风格，以前、现在和今后都在影响着我、引导着我，让我懂得做学问既要忠于原著、尊重历史，找到思想的源头，把握学术发展的脉络；同时也要坚持为人民、为国家、为社会而做学问。

那时候上课和现在不一样，因为当时高考停招了十二年，我们进来以后应该说所有老师都是很高兴的。大学那几年的学术氛围相当开放，有名气有潜力的老师都抢着在第一线教学生，给七七、七八级的学生上课。他们也憋了多年，给初中水平的工农兵学员上课，有的学员听不懂，教起来不顺畅。所以七七、七八这两级的教学质量是其他级所无法比拟的，加上之前在社会上受到的锻炼，学生写文章的功底和对社会的了解都是比较全面的。当然也有思想比较传统、保守的学生，"卫道士"还比较多。

所有的老师包括最好的老师都成天跟我们本科生在一起，给我们上课。当时享受这个待遇的主要就是所谓的"新三届"，七七、七八、七九三级，到1980年以后学生渐渐多了，老师就不一定能经常见到面了。那时候我们也没有所谓的必修课、选修课，主科、副科，按现在的话讲，所有的课程,不管是基础课,还是方向课,选修课、必修课,全都是系里最好的老师上。而且老师们教得也很高兴,因为以前没有教的资格,后来如果要教也是教工农兵学员,讲得太深他们也听不懂,所以1977年恢复高考以后,都抢着上课,不像现在一些老师,能少上课就少上课。

哲学系的课程很多,基本上是两大块,一是哲学,一是科学,数理化、天地生都要学。数学要学两年,物理学一年,其他科目如化学、天文、地质和生物都只上一个学期。当时有种说法:"哲学是各门科学的概括和总结。"因此自然科学都是要学的。哲学这一块又分成两类,一类是哲学著作,一类是社会科学著作,即经济学、历史学和法学,那时还没有社会学、政治学。哲学类著作主要是马克思主义哲学、西方哲学和中国哲学三个方面。总之,要上的课多,要看的书也多。

后来大三升大四时,开始恢复政治学、社会学、国际政治等学科。各重点大学派了一些人去南开大学学社会学,我的同班同学宋林飞就去学了一年,他们这些人是中国社会学的"黄埔一期"。现在中国社会学界的一些大腕都是"黄埔一期"的同学。

那时师生之间常常交流。学生围着老师不停地问问题,因为没有什么社团活动,也没有什么实习、找工作,就是成天读书、泡图书馆。老师也没有自己的办公室,他们上完课以后没地方去,就在系里的办公室,几个学生就围上去,你谈谈,他谈谈,到快吃饭的时间了,老师回家,学生们就去食堂,所以经常接触。那时候,大学的师生关系就像现在的中学、小学的师生关系一样,几乎天天都能见面。

当时图书馆里的设备比较简陋,到处都挤满了人。像星期天的话,常常都是吃过早饭就进去,带两个馒头,中午也不出来,就在里面喝开水、吃馒头,到吃晚饭的时候才回去。自习就在教室、图书馆,宿舍里也有人。当时是八个人一间,基本上有一两个人留在宿舍看书,因为人多了就坐不下,所以有到教室的,有到图书馆的,有留在宿舍的,而且慢慢地形成了习惯,以后几年基本上就是这样。

当时也没有电子设备,每逢看书时就做卡片,把书上的内容摘抄下来，甚至页码、书名、作者名字、出版社和出版年份都详细记录，就和以前图书馆查找书目的卡片一样。有些人卡片数目上万，一般的人也会做到五千多张。当时一起上大学的人都特别刻苦，因为有十年空白没有书读，除了报纸和广播就没有其他的信息来源。在单位除了报纸杂志、几本马列毛著作，也没有什么书。

但那时大学图书馆的书，数量远没有现在的多，1980年之前能出版的外国人的书，除了外国文学出版社出的一批文学作品，就是商务印书馆出的一两百种汉译名著，如卢梭、孟德斯鸠等人的书。编译出版社也出版一些书，主要把马列著作引进国内，把毛泽东的著作翻译成外文。那时候课外书已经不怎么读了，课外书是中学的时候读得比较多，大学时因为岁数比较大，而且很多年都没有经过正式的训练，所以看的都是专业书，专业以外的书基本上不怎么看。

大家都想把时间补回来

有了家庭后再来读大学，生活当然会有困难。我有三个小孩，一个我父母带，一个我爱人父母带，最小的我爱人自己带。那时候生活也不用太多钱，一个月伙食费就十二块左右，我是带工资来读书的，当时的工资是二十八块五角。拿一等助学金的人是十六块钱，当时没有工作的多半都有助学金，助学金分一二三等，一等助学金就基本上够生活了。那时我们看电影就在百花剧场，位于新街口旁边，原来是说书的，后来改成剧场。那个地方专门放过期的电影，拿老片子来放，五分钱一场，因为其他的可能都要两毛三毛，所以当时我们都爱看老片子。当时有个流行的叫《流浪者之歌》，上下集就是一毛钱。当时我从来不逛街，主要爱看书，电影也是一个月看一回，所以基本上不出学校。

饮食方面，当时食堂一般是素菜为主，里面有些肉丝，然后炒鸡蛋等。当时大家都是一个菜，把菜往饭上一盖，就像盖浇饭一样的。都是自己带碗，柜子也不用上锁，自己放在什么位置就自己去拿。大家一般都有两个碗,一个碗装饭、菜,一个菜花一毛到三毛,三毛的菜肉就比较多,一毛几的就只有一点儿肉丝了;还有一个碗就是去端汤,汤是不要钱的。早饭大概就吃稀饭、馒头。

谈对象的问题,对当时已经结婚的同学就无所谓了,没有结婚但已经谈好对象的,在读书期间都可以结婚。我们班上仅有一对是毕业时明确关系的,平时都是私下的活动。校规也没讲允许,也没讲不允许。但当时的人,即使是在热恋中,也不会当着人抱抱亲亲、牵手的。

举行舞会是到1980年代以后的事,当时的风气一是鼓励大家穿好衣裳,然后就是开展文艺活动、跳舞。我们读书的时候这些东西都还没有,和现在相比,大学生活很不丰富,就是看书学习。大家都反感搞活动,当时的领导讲过一句话,"教学科研部门不要老是开会,一个礼拜充其量只能花半天。""文革"的时候集体活动太多,浪费了很多时间,大家都想把时间补回来。还有一点,我曾经在1990年作为总教练带南京大学辩论队出国打过比赛,但现在回过头来看,感觉很没有意思。它给所有参加者造成的最大的影响就是诡辩——世界上本没有真理。辩论本来就是一种技巧性的东西,也辩不出真理。

我进入校时学校还有工农兵学员,张异宾书记、陈骏校长当时都是,后来考了研究生。我们七七级的同学和工农兵学员相处,关系也还好。因为那时候跟现在还是不大一样,那时候即使有意见,在面子上都会注意,很含蓄,口头上不会怎么样,但内心里瞧不起、不认同的可能还是有。最后一级工农兵学员,南京大学哲学系七六级的,好多课都是和我们一起上,当时不同年级的一些课是一起在大教室上的。

南京大学当时的住宿条件比较差,八九个人一个房间,上下铺都住人。床头放洗漱用品,衣服等很多东西容易发霉。大学里的学生思想不一定都是开放的,很多思想相当"左"。我们班上七十多人,只有十几个党员,入党很难,有人专挑各种毛病。党员有穿军装的,也有各级官员,官员一般是在县里和乡镇当干部的。

所谓"逆境"

因为我来读书时已经成家了,有三个小孩,当时大学包分配,我想在大学任教,所以第一志愿就报了淮阴师范专科学校,第二志愿是原来以工代干的县委宣传部,这两处单位都靠家。当时的要求都很低,大学任教的话,最后当上副教授和出国一次;在县委宣传部工作,最后当个副部长就可以了。

大学生活应该说对人生是有很大影响的,但对于我来说起码有两个东西不是在大学里学到的,而是在下乡十年里学到的。一是对中国社会的了解,特别是对底层的了解,现在中央领导对普通的老百姓那么关心,这和他在延安插队七年是有关系的。所以我们一看报纸上领导讲的话,就知道哪些是真的哪些是假的了,这是现在暑假社会实践,去个半个月也学不到的。二是文字功夫,那是因为因为我曾经被借调到县委宣传部和县政府办公室,做报道员、秘书。这两样,我不是在大学里学成的。当时我们班上,我三十岁,最大的三十一二岁,最小的十六岁,年龄相差蛮大的。

我们这代人也知道,像我这年龄早应该退休了,但大学还在用我。我们中学的同学、大学的同学,经常在一起活动。大学同学看起来还可以,有几个还在工作。中学同学,因为都是我这把年龄,有很多人生活在社会底层,生活有些拮据;有少数人去做生意,后来也发达了;但多数人再就业、改行经商都是不顺的。

下乡的经历对我来说算是逆境,反而激发了人的奋进,但有一条:不能人为地制造逆境。逆境下成才的是少数,多数人是给毁掉了。还有福祸互相的转化,一旦逆境发生了你要正确地去对待,但不能因为有的人在逆境中成功了就给所有人有意地制造逆境,这是很残忍的。

从代课教师到大学教授

受访人	黄卫华
采访时间	2016年10月16日
采访地点	南京大学仙林校区逸夫楼
采访整理	单雨婷、袁缘、张益偲

作者简介 黄卫华，江苏靖江人，1957年7月生。1978年3月进入南京大学数学系计算数学专业，现为南京大学数学系信息与计算科学专业教授。

我的乡村教师生涯

我于1957年出生在江苏靖江,那个地方不是很大,现在尽管变成了市,但也是县级市,归泰州市管,原来是扬州市管。我一直是在靖江上的学。我们家里,我爸对我们的教育很重视。我们家兄弟姐妹六个,我上面两个哥哥三个姐姐,都是至少上到初中。像我二姐,成绩非常好的。但是"文化大革命",上高中都要领导推荐,有人说你们家文化水平这么高,都是初中生,那人家三代,有的还是文盲,就让给人家去上。轮到我的时候,正好是邓小平的所谓"右倾翻案风",又看成绩了,我二姐就说,这是我家最后一个了,我这个弟弟学习蛮好的。考试我考得也可以,这样,我才上了高中,要不然也没有机会。我父亲对我们的教育就是,只要能上就去上。从扬州专区来看,我们靖江地区的文化水平还是很高的,我们1977年考取高校的比例,是全专区第一,扬州专区十几个县,现在一分为二,一部分在扬州,一部分在泰州。

我小学是在靖江市越江中心小学上的,我们简称越江中心小学。我是六岁上的学,农村一般是七岁或八岁上学。那时候家里小孩要有老人带,但我奶奶去世早,家里没人带,我父亲就说你去上学去,这样就去了。那时候就学语文算术画画这些常设课程,四年级的时候"文化大革命"开始,就不是很正式了。后来我初中就对数学比较感兴趣,也有自己的一套方法。那时候高中不分科,什么都学。那时候我们高中才两个班,一个班不到六十人,就是学物理、化学、数学、政治,没有历史地理,因为"文化大革命"时,"知识越多越反动"。我们能够继续上课,还是邓小平1973年出来抓教育以后带来的好气象。

"文化大革命"开始以后,学校的风气就不是太好。小学四年级开始,就有学生批斗老师。批斗的时候,老师挂一个牌子,站在主席台上,戴一个高帽子,还有在高帽子里放石头的,因为很重,就压得老师抬不起头。老师带一个高帽子又挂一个小黑板——那种教室写字的小黑板……这样的事情我们是从来不会去做的,因为父亲对我们的教育就是要善待别人。小学时这种现象比较严重,反而初中的时候,批斗也就是把老师拉到讲台上,不太戴这些。高中以后就没有了,因为那时候邓小平已经开始抓教育了,对老师还是比较尊重,所以那时候我们师生关系都很好。

我于1974年高中毕业,毕业以后,因为是从农村出来的,回到家乡,不算插队知青,美其名曰:回乡知青。回来之后,因为姊妹六个我最小,我父亲说我不适合干农活,就给我找了个代课教师的工作。那么就是说,我从1974年9月开始做代课教师。我先是给小学生——小学四年级——做代课教师,教数学。做了两年之后,又去"戴帽子的中学"——就是小学里面办的中学教书——教初中数学和英语,同时在我们县文教局办的教师进修学校进修。这个进修对我帮助很大,"文化大革命"里,初中教学实际也不是很全面,教材都不是统一的,还是扬州专区编的教材,内容不是很扎实。我们当时是有教师用书的,也有教学大纲。我每周都要备课,认认真真地写每周教学目的、教学内容,上课讲什么内容、举什么例子、该怎么板书以及学生上来做的题目,都要设计好。

农村里面做老师就两条路,一个是公办教师,一个是民办教师。公办教师就是县文教局发钱,是有编制的;民办教师,国家只发一半工资,另一半由地方财政,就是大队或者公社筹资来支付。我那时候是代课教师,不是公办也不是民办,不是正式的。这样公办教师大概一个月四十多块钱,民办教师一个月三十多块钱,代课教师就二十块钱。我代课换了三个学校,因为代课本来就是哪个地方缺老师就去哪里。缺老师的原因,一个是老师生病了,一个是小学里面办初中,师资本来就缺,但又没有正式编制。那时候代课教师可以参加考试,考得好可以成为民办教师。我考完高考也去考了,考了全县第一,但是当我要转的时候,我已经接到南京大学的录取通知书了。

当初回到农村,其实我已经做好扎根的准备,因为当时要通过推荐上大学,我家的成分是下中农,也算贫下中农,但没有继续上大学的机会。因为我家不是干部家庭,当时要大队干部的小孩或者所谓的能人才可以,所以这个我没有想过。我是代课教师,但是农忙的时候,还要回来参加生产队的劳动。农村是集体劳动,无论你在哪个队,都是要干一定量的活。像我去代课,每个月要给生产队交一定的费用,我一个月拿二十块,要交十块钱,否则就不可以分配到粮食等农业物资。

一九七七年的"扩招"

1977年9月的时候,我从代课学校回家,路上听广播——那时候是高音喇叭——听见喇叭里广播说,高考改革,我们可以去考了。我当时就报名了。我所在的代课学校的校长非常支持,我说还有两个礼拜就考试了,可能复习时间会多一点,那么我的课就需要暂时停一停,请其他老师帮忙代一代,他也同意了,我们校长还是非常关心我的。地方政府也比较支持,包括大队领导、小队领导——现在不叫小队,叫村民小组,大队现在叫村。虽然我一直当教师,但其实很多知识都忘记了,于是我参加了我原来高中举办的复习班,这样通过复习掌握了一些知识。我也不敢完全裸考。我虽然是数学老师,但是有些东西,像平面几何、立体几何、因式分解,以前学的都很简单。像十字相乘法,还是我当教师的时候,把我姐姐的书拿出来自学才学会的。她是"文化大革命"前上的初中,内容比较全。我不会做,但是要去教人家,就得自己看。很多数学知识实际上我是自学和在县文教局教师进修学校学的。

考试的时候,除了数学,其他基本我都是在半裸考,特别是物理。物理四个部分——光学部分、力学部分、电学部分、磁学部分,我就会光学部分和一点点力学,还都是自学的。高中我们有物理老师,后来他家里有事情,就请假了,但很奇怪的是,学校没有再派老师,那个学期就不上物理课了。不上课了我就对物理不感兴趣了,时间都花到数学和化学上,而且我的班主任是化学老师,所以我对化学感兴趣。语文考写文章,写文章就看平时基本功,你基本功好,发挥不失常就行。上大学之前,我在生产队集体劳动,需要写点宣传稿,而且我喜欢看书,有时会到县图书馆借一点书来看,所以我的语文基础还可以。回去时我的母校老师还都说我怎么报数学了?没有报中文。

当时是有政审的,报名的时候要交政审表,进学校以后,政审材料会到学校,学校录取的时候会看。因为我是贫下中农——准确地说是下中农,我家那时候有一点点地,要划到中农又不够,所以是下中农——所以不受什么影响。而且那时候政审其实不是很讲究,如果很讲究,很多人都过不了。我有个同学,父亲在新中国成立前当过保长,按某些说法,就是维持会长,也就是地方小官,但是他也过了,那时候不那么唯成分论了。

那时候考试,是在扬州专区初试,我们公社有两千多人报名,但进复试的只有不到三十个,这样就是只有百分之一点五,淘汰率很高。公社也很重视参加复试的人员,把我们参加复试的人召集起来开会,希望我们考好一点。到了复试,是江苏省命题,当时没有全国统考,就是各地方出题,阅卷也不是全省阅卷,是各专区自己阅。

我们是去我们县的县中考试。考试的时候,也不是很紧张。做数学的时候,有两个半小时,我一个半小时就答完了。之后还有两个附加题,我就在那里做附加题,一个是求极限,一个是求平面图形的面积,两个内容我都没学过,当然就不会做。我闲得没事干,就把数学题目全都背下来,回家之后把题目写下来,然后把答案写后面,给我的数学老师看,老师说,数学考得不错。

那年考试应该说不是太难。因为那么久没有考试,恢复高考的第一年,又不可能像"文化大革命"之前那样考,所以难度就比较适中。难度要历史地看,对于六六届、六七届、六八届"老三届"来说,可能觉得非常简单;对于我们七四届、七五届、七六届"新三届"来说,卷子是适中的;但是对六九届到七三届这五届来说,可能就难了。因为"老三届"和我们还

1977年高校统一招生
准 考 证

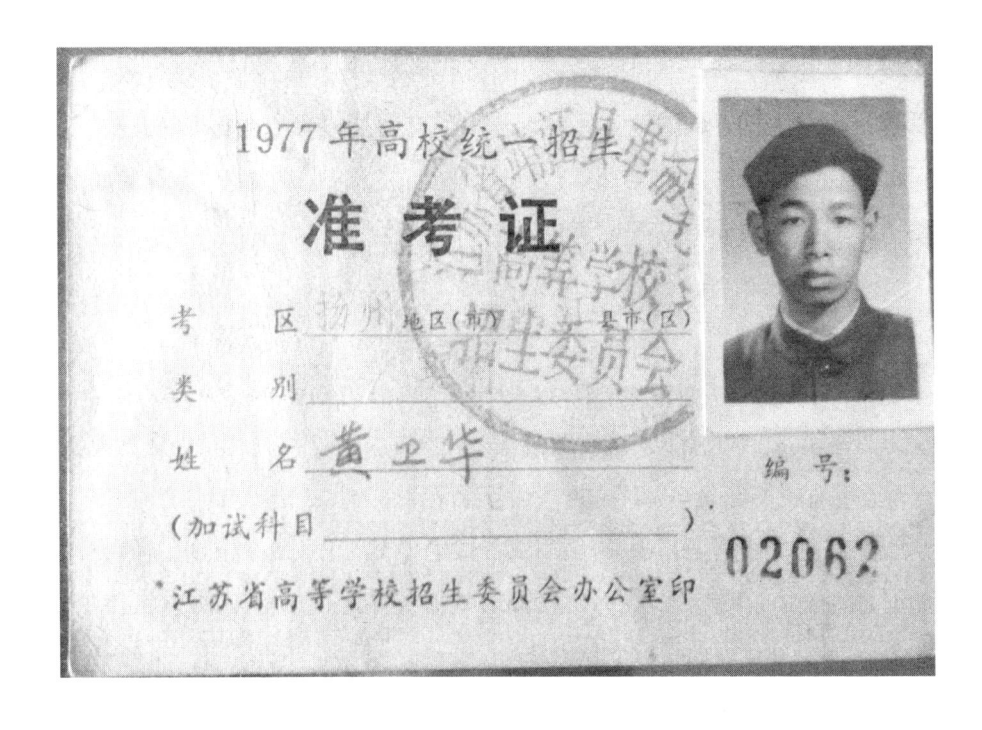

考 区 ____扬州____地区(市)　　　____县市(区)

类 别 _____

姓 名 ____黄卫华____

(加试科目 _____)

编号：02062

*江苏省高等学校招生委员会办公室印

些东西,但是"文化大革命"中1969年到1973年的,没有我们学的多,难度就大了。

考完以后,我总觉得自己有把握。考试是考四门,一个数学,一个政治,一个语文,语文不考基础知识,就考一篇作文①,理化是一张卷子,就是物理和化学,总分是四百分。考完以后,我觉得除了物理,其他的都尚可。我是化学好,化学五十分,我那五十分肯定能拿到。数学差不多九十多分,语文大概八十多分。作文怎么估的分呢?那年正好我老师去批卷子,作文题目是《决战》。农村里有个"双抢",就是抢收抢种,把前面一季的稻子割完,然后犁田,马上种第二季稻,这样人会非常疲惫,我就以这个为背景写了。因为老师知道我的文风,所以他一看就估猜是我的。阅卷回来他告诉我:"黄卫华,你这次语文,理科生能考到八十多分就不错了。"所以我一算,我的分在三百左右。

我考完就没有太多想法了,继续做代课教师。报考的时候,因为我们都是农村孩子,能够鲤鱼跳出龙门,由农村户口变成国家户口,就不管哪个学校都觉得可以。因为我是老师,视力检查又是色弱,有些专业是限报的,我想可能我报师范学校会好一些。所以第一志愿我报的南京师范学院,那时候不叫大学,叫学院;第二志愿扬州师范学院;第三志愿徐州师范学院,只能报三个志愿。我都是报的数学专业,因为我是数学教师,我想是不是会有倾向性一点,但最后录取基本上都结束了,也没有我的。

我算算我三百分也不是太多,因为十多年积压下来的人都参加了考试,从六六届一直到七七届。当时比较急,但又不晓得自己多少分,也就是说我们那一年高考分数是不公开的,说是保密。我大哥在南京做小学教师,我说你到省招办帮我看看是怎么回事,可是他也搞不清楚。反正那段时间,心情也不太好,后来我大姐夫跟我说,今年不行我们接着再考。他讲了之后一个礼拜,我说那就算了,就再考吧。正好那个礼拜六

---

① 此处应为老师记忆错误,1977年江苏省高考语文考基础知识和作文。

我回家——因为那时候我住在代课学校,我父母当时年纪比较大,我总不回去,不放心——回去以后,我妈告诉我录取通知书来了,我妈只知道是南京的一个学校,具体也不清楚,因为那个录取通知书是发到县文教局的。我第二天去查,是南京大学。

在高考三十年我们系举办的一个座谈会上,叫我谈感想,我说我就讲两句话,一句是感谢邓小平,第二句还是感谢邓小平。第一为什么感谢邓小平?因为他倡导了高考改革,让我们这些没有机会高考的可以参加高考了;第二为什么感谢邓小平,因为我当时已经算是现在讲的落榜生了,后来却又被南京大学录取,就是因为有个扩招问题。因为我们那届基数太大,邓小平他们就说这一批里面有很多好的苗子,希望各个学校挖潜,尽可能多地招一些学生。这样子一扩招就把我扩进去了。

来了之后,我才知道我考了二百九十七分,为什么一开始没有录取,后来被南大扩招进去?因为南京大学比其他院校早一天,而数学专业以往第一志愿招不满,那年有个作家叫徐迟,写了一篇题为《哥德巴赫猜想》的报告文学,报考的人多了一些,但还是不太多。南京大学就把数学好的人档案拿过来,总分和数学一起看,这样拿过去,我第一志愿录不到,第二、第三志愿就也录不到了。就扩招而言,我这个分数就算是高分,这样我就被录取了。我上大学是这样一个过程。我们那个班开始招了二十二个人,后来扩招了九个,后来又从另一个专业——计算技术专业调配了十个,最终我们班(计算数学专业)有四十一个同学。

五光十色的大学生活

报到的时候,我当兵的二哥转业在南京,正好回家探亲,我就和他一起来南京,等于是他把我送到南京大学报到,然后再回自己单位去,实际上我来报到时也算是有家人陪伴了。我们扩招进来的,一共不到两百个人,开学典礼的场面不是很大,就在鼓楼校区教学楼的122教室,由韩星臣主讲。他们第一批1978年2月入学,我是3月底4月初进来的,这样二批学生之间的课程进度就相差近一个月的课程了。正好5月的时候，学校在溧阳有个农场，第一批的就去农场劳动去收割农作物了，劳动了三个礼拜。我们这些扩招的没去，就在学校加紧补课。

我们班"老三届"多一些，九个"老三届"，1956年、1957年、1958年三年出生者居多，班里有九个女生。"老三届"的水平明显高一些，辅导员会组织他们抽时间给我们补高中的数学知识，后来大家水平就比较接近了。我们那时候是五级计分制，就是一分到五分，五分是优秀，九十分以上就是五分，八十到八十九是四分，当时大家的想法就是"保四争五"，没有哪个说我七十多分就行了。其实成绩的影响没有很大，但是大家都很努力，最后成绩都是四分、五分。单位过来要人，也知道我们这一届的水平，比较放心，把指标往南京大学一放，直接报人上去。

我们四十一个人在校学习的时候，大家真是都很珍惜这个再次学习的机会，都觉得这机会来得不容易。所有的课我们都是全到，就算是政治课也都去上，现在的学生可能对这类课程不感兴趣，但我们那时仍然认真听讲，很少在课上做数学作业之类的。所以辅导员不用管学生来不来上课，上课时是否认真听讲。我们那时候的辅导员，是毕业留校的工农兵学员，根本不需要管我们的学习，他的任务就是把我们从教室拉到操场上进行体育锻炼，要把我们的身体搞好，因为出现了一些为了学习而累坏的同学。班里也有个别同学挂科，顶多一门课一两个。我们班现在做得最好的，是在北京大学现代数学研究中心的田刚教授，他早就是院士了，而且应该是全国七七级的第一个院士。

那时候我们用电都受限制，晚上十点关灯，有的同学就会借着走廊上、盥洗室的灯看书，所以我们那届同学真的是很认真学习。我们那届最小的1961年出生，最大的是1947年出生的，相差十四岁，最小的同学就是原计算机系副主任，人称宋公。

我们那一届，大家都有一定的社会经验，气氛比较融洽。应届考的同学，因为小，好像有点小孩子脾气，但是我们都包容他们，所以都很和气。我们年龄差距大，不像现在，干什么事情，大家一哄而上，一呼百应。

我们这一届有自己的稳重，各人有各人的想法，但是互相之间也没什么隔阂。工农兵学员跟我们住在一栋楼，但交往不是太多。因为我们进来的时候，他们也就剩最后一年——他们是三年制——加上中间一段时间没有招生（1977年没招生），我们跟他们没什么利害冲突，所以应该说关系还行。

我们那时候教室里基本上没有桌子，都是扶手椅，哪个教室椅子不够了，去别的教室搬一下就行。晚上也可以在那边自习，不过晚上九点就关灯了。宿舍是晚上十点关灯，熬不了夜，除非你在走廊上、盥洗室里。浴室是全校一个。宿舍楼里的盥洗室，就只有一排水池，四五个水龙头。旁边就是厕所，厕所不是现在一个一个的，都是很简陋的。我们洗澡，夏天可以用冷水那么一冲，冬天就要到浴室。浴室也比较便宜，我们洗澡一次三分钱，也不是一直开的，是下午两点到晚上八点。

我们那一届住宿比较紧张。我们来的时候，他们已经八个人一个宿舍，十八平米的房间，高低铺十个床位，八个住人，两个放东西。我们来了以后，一个房间分一个，就九个住人，一个放东西，所以很挤。这种现象一直持续到三年级。我们以前住三舍，后来搬到十二舍，才是八个人一间。当时三舍南面一直在建新的宿舍，我们看着它呼呼地造起来的，每天晚上非常嘈杂，但是造好之后，没有我们的份，把我们弄到十二舍了，心情郁闷极了。

饮食的情况，我们第一年是包伙食，就是一个班十人或者八人一桌，给个大牌子，凭牌子统一打几个菜——用那种大脸盆——打了菜大家一起吃。大家分配好每次谁去打菜。二年级以后就分开了，自己去买着吃。伙食马马虎虎吧，对于我们农村的学生来说，肯定是比在家里好多了。我们在家一天三顿稀饭，根本吃不到干饭，但是我在学校里一天两顿干饭，还吃不习惯，晚上还想找些稀饭吃。我们那时候上大学是人民助学金制度，分一等、二等、三等三个档次，我一开始拿的是二等，一个月十几块钱，一年后给我上调为一等。这是根据家庭情况的变化定的，基本上就够吃饭了。有的同学是带薪的"老三届"，从工厂里来上学，单位还发着工资，那他们肯定就不要了。当时班里大概有四五个带薪的。那时候是有粮票的，我们上学是二十八斤一个月，这是全国的规定：国家户口，成人，一个月就是二十八斤。上大学就从农村户口转到国家户口了，所以是二十八斤。

我们数学系不需要什么设备，一支粉笔或者一张纸、一支笔就行了。老师是比较辛苦的，因为他们在"文化大革命"的时候，也没什么书教。工农兵学员是"文化大革命"后隔了好几年才招生，招了之后，有的就是初中水平，上大学后根本不会，所以他们这个书也难教。而且教材也没有，他们还得编教材。既要编教材，又要补中学的课，还要讲课。但是我觉得我们老师真的非常敬业，同学有问题，要问老师一个小时两个小时，都是没问题的。你找老师讨论，他很乐意给你解答。我们那时候还有一个质疑课，同学不去向老师问问题，老师会把一批学生叫过来，把一些模糊的数学概念拿来提问，所以我现在有些严谨的东西，都是跟他们学来的，他们都是言传身教。"文化大革命"以后，还有职称问题，恢复之后他们基本都是讲师，副教授很少，很多老师也比较年轻。数学系有一个老师，身体不太好，今天宣布提为副教授，第二天就被发现在家里去世了，就是太辛苦了。

当时学校图书馆的藏书非常稀缺，全国基本上都这样。那时候的图书馆就是现在的南京大学博物馆。我们借书就写一个条子，交给图书管理员，图书管理员进去找，找了以后，要是没有就借不了。所以那时候，我们有的参考书，就很难找，即使有，也可能被人家借走了。借书倒也不需要签字什么的，就是有个图书目录，对应着卡片写要借的书。借书就在借书证上做记录，一个人只能借四本书。数学系有自己的图书馆，但是不对本科生开放，到大四做毕业论文时才开放。

我们那时候没有军训，有英语、政治、体育、物理，以及各种数学课程。我们有第二外语，而且是必须的，就是自己选一门外国语。我当时选的德语，我们还有些"老三届"，当时选的是俄语。专业课和现在差不多，难度上肯定是我们那时候难，要是拿来考现在的学生，那肯定是考倒一大片。现在的大学教育是平民教育，我们那时候是精英教育，所以应该说现在学生学得要比我们那时候简单些。我们那时候哪管难还是不难，老师出题考就考了。我记得有一门课程，早上八点钟开始考，我们都是考到十点就交卷，有一个同学考到十二点，老师也就陪她到十二点。当然这是特例，因为那个同学脑子有点小问题，老师就很有耐心，一直在那里等她，我们都吃完饭回来等下午上课了，她还在做。

我们和工农兵学员的培养方式不太一样，他们的水平参差不齐。有个电影叫《决裂》，里面提出一个观点，说这手上的老茧皮子，就是上大学的资格。那时候有个张铁生，"白卷英雄"，他交了白卷来上大学，怎么能跟得上，所以他们的教学没有我们正规。我们是从正常渠道进来的，所以无论是在教学还是复习考核上，都是很正规的。他们的教学内容应该比较简单，不然他们也跟不上，所以后来我们三年级的时候，国家专门有规定，工农兵学员留校，如果没有研究生学历是不能任教的。

我大学时候对于社团、学生会之类的，不怎么感兴趣，也没有人来找我，我也不愿意去，因为还是想学习。因为我丢了三年，又有了学习机会，机会来得不容易，我们大家都很珍惜。但是也有人喜欢做些社会工作。不过我偶尔会去看看电影，学校的大礼堂每个礼拜会放一场电影。我记得放的第一部电影就是《阿诗玛》，杨丽坤演的，还有《五朵金花》这些老电影，伤痕文学改编的电影也有，国内自己拍的，像《苦果》《驼铃》这些是属于记录"文化大革命"的，没有现在看的爱情片。西方电影几乎没有，只有一个日本电影《望乡》，是栗原小卷主演的，她是记者，去采访一个日本慰安妇，场景不在日本，好像是在东南亚，她就希望回到自己的家乡。因为是外国的，又涉及敏感话题，所以我们还是在辅导员那里用一个九英寸的黑白电视机看的。为了消除电影的影响，电影前面的铺垫可能差不多和电影一个长度，它就是要你正确地来看待慰安妇问题。我那时候喜欢看小说，就是在考试之前，也会借一本，熄灯之前，看那么几页，

中山陵郊游

就睡了。①

　　刚入学的时候，有一个集体爬紫金山的活动，后面集体活动就不多了，可能就是校运动会，还有毕业畅谈的时候，一般会以宿舍为单位进行活动，例如去马鞍山远足等，全班的就只有那次爬紫金山的集体活动。我们几乎没有聚餐这些活动，就校庆或者重要节日（例如中秋节、国庆节等）的时候，学校会发一张加餐票，我们会把菜打回来，在宿舍一起吃吃，

---

① 1英寸大约等于2.54厘米。

也没有什么酒。我大哥在南京,那时我们一个礼拜上六天的课,第一学年时,我每周六晚上都会到我大哥家里去,礼拜天下午再回来。那时候有严格的请假制度,不可以随意在外面住宿。

至于思想解放运动的影响,学术方面肯定会学习西方,特别是做毕业论文的时候,会看一些外国的文献。我们主要是看一些国外期刊,像美国数学学会的一些期刊,我们系是最全的。改革开放初期,国际交流还是比较少,出去或者来考察都比较困难,因为还是有"以阶级斗争为纲"的影响。后来我们毕业了,才慢慢有些短期的交流,主要是英、德、美、法,苏联倒没有。我们留校的时候,世界银行贷款给学生出去留学,读研究生。不过我没有考虑过,因为我大学身体一直不好,其实是抱着药罐子过来的,一直吃中药调理。我当时就说我能留在南京大学就很好,其他的等我身体好了再说。

1983年开始有清除精神污染,直到后来的反对资产阶级自由化运动,一直都有,就是学习学习文章。其实理科生这方面受影响还是少一点,文科生多一点,因为理科生思维是理性的,文科会受社会思潮影响。但很奇怪的是,"文化大革命"带头的都是理科生。你看我们数学系:南京最大的"造反派"头头,是数学系的;反对"四人帮"的时候,也是数学系带的头。这是我一直觉得很纳闷的事情。

"老三届"很多已经结婚了,这是历史造成的,但没结过婚的就不可以谈恋爱。还有的是在家里谈过对象,后来吹了,对象就到系里来告状说:人跳到高处了,就把自己甩掉了。当时哲学系有一个学生,就是男生考进去,女生可能没有上过学,男生要跟女生分手。那时候分手应该说影响还是比较大的,女生就到学校告状,后来是男生被处分了,留校察看,然后学生就铺天盖地贴大字报,反对学校处分这个学生。可能女方家里也有点背景吧,因为当时学校里分手的也不是他们两个,但也没有像这样处分的。当时也有写"人民来信"的,那时候被写"人民来信",是不得了的事情,学校就要马上处理,好像你上了南京大学,就了不起,就把人家甩掉了,这个影响不好。

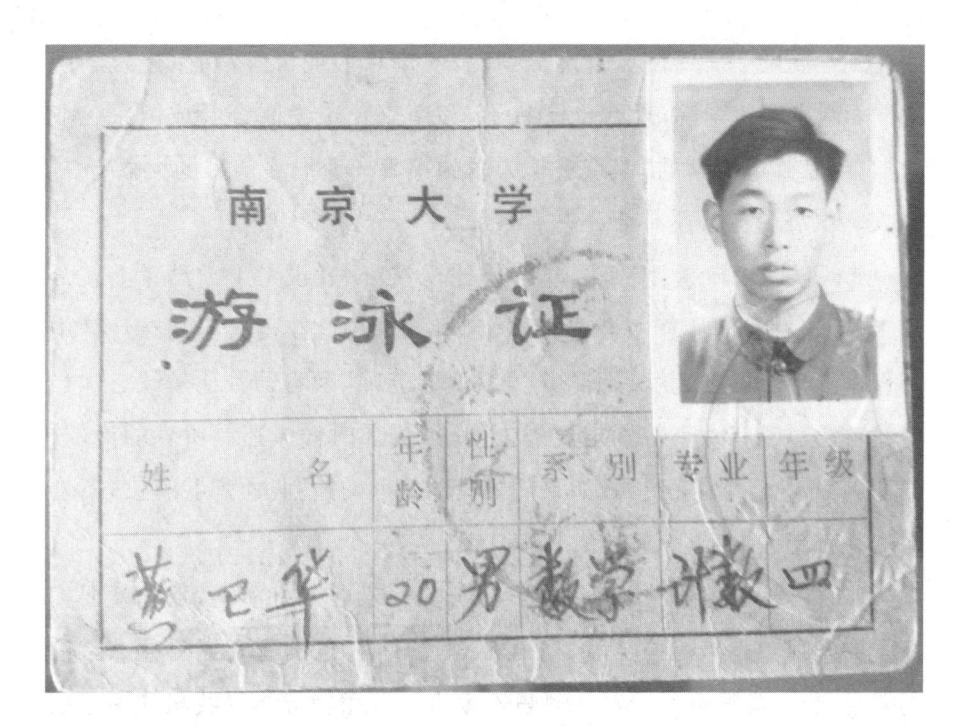

整个大学生活对我的影响就是，站的位置不同，视野也不一样，那关注问题考虑问题就比以前更加地细致。你学到一些更高级的知识，考虑问题的体系就更加周密。对我们来说，至少摆脱了农村的那种贫穷落后，当然现在我回去看，农村发展得也不错。但是出来学习，多学一点知识还是好的，知识就是力量，的确是这样。我们那个地方的风气还是非常推崇学习的，能够考上大学，大家还是觉得很了不起的。我爸爸是做木工的，我考上南京大学，大家更加尊敬他了。我一考上，所有的复习材料就都被其他人要走了。

国家需要到哪就到哪

我们毕业后是国家包分配的，国家给指标。我们四十一个人，国家就给四十一个指标，我们有考研究生的，那就可以挑选。但是有个规定，偏远地区、少数民族地区如果来指标的话，这个指标必须接受，不能空着。我们那一届分配到南京的是最多的，因为那时候师资缺乏，有到南京化工学院的——现在不叫化工学院,叫南京工业大学;南京建筑学院的——南京建筑学院,现在也没有了,和南京化工学院合并成南京工业大学;南京邮电大学的;南京农林大学的等等。我们在南京的大概有17个人,人数比较多,还有部分去了北京,一两个到了无锡。

那时候我考研了,但是当时考研比现在难,就没考上。没考上就分配工作,正好我们计算中心要人,就到了计算中心。但其实我在计算中心仅待了两个礼拜,就又回到数学系做了老师,因为师资比较缺乏。当时我自己也没有一个特别想要的去向,因为那时候人还是听党的话的,党和国家需要到哪就到哪,如果需要我到偏远的边疆去,那我就去,不会像现在都想去北上广。

那时候我觉得党和国家给了我这样一个学习的好机会,那我就要把所学的知识奉献给祖国,我们当时都是这样的,也没有人提出什么特别的要求,也可能我和辅导员接触得不太多。我跟辅导员说我想在南京大学留下来,他去看看有这个指标,我就留下来了。因为给我们的指标、单位都不错,所以毕业分配也没有问题或者矛盾。

从大学梦碎到大学梦圆

受 访 人	丁柏铨
采访时间	2016 年 7 月
采访地点	南京大学仙林校区
采访整理	卢奕、詹斯曼、丁雯琪、周伟、赵光智
作者简介	丁柏铨,江苏无锡人,1947 年 6 月生。1977 年参加高考,翌年 3 月进入南京大学中文系。南京大学新闻传播学院教授、博士生导师。曾任南京大学新闻传播学系主任。"马克思主义理论研究和建设工程"教育部重点教材《新闻采访与写作》课题组首席专家,国家社科重大课题"十八大以来中国共产党新闻舆论观"首席专家,中国社会科学杂志社社外评审专家,1993 年起享受国务院"政府特殊津贴"。

大学梦碎：知识青年上山下乡

我 1966 年高中毕业，当时已经准备高考了。6 月 1 日，北京大学哲学系党总支书记聂元梓写的一张大字报，经毛泽东批准，通过新闻媒体公开传播，"文革"就此开始了。聂元梓写了这张大字报，毛泽东也写了张大字报，叫《炮打司令部》。后者的大字报，炮打的是刘邓，即刘少奇、邓小平的"司令部"。毛泽东当时判定他们是党内资产阶级的司令部，号召学生起来炮轰他们，把他们打倒，这以后就开始了"文革"。"文革"的起始日期有几个说法，其中一个是 1966 年 5 月 16 日，中共中央政治局扩大会议通过了《中国共产党中央委员会通知》，简称"五一六"通知。这个通知，实际上就是"文革"开始的标志。大学停止招生，本来要举行的一年一度的高考也就停止了。我本来应该于 1966 年 9 月进入大学，但由于"文革"的开始，我的梦就被打破了。

我高中毕业到上大学前的时间分为两段，前一段是学校搞"文化大革命"，"文化大革命"旨在解决党内走资本主义道路的当权派——简称"走资派"的问题。相当长的一段时间里，知识分子地位低下，没有话语权。

第二段时间是上山下乡，也不能在学校一搞就搞十年，总要走向社会，当时有一个口号，叫"知识青年上山下乡"。有些城里的居民也提出要下乡，说是"我们也有两只手，不在城里吃闲饭"，从知识青年上山下乡到城镇居民全家下放。知识青年上山下乡走得比较早，一般是 1968 年的下半年。当时的学生真的非常单纯，老人家一号召，知识青年就去迁户口，把城里的户口迁到农村去，几乎是二话不说。上山下乡一干就是七八年甚至更长，有的现在还在农村，因为在农村结了婚，成了家，有了小孩，再返回城里难度就增加了。我从高中毕业到进大学之前就经历了这两个阶段。

上山下乡的生活比较艰苦,我插队的地点是盐城的滨海,滨海县果林公社。名字挺好,水果的果,树林的林,但实际上不是以果和林为主。它还是以旱生作物红薯、玉米等为主。盐城是我的第二故乡,无锡是我的第一故乡。

我们当时有个说法,现在应该还有:"金东台,银大丰。"东台是很富的,我记得有一条"七里长街"。盐城最富的是东台。现在滨海发展得也不错,盐城城区发展得更好,整体样子都和我插队时大不一样了。当时滨海农村多盐碱地,盐碱地不长庄稼,在滨海的渠北,比较多的地方种的是红薯。红薯的生命力很强,栽种的时候挖一个坑,把苗栽进去,浇一勺水,哪怕以后你不管它,最后它也能长出来。它是栽培起来最简单的农作物。现在红薯是个好东西,价钱卖得很贵,但是那时候我们一年要吃七八个月的红薯,就够呛了。红薯当饭吃的话,吃多了会胀气,现在少吃一点,有利于保健,有利于养生。烤红薯现在好几块钱一斤,那时候红薯才几分钱一斤。一年里有七八个月一日三餐都吃红薯。先是吃新鲜的,新鲜的吃完吃地窖里的。红薯要保管必须放到地窖里,地窖里的也不能放得太久。接下来就吃红薯干,红薯成了干以后可以放很长时间。主食就是红薯,大米呀,面粉呀,要来了客人才能吃。因为这是当地的稀罕之物,要用山芋干去换米面,而且要通过点关系才能换到。换的话,要去公社的粮站,每个公社都有粮站,要把这个东西用独轮车推过去,换到以后再推回来。

红薯当地人怎么吃?是红薯加玉米屑——加工得细一点就是粉,粗一点就是屑,加浸泡后被碾碎的黄豆,放在一起煮。那个地方的人将此叫作"山芋渣子",一烧就是一大锅,人先吃,吃剩下来的给猪吃。猪吃这个东西是相当不错的。用现在的眼光看,"山芋渣子"营养挺好,偶尔吃一个烤山芋,当然是一种享受,但问题是一年吃好几个月这样的东西,实在受不了。三样东西混在一起吃,有点甜味。有人可能会问:你不能在锅灶里面烤红薯吃吗?那也只是偶尔的事,你不能一天三顿用烤红薯作主食,那是不行的,吃多了也会发腻的。

上山下乡时,一天的生活就像农民一样,出工干活。夏天早晨四五点钟起来去干一回活,干完了回来吃早饭,吃完早饭又下地。因为天比较热,浑身汗流浃背。实在热得不行,会跳到水塘里面去泡泡、浸浸,消暑。

住宿方面,我和同组的知青一开始住在生产队的队房里面。生产队有几间公用的房叫队房,有的是放粮食的,有的是养牛的,我们刚下乡住在本来养牛的地方。养牛的地方第一是有臊味,第二是比较潮湿,第三是还有虫,那时候睡在床板上,能看到有的虫圆圆的,趴在墙上。当时政府给每个知青一点安置费,几个知青合起来盖个小房子,砖房。当地农民住的是用土做墙,上面用茅草做顶的房子,因为墙比较厚,茅草做顶,所以冬暖夏凉。但很可惜当地不用玻璃,没有大的窗户,窗户就是一个孔。那时候都是这种格局,窗户小,不用玻璃,就一个孔开在那儿,雨天、冬天的时候窗口就用团柴草塞一下,光线很暗。后来知青来了就有了瓦房,瓦房在当地就算很不错的房子了,当地的农民是住不起的。要是在城里拿工资的,就是干部,相当于现在的公务员,他们有固定收入,家里才有瓦房。拿着工资,到农村生活就很好,因为东西很便宜。不过再便宜,没有收入还是买不起。

从学校直接下乡的叫知识青年,还有一些从学校毕业,在社会上没有工作也下乡的,叫社会青年,两者是有区别的。后来知识青年中有人向当时的党的总书记胡耀邦写信,反映知识青年从城市到农村这一段时期应该算工龄,中央同意了,我们什么时候下乡,工龄就从那个日子算起。另外一部分人呢,本来就是农村户口的学生,毕业后回农村,叫回乡知青,不叫知识青年。他们后来工作,从学校回农村这一段是不算工龄的,因此他们吃的亏就更多。还有一种是到生产建设兵团的,生产建设兵团有工资,因此他们只要到生产建设兵团就算工龄,而且还拿工资。他们比我们要好。整个江苏,六六届、六七届下乡的是插队知青,六八届是插场知青,插到生产建设兵团、农场,他们算工龄而且拿工资。因此六八届的高中毕业生比六六届、六七届的待遇要好些。①

做知青的时候,闲下来就看书。弄个小盆子,里面放上煤油,然后弄个灯芯,点着,就着煤油灯看书,不像现在,灯光明亮,而且房子也好。那时候没有这么好的条件,煤油灯的火就这么一点点大,但是大家一闲下来还是要找书看。

可惜我们当时接触到书的机会不多,因为在"文革"中好多书被当作"毒草",给禁了。那时候有个说法叫"大毒草",绝大多数长篇小说都是"大毒草",只有几部不是,是可以在新华书店卖的,比如浩然的《金光大道》《艳阳天》,因此那时候可看的东西极少。绝大多数的书都被看成"封资修",在图书馆里封着。教科书是可以接触的,但"文革"期间有些人把教科书也处理掉了。学校被称为"培养修正主义苗子的温床",有种说法叫"知识越多越反动",还有一种更极端的说法叫"宁要社会主义的草,不要资本主义的苗"。虽然是苗,但只要是资本主义的就不要,这是很绝对化的思维。当时看的书里,我现在印象比较深刻的有《金光大道》《艳阳天》,其他的就是在"文革"之前看的了,在"文革"中这些书都找不到。你们没法想象"文革"期间销毁书、封锁书的那种情形。新华书店柜台上就那么几种书,《金光大道》《艳阳天》,其他能买到的就是修订过的《十万个为什么》。因此可以看的东西几乎没有。更不要说外国的东西了,那根本不可想象。有一段时间甚至是没法获得书的,就是我刚才说的"文革"中比较极端的时候,没书可看,那就只能看看教科书了,还有《十万个为什么》之类。只要有点人文的东西,有点人情的东西,都被称为"毒草",都看不到。不过当时也有书以手抄本的形式流传,比如《第二次握手》,许多人争相传抄,但是被发现的话会有麻烦。手抄本相当于地下流行的书。"文革"后《第二次握手》正式出版了。

我是通过新闻媒体得知恢复高考的消息的,那时候我已经回到城里了。我大概是1976年1月回城的,1968年10月下乡,前后共7年3个

---

① 六六届、六七届、六八届,分别指1966年、1967年、1968年初、高中毕业生。下文同。

月。高考恢复的消息,电视、报纸都有,邓小平拍板,教育部决定。恢复高考是一件令人关注的事情,也是一件很有震撼力的事情,大家觉得如果不是邓小平,这件事情不会决策得这么快。听到这个消息我非常兴奋,没想到这辈子还能圆大学梦,因为在这之前看不出有恢复高考的迹象。如果不是邓小平决策,我觉得这辈子就真的和大学无缘了。

高考前后:整个社会都来不及反应

1977年之前高校也招生,但是通过推荐工农兵学员的方式,实际上这个起点比较低,学生的文化层次也不高。后来到1977年8月,在邓小平主持的一个座谈会上,有专家提出来,希望大学恢复高考招生,邓小平当即拍板。这个恢复招生是要通过高考录取学生,而不是搞推荐。推荐的话有的就走后门,有的就不是按照文化素质的高低来录取学生。1977年10月初教育部发文,此后加以实施。那么所谓的七七级实际上是1977年参加高考,1978年春季入学的学生。1978年还有秋季入学的,就是七八级。从此以后都是秋季入学,完全恢复正常。因此1978年一年有两届大学生入学。入学早的考试在1977年进行,入学晚的考试在1978年进行。①

考生的情况比较复杂。当时积压了十一届,一九六六届高中,然后1967、1968、1969,一直到1977年。我记得当时的高考录取率是百分之四多一点,就是二十几个人里取一个。我们那个班上我的年龄最大,三十岁出点头。有的呢,是十七八岁,我的年龄比他们大十三四岁。我们班上有的是父亲在读大学,子女已经读高中了,这样的同学主要是农村的,结婚比较早,二十八九岁的时候,小孩就十来岁了。甚至有极端的例子,父亲和儿子都是大学生。有的孩子可能是读的五年一贯制,还跳了

---

① 七七级,即1977年参加高考1978年春季进入大学的人。七八级,即1978年秋季进入大学的人。下文同。

一级,儿子上大学,老子也在上大学,当然这只是个案。

尽管许多考生离开学校很多年,但也有的并没有被耽误太久。我们有些人时间用于搞"文化大革命"了,后来又下乡了。他们把我们被耗费的时间都省下来了。还有的考生实际就是应届生,1977年高中毕业,正好赶上,当然他们学的东西会打些折扣。当时的高考卷子相对简单,不过考相对简单的卷子也还是可以拉开档次的。

那时候所有高中毕业生都可以参加高考,对考生没什么限制,因为恢复高考就是想解决一大批人进大学的问题,选拔人才。当时的人才出现了严重的断层,十多年来大学没有严格意义上的招生。当时有一个"白卷英雄"张铁生,是被推荐的"工农兵",参加了极其简单的考试,结果题目答不出来,就在卷子上写了些其他东西。他卷子的得分很低,但就是因为写了其他东西,被"四人帮"看上,就被塑造成了一个"反潮流"的典型。这实际上很有讽刺意味。高考最简单的东西都答不出来,人才能不出现断层吗?邓小平就想,如果不恢复高考招生制度,我们国家的人才危机就无法解决。电视剧《历史转折中的邓小平》,以及纪念高考恢复三十周年的电影《高考1977》,比较真实地反映了当时的一些情况。

我从1976年回城到1977年高考期间,一直在无锡市交通局工作。决定参加高考后,单位也很支持。其实我不是他们单位的正式成员,如果继续干是可以由工人转干部的。那个时候名目比较多,其中一个名目是"以工代干",再一个名目是"转干",由工人转成干部。我的实际工作单位是交通局下面的港务处,港务处下面的作业区,所以我曾经是码头工人。

我的父亲是职员,做会计工作的。1977、1978年高考已经不兴家庭成分、家庭出身这类概念了,只是在申请的表格上还是要填。但即使是"黑五类",也没什么问题了。"黑五类"就是"地(地主)""富(富农)""反(反革命)""坏(坏分子)""右(右派)"。"文革"中发明了一个概念,叫"可以教育好的子女",也就是表现比较好的"地富反坏右"子女。更早盛传的一种观念是"龙生龙,凤生凤,老鼠的儿子打地洞",反动的血统论,曾经比较盛行。但是恢复高考以后,家庭成分不好的考生也照常可以上大学,一些保密要求比较高的,政审要求比较高的专业可能进不去,但上学不是问题。那时候家庭成分观念已经大大淡化了。改革开放初期,为农村的地主、富农摘帽子,地主、富农一年一年当下去,老辈人是地主下一代是地主子女的这种情况此后慢慢得到纠正。而此前地主或富农的子女上学比较难,上好的大学更难。

我参加的那年江苏省高考分初考和复考,共考两次。十月初确定恢复高考,十一月中旬初考,十二月份复考,然后第二年二三月份入学。我听到消息立即就忙着准备,从报名到考试,中间的时间很短,根本来不及系统准备。我本来的理想是考中国科技大学,那时候校长是郭沫若。中科大是我心仪的高校,但是报考理工科,要大量地回忆复习公式,我没有这个时间,所以最后就考文科了。对于应届生来说,参加理工科高考的会多一点,应届生数学物理化学公式会记得牢一点,这些东西没有一定的时间复习是不行的。当然也有理工科底子非常厚实的人,理科考得也很优秀。在这不到一个月的准备时间里,我白天照常上班,下班回去复习。我没有向领导要求复习的时间,也没有这样的想法,我不能因为要参加高考就向单位请假。当时的情况是,小孩刚出生不久,我白天上班,晚上还要照顾小孩,照顾太太,因此就更没有时间去搞数理化公式的记忆复习。我经常开玩笑说,我入学的时候小孩一尺长,后来等我把爱人从无锡调入南京大学,小孩已经十四岁了。孩子刚出生我就去上大学了。我和我爱人分居了十四年。

所以,我并没有针对高考做太多的准备。当时没有辅导资料,没有现在的冲刺班,整个社会都来不及有所反应,因此我觉得只能靠以前的积累。事实证明靠积累还行,我的母校本身就是无锡市一所非常好的中学——无锡市第一中学。我在没有充分准备的情况下得了无锡市的高考文科第一名,后来进了南京大学中文系。现在想在没有充分准备的情况下考出好成绩,基本上不可能。

高考消息出来后,报名手续都比较简单,不需要审核,只要填报名表。那时候也没有网上报名,中国是1994年才接入互联网的。每个地方都有招生办公室,我们就到那里去拿报名表,填完之后领张准考证,就可以考试了。

我们当时做的是江苏省自己出的卷子,比较特殊,有初考和复考。当时没有考英语,是后来才考的。我记得文科考的是语文、政治、数学、史地这四科。历史、地理合在一块儿,政治是单独的。当年的语文作文题,是以"苦战"为题写一篇记叙文。当时一个考场大概有四十人,两个监考老师,考场气氛并不特别紧张。也许是初中、高中阶段基础打得比较扎实的缘故吧,我觉得卷子不算太难,因此比较容易地拿到了第一名。考完之后我们也对了答案,预判一下自己答题的大致得分情况。经过预判,我当时就觉得情况还不错,不会太差,果不其然。当时没有公布标准答案这一说,在不知道正确答案的情况下,我们只能自己回想一遍,或者和熟悉的、也参加高考的人对一对。

我在招生办有熟人,从那里知道自己考了市文科第一名。如果没有熟人,不一定能知道自己的名次,可能就只知道自己的分数。出了成绩之后媒体也不像现在一样宣传,那时候的媒体,比如《无锡日报》,也是才恢复正常工作不久。1976年10月6日粉碎"四人帮",邓小平恢复工作。他恢复工作以后大刀阔斧,抓了一些事情。媒体能自己编发、自己采写的稿子非常有限,没有现在这么多的版面和社会新闻。这种消息当然是属于社会新闻的内容。当时的报纸更多地涉及政治,披露信息的功能发挥得没有现在这样充分,所以在报纸上得到的资讯还是比较有限。1977年、1978年相当于一个人大病以后刚刚恢复。大病初愈,百废待兴。新闻媒体远不像现在这样,一份报纸有几十个版面,当时的许多报纸只有四开四版。

我们当时是在成绩出来之前报名的,因此这个报名也有点风险。填报志愿的时候,我的原则是就近,因为有小家庭,有孩子,因此不希望离得太远,就在无锡附近吧。当时我填报的有南京大学、南京师范学院——当时称南京师范学院、苏州大学——当时称江苏师范学院,而且填的都是中文,也就是汉语言文学。我第一个报的是南京大学的中文专业,就考上了。录取通知书要交给系里,收去后就不再发还了。现在的录取通知书有那么一截给学生留作纪念,那时候考虑得没有那么周到,加上手机、数码相机等都还没有问世,拍照留念也还不流行。南京大学的录取通知书只写你被录取为什么学系什么专业的学生,并没有很浓的政治色彩,当然也没有什么人情味。

大学生活:以学术为志业

那时候我们上大学不是拖着行李箱,而是拎着行李包,那时有轮子的行李箱还不普遍。南京大学给我们寄送录取通知书,附有标签。我们用南京大学的标签托运行李,然后学校派人到火车站、长途汽车站把行李用车拉到新生接待站,我们去那儿领取,就和现在差不多。家里离学校比较近的就找车送。

那时候学校的宿舍是每间十八平方米,每间房住八个人,分上下铺,这么多人住一小间房显得很拥挤。两边是上下铺的床,一边睡四个人,桌子就放在中间。桌子的两边是可以坐的,面对面坐,还有抽屉,抽屉里面可以放东西。宿舍里也没有柜子,只是多放一张双人床,空着的床就用来放行李包。

我们入学的时候还不需要缴纳学费,不仅不要学费,学校还给助学金、生活补贴。这个绝大部分人都有,但是额度比较小。我的是十四元加两元,十四元是助学金,两元是生活补贴其中八九元是用来支付伙食费的。我们上学的时候课本要自己买,课本很便宜,一本才一两块钱,不像现在一本书要二三十、三四十块。一个学期有好几个月,支付几块钱的教材费还是可以的。伙食费每月要八九块,那么学校给的这个钱就不能用来买衣服了,多余的钱大家就攒起来。我在大学期间会写一些稿,写完就投到报刊社,刊登到报纸或者杂志上,我就用稿费来买教材以外的东西。那时候稿费通常是一千字几块钱，跟现在不一样，现在有的一千字几百元，有的一千字只有几十元，完全取决于报刊本身的经济实力。

记得1978年的夏天特别热，四十摄氏度以上，并且这种高温天气持续了很多天。那时候我们晚上就都睡在篮球场上，每人拿一张席子垫在地上当床铺，因为宿舍里面没有空调，也没有电扇，热得无法入睡。当时一般的住户都没有空调，空调可能要到1990年代中期或者1990年代末才开始普遍使用。那时候寝室里也没有电扇，都得自己弄一个小电扇，所以夏天的时候宿舍就像蒸笼一样。后来学校提前放暑假，考试暂时不考了，等下学期开学再考。那时候也没有军训，军训应该是1980年代下半段才开始的，尤其1989年以后，军训强度加大，比如清华、北大，这些高校特别增加一年的学制用于军训。

我在学校和同学的关系都很不错。学校的学生，学风都比较淳朴，校风很好。那时候流行"英语九百句"，南园每天早上都有很多学生读"英语九百句"，这逐渐成为学校的风气，学校的广播台都会天天播。

那时候学校里没有学院，都叫"系"，像"中文系"这样。物理系有三百多个教学员工，也只叫作"物理系"。那时候还有许多高校叫学院，比如南京师范学院、江苏师范学院等等。中文系当时不算太小，人比较多，学生大概有几百人，教职员工有五六十人，行政人员比较少，很精干。学校的整个体量比较小，每年招生也只是两三千人，规模不大，相对其他大学来说是比较少的。中文系一届也只收四十多个人。南京大学一直没有扩招，但现在硕士生、博士生比较多，大概硕博生与本科生人数差不多，毕竟南京大学是研究型大学。

在校期间我们经常去图书馆。图书馆借书要凭借书证，且这个借书证是手工的，不是通过电脑操作的。借书的时候拿出借书证，然后工作人员会把要借的书最后一页的登记卡取出来，在登记卡上写上借书证号码，然后把卡留下来。等到下次来还书的时候，工作人员再把卡找出来，放到归还的书的最后一页，每本书的最后一页都有一个小口袋。南京大学的校风一向比较淳朴，图书馆和教室总是坐得满满的。外校师生总说南京大学的学生很好学,其实在那时候就已经充分体现出来了。

虽然刚恢复高考不久,参加高考的人水平参差不齐,但在大学里面并没有特殊课程,大家都在一起上课,也有选修课。那时的教学理念和现在不太一样。现在是本科生进校头一年不分专业,大类教学,但是那个时候,学生进校就直接到具体专业学习。我是中文系汉语言文学专业,上的课分为语言类和文学类。语言类的课程有语言学概论、现代汉语、古代汉语等等;文学类的课程有文学概论、中国古代文学史、中国古代文学作品选、中国现当代文学、外国文学等等。古代文学包括两个部分,一是中国古代文学史,二是中国古代文学作品选。语言学里也有概论这种课,像现代汉语概论。文学包括中国古代文学、现代文学、当代文学和外国文学。古代文学与古汉语结合在一起,如果古汉语功底不大好,那么古代文学也学不好。

在恢复高考之前,也有工农兵学员入学就读,但是到七六级就终止了。高考录取的学员和工农兵学员的培养方式没什么区别,但是基础不一样。工农兵学员里也出了一些相当不错的人才,有的后来读了硕士研究生甚至博士研究生,那么他们的"工农兵学员"这个帽子也就摘掉了。[1]

那时候印象最为深刻的活动,大概就是我们办的篝火晚会。当时在十一舍和十二舍两栋楼(现南京大学南苑宾馆)之间有一块空地,我们就是在那儿燃着篝火,唱歌跳舞、猜谜语等等,开展各种活动。那时我们的团支书和学生会还是蛮有号召力和凝聚力的,经常举办这种比较大型的活动,而且我们也有相当不错的演员,比如七八级大专班的孙艳丽,她是系团总支和学生会的文娱委员(我是系学生会主席),是个文艺活跃分子,她和搭档陈宁把黄梅戏《天仙配》演得出神入化,不过她倒不是学戏剧文学的。那时候南京大学在戏曲戏剧方面有许多大家,戏曲方面有吴白匋、吴新雷,更早的还有钱南扬。钱南扬、吴白匋在这方面算"大咖"

---

[1] 七六级,即1976年进入大学的人。下文同。

了,专攻戏曲研究。戏剧方面有陈白尘、陈瘦竹,陈白尘是我们当时的系主任,写过《升官图》《大风歌》等名作。他在任系主任时曾经很俏皮地说过一句话:"系主任不是人干的。"意指在这个位子上,总要干许多自己不想干的事情。

学术方面印象较为深刻的,就是学生时期发论文的事了。那时候发了不少的论文,有自己单独写的,也有三两个人联合写的,发表在多种刊物上。我印象比较深的是发在北京出版社的《中国现代文学研究丛刊》上的论文,规格比较高。它不是正式的杂志,而是出版社出的一种连续性出版物。后来我的毕业论文就发表于此,题目是《试论鲁迅作品中的浪漫主义》,文章比较长,但却全文发表了。众所周知鲁迅是现实主义大家,那我就研究他作品中的浪漫主义色彩,这一观点本身还是有点创新性的。

我修读包忠文教授的"文学概论"课时,曾有一处特别有感触——他讲到恩格斯曾经提出一个观点,叫作:文艺批评的标准应该是历史和美学的标准。在这之前,我们沿用的文艺批评标准,是毛泽东在延安文艺座谈会的讲话中提出的"政治标准第一,艺术标准第二"。这个标准一提出来,许多艺术上非常好的作品都被排斥掉了。而恩格斯提出应该坚持历史和美学的标准,对文艺作品,要用历史的观点来看,用美学的观点来看。我觉得这个解释比较准确、比较到位,不会将一些优秀的文学艺术作品轻易否定掉。你要否定一件文艺作品,就说它政治上不行,而其实这个政治上的不行,有的是按照阶级斗争的一套理论来的,动不动就说作品鼓吹阶级斗争熄灭论,或者阶级观点模糊,一些好的作品就被排除掉了。我听完包教授的课,受了启发,就想写一篇论文,题目是《文艺批评的标准应该回到历史和美学的观点上来》,写论文前还征求了包教授的意见,经他同意并确认他不写后,我才开始着笔,后来投稿发在了《群众论丛》上,从中我得到的一点经验就是:一个学生要善于听课,因为有的老师很有见解。听课的时候要懂得如何把他们的精髓和精见牢牢抓住并加以消化,兴许有时候,好的论文选题就深藏其中。我很多论文的选题都是在听课中得到灵感的。

　　为了能更好地听课,我每次上课都会固定坐在第一排。后来当了老师之后我也会要求学生最好坐到第一排,并且我论定,坚持坐在第一排的,都是比较认真的学生,都是不想在课上搞"副业"的学生。想要在老师眼皮子底下干点私活,这是说不过去的。那些坐在后排的学生,往往是听课不专心的,这其实得不偿失,你要干私活,还要担心老师注意你。所以,一定要学会听课,包括要学会听讲座。一个老师一场讲座的信息量通常都很大,它和一般的讲课不一样,很少有铺垫的东西,拿出来的往往都是干货。提到讲座,我想起来陈白尘先生给我们做过的一场讲座。那时候我是系学生会主席,就负责跟他联系,当时《大风歌》在社会上产生了很大的影响,所以邀请他给我们讲讲《大风歌》的创作过程。

　　留在系里工作的决定是由系领导做,而不是本人能决定的。"从一而终",这种分配也决定了我的一生要以教书育人为己任。

　　回首大学四年的生活,总的来说没有什么后悔之事,觉得过得很充实,内容很丰富,学到和获得了许许多多的东西,对日后的工作有很大帮助。这四年对我整个的人生而言,至关重要,可以说决定了我后面几十年的人生道路。虽然说经济收入不是很诱人,但是我觉得做人才培养的工作很值,我不后悔这样一种人生选择。

从种菜知青到博士教授

受 访 人　左成慈
采访时间　2017年2月22日
采访地点　南京大学仙林校区
采访整理　黄丽祺、袁缘
作者简介　左成慈，江苏南通人，1958年生。1977年考入南京大学生物系，曾任南京大学教育发展委员会海外部主任。

被一篇报告文学影响的人生志愿

我是江苏南通人,家在南通市区。1975年我从南通市第十四中学——现在名为"跃龙中学"的"戴帽子"中学毕业。毕业后就下乡插队,去了当时城市郊区的东方红公社,城东大队第六生产队——现在叫崇川区钟秀乡——城东街道六组的蔬菜队。在当时的条件下,作为一个普通职员的孩子,招工、返城、参军这几条路基本上是走不通的,当时我的想法是死心塌地做一个农民,下乡三年不仅让我吃了做农民的苦,锻炼了身体,也知道了农民生产的不容易。待在我们的蔬菜队有一个好处,就是虽然比较苦,但收入是较高的。就这样抱着做农民的想法,我做梦也没有想高考这件事,甚至夸张一点说,那时候连笔是方的还是圆的都已经快要分不清了,连领取年终结算的时候我们都是按手印,不再签名了。

幸运的是,高考的消息改变了我的命运。大概是在1977年10月,社会上开始流传任何人都可以参加高考的说法,但当时的我并不敢相信,因为"文化大革命"刚刚结束,怎么可能谁都可以参加高考了呢?后来中央人民广播电台当时有类似于中央"新闻联播"的节目,早晚各有一个节目,早上的叫"新闻和报纸摘要",晚上的叫"各地人民广播联播",这两个节目播出了开放高考的消息,说谁都可以参加考试了,这才让我相信可以考。这个时候我才想起要把学业捡起来,却发现远没有想象中那么简单。下乡的三年时光已经让我把过去的知识忘得差不多了,再加上我读的中学本来就是"戴帽子"的,原来使用的教材也非常不正规,经常受到老师的批评。可就连这样的教材也在毕业后被扔掉了,所以复习时基本是无从下手的状态。幸运的是,我的一个亲戚把整套高中的教材保留了下来,这就成了我复习的基础,让我开始了最初的复习。

我从小语文功底就比较好,而且虽然我在"戴帽子"中学,但是中学时期门门都挺优秀，数理化的底子也比较好，于是就开始有条不紊地复习。通常我是白天去下地出工，晚上才能有时间复习。当时南通师范办了一个复习班，我在南通师范的中学班主任给我找了一张听课证，上课都是在晚上，所以每天晚上我放了工就骑着车过去听课，但其实也就是走火车似的，现在都记不得了。

接下来就是考试了。那年是分两次考，初考是地区出卷子，统考是省里面出卷子，没有全国统一的卷子。我先参加初考，比较幸运的就是，初考就考了两门，一门是语文政治，另一门是数理化合在一起。政治考的就是哲学和政治经济学，语文考的就更简单了，我记得有几分就是送给我的，因为考的是拼音字母，把拼音字母变成汉字和把汉字变成拼音字母，对于从小学一年级拼音就学得比较好的我来说，没有问题，于是初考就过了。那年初考的时候全队大概有三十六个人，参加统考就只剩下六个了，但当时真正考上大学的，就我一个。就考试内容来说，我感觉主要考的是基本功，主要看考生的能力。

从通知考试到初考相隔一个月左右，从初考到统考也相隔一个月左右。统考是在南通市市一中，印象深刻的是我还遇到了我中学的老师，和我在同一个考场。那天天气很冷，但他穿得特别少，我问他为什么，他说冷的话可以让人兴奋。考试的时候大家的确都很紧张，我记得考物理化学的时候，拿到卷子以后我一个字也不认识，就趴在桌上睡了十五分钟，休息完了以后再拿起卷子看才看得懂了，说明当时真的是很紧张，已经到了一种无意识的状态了，要恢复过来才可以继续考。全市统考就考了四门，政治、语文、数学、物理化学，物理化学并在一起考。如果每门能得到六七十分，已经是当时所有重点高校都可以上了。那个时候没考外语，不过要是考外语我也不会，进大学以后英语的摸底考试我就考了五分。进大学第一堂英语课就摸底考试，谁能把二十六个字母从头写到尾是五分，于是我就得了五分，其他都不知道了。我们班上最好的同学得了九十九分，所以很快老师就对他说，你不用来听我的课了，那个时候是比较开明的。

填志愿我也完全处于盲目的状态。当时我连本科和大专的区别都不懂,什么是本科、什么是大专完全没有概念。统考之前家人觉得当时的政策还有很大的不确定性,为了确保我能考上,在填志愿的时候都劝我填中专,但我当时觉得自己的情况还算不错,认为自己要考就一定要考大学(本科)。我填了三个志愿,因为听说去北方要吃粗粮,而我比较不喜欢吃粗粮,所以我就全填南京的。第一志愿南京大学,第二志愿南京邮电学院,第三志愿南京师范学院。第一志愿当时是可以填两个专业的,百分之五十的人填的都是数学,因为看了徐迟的那篇报告文学《哥德巴赫猜想》,受了很大的影响。为什么填南京大学呢?我们生产队有一个可能是"右倾"分子的人,讽刺那些从生产队去上工农兵大学的,说他们上的中师、中专之类根本就不是大学,有"大学"的才是真的。于是我立志要考个"大学",就报了南京大学。具体的专业,因为我数学的分不够,就填了服从调剂,最后我被分配到医学生理学专业,连哪个系都不知道,后来总算我们家那个巷子里有一个在南京师范学院读过书的人说可能是生物系。

拿到录取通知书那天,我印象最为深刻。我先是看到别人都拿到录取通知书了,我姐姐打电话问爸爸,说别人都接到录取通知书了,我们家接到没有?爸爸说没有,我当时心情就不太好,也不知道能不能考上,然后约我二姐夫到我三姐家去玩,散散心。当时与姐姐相熟的一个同事遇到我就说,你爸爸打电话来了,很激动,说你被录取了。我说,是哪个学校呢?她说,师范学院。我当时就不是很高兴。然后她突然说,不是啊,骗你的,是南京大学!我当时就高兴地跳起来了。考上以后一切都挺顺利的,政审也没有受到什么影响,因为我一直品学兼优,表现良好,就算高考复习期间也坚持去上工,家里也没什么政治问题,兄弟姐妹都是党员,两个哥哥在部队做干部,没什么后顾之忧。

铆足了劲学习

我进校的时候，生物系七五级还在，大概四十人左右，七六级只有二十人左右。我们虽然是七七级，但1978年2月才入校，我们这一级招了四十三个人。本来我们是四十二个人，但后来开学上课上了一个月又补了一个启东的，据说做过一些研究，是作为特殊人才补进来的。我们那时候生物系的教师和教辅人员加起来是这样的：生化专业大概二十个，生理专业十几个，动物专业十几个，植物专业分两块有三十个，再加上教辅人员，总共大概一百个。因为我们是"文革"后第一届，老师都铆足了劲想让我们多学点东西，因此数理化、生物等各种基础课都尽可能给我们上。我们课最多的时候是二年级上学期，当时我们所有人还是六天工作制，整个排下来是一星期四十四堂课，除了周六下午政治学习以外，一星期全部有课，不是有课就是有实验，全满了。那时候说是学分制，但是实际上对于我们来说就是老师指定的一些课。我们的作业和预习全部在晚上，因为白天都被排满了，没有一堂是空的。

终于可以去南京大学报到了。我从南通出发，坐了一夜船，头天晚上上船，第二天将近中午的时候到南京。我在南京的嫂子接到我以后说有接待站，我就跟着接待站的人走了，挑着一副担子来到学校。到了学校，在南园门口，生化七六级一个叫颜宁的南通学长来接我，把我带到学生宿舍，十一舍119室。

看到宿舍真实的样子，我大失所望。在家里我幻想，从农村来到大学，应该是"楼上楼下，电灯电话"，可是到了学校一看发现完全不是这样。房间有十八平米，里面五张桌子，五张双层床，后来才知道木质床里面还有臭虫。房间里全是灰，非常非常厚，因为很久没人住过了。幸好我们是农民出身的，打扫一下还不成问题，然而房间又在一楼，很阴暗，当时真的觉得很差劲。一个宿舍住九个人，因为有五张双层床，所以有一张上面可以让大家放箱子。我因为要出来上学所以买了一个里面是

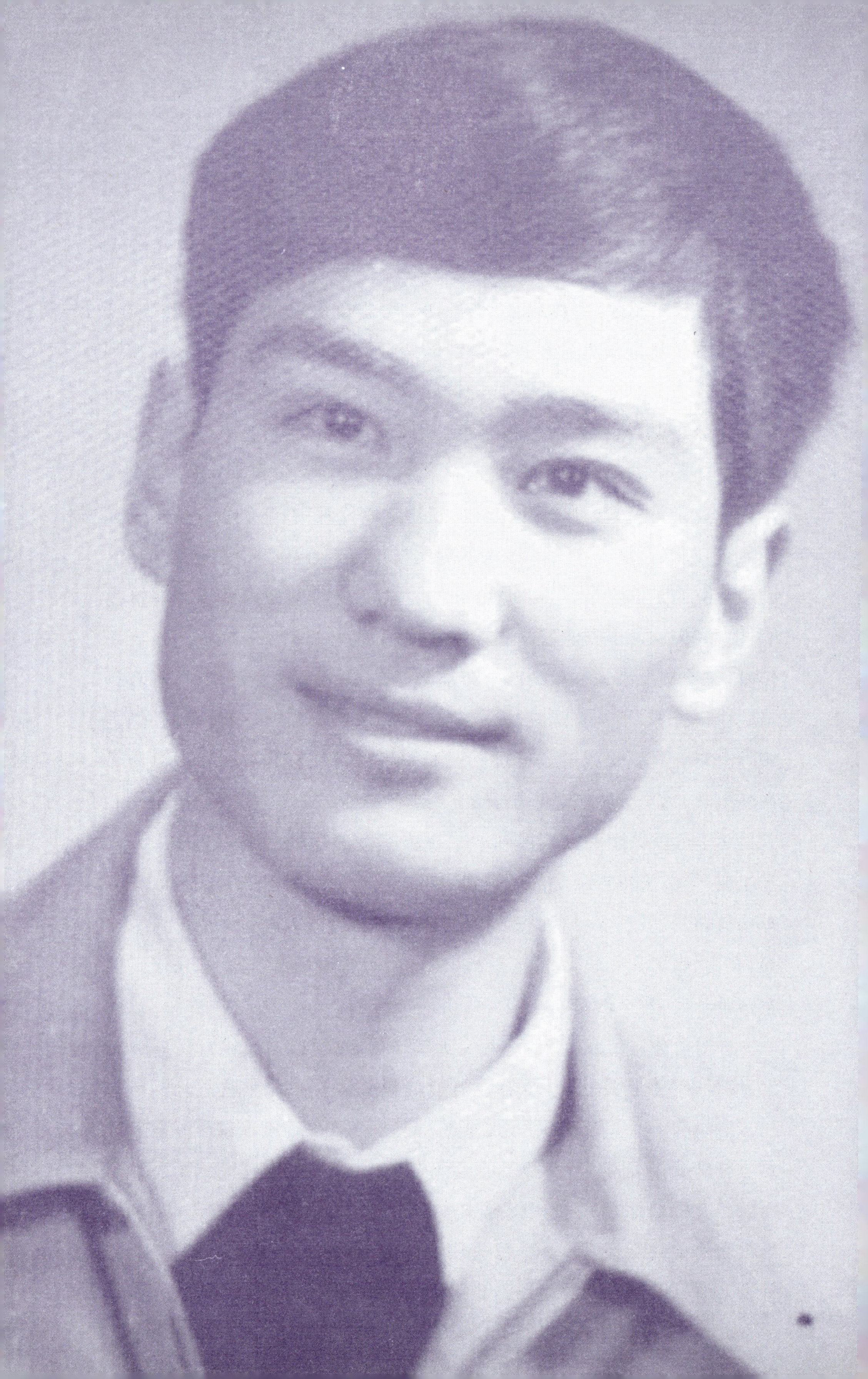

纸板，外面贴了帆布的箱子，还有用塑料布包的铺盖卷儿，都用一根小扁担挑来。九个人住在一起很挤，但当时情况确实很困难，学校也很困难，所以我们也能体谅。但是无论环境如何，大家都非常珍惜这个来之不易的学习机会，除极个别的人因为专业闹情绪不太用功以外，其他人都是非常努力的。上大学首先碰到的困难就是英文根本不会，摸底考试就考了五分，所以我在英文上狠下功夫。每天我的生活基本上是这样的：早晨六点起床，食堂是六点半开饭，每天花十来分钟把个人卫生做好以后，在六点十五或者六点二十的时候就到食堂去排队，等着食堂的窗口开门去吃饭。这个时候我手上都拿着单词本背单词，一边排队一边把碗夹在胳肢窝里背单词。吃完早饭以后，我固定在中文系小楼门口，无论寒暑地读英文，高声地把英文读出来，一边读一边背。那个时候上课是上午七点四十，所以我早晨从六点半到七点半之间一定是背英文，每天在赛珍珠纪念馆的台阶上念。有的时候在中文系小楼后面，那里相对背静一点，人比较少，可以大声念出来，就这样坚持了两年时间。放寒暑假的时候，当时我们只有老师自己编的教材，我就把下学期要上的英文每天背一篇，早晨起来背一篇课文再回家吃早饭，这样就让我有了一个提高。等到二年级结束的时候，我的英语就比较好了。这也成了我后来工作几十年来主要用上的知识。

  图书馆当然是学校的一个主要学习资源。我刚进校时，图书馆是现在的校史博物馆，是原来金陵大学的图书馆，现在书库和那里还是连在一起的。当时听说我们学校的藏书，在全国已经算多的了，大概一百五十万册。当时图书馆只有一个阅览室有大桌子可以让大家自修，就是现在校史博物馆二楼西面的大展厅。借书从校史博物馆二楼上去，有一个柜台。我们每个人有一张借书卡，先是在柜台前面一大堆的卡片箱，根据分类法查卡片，然后把你所要的书的分类号和书名查出来，写在索书单上，一张索书单可以写三本或是四本。学生证后面有几页连在一起，可以用来借书，因此学生证就是借书证，每次可以借五本，借期不超过一个月。当时借书往往填十张八张索书单，最后能拿出来的只有一两本。

借到以后，把每本书的登录号抄到学生证，再抄到每个人在图书馆的借书卡上盖章就可以了。那个时候我读得最多的是英文的简易读物，到假期就会弄一点大部头去读。我记得最荒唐的是假期借了一本英文版的《红楼梦》读，我现在还记得书名是 *The Dream of Red Mansions*，应该是一个意译的本子，但我也没看完。

大学生活总体来说非常愉快，无论是和工农兵学员还是和七五级、七六级，我们都相处得挺好。对于工农兵学员来说，他们内心可能会有自卑感，但在我们看来大家都是来读书的同学，没什么差别，而且大家都忙着读书，也没有什么明显的矛盾。我们班上年纪最大的三十五岁，最小的十四岁，一切都管理得井井有条。每个宿舍都有室长，建立一些规矩，比如大家轮流打开水、打扫卫生之类的，总体来说都挺好的。

后来大学毕业，按国家要求分配工作，我毕业留校做辅导员。当时工作是完全服从分配的，得知有哪些单位要人，就每个人自己填志愿。之前辅导员找我谈话，想让我留校做政工，所以我就留校了。到2001年，我已经分别获得理学学士（生理学）、历史学硕士（国际关系）、历史学博士（台港澳研究），并被聘为高等教育管理研究员。高考对于我来说也是一个人生转折点，我认为应该感谢国家给了我这样一个机会，特别是像我这种没有任何背景的人，能够参加高考并且从农村里面脱颖而出，非常难得。

改变命运的选择

受 访 人	张立新
采访时间	2017 年 3 月 10 日
采访地点	南京大学和园小区
采访整理	朱笑言、袁缘、朱雪雯、黄丽祺、单雨婷
作者简介	张立新,江苏盐城响水人,1960 年生。1977 年考入南京大学生物系植物专业,原南京大学生物系副主任,现为南京大学生命科学学院高级工程师。

录取了,我还不知道生物系是做什么的

我家在苏北响水县的城区。父母都是小学教师,我是老大,家里有一个弟弟和一个妹妹。当时我们是十年制,我六岁上小学一年级,小学念了六年,初中念了两年半,高中念了两年,十六岁高中毕业,这十年也刚好是"文革"十年——1966年到1976年。

我于1976年高中毕业,毕业以后就下放到老家的乡村,运河公社新丰大队周庄生产队。我们干农活的那个小组叫棉花专业队,是种棉花的。那边本来有个知青点,后来苏南的都撤走了,就只剩下我们两个苏北的知青。另一个知青和我一样大,现在也在南京。我们那个时候小,就跟着农村妇女、小姑娘在一起干活。开伙也很简单,忙的时候是生产队给我们开伙,因为我们两个知青都是孩子,人家都还是蛮照顾的。

当时我们有七分多自留地,还蛮大的,种完棉花就可以耕种自留地。我们也不会种蔬菜,自留地就种花生。播了花生种子以后,我们也不怎么管,松土、除草之类的也不会,结果大花生都种成了小花生。我们把花生收了,就一人一个麻袋带回县城。我们回家要走五十里路,坐公交太贵,就跟人借自行车回去。就在收花生回家的路上,我们听到广播,得到恢复高考的消息。

其实之前我们已经听到风声,大家也早就议论这个事情,好像是从江苏省教育厅传出来的。我记得当时来了一个挖泥施工队,疏通我们村边上两条大河的,他们没有地方住。因为我们原来是七八个人的知青点,有三间大瓦房,现在就剩下我们两个,就腾出一些地方给他们住。有一个父亲在挖泥队的青年,比我晚一届(1977年高中毕业),我看他在看书,我就觉得奇怪,就问他:"你又没工作又没下放,我们都轮不到推荐,你看书干什么?"原来他早就得到恢复高考的消息了。

当时我们也不敢相信,因为那时有个不成文的规定,就是知青下放满两年,才有资格推荐到工厂、军队或者推荐上大学。我们当时两年还没到,也没当回事,就想着以后推荐不上的话就算了。我身体素质也可以,视力一直很好的,当兵也不错。路上碰到几个中学同学,问我是否打算考试,我说我一点准备都没有,肯定来不及,得到消息早的人都准备很长时间了。回家以后,我父母是教师,他们也知道这件事情,就不让我回去了,让我向生产队请假,在家里复习。

当时有几个"文革"前的中学老教师,知道要恢复高考了,就组织起来办了补习班,政治、语文、数理化都有。我当时也不知道怎么复习,就跟着参加了。辅导是短期的,主要还是看个人基础,有的学生基础比较好,题目拿起来就做,复习起来就比较容易,一听就听进去;要是基础差的就不行,复习起来就比较困难。当时就有一个理科生报名报错了,报成了文科,这样就得参加文科的考试,文科要考试史地,他没办法,就只有一个礼拜的时间准备,每天就背书,背完就做题,非常辛苦,不过最后也考上了哈尔滨商学院。

那年我们分初考和统考。从 10 月 10 日开始复习,大概到 11 月 22 日初考,一个月的时间。初考是盐城市组织的,我是去我们公社的运河中学参加考试。那年 11 月很冷,那时候也没有羊毛衫,我就套件小棉袄去考试。考完之后定下来分数线——一百二十分可以参加江苏省统考。我父母做教师,刚好找到市里面的人问我的分数,是一百二十四分。过了以后我就留下来参加统考,我有几个同学不到一百二十分的,就又去劳动了。盐城市超过一百二十分的没多少人,为了各个市人数平衡,后来就降到一百分。

初考再过一个月,我记得是 12 月 22 日,到原来我上高中的县城中学去参加统考,我们班里只有两个人参加统考。那时候我们考语文,有很多笑话:有个考生,自己知道考不上,父母逼着来的,就在卷子写了一首打油诗,"小子本无才,父母逼着来。白卷交上去,鸭蛋滚下来";那时还有道题要求解释"粪土当年万户侯"是什么意思,有的学生想了半天,就写一万个猴子在粪土上面跳舞;我记得有个成语,叫"万马齐喑",我之前没有接触过,我看有个"口"字旁还有个"声音"的"音",应该就说是声音很大的意思,回来以后,我跟我父亲讲,我父亲是老师,他就说全反了,闹了个大洋相。

其实当时参加高考学生之间差别也不很大,就算毕业的时候有的人基础好,两年以后也忘了,所以分数线划得也不高——四门课,一本划二百六十分,二本划二百四十分,二百分也有学校上的。我们那时候考多少分都不知道。那年"老三届"考得好一点,一开始规定结了婚的"老三届"女同志不能考,往届生结过婚的也不能考,后来部分政策放开了,又补录了一部分,到第二年就都放开了。

我当时考完就下去劳动了,种完棉花要去捡棉花、送棉花。棉花捡了以后,堆在公社的仓库里。我们去看棉花的人,租了不少被子,就睡在那里,怕冬天感冒。劳动了一段时间后,就被通知去体检了,我那天感冒,不过没有什么大的影响。体检结束后就等通知了,也不知道能不能上大学。那年我十八岁,过了年虚岁十九,到了当兵的年龄,我就跑到乡里去报名参加当兵体检。当时公社武装干事跟我讲,你参加过高考体检了,能不能今年你把机会让给别人,万一你被录取了,就浪费了一个名额。我说行,他就给我讲,如果高校没有录取你,明年当兵没问题的。

后来录取通知就来了。当时我的第一志愿是南京大学数学系,第二志愿是苏州师范学院,第三志愿是苏州医学院,然后第四志愿要求填大专,我填的盐城师范专科学校,然后还加上一句"如果以上志愿不能录取,愿意录取到盐城师范",盐城师范是培养小学老师的,肯定是能被录取。那个时候关于专业我们基本什么都不懂,在中学我一直觉得自己数学还可以,也没做过干部,就从小学四年级当数学课代表一直当到大学。我那年数学考了八十二分,是我们班第二。后来到南京大学一了解,百分之八十的人都报了数学系,能上南京大学的、数理化还不错的,都报的数学,所以当时就把我分到了生物系。通知书没到的时候,有个电话打到我们县教育局,说我被录取到南京大学生物系了,问我们家同不同意。

其实我们那时候只要能走，都是愿意的，但是人家也得问一下。所以我应该是我们县第一个接到通知的，虽然书面通知没到，但是人家打电话来了。我周围的人都说，以后养小狗小猫种蔬菜来找你，我那时候也不知道生物系是做什么的。

我们高中本班同学还有个考上大专的，另外有几个考上中专。第二年又考了一个本科，这个同学还不错，蛮厉害的，考到了南京航空航天大学。我们那一届一共三个班，1977年每个班考了一个本科，后面两年又上了几个，不少同学考上了中专。

来之不易的青春之歌

我第一天来南京大学报到就出了麻烦。当时接到的通知是2月26日到28日三天报到。我不早也不迟，就2月27日来。但是当时响水到南京就一班车，那天路上遇到车祸，道路瘫痪，就晚点了六个小时，本来下午三点多到，结果晚上九点多才到中央门，我们就在车站坐了一夜。我记得当时和我一起的有三个人：有个哲学系的，还有一个化学系的，后来在学校里见面还经常打个招呼，现在就没有联系了，另外还有个南京航空航天大学的。那时候二月底很冷，我们轮流眯糊一下，等了一夜。其实门口就有一路公交车（通宵的）可以到学校，但是我们不知道，就在车站傻等，等第二天早上第一班校车来了我们才去到学校。

到了学校以后，先来的两个同学带我们去宿舍，我们宿舍有闽南的同学，还有天津的同学。对我们来说，这就是很远的地方了。那时候我们就去过周围两个县城，火车都没坐过。我第一次坐火车，是去琅琊山实习，那时候是绿皮车，我还闹了个笑话——我连火车上的烟灰缸都不认识，当痰盂往里面吐痰，结果痰吐了，脸上都是烟灰。

上大学其实是比较辛苦的。那时候我们家收入比较低，父母拿七十多块钱的工资，我家六口人，我奶奶还在。所以到学校以后，根据我家庭的情况，学校给我评定的是甲级伙食费，是十四块七毛钱，这是最高等级的伙食费。那时候也有助学金,实际上就是零用钱。我没有助学金,家在农村、没有收入的同学才有甲级伙食费加助学金,不过我吃饭也是够的。我们的同学各种家庭条件的都有,条件好的就完全没有补贴,其他的多多少少会有一些补贴。一般来说,城里来的就少一点,像我们这边,县城和农村差不多的,就会多一点。助学金分三等,分别是:两块钱、三块钱、四块钱。后两年物价涨了,1978年、1979年的伙食费涨了一点,甲级伙食费从十四块七毛涨到十七块七毛。有很多东西还是用票供应的,所以有些我们买不了,我就记得那个绿豆糕,当时是凭票供应的,我买过一次,太油太甜,之后我再也不买了,也不便宜,可能南京人爱吃,供应紧张一点。那时候粮票也蛮有意思的,我们是一毛五分钱一斤,一毛五分钱再加上一斤的粮票,买的东西就是十五分,一般我们吃饭,中午男同学大概吃四分,换算成两的话,五分钱就是三两三,我们一般就按照几分几分去买,但现在刷一下卡就行了。

我们那时候用饭盆吃饭,饭盆就随便往桌子上一放。一开始不发饭菜票,菜来了以后放在上面,大家慢慢打着吃,水瓶就放在食堂门口。过了几年,应届生上来了,想法就不一样了,我们那个时候还比较单纯。后来食堂的大圆桌就撤掉了,因为来的人多了,各个地方的人都有,南方、广东那一带的思想更开放一点,饭盆就都给我们装起来加了锁,水瓶大家自己都拿回去了,这也是一个变化。但是工农兵学员就从来没有这个事情,能推荐上来的都不错。他们班里面有些男同学饭量很大,女同学可以把饭菜票支援给他们,但是到我们的时候就没有这种事情了。我们这边入学的就总觉得是自己考上的,所以不欠别人什么东西。虽然大家也不占什么便宜,遵守社会公德是绝对没问题的,但我认为我们在这方面的互相帮助、互相友爱确实不如工农兵学员。

我们吃得也简单,早晨一两分钱,弄个馒头,弄个稀饭,基本上就够了。中午一毛五到两毛五点个荤菜,晚上的话,就五分钱青菜,青菜有时候有点油渣,算下来的话还可以。我们上学的时候,南京大学的菜还可以。印象特别深的是大学唯一一次吃螃蟹,后来再也没吃过那么大的,那么大的我也吃不起了。当时是一块钱一斤煮熟的、野生的——那时候也没有家养的。看到那个菜我就狠了狠心,买了一只,七两多,公螃蟹,现在要卖,肯定很贵。结果吃完螃蟹,弄得我有一周半都只能吃一毛五的荤菜——芹菜肉丝,那是最便宜的荤菜。

原来的校门口邮政所附近,有个小吃部,馄饨七分钱一碗。但七分钱一碗也不是谁都能吃得起的。那时候我的计划性还是蛮强的,因为家里给的钱少。大学前两年家里每个月给我五块钱,我那时候买一双袜子都要两块钱,就等于把我的大部分钱都用掉了,有时候总还要买点文具之类的。我们那个时候倒不用交学费,但是买书总要花点钱。所以我们每月剩下几块钱还要省着干别的事情,就偶尔吃一次,经济条件好的同学可以天天去吃。我记得我们二十年同学聚会的时候,大家在一起还提到过这件事情,后来涨价到九分钱,然后一毛一,最后到一毛三就不去了。后来经济放开了,学校也有小吃部,那时候开了一个南芳园餐厅,里面有阳春面,大家就去吃阳春面了,具体多少钱不记得了,反正肯定比一毛三划得来。馄饨店后来开不下去了,因为南京大学里面小吃也多了。

当时我们系在西南楼。我们这一届的学生,基本上用的都是油印的讲义,因为"文革"前好多教材都很旧了,或者说也没有印刷,断掉了,"文革"后的教材还没出来,所以我们那一届学生都用的讲义。那个时候学校里还有工农兵学员,老师给我们油印的讲义,给他们看资料,对他们的要求和我们也不一样。我们七七级、七八级进学校以后,工农兵学员的学习积极性也上来了,他们不学不行。他们的素质都很好,都是非常优秀才能推荐上来的,集体形象都不错。我们这边考上来的从素质上来讲也不错。

我们和七六级工农兵学员一起住过一个宿舍,最多的时候宿舍里住过十个人,因为我们那一年招了两级,我们是2月底入学——我是2月27日到学校的,10月还有七八级的入学,所以宿舍不够住,我们就和工农兵学员一起住。他们学习也很认真,班里有几个人非常聪明。我记得他们有个班长岁数不大,各方面都相当好;住在我上铺的是一个从部队

过来的,我们俩同一张政治卷子,他能考一百分,我只能考八十多。可能总的来说,我们的成绩要好一点,但他们里面确实有很多人才。

我们一个宿舍五张床,本来八个人一间,有一张床是给我们大家放行李的。我们十个人一起住,行李就没地方放——我们那时候的行李也简单,就一个拎着的旅行包——只能放地上了。后来新房子建起来以后,我们又恢复八个人一间。我们一开始住在十一舍,后来住十二舍。当时是因为七八级刚入学,人也多,我们分配的宿舍位置就很不好,两间房子挨在一起,其中有一间还对着厕所,味道很糟糕。

我那个时候基本不参加什么学校的活动。一般是班里的活动——去郊游、步行去雨花台还有组织唱歌跳舞等等。当时组织学跳舞,我学了两次,人家说我跳舞像"拉大锯",我就再也不跳了,再组织跳舞我就上街逛街。我们那时候比较单纯,像我们七七级、七八级,很少有谈恋爱的,那时候一谈大家就都知道。到七九级入校后,女生跟男生关系都不错,还有女生帮男生洗衣服,我们这些老大哥就躲在一边看,惊叹还有这种事情。我们有少数年纪大一点的,上大学前就结婚或有对象,那时要是想离婚或分手远不像现在这么简单,会影响进步和分配工作的。我记得文科一个同学闹分手,女方还到学校贴了大字报,我们系也有一个同学差点因此取消预备党员资格。

我们入学的第一年，天特别热，可能有学生中暑了。我们第一学期是没有考试而提前结束的，回家以后老想着看书，因为开学要考试。那时候夏天睡草席，我们就放一盆凉水在席前，床窄不能翻身，热的话就把毛巾拧一下，擦擦汗，然后醒了再把水换掉。1979年，溧阳地震，六级左右，我们住在二楼有感觉，有人就喊"地震"，喊的人是天津的，他经历过地震。然后我们就跑到楼下或者操场，大家就聊聊天，那是我第一次经历有感觉的地震。

我们那个时候学习氛围非常好，大家都觉得学习的机会来之不易。我们这一届是四十二个人，两个班，一个是我们班植物班，另一个班是动物生理班，我们基础课在一起上，但是其他好多课都不在一起。我们班是十九个人，动物生理班有二十三个人。最大的1947年出生的，最小的1963年出生，差十六岁，相当于差了一代人。我们年龄有大有小，岁数大一点的，阅历丰富，能够把社会活动组织起来，我们有时候也会参加一些。我们这个专业，学植物，有时候也会出野外，照片要自己印，印得很小，因为买相纸要花不少钱。

我们那时候，上课水平好、知识面很广的是上植物分类的"小耿先生"，虽然他六七十岁了，大家还是叫他"小耿先生"。"小耿先生"的父亲，是中国禾本科的奠基人耿以礼先生，大家尊称他的父亲为"耿先生"，所以叫他"小耿先生"，一直到他退休以后，大家见了他还叫"小耿先生"，他心里有一种荣誉感。另外还有一个是王正平先生，他的水平很不错，但没给我们上本科生课，带过我们野外实习，现在九十多岁了。我们专业的老师，各有各的不同，讲课也不一样——讲得细一点的，可能就比较琐碎——但是专业课老师讲得都不错。我印象比较深的，外系讲得不错的老师，就是地理系的雍万里先生。

现在我们班大概一半在国内一半在国外，有去英国的，有去美国的。除了我之外，我们年级还有一个同学在学校——左成慈，他是生理班的。那个时候好多年没建新宿舍，就把学生宿舍改为教职工楼，几个人住，像我们刚毕业就住在十三舍，七七级、七八级、七九级好像都在那里面。十四幢就是结婚成家的人住的,我在十四幢住过,后来到十六幢,十六幢就是校外了。

世上有一条唯一的路

毕业的时候,有几个人考了研究生,没考的人就实习、分配工作。其实现在回过头来看,还不如当时直接参加分配工作。继续读研的几个人一个留校了,现在在上海,已经是院士了;还有两个在南京大学读研的,一个去了江苏植物所,另一个分在南京师范学院,现在都在国外;还有一个去美国读研了,现在在北京大学。那时候考不考研究生分配工作也差不多,没考上研究生的分在上海中医学院、江苏林学院、江苏农学院,跟南京师范学院也差不多的。当时氛围不像现在,大家不愿去机关,江苏省教育厅当时给我们班两个名额,结果没人去。国家教育部,我们班有两个名额,结果只有一个人去,而且那位同学是不得不去,因为他是天津人,想回老家。我们这届成为院士的是团总支副书记——学生里最大的干部之一(团总支书记是老师)。

高考对我的影响是非常大的。那时候我如果考中专,就分配到老家,当时中专出来就是公务员。如果我去盐城师范专科学校,补个本科应该可以的,出来就会在教育系统,在中学当个老师。我的第三志愿算是白填,因为苏州医学院比苏州师范学院分数高。如果考不上,就争取当兵,当兵回来到了企业,谁也不知道自己以后有什么发展。但是有高考这个机会,就让我有机会去选择自己的道路。

我们为什么要读大学

受 访 人　周同科
采访时间　2016年7月
采访地点　南京大学和园小区
采访整理　齐婉音、肖雨轩、阙香玲、汪鸣谦
作者简介　周同科，江苏连云港人，1958年生。1978年考入南京大学中文系，现为南京大学海外教育学院教授、硕士生导师。

享受自然生长的教育

我的家乡在江苏连云港市，老家在农村，后来父辈从农村进入到城市，家庭成分是贫农。家里七口人，五个孩子，我处在中间，上面是哥哥姐姐，下面是弟弟妹妹。母亲是普通的家庭妇女，没有工作。父亲在一个建筑公司做会计工作，算是坐办公室的。五个孩子中只有我一个上了大学，姐姐读的师范，哥哥读到高中，弟弟因为身体的关系没有上学，妹妹初中毕业。

当时连云港市那样的地方，即使是在市区里住着，也还是比较落后。整个市区只有市中心有一条商业街，别的地方都是大一点的马路。当地没有什么特别的社会氛围，也缺少向学的风气。尽管真的很贫穷，但是由于没有压力，大家也都很快乐。我小时候在农村长大，每天跟孩子们一起在河里游泳，掏麻雀、捉泥鳅，真的是过着无忧无虑的日子。物质方面非常艰苦，农村的孩子很自由，没有人管，所以我的小伙伴经常就会有人不见了。每个学期开学的时候是最容易少人的，谁家少了一个孩子，往往是在暑假游泳的时候淹死了。那个时候没有游泳池，都是几个孩子结伴到河里去游泳，有的时候不注意就游到深水里淹死了。北方的家庭孩子一般是六七个，我们家里五个孩子是偏少的，我同学里名叫"小九""小十"的很多。丢了一个孩子，家里也觉得无所谓，很快就忘记了。当时上学不要学费，孩子们享受免费的义务教育。八岁入小学，所有的孩子都入学读书，只需要交五毛钱的学杂费，如果你家庭困难，凭父母工作单位或所住街道出具的家庭困难证明，学杂费是可以免掉的。我读的小学叫"公园小学"，因为与公园隔一条马路而得名。小学的条件比较差，实行的是"二部制"，上午一个班，下午一个班，因为孩子多，教室不够用，所以一个教室两个班用。上午班上学的时候，下午班的学生是不上课的,几个孩子组成学习小组,搬着自家的小板凳,聚在一个条件好一点的同学家集体自修。小学的课程有语文、数学、音乐、体育、劳动。体育课和劳动课也都有实际的教学内容。劳动课要打扫卫生,或者做手工,老师想起来什么就带领大家一起做什么,算得上"因地制宜"。体育课就是滚铁环,每人发一个铁环,大家围着操场滚。没有球类,球类一直到初中都没有。滚铁环是最廉价的体育课,但是大家玩得还是挺开心。我上小学的时候是1966年,"文化大革命"刚开始,所以课程跟政治涉及不太多,语文课本有故事《乌鸦喝水》,印象很深。那时候的教学基本还是完整的,教学体系简单、实用,都是按照大纲来,不是乱来的。小学的老师也都是正式的、从师范学校毕业的。我认为当时小学的教育水平还是正常的。但读到二年级的时候,学校就"停课闹革命"了,过了一段时间,学校通知"复课闹革命",一下子变成四年级了,再上一年,就毕业了,因为"学制要缩短,教育要革命",六年级就被取消了!

初中就读于连云港市新浦中学,和公园小学的直线距离大概是从西往东走路十五分钟。初中的课程跟现在有一点差别。语文、数学、英语是都有的,我们没有化学课和物理课,但是有农业知识课和工业知识课,当时叫"农业基础知识""工业基础知识",简称"工基""农基"。这个是受到毛泽东"教育要革命"号召的影响,就是教育要和生产劳动相结合,要和工农业生产结合起来。我们学一些拖拉机的原理,其实这里面也有很具体的物理知识。农业基础知识有点像现在的生物课,比如种子是怎么发芽的,水稻是怎么生长的,玉米是怎么生长的,实际上是农业课。最有意思的是这些课都要有实践,集中学习两个月后,就要有一个月或三个星期的时间到工厂去做,有时候做的与学的可能没有什么关系。我当时到了一个铸造厂,和工人一起做零件的翻砂、铸造工作。下学期去了农村,我去的是一个农场,和农民一样种水稻,耙地、插秧。把机械原理学完之后,就自己开那种有很长的把儿、猛摇几圈才能发动起来的手扶拖拉机,然后帮农民把水稻从田里拉到场上去。这个是比较有意思的,大家都觉得这是比较好的学习,因为当时喜欢玩,又在玩中学习了。很多人批评这种教学,但我觉得对我们这种有切身体验的"过来人"而言,大家对此印象很深刻,也没有什么抵触。因为可以离开父母三个星期,大家一起出去集体活动,所以都觉得挺好的。初中已经有英语课了,但政治内容是很多的,基本上都是毛主席语录、张思德、白求恩、"半夜鸡叫"之类的,都是用英文上的,很简单。其他的课程也加入了一些带有明显政治色彩的内容,比如数学应用题经常会用地主和雇农说事儿,但我觉得那也只是开玩笑,就是变一变,没有实际上的东西。那时数学题中的"地主"等于今天的"小明",我觉得这还是跟时代的氛围有关系。体育课的条件还是不好,很少摸球,因为真的匮乏,当时的球是很贵的。

中学也常常考试,但基本都是开卷考,可以翻书,可以交头接耳,跟同学商量,基本上几个人一道,大家的卷子都是一样的。这个也跟时代有关系,毛泽东有个著名的论点,叫"不会,抄一遍也好",所以大家就把这个当"圣旨"。学生对老师说,我抄一遍也好,毛主席说的!老师也不好反对,所以大家就抄。实际上,任何时候都有认真学习的学生,那个时候也是有自觉用功的,大家抄肯定是抄那个最好的学生。比如我们四个人,大家一起商量一下就把问题解决了。其实中学的问题不是那么复杂,大家讨论以后也就把问题搞清楚了,我觉得这个方法也挺好。语文、数学是闭卷考试,工基、农基课则比较松。如果你作弊,老师也不是太严厉。

初中毕业之后,我继续在新浦中学读高中。这所学校在当时只是一所普通的中学,那时候我们城市有所很好的学校叫"新海中学",在历史上和现在都比较有名。在我上中学的那段时间,由于大家的学习内容和出去劳动的时间、考试方法都是一样的,学生也都没有压力,所以看不出谁是好的。我也可以去那个学校,不用考试,只需报名即可。因为我家离新浦中学真的很近,又在那里读了初中,所以就按照就近原则留在那里。那个时候的中学都是初中高中一贯制,读了初中之后自然就升高中,没有"择校"一说,也没有"留级"。

高中时期课程就有了化学,物理课也比较系统。历史课也有了,但没有地理课,政治课一定有的,就是讲形势。传达中央文件、"批林批孔"、批《水浒》、"天安门事件",这些都给我留下了深刻的印象。我们的写作能力基本上靠写批判稿练成的。那时候是大批判、小评论,每周用这些东西对社会现实和政治问题发表看法,所有的学生都要写。如果你对这个感兴趣的话,实际上在那个写作过程中就把自己的政论水平提高了,许多男孩子的写作水平那时就提高很多。不管是抄的还是报纸上的大话、空话,语言组织能力等技术上的东西,基本上是那个时候打下的基础。小评论是针对同学或生活中一些小事的看法,然后贴在墙上,叫"墙报",其功能是作文公开赛,大家都很在意,暗中较劲,比文章,比写字。

高中时期仍然有劳动实践,学工、学农。一去一回,前后加起来,一个学期大概一个月。这个是规定的,有一定的比例。学工、学农活动中,男生和女生没有区别,那个时候女孩子和男孩子特别较劲。有的女孩子真的是很能干,插秧、收麦子之类的都干。每个班出去的时候一定要配上一个女老师。当时觉得很奇怪,这个女老师病恹恹的,为什么要和我们一起去?现在知道大概就是照顾这些女孩子,因为男老师不太方便。

我对劳动实践真的是特别喜欢。现在回过头从教育的角度看,不值得提倡,但当时的学生没有现在这样丰富的生活,比较枯燥。还有就是,普通家庭的孩子回家后就有大量的家务等着他们,要照顾家里的生活、挑水、做饭,这个是很繁重的,我特别怕这个。学工学农就可以有一个正当的理由和同学出去,逃避这些家务。最重要的一个原因是,吃饭问题可以得到解决。那个时候是供应制,粮食是要粮票的,一般市民,比如我妈妈一个月只有二十三斤。二十三斤里会有比例,比如十斤面粉、八斤米,还有一些粗粮要搭配在一起。这是定量的,只能买这么多,别的买不到。工人,比如我父亲,那个时候是二十八斤,比普通的市民要高一点。学生最高,当时的政策是,不管多穷,国家还是优待学生的。因为学生在长身体,所以学生是三十二斤,是最高的。那个时候在家里我的粮食是最多的,但是因为放在家里要平均起来,所以吃的还是不够。我们那一代人到初二(那个时候初中是两年制)、高一的时候,身体在迅速发育,长个子，饭量很大，最深的记忆就是吃不饱。开门办学，出去劳动的时候，必须要拿上粮票，吃集体伙食，有一半是女同学，当然就可以吃饱了。特别是到部队的农场，因为是军队，粮食比较宽裕，跟战士一起吃，吃得就很好。当时很多人都觉得开门办学挺好，一是有集体活动，大家住在一起；二是吃饭比在家里吃得丰富，所以我们还是比较向往的。因为出去三个星期才回家，中途星期六回来一下，当时交通不方便，回来一趟不太容易，中学生把这看成一种旅游吧。

我上小学和中学的时间比较奇怪。1978年以后改革开放，1978年以前是政治教育和最普通的义务教育，我享受了这个全过程。我觉得当时的教育也是正常的教育，因为对孩子没有负面的影响。现在的教育对孩子的压力太大了，而且不全面，仅仅是知识的传授。一个孩子的身心需要非常愉悦的自由解放，学的东西有一个定量的问题。那个时候的教育是合适的，孩子正好可以学这么多东西，现在的孩子牺牲了许多属于孩子应该有的自由时间，记那么多不需要记忆的东西。我觉得现在的教育不如那个时候的教育纯粹，虽然那时内容太政治化，或者受政策的影响太多，但那时的教育比较合适。遗憾的是那时候阅读量没有现在大，想找一本书看看不容易，获得图书的途径基本没有，看《红楼梦》这样的书是不可能的事情。当时借书的途径，一个是同学之间传，这是主要途径，中学的时候看《欧阳海之歌》，现在记忆犹新，传到你这里大概要三天，然后读手抄本，像《一双绣花鞋》这样的东西，阅读量真的是不够。第二个途径是从哥哥姐姐、朋友那里得到信息。那个时候所谓的读书就是把课本读好就行了，此外还会有很多大批判的材料。因为那时候批判儒家崇尚法家，"批林批孔"，批这些，就要附上这个东西，表明为什么要批。批孔会把《论语》附上，古文的底子就是那个时候这样打下来的。比如批《水浒》，《水浒》你看过没有？你没看过怎么批，宋江是怎么投降的？所以那个时候要把这些书印出来给大家看，就会得到一些这方面的材料。当时的阅读量真的是不够。

我的命运就这样被改变了

我1976年高中毕业。高中毕业以后还有"上山下乡"运动,因为没有高考,高中生一定要上山下乡,没有直接上大学的。但是1976年我身体有一点问题,骶椎隐裂——本来小时候是几块骨头,成年以后要合在一起,但是我合的时候里面有裂缝,导致负重的时候裂缝会散开来——所以不能参加重体力劳动。上山下乡的时候,因为我姐姐已经去了农村,我哥哥也去了工厂工作,所以我必须到农村去。其实我的很多同学也都已经去了,但是医生当时给我开出的证明说,你不必按照这个政策去上山下乡,可以留在家里,但是没有工作,叫"待业"。那时候我学习比较好,我所在的中学缺老师,高中毕业后就留在那个中学教初中,做初中教师。参加高考之前,我一直在教初中。

恢复高考的消息我是从教务处得知的。我在高中的时候,出黑板报是比较有名的,因为我写字比较好,所以从小学到中学一直出黑板报。在那个印刷技术不发达的年代,把字写得好是非常实用的。中学的时候我们就自己办报纸,其实那个时候还是很活跃的,从中学的时候就自己办"红卫兵战报",就是"文革"时期的东西,是蜡纸油印,用钢板、铁笔直接刻画,"文革"时期有很多这样的材料。因为教务处印考卷的时候人手不够,中学时老师对我比较熟悉,所以他们会让我到教务处去刻考卷。这样的话我跟教务处的老师都非常熟悉。高考的时候我的复习材料都是从教务处直接得来的,因为那也是我工作的地方,非常方便。当时中学就帮我复习、补习,因为我没有学过地理和历史,但是考试的时候有这个科目,我就从头来学。我那些老师,其实也是我的同事,他们就给我补习,他们上课的时候我就跟着去听。

所以我当时参加高考是比较占便宜的,因为所有的老师都认识我,他们把材料无偿提供给我,考试对我而言就相对轻松些。最搞笑的是,我考试的教室就是我讲课的教室,所以我进去以后就看到那个教室前面的大标语。我每次上课都走上讲台,这次上课我走到教室后面坐下来,所以我一点都不紧张,这个是比较奇特的经历。考试对我来说没有什么压力,但是复习还是很刻苦的,因为很多东西没有学过,就是背。我自己做教师以后不相信考试,因为凡是我没学过的东西,我都考得最好,因为什么都不懂,就是背,不管用什么方法背下来,考试的时候就能考高分。真的让你把自己的见解放到里面去,成绩往往不是你想象的那么好。我考大学时史地成绩最高,因为我从来没学过。

高考对我来说,就是可以有一个事情做。因为代课教师毕竟是一个临时的工作,我需要通过高考获得一份稳定的工作,而且如果上大学的话,我就有一个正当的理由离开家,当然也有一点对知识、对大城市的向往,但是没有现在看待高考的那种态度,最主要就是觉得知识不够,有这样一个机会肯定想学点更深的东西。那时候我就想学中文或者历史,其实我最想学的是考古,最想报的是山东大学的考古专业,可后来我的老师提醒我,说你报南京大学比山东大学好,是我的政治老师决定把我的志愿给改了。那个时候我的历史比中文要好,懵懵懂懂觉得学考古可能比较有意思,然而结果是学了中文。

高考前是有政治审查的,我那时候有一点小波折。有人说我逃避"上山下乡",这是个非常要命的事情。上山下乡是毛主席的号召,不上山下乡就是政治上的污点,所以当时已经把我的名额拿下来了,不让我有考试的机会。我给他们提供了医院的证明以后才参加的考试。本来我是七七级,那个时间错过了,我就变成了七八级。

那个时候,政策已经比较简单了,比如没有规定地主成分的学生不能考,这在"文革"时期是肯定不可能的。但是那时也审查是否有海外关系,海外关系是个要命的事情,就是特务,但是一般的家庭出身不怎么受影响。我们家是贫农,所以没什么影响。

不过那时候很多人还没有参加高考的意识,没有觉得这是一次改变命运的机会。但现在回过头来看,很多人的命运因此就完全不一样了。当时很多人还不愿意考,比如你那时在工厂上班,是国营单位,待遇非常好，劳保、医疗都不错，所以很多人没有考试的积极性。我的同学中在工厂工作同时还参加考试的很少。那时候我的工作是临时的，如果是正式的，我也未必有这个动力。很多人参加考试大概也就是来试一试，写不下去了，就交个白卷。上午考的人很多，下午则比较少。后来成绩出来，大学的录取率也很低。

试卷的难度平心而论不是很大。语文就是字词解释、填空，作文是缩写，就是给你一篇文章，规定用四百个字把这篇文章的大意重新写一下，我很快就做好了。政治题则跟时事联系很紧，考了十次路线斗争，从陈独秀到瞿秋白。

考完试之后，我完全没有忐忑的情绪，就只是休息。当时考试的氛围不像现在这么压抑。我属于那种考试兴奋型的人，喜欢考试，因为平时一考试就能出风头，老师就会表扬，所以高考考完以后我还是觉得很好。后来到发榜的时候，所有的名字都贴在教育局那边的墙上，我看到我排在第四名，看了以后我就回家了，谁都没讲，觉得考上了也没有什么。考上之后就等录取，当时南京大学负责招生的老师把我找去，问我想不想上南京大学，我一听就知道上南京大学是没有问题的。后来我想，让我选择的话，山东大学考古系，还有西南政法学院——虽然当时我真的不知道西南政法学院是干什么的，离家又特别远。填报志愿的时候，就是让你填一张表，有三个格。我那时候把山东大学放第一个，西南政法学院放第二个，南京大学放在第三个。我的政治课老师（也是学校的政工组组长，相当于现在分管人事的副校长吧）看了之后，把南京大学改成了第一个。我的命运就是这样被改变的。

上大学是最好的生活

要去大学报到的时候，我不知道南京大学在哪里，恰好有位同事的父亲到南京出差，就带着我坐火车，从连云港市坐了八个小时的绿皮火车到了南京。下车以后，我就看到有南京大学接待站的牌子了。大概等到夜里十一点多钟,来了一辆卡车,把我们送到学校。后来我们就进了南园的一栋小楼,那个时候是学生会、团委的办公室,改做临时接待站。那晚就在小楼里等了四五个小时,天亮之后中文系的老师来领我到寝室。寝室条件跟现在肯定是不能比,就是两排高低床,中间有一张桌子,比较拥挤,我们就把床当椅子,趴在桌子上学习。我的同学以来自城市的为多,刚来的时候特别麻烦,农村的和城市的融合不到一起,大城市的和小城市的也有矛盾,大家的生活习惯差别比较大,比如农村来的同学普通话讲不好,会遭人歧视。但是同学关系跟现在也差不多,甚至比现在要好一点。我们不是独生子女,会互相忍让一点,互相帮忙。也有各顾各的同学,但是通常会特别孤立。

当时,学校里还有尚未毕业的工农兵学员,工农兵学员的任务是"上管改":上大学,管大学,改造大学,直接能参加学校的管理。我们进校的时候,七六级的工农兵学员还在学校,我们跟他们关系不错。我因为字写得比较好,一进校就被选到南京大学学生会宣传部工作,我的部长就是工农兵学员。普通学生对工农兵学员的看法也都还好,因为工农兵学员也都是同龄人中的佼佼者,他们的水平也不错。我们那时候水平也不是很好,不是现在认为的七七级、七八级都是"天之骄子"。工农兵学员是推荐上来的,各方面都很好,而且他们非常成熟。我们的学生会主席就是军队来的,他那时候已经是校党委委员。他们学习也很努力,基本上和普通学生没有什么隔阂。我的英语老师也是工农兵学员毕业留校的。

那个时候,南京大学的文科专业只有一个中文系,一个外文系,还有历史和哲学。没有管理学,经济学还是大专班,老师都是从哲学系去的。中文系是很老的一个系,只有一个班,一个专业,叫"汉语言文学",老师很多,给我们上课的老师都比较年轻。课程大概就是语言学概论、古代汉语、现代汉语这些,也都是比较常规的课。后来大学扩招,我们和历史系也合起来上过课。那个时候一个教室两百个人上课,这是寻常的事情。教室的条件非常差,经常是在临时教室上课,里面是水泥台子、水泥凳子,那个时候大家必备一个坐垫,不然冬天上课太冷。当时的北平房(就是北大楼后面高上去的那排房子,那是匡亚明校长造的)非常粗糙,跟现在的工棚差不多,全部是用砖头垒起来的,上面是毛竹竿,毛竹竿上苫的是油毛毡,风一刮就呼呼作响,冬天的时候,老师和同学都会因在北平房上课而感冒。

大学期间,给我留下深刻印象的老师很多,历史系有很多全国非常有名的老先生,很是敬仰,高年级时也选过他们的课。现在七八十岁的这一批人都是我们当时的任课老师,对于这批老师,印象深刻的事情也很多。刚进校的时候,老师们说话还比较小心,中规中矩的,话语体系受"文革"影响比较大。后来上到文学史课,老师们就比较放得开了,看的材料多,观点也新颖。大学期间,在学术上南京大学有两件事情轰动全国:一个是许志英研究"五四"运动的新鲜观点,认为"五四"运动和共产党的关系并非传统说法认定的那样,他讲课的时候一边和学生讨论,一边让学生通过查资料、写作业的方式丰富和支撑自己的新观点,后来他被批判得很厉害,压力很大;还有一个是蒋广学老师,他对中国的社会主义提出了不同的定义。这些当时受到了全国最高理论权威的批判,但他们没有受到什么迫害式的处理或冲击,只是被迫作了检讨,这一点我当时体会很深刻,觉得与"文革"时期把批判对象往死里整有很大的区别了。当时的南京大学真的很开放,有些新颖的观点,即使在现在也并非主流,1980年代却已经有了。那种气氛对于那一代大学生的成长是非常有利的,因为我们可以听到不同的声音,可以多角度地思考。这些老师可贵的地方在于,没有因为高层的压力而动摇自己的观点,这点对文科作研究的学生非常重要,你可以批评,但他们不会屈服,在政治上可以作检讨,但是在学术上,是坚持通过自己的材料和逻辑分析得来的观点,我们对于他们搞学术的勇气非常佩服。

学生也经常和老师讨论学术问题,和现在的学生不同,现在的学生可能都找不到老师。那时候老师上课会早到一点,与学生讨论,下课之后也一样。那个时候学习是为了兴趣而不是考试,尤其是专业课,有些问题讨论得很深,并不一定是考试的问题。现在回忆起来,虽然物质条件与现在没法比,但是精神层面很丰富,我们没有学分与工作的压力,考试不会不及格,也不会像现在学分制那么严,老师的权力比较大。现在学生的变化也可以理解,老师也有科研压力,有生存压力,在管理上就越来越量化。

老师对学生没有什么要求,而学生对老师的要求很高,学生提问题如果老师回答不出来会很难堪。那时候学习完全是学生自己的事情,现在的大学有点中学化了,那时候的辅导员是虚的,就是管管入党方面的事情,学习的事情根本管不上。

逃课是正常的,完全看兴趣,比如政治课是必逃的,从头到尾坚持下来听课的往往只有班长、团支书等几个人,其他学生就借笔记抄,各种各样的理由,有的是课程时间冲突,有时候是没兴趣。龚放是我们班长,他从不逃课,笔记永远又全又清楚,很多同学都抄他的笔记。那时候很多学生已经开始做学术研究,写文章,对专业的东西研究得多,考试并不被看重,只有外语课是要点名的,考试也很严格,其他专业课人太多也不点名,讲课有特色、研究做得好的老师的课会人满为患,这种情况就不需要点名。当时上课全凭兴趣,选与上是两回事。当时也是学分制,没有现在课程丰富,跨院系选课也比较少,课程是现在的比较丰富,专业的深度也是现在的高,但教学和学习的兴趣都大不如前。现在学生选课往往就是为了学分,老师上课也是为了上满工作量。

对于成绩,有人在意,也有人不在意,女同学比较在意。但这个与未来是没有挂钩的,因为那时候大家都不错,进了学校就已经很好了,没有出不去的,因为基本上没有考试不过这一说,政治考得好也没什么意义。工作单位只是在专业课方面有些要求,比如编辑,比较在意语言修辞方面是否扎实;国家机关在意是不是党员身份。

当时的南京大学图书馆,条件很糟糕,找书不太方便,基本上就是站在柜台翻卡片柜,翻到一本书,再把书号抄给柜员,柜员帮忙找,找半天才出来说没有,要看的书很难借到。书籍管理很严,当时书被视为重要财产，需要妥善保管，没有现在讲究利用的概念，很难满足同学们旺盛的读书需求。虽然条件艰苦，但当时的学习氛围很好，同学们也没有什么别的事情，就是学习。大家特别热爱图书馆，去图书馆还得抢座位，比如，先吃完饭的同学就得背十来个书包跑到图书馆去占位子，迟了就没有了。晚上宿舍楼的厕所里面都有人看书，因为厕所的灯通宵亮着而宿舍是统一熄灯的。后来有人向匡亚明校长提意见，学校就特许考试期间在西南楼开一个不熄灯的教室，让同学们复习。大家这么努力地学习，也都只是因为兴趣。因为生活和工作都没有压力，那个时候最好的工作就是有一个可以安心看书的地方，所以，我毕业留校，大家都觉得不错。很多人分配到政府部门，现在看起来很好，但是当时他们很快就通过关系跳出来了。叶兆言当时被分在政府机关，后来转去了学校教书。大部分人对机关工作不是很感兴趣，因为当时是按学历给待遇，不管你在哪，有那个学历在，待遇都差不多，所以在什么地方工作不重要，重要的是自由支配的时间有多少。

大学期间印象最深的文娱活动就是跳舞。大二的时候，交际舞流行，男生女生一起跳。当时大家对跳舞很热衷，但是很快就过去了。舞会都是团委、学校公开组织的，然后班里面都要动员，要党员带头。外文系的人在这方面特别好，他们肯定是走在前面的。每个周末都有舞会，大学生俱乐部就在食堂，晚上吃完饭后把食堂空出来，就开始办舞会。除了舞会，没有什么其他的活动，平时主要就是听收音机，报纸摘要和《新闻联播》，港台频道还属于"敌台"，我们接触不到。后来又兴起打排球，因为中国女排第一次拿世界冠军，我们特别兴奋，天天傍晚都和外文系的同学约球。

文学实践方面，朦胧诗开始流行，时兴读诗、写诗，也有诗朗诵比赛，但不是很普遍。中文系学生也自己办文学杂志，校学生会的黑板报办得有声有色，每两星期更换一次，各系学生都踊跃投稿，大家放学吃完饭路过的时候都要浏览一下黑板报，有诗、有散文、有小说，图文并茂，和现在的上网差不多。我和冒荣、贺云翱都在学生会宣传部负责黑板报的编辑和出版,冒荣是我们的头儿。学生中还有不少自发组织的诗社、兴趣小组,大家定期交流。当时,北京有很多地下的新兴诗社,南京也在办,这个在全国基本上是同步的,是新时代的风尚。南园橱窗的书画展比较有影响,水平很高,作品都来自各院系的学生,物理系和天文系的油画、书法、国画都非常好,毕竟有着十年的积聚,现在的学生再也达不到这种发表水平了。那时候我就组织这些活动,还经常组织高手交流,效果特别好,放学后两边橱窗全是观展者。当时文化生活比较贫乏,但人才很多,表现自己的途径没有如今多,作品要发表很难,黑板报、橱窗展给文艺青年提供了用武之地,所以得到大家的"青睐"。展览作品,以书法绘画居多,那是文科的拳头产品,特别是中文、历史、哲学系的学生,藏龙卧虎,高手如云。那时候大家那么努力看书学习,也许跟课外活动贫乏不无关系。当时获取知识的渠道主要还是靠阅读,无论是信息量还是专业知识,都是通过阅读获得的,非常单一。

那个时候,我们没什么机会接触港台文化,但对港台文化很感兴趣,因为觉得这是一股新风。外文系的同学比较了解,但是我们没有。大二的时候,老校区宿舍楼下的黑白电视机放《霍元甲》,这是我第一次接触港台的东西。后来就有了邓丽君的歌,开始的时候被在报纸上批评、评论,说是靡靡之音,但我们私下里还是觉得蛮好听的,不过,很难全面、客观地了解他们。我们中文系唯一的优势就是经常可以看一些内部电影,外国电影不能公映,但是可以内部观摩,当时山西路的军人俱乐部,经常有内部电影,中文系的学生,因为与所学专业有关,就可以被招待着看一看。那时候如果能搞一张内部电影票送人,面子是大得不得了的。

恋爱方面,当时的思想与现在不同,校纪校规规定学生在校不准谈恋爱,进校第一件事就是辅导员宣布纪律:在校期间不能谈恋爱,否则会受到惩罚,毕业时分配工作会被隔得很远。学生觉得很不能接受,但是学校的规定是要落实的,二者之间有冲突。当时有一篇很有名的短篇小说叫《杜鹃啼归》,真实描写了七七级、七八级大学生中普遍存在的婚变情况。本来是死心塌地地过安稳日子,但是上了大学之后,男方有了新的眼界与生活,原来的婚姻出现问题,女方就要"闹事",到学校来给当事人压力。当时的"妇联"是强有力维护女性的婚恋权益的,她们到了学校之后学校都会小心接待,辅导员具体负责这样的事情比较多,找当事人谈话,帮助做工作,劝他们回心转意,但是收效甚微。这类事,很普遍,几乎每个系都有,也造成了很多的悲剧。年轻人的观念已经开放了,但是管理仍然保守,现在的大学生完全不能理解这种开放与保守在感情生活和个人前途上的拉锯。屈服与反抗结果都是悲剧,能完全挣脱这个保守管理体制的人非常少,据我所知没有一个能真正获得解脱的。男方提出分手,一般要赔偿女方一笔钱,叫做"青春损失费"。但是女方往往都比较执着,要求结婚,也有一部分男生最后心软妥协,死心塌地结婚过日子,但是精神上没有那么默契或融洽。有的人态度决绝,最后可能落个处分,甚至身败名裂。有人甚至采取敷衍欺骗的办法,为了保全自己不得已完全牺牲女方的利益甚至孩子的利益。凡此种种,文学作品多有表现,生活更是反复重演。这种事情特别是毕业分配的时候最多,按下葫芦浮起瓢,辅导员忙得焦头烂额。

考进南京大学以后,像我这种普通家庭的,就觉得食堂特别好,可以吃饱了。吃饭的时候,七八个人一个小组,围着一张方桌,大家都是站在那里吃。开始的时候,因为是集体打饭用餐,所以大家特别抢女生,因为所有人的饭票都是一样的,而女生食量比男生小,所以一张饭桌上如果有两三个女生的话,男生就可以多吃一点。

食堂的蔬菜多,偶尔有肉、有鱼。每天的伙食大概是一毛钱到一毛五分钱,能够吃饱。一份炒青菜大概两分钱,有肉的话稍微贵一点,但是很难吃到肉。到了秋天的时候,食堂里的螃蟹随便买,一块钱一串,虽然量很足,但够贵的,因为一块钱是一个星期的伙食费。早餐一般是一分钱馒头,一分钱咸菜,一碗稀饭,没有鸡蛋,更没有牛奶。

牛奶是特供品,我从小没有喝过牛奶。南京大学副教授以上的老师才可以每天订一瓶牛奶,这是照顾知识分子的,拿牛奶的人,在南京大学都是最有学问的。当时,戴安邦先生就住在鼓楼校区南园门口的小楼里,在他们家经常可以看到有牛奶瓶。大三的时候,我第一次感受到中国经济跟国际经济有了关系:学生生病,校医院的医生除了处方之外还可以开牛奶,凭病假条一次可以开三瓶,不久之后,突然听说在南京牛奶可以随便订,大家都不敢相信,后来才知道这是联合国的定点援助,在中国几个大城市免费援助我们牛奶,南京在援助范围之内,所以能够敞开供应。这个变化令人振奋。

大学毕业的时候,粮票取消了,米饭、馒头、油条都可以随便买了,校门口小吃店的馄饨也可以用钱就能买,不要粮票了。也有农民来学校卖鸡蛋,鸡蛋原本是要副食品券才可以在固定的供应点才能买的,但是在大学毕业前后,农民就开始到学校门口用鸡蛋换取学生们手里不太用得着的粮票。他们热衷于到大学门口换鸡蛋的原因是大学生用的是"全国粮票"。粮票分"南京市"的、"江苏省"的,还有"中华人民共和国"的,大学生来自全国各地,农民们很喜欢换全国通用的粮票,起初,十斤粮票换十二个鸡蛋,后来,只能换到八个。那个时候,有男同学开始用粮票换鸡蛋追求女同学,中国经济已经有些宽松了。

除了在学校之外,我对南京生活的印象较深的是中山陵,当时经常组织游览莫愁湖、玄武湖、长江大桥这些地方,现在看看没有什么意思,但是当时还是很兴奋的。那个时候兴旅行结婚,新婚蜜月到南京,一定要去长江大桥照一张相,然后回去给人家看:我们在南京长江大桥照的照片!这在当时是了不得的事情。金陵饭店刚开张的那会儿,门口的人排队站在那里照相,因为那时候是中国最高的楼,现在是新街口最矮的了,这个变化还是很大的。

我们外地的学生与南京的社会没什么接触,但是同学中搞创作的会有创作基地,他们自己有深入生活的活动。比如,我有一个同学是儿童文学作家,他就在长江路小学有一个点,经常到那个地方与老师接触,与小孩子一起玩,了解他们的生活,这算是特例。一般的外地人,和南京没什么关系,相对来说比较单纯。那时候去的最多的地方就是书店,杨公井古籍书店最有名,文史哲的学生没有不去的。几年的学上下来,南京大学的人基本上都熟悉,因为那时候要佩戴校徽——一个金属烤漆小横牌,上书校名,学生是白底的,老师是红底的,研究生也是红底的,后来改成黄底的了。当时戴校徽是规矩,也是荣誉,挺显摆的,买书的时候人家对你特别客气。星期天我们去书店比较多,钱少书贵,买不起,就在那边翻看。新出版的书大概看一下,了解一下,这个习惯我保持了二十多年,到现在还经常怀念站在书店看书的气氛。

那个时候社会比较尊重知识,上大学是最好的生活,好多人都对大学好奇,因为大学有门卫,戴校徽才能自由出入,所以家乡的熟人来了,把他们带到校园里来他们就觉得很新奇,他们一般都想跟我在学校食堂吃顿饭,体验一下大学生活,但是饭票紧张,只有关系非常好的人才会请他们吃饭。

我们为什么要读大学?

大学毕业,我留校工作。当时没有自己找工作一说,国家包分配,典型的计划经济,所有的一切都是组织来安排。计划经济对我们这一代人的影响是何其深刻!直到现在,我们也不能接受"签约"这种形式。签约怎么能叫做工作呢?工作就是终生从事某种职业。当然时代已经完全不一样了,现在不可能有什么分配工作的事儿了。

大学毕业分配工作的方式是用人单位来挑,先看档案,再见面谈话、考察,有些保密单位要求比较高,会看出身,有的单位是看你的业务,而且那时候还真有要看长相的,比如法院。工作是肯定有的,因为是分配的,当然你也可以拒绝,选择改派。我当时留校在南京大学宣传部,因为我一直与宣传部门有关系。毕业那年,参加了北京举办的全国大学生书法比赛,得了奖。每年五六月份会在北京召开毕业分配工作会议,布置当年大学生分配事宜。当时与会的南京大学负责人开完会去国家美术馆看展览,发现有南京大学的人得奖,报告学校领导,领导要求把这个毕业生留下来,但并没有告知我本人。毕业的时候,系里有一个老先生(陈中凡)去世,指派我去写挽联什么的,我当时心里就踏实了:既然他们让我去参加系里的工作,那工作肯定有着落了。也有的学生被分配得离家太远,不愿意,或是抵触被分到外地而想要回到自己生活的城市。大学毕业,分配工作对一部分人不利,对大部分人还是比较适合的,因为还是有调换的机会。不排除有个别的特别不喜欢,最后闹得很僵的情况。当时政府和用人单位的权力很大,分配工作就是把你的档案拿走,你也没有办法。

回想当年,我觉得在南京大学读书的益处在于:眼界完全拓宽了,我的价值观、我接触到的信息,都不一样了。那个时代的信息,大城市、小城市与农村差别还非常大。上了大学之后,思考问题的角度、方式、背景都不一样了,处理问题的能力也不一样了。

跟来自不同地方、不同家庭背景的同学在一起,是一种看不见的学习,互相之间关系的处理很重要。大学四年接触到的外界新信息是读书也没有办法替代的。每天晚上熄灯前后,大家在宿舍吹牛,可以获取各种信息,互相之间对某些问题的看法、观点有所交流、碰撞、修正。那时候的观点差异很大,不管是对生活还是对政治。专业学习是大学的一个方面,更重要的是处理问题的能力,判断信息的能力,我的价值观主要是在大学里形成的。物质对我们这一代人的诱惑力不是很大,我们的精神追求多一点,比较安于现状,可以按照自己的理想去奋斗。

在大学里工作这么长的时间,可能对大学有些地方也有不满,但大学是在不断进步、不断开放的,幸福指数也在上升。南京大学教师住房到了1990年代的时候才相对比较宽松,之前我一直都是住在集体宿舍。所以我们这代人,对生活的要求比较简单。我一直觉得我们比我们的老师的那一辈生活要好得多,他们到了退休的时候,过的日子是比较艰苦的,他们享受到的物质的东西比我们要少。我们还算是幸运的,我的同代人基本早都已经下岗、退休,我也不觉得当年比他们有多优秀,我只是抓住了机会,上了大学,也得益于当时我不在农村里劳动,有时间复习,获得信息比较快罢了。

在大学最重要的是提高了学习的能力，还有一个是获取信息的渠道，你的眼界、处理问题的能力都因此而提高。再有改革的时候你会不会去做生意？我是不会去做生意的，再怎么也不会走到那一步。你的价值取向、价值观就是在大学形成的。社会上的各种分层，当然跟年龄也有关系，我们始终有个纵向的比较，以前我们是什么样的生活条件，现在是怎样的生活条件，我们对一个事情的批判相对比较理性的，比如对教育的批判，很多人认为现在的教育总比过去的好。但从我的亲身经历来看的话，现在的教育是不正常的。现在大学生都是这样过来的人，花了那么多的精力，父母亲完全被绑架。从小花太多的时间用来背书，玩的时间呢，这是应有的权利，应当要自由发展，很多东西你不去关注的话就永远失去了发展的机会。但如果让你自由发展的话，你可能会有很多的爱好。

以前父母完全不担心孩子的学习，教育孩子是社会的责任，我说的这个责任是技术上的、经济上的，父母没有压力，或者基本上没有压力。但是现在的教育，父母要为孩子付出多大的代价，几乎是倾其所有。我们这代人考虑问题通常都是放在一个大的时代背景下面，不会完全从个人的利益出发，不能说我现在过得好就说现在好，我以前穷就说以前不好。放在一个大的时代背景下面，比如以前一个家庭有五个孩子，五个孩子都有可能上大学，父母基本都不用担心，现在哪个家庭敢让五个孩子都上大学？还有是不是学的知识越多越好？

上大学的时候，我的知识肯定不如你们丰富，但我觉得够用了，没有一个绝对数。如今的中小学教育是恶性竞争，没有一个度。如果把那个精力放在爱好上，发展兴趣或潜能的话，可能对人生有更大的帮助。高考一年比一年难，现在让我考的话很难过关。学生的精力都放在考试上，而且做题是规定的套路，把套路玩得很好就能获得比较高的分数。考试是考试，能力是能力，我自己的孩子也是这样，老师花太多的精力教他们应试的技巧，这肯定是得不偿失的，可是，现在如果谁提出不许上课外班补课的话，家长都不饶你——这是进步还是异化？

大学毕业时陈红民与张宪文老师合影,后排左一

两次高考，一生奋进

受 访 人	陈红民
采访时间	2017年4月15日
采访地点	南京大学仙林校区
采访整理	朱笑言、张益偲、袁缘、单雨婷
作者简介	陈红民，山东泰安人，1958年生，现任浙江大学历史系教授，蒋介石与近代中国研究中心主任。1978年考入南京大学历史系，并在南京大学历史系获得硕士、博士学位。在南京大学历史系任教至2006年。

我经历了两次高考

我出生在山东,成长在南京。父亲是军人,母亲是工人。我高考前在一个拖拉机配件厂做车床工人,恢复高考的消息,是听我一个中学同班同学说的,他父亲是南京工人医院的医生。他有一天告诉我,他父亲说,要恢复高考了。那是1977年,我当时没想到我能考上大学,所以知道了这个事情,也觉得它和我的关系不那么大。那一年毕业去工厂的人不多,但我去的那个工厂青年工人特别多,大概一下子进了三百多人,很多人都要去参加高考。我觉得他们好像比我强不了多少,但我还是没有决定去考。

让我下决心去考试的,是很偶然的一件事。有一次我上夜班,我们工厂里有一个女工问我,人家都要考大学,都去报名了,你怎么不报名。我说我们家里没这种背景,我自己也不行,所以就不考了。她说她看工厂里新来的年轻人,就我还不错,其他人都不太行,他们都报名你为什么不报,而且报名也不要交钱。于是我就改变了想法,去报了名。

报名之后我就开始复习,但是很茫然,不知道怎么准备,也不知道怎么考。一方面是不知道找什么材料,因为什么也没有,连教材都找不到。另一方面,我没学过这些,"文革"时的教材和高考没什么关系,比如化学都是学什么化肥,物理是学什么"三机一泵"——拖拉机水泵这类东西的,都是跟生产有关的,和基础教学差得很远。那时复习,就只能找到什么东西就看什么。

我之前觉得,自己理科还蛮好的,所以就准备考理科,结果一复习发现差太多了。而且那个时候我们每天白天还要上班,在工厂里做体力劳动。1977年高考分初考和复考,我就这样去考了初考。回来以后和大家对对答案,每个人都说自己考得好,好像就我不行,我觉得自己肯定考不上,就没再复习。一个多月以后,初考成绩出来,那些觉得考得好的人都没考上，我却进入了复考。但我已经耽误了最好的一个多月复习时间，只能凭着之前已经复习的东西，去参加复考。考了以后我又觉得自己考砸了，但后来又通知我去参加体检，说明成绩还可以。之后，没有等到录取通知书，落榜了。

1978年高考的时候，我的一个工友，他母亲是南京市铁路铁道二中的领导，他说那个学校里办了一个补习班。其实那个时候，补习老师也不知道怎么考，但我们去上一上，多少会有点用。当时每天还是要上班，晚上下班后才去简单补习一下。第一年没考上，我很清楚是因为数学不好。我中学时，数学好得不得了，之后不知道怎么就不会了。我记得第一年数学大概考了二十分。当时只考数学、语文、政治，历史地理合一张卷子，数学二十多分还能进入体检，说明其他科挺好，就砸在数学上。所以我第二年复习的时候不复习别的，这年高考就决定在数学上用功了。我第二年数学考了五十五分，就进了南京大学。其实还是很差的，因为我同班同学里数学有考九十九分的，非常厉害。

1977年我考第一次考试的时候，完全没有准备。1978年去考，心里就有点底了，毕竟这些东西上一年复习过。考卷基本上我只记得作文。1977年作文题目应该是《苦战》，当时叶剑英有首诗，号召全民向科学进军——"攻城不怕坚，攻书莫畏难。科学有险阻，苦战能过关。"这样的题目其实很好写，完全是适应当时形势的题目。到了1978年的时候，作文题目就更有意思了，是给了华国锋的一篇讲话，让缩写成八百字以内的文章。

1978年高考时，有两个很难忘的细节：一是考试的第二天下午到达考场时，我突然发现准考证没有带。考场在宁海中学，离我家不远，骑车回去取来得及。但匆匆赶来赶去，肯定影响情绪。我不知为何做了一个极为冷静的决定，先去办公室找到监考老师，说明情况，请求允许在考试结束后再送准考证给她审查。那位女老师很爽快地说，没有问题，我认识你，前面三科下来，我看这个考场就你考得好。我才想起，她巡视考场时经常看我答卷。这不但免了我赶回家取准考证，而且给了我极大的信心。当天下午是考地理，我居然考了九十二点五，是所有科目中最高的。

更巧合的是,多年之后,我在另外场合遇到这位女老师,她竟然是南京大学历史系方之光教授的太太——窦老师。理所当然,她是我的师母。

另一个细节是,当年同车间的两个工友一同报考,他们报理科,考场离我家较近,每天中午就到我家吃饭。第三天下午考外语。那年外语是选考,不计入总分(外文专业除外),我们三个都没有选。但上午考试结束时,监考老师宣布,没有报考的考生下午仍可来考。中午吃饭时,他们就说,下午反正没事,不如去试试。我坚决不去,天这么热,不如休息一会。没想到我刚躺下,还没睡着。他们两人就回来了,我问,怎么没考就回来了。他们说,考了,打开卷子,什么都不认识。就在选择题上胡乱划,十分钟就交卷了。等英语成绩出来,他们还不错,都在十五分上下。要知道选择题总共是二十五分,按四分之一的概率,胡乱选应该是在七分左右。他们一人上了南京工学院(现东南大学),后来去了美国;一人上了南京医学院口腔专科,成了有名的牙医。

填志愿的时候,我第一年是乱填的。第二年南京的考生是先知道成绩再填志愿,各学校的录取分数线也已经知道,这样就比较有把握。我当时心目中第一志愿是中文系,第二志愿是哲学系,没想到历史系,因为我中学从没学过历史。结果那年我政治考了七十八分,语文七十八分,历史八十五分,地理九十二点五分,数学五十五分,总分达到了南京大学录取线。但是当时,南京大学的哲学系和中文系,包括历史系,除了要求总分达到分数线,还要求单科八十分以上,所以我就报不了南京大学中文系。那个时候学校之间差别不是很大,比如你爱好中文,你也可以去南京师范学院中文系。我现在想不起来到底为什么要上南京大学,好像对哪个专业都没有特别的兴趣。那个时候突然觉得大学生很神圣,和留在工厂的工人,差别是非常大的。后来他们四十多岁就下岗,基本成了时代的牺牲品。当时我就是想着一定要离开工厂,要有个机会读书,虽然知道会有差别,但也没想到差别那么大。

那个时候,家里根本没有电话,录取通知书都是寄到街道。我们家有一个朋友是省里的处长,他预先打听到,然后告诉我们分数,再告诉我们南京大学的录取分数,所以我拿到通知书之前已经基本知道情况。报历史系的话,我单科分数也超过了,总分也超过不少,就觉得有把握。当时还有政审,但政审都是对方单位到我们这里来审,直接看档案,我自己不了解情况。因为我父亲是军人,军人在那个时代大概就是红色保险箱,政审不会被为难,所以我政审没遇到什么阻碍。

我高中同学的高考情况都不太好,因为当年我们整个基础就不行,而且已经离开学校两年了。我们南京市第四中学,七七届、七八届高考是全南京市第一,但我们七六届学生正好是前一届,没有好好复习。我们这一届同学,考上大学然后像我一样留在高校做教授的,好像没有。考上南京大学的肯定就我一个,考上本科的好像也没有,大专有几个,但好像也是扩招学的建筑、牙医之类的。[1]

女生都是"稀缺资源"

我家离南京大学非常近,所以原来我就对南京大学很熟悉。

我们那年还遇到一个很特殊的情况,七七级扩招过一次,到七八级学生入校时,校舍不够住了,就要求南京的学生一定要填"走读"才录取,所以我只能填走读,如果我住宿舍,填不走读,那南京大学可能就不录取我了。这样学校在同样条件的情况下,就可以多招生。所以我们班大概有九个南京同学,都没有住宿。因此这样甚至还引起了误会,有些外地同学认为我们南京考生分数不够,是降低分数或开后门进去,我们真的冤死了。后来大学三年级的时候,我坚决要求住到学校里去,那时学校条件也改善了,我就住了进去。

我们当时住在鼓楼校区那个老的二舍,宿舍是八个人一间,非常挤。大家又很穷,每人只有一个箱子,每个房间里四张上下铺,然后再摆箱子。每个同学都有脸盆什么的,东西很少,但是非常拥挤,有时候洗脸的

---

[1] 此文中七六届、七七届、七八届,分别指于1976年、1977年、1978年高中毕业生。下文同。

毛巾都没地方挂。洗脸洗脚就都用一个盆一条毛巾，这样凑合着。南京阴雨天的时候，衣服晒不出去，就很难堪。我记得有个同学穿花裤衩，他洗了就晒在那，从来不觉得这是一个不好的事情。那时有小组学习，每个宿舍一组，我们之前虽然不住宿舍，但也被安排进去，每周三周五下午一起学习。那时候女生少，就都被打散分到男生的各个宿舍里。结果学习的时候，分到他们宿舍的那个女生，不肯进去，因为那个男生宿舍里，两排床，中间一条晾衣绳，一个花裤衩就挂在那个地方。现在想起来这也算一件趣事。

因为不住校，我很少在学校吃饭。我除了中午上完课，下午还有课，要在学校吃饭之外，其他的时候都在家吃。我们吃饭一开始不是每个人打饭的，是八个人分一张桌子，菜饭就配在桌子上，必须八个人来齐了才能开饭，完全没有自由。刚开始连凳子都没有，大家都站着吃。后来才慢慢变成菜和饭分开，大家自己去买。因为我很少吃食堂的饭，偶尔吃一次还觉得蛮不错，总比天天吃家里的好一点。

我大学没参加过交谊舞之类的课外活动，现在也是蛮后悔的。每个人情况不一样，有的人很喜欢参加，我就从来不参加这个事情。课外活动我们就是体育锻炼，那个时候正好排球很热，我们就疯狂地打排球。

我们上大学的时候，谈恋爱是要受处分的。但是因为年龄差别非常大，我们有些同学是已经结了婚，或是正准备结婚的。我们班同学最大的是1949年，最小的是1962年，差了十三岁。1949年的人进校的时候都三十岁了，不允许谈恋爱就不大可能，所以当时放宽——谈恋爱可以，但你不能上了大学之后把原来的男朋友或者女朋友甩掉。我记得非常清楚，哲学系有个学生叫翁寒松，他跟女朋友提分手，他女朋友的妈妈不干，就闹到学校来，最后学校把他开除了。所有的学生都贴大字报反对这个事情，但学校还是把他开除了。因为那个时候说这是"陈世美"忘恩负义，社会上不能接受，所以学校就用强制的办法避免出现，但这个是很难杜绝的。"学生守则"上规定了谈恋爱要受处分的。我在历史系的时候，有两个同学谈恋爱，分配的时候非要有意把他们两个分开：一个往最北边分,一个往最南边分,相当于一种惩罚。那个时候谈恋爱很难,因为我们班上女生特别少,六十四个同学里只有五个女生,女生都是"稀缺资源",大家都盯着。七七级、七九级本班的还成了几对,我们班最后一对都没成。

我跟我太太是从大学开始谈恋爱的,我们从小都在大院长大,八九岁就认识了,一直是邻居。她是1977年高考,考上南京大学计算机系①。我高中比她高一届,但去了工厂,她1977年正好毕业就考上了,当时我还没考上。她考上以后也走读。我们两家本来就住在一起,我住楼下,她住楼上。过了段时间部队换防调动,两家的房子碰巧又调到一起。我那时候还是特别爱学习的,七七级学英语比我们早半年,我就跑到她们班去蹭课,有时候她在图书馆帮我占个位子。后来我住在学校里,因为我是男生喜欢和大家混在一起,觉得人多好玩。她一直不肯住校,我家里有什么事情,我妈就跟她讲,说你赶快叫陈红民回来。那个时候也没有电话没有手机,她就跑到我们宿舍来通知我。

历史的误会,时代的健儿

我们进来的时候还有七六级的工农兵学员在,二十几个同学;七七级历史系招了四十个;到我们这个班,招得最多,招了五十六个。但是那年又扩招,搞了一个历史系的大专班,而且是只限招南京的,招了四十个人。各班级的规模上,我记得是八五级的同学最多。

我们当时中国古代史上一年,近代史上半年,现代史上半年,一共两年必修课程。世界史是上古史上半年,中古史上半年,近现代史应该也是半年吧,一年半的必修课程。古代汉语上两年。当时全是必修课,选修课非常少,学生没有什么选课的自由,老师们也开不出选修课。

---

① 应为数学系,计算数学专业。南大计算机科学系于1978年成立,1993年更名为计算机科学与技术系。

本科阶段我们觉得讲得比较好的老师,有邱树森老师、张树栋老师和沈学善老师。我们这些从外面来的人,进来之后突然认识到大学老师原来是这个样子的。有的老师学问也很不错,但是照本宣科,或是不太注意方式方法。还有一个印象更深刻的是:有个老师叫伍贻业,是1958年历史系的毕业生,毕业之后受到蛮多挫折,找不到正式工作,就在外面从事各种各样的工作,基本都是体力劳动。后来他成了代课老师,教我们古代汉语。古代汉语前面部分是刘毓璜教授教的,后来他身体不太好,第二年就请了伍老师来代课。那个时候管我们教学的副主任是伍老师的同班同学,就正好请他来代课,潜在的意思就是给他找一个机会。伍老师非常非常认真,讲课也讲得很好。同学们对他印象都很好,就给学校写信,反映说伍老师讲课讲得好,后来伍老师就转正留在了学校,之后去了留学生部[①]。他的学问与为人都非常好。

我们进校的时候匡亚明校长就说,南京大学是全中国第一个实行学分制的。我记得大概是修满一百二十五分就可以毕业了,这一百二十五分里必修课起码占了一百一十五分。虽然我考上历史系的时候不怎么喜欢历史,但我考试还可以,也蛮爱学习的,所以不知不觉,没到毕业学分就已经满了。我们班加上后来转来的同学,大概一共六十四个人,有五个同学学分满了可以提前毕业:一个是从武汉大学转来的学生,他带过来的学分多;另外两个是外语免修,一下就免掉了十六个学分;还有一个是七七级团支部书记,休学半年正好落到了我们班上。这样我们五个人就一起去要求提前毕业。

当时总支书记说这是新生事物,他想要支持我们,但是又怕我们找麻烦,就让我们写个保证书,即使分配以后不满意,也不再回学校再待半年。当时五位同学中,我年龄最小,如果有人分配到南京以外地方的话,很可能就是我。

我不愿意去外地,但是我想工作。我家是军人家庭,家里有奶奶、哥

[①] 南京大学海外教育学院的前身。

哥，我的弟弟很早就独立了。高考前我在工厂拿着一点学徒工资，虽然很少，但是也有十四五块，完全够我一个人生活，可是上大学之后我就没有工资了。因为我家是城里的，我又拿不到助学金，我就只能问父母要钱。要读书，又要买东西——那时候年纪轻轻，看见什么都想买。我觉得不能再问父母要钱，正好可以提前毕业，所以我那时候很想工作。我又想工作又不想离开南京，后来还是放弃了提前毕业。但我毕业论文已经写完，其他同学都还没开始写，我那时候真是没什么事可干。

后来也不知道为什么，莫名其妙就决定考研究生。我喜欢文学，本来想考中文系，但是当年中文系现当代文学专业不招生，我就选择考近现代史。当时中国近现代史是历史系所有专业里专业课考得最全的，中国古代史、中国近现代史、世界近现代史、古代汉语等都考，所以我想这就相当于复习，万一考不上，工作时会用得着。结果，一考又考上了。

家里面一直支持我读书，那个时候又恋爱了，在研究生期间结婚的，我太太也很支持我读书。她已经工作了，因为我没有经济来源，所以她从来不会跟我要什么东西。

我研究生毕业的时候条件挺好，硕士论文就在《历史研究》上发表了。当时全国的民国史权威李新先生对我的论文评价很高，是他推荐给《历史研究》的。他希望我能去北京中国社科院，跟他读博士，成为第一个民国史博士。但是我在研究生期间结婚了，自己跑到北京去，再用老婆的钱读书，这绝对不可能。李先生与师母对我都特别好，我开始去北京都是住在他们家里。但我没跟他去读博士，心里其实也很愧疚。李新先生这么好的学问，到最后也没培养过博士。

我一直在纠结读书到底为什么，我也不知道，只知道没什么坏处，我对历史一直没有很喜欢。四十五岁之后才坦然了，不是开始喜欢上历史，而是觉得我做别的也实在是做不了。之前多多少少想过，我说不定做这个也能做好，做那个也能做好，但实际上是做不好的。当时同学间经常开玩笑说，我们学历史是"历史的误会"，第一我们以前从没学过历史，第二我们对历史也没有兴趣。那时候最要紧的是考大学离开工厂，至于考了大学后要干什么,其实真不知道。

我这人真是傻人傻福。虽然1977年我第一次没有考上,但第二年就考上了南京大学。我前面有什么不走运,后面就会有其他的好事来弥补,比如我1977年如果考上的话,肯定上不了什么好的学校,但是没考上,第二年就上了南京大学。研究生毕业的时候找工作也是这样。看到人家都找到工作,我就跟导师茅老师[①]讲,我要去找工作了,应该怎么找。茅老师说你找什么工作,我们都决定留你下来了,于是我毕业就顺利留在南京大学当老师了。

---

① 南京大学历史系茅家琦教授,陈红民教授的硕士生导师。

理想是船，高考是帆

受访人	张红霞
采访时间	2017年4月20日
采访地点	南京大学仙林校区逸夫楼
采访整理	单雨婷、袁缘、朱笑言

作者简介　张红霞，江苏淮安人，1959年生。1977年考入南京大学地理系，南京大学自然地理学学士、海洋地质学硕士，英国南安普顿大学教育学博士(Ph.D.)。曾任南京大学教育研究院院长，现为南京大学教育研究院教授，博士生导师。

故事从头说起

我是1977年在江苏省淮安市(当时叫清江市)高中毕业的,当时只下放了半年,就迎来了恢复高考的机遇。但我不幸错过了良机,半年后重新参加高考,成为七八级南京大学地理系的本科生。

高中毕业后按照政策我本来可以留城,因为我是老大。但是一家只能有一人留城,我觉得我是老大应该吃苦在先,把机会留给弟弟。而且更重要的是,我厌烦"学工"经历而喜欢"学农",收麦子、摘棉花,所以就主动报了名,带上大红花,成为一名上山下乡的知识青年。工人是流水作业,我们高中"学工"去做球鞋带,做了整整一个月,我的工作就是"咔嗒"一声、"咔嗒"一声,装上球鞋带两头的铁环扣。那时候我就暗暗地说,我以后决不做工人,太枯燥!我的理想是当作家,当浩然那样的农民作家。受浩然小说的影响,我认为作家还是去农村更好,我也希望有自由一点的生活。回忆起来,下放的经历对于我来讲,并不是坏的、恐怖的,因为农民确实非常真诚、友好,我们知青之间的感情也很深。当然后来因为我报考大学,他们对我有点冷淡,我慢慢地也就和他们的来往不是很多了。

1977年8月,邓小平召开了第一次全国教育工作会议,几个月后我们就听到消息准备考试。当时我就想请假复习,因为12月底就考试,只有两个月的时间复习,但因为不好意思,所以只请了两周假。我们那个知青组,一共十几个知识青年,只有我一个人备考,压力很大,因为大家都是同甘共苦的朋友。我们住的是四个人的宿舍,下面铺稻草,上面是自己家带来的被子。虽然有电灯但舍不得用电,也常常停电。因为白天必须下田劳动,只能晚上复习,就只能自己点油灯,像《红灯记》里李玉和用的那种罩子灯。而且点灯就会影响别人休息,第二天大家还得出工。

我记得当时我就用一张厚厚的纸把它遮一下，这样会好一些，但我还是觉得挺愧疚，因为总会有声音出来，影响别人睡觉。不过，很幸运，因为我睡得迟，有一次发现了一小股浓烟从土墙缝里钻过来，是隔壁厨房失火了。我叫醒大家，奋不顾身救火，总算立了一功。现在想起来有点后怕，满屋的浓烟就端着一脸盆的水闭上眼往里冲，太冒险了，太无知了。

我们从小学到初中有很多革命运动，什么学习黄帅，白卷英雄张铁生之类的，我们都赶上了，半上课半闹革命。除了练了毛笔字和出墙报、黑板报以外，可以说没有学到什么知识。顺便说一句，这个出墙报的技术上了大学还派上用场了，我是我们班的通讯员，负责出黑板报，就是鼓楼南园教育超市旁边的那个长黑板，现在很荒凉了，那时候它的功能相当于今天的校报和网络。言归正传，所以我们这一代人基础挺差的，全靠自学和对学习的天生兴趣。下放以后，我并没有想到之后会有恢复高考这件事，但我立志做一个作家，希望自己有点出息。我在中小学时代看了很多小说。那个时候所谓的"黄色小说""封资修"都是禁书，看的最主要的是浩然的书，例如《艳阳天》《金光大道》《西沙儿女》，挺革命的，但比那些工厂里的阶级斗争的故事要有人情味儿，比如《较量》。我有一个很要好的同学，因为她常常从她父亲收购的废纸里找出一些旧小说借给我看，如《青春之歌》，但只能打着电筒躲在被子里看。记得大二的时候南京大学图书馆清理了一批旧书，其中就有"文革"小说，我买了二十几本，现在还珍藏着。上高中的时候新华书店里的小说不多，我几乎全部看过了，外公给的零用钱几乎全部用于买小说。我下放以后的学习，第一是看小说，第二是看一些常识性的农业知识，例如养猪、养兔子之类的，没有书看。因为要做作家，我就有一个日记本，专门记录贫下中农的语言，很生动，为当作家做准备。

到报考的时候，我对专业的概念一无所知，于是就很糊涂地去咨询老师，老师们有的说考文科，有的说考理科，最后我决定还是考理科，"学好数理化走遍天下都不怕。"理科也要考语文的，我觉得我语文特别好，高中的时候老师经常拿我的作文在班里念，给我的评语也非常好，所以我的语文老师在知道我报考理科后,说你语文一定会拿高分的,因为和理科的学生在一起阅卷。

我是淮阴人,也是在淮阴参加高考。1977年冬季的考试是分省出卷的。第一门课就是语文,考试的时候我是相当狂妄的。我们考场是一个人一张课桌,中间空得还挺远的。这与我们上学时一个教室多达六七十人的情景非常不同。考卷只有A4纸的一半大,上面的字印得密密麻麻,幸亏当时近视眼少。考卷的反面只有一两行小字,写的是"以《苦战》为题目写一篇作文"。这一行字是在恢复高考三十年时《扬子晚报》上刊发的照片上我才第一次看到。我印象太深刻了,我考试的时候就是没有看见。其实对于《苦战》的主题,这篇文章我应该很会写,因为我在农村里天天苦战,一定能拿高分。

我那天进考场前是非常紧张的,因为怕考不好。后来一拿到卷子又很狂妄,我觉得题目太少、太简单了,所以大概一个小时都不到就做完了,而且我反复检查以后,还没到时间。我看别人都还在埋头做题,当时也想到过,不可能人家和我差这么多吧。可我就是没有看到反面那一行字,也没想到反面还有一道题。当时的卷子印刷得非常不正规,也没有写明每个题多少分,否则可以算出来是不是少答题了。最后那个作文题孤零零的,前一个题目又刚好在第一页结束。因为纸张紧缺,据说邓小平特批将印《毛选》的纸改做印考卷的。所以纸很小,字也很小。由于时间紧迫,更谈不上排版。我们也很久没有正式地考过试,就连上课都没认真上过多少。我当时想,可能今年不考作文吧。因为之前谁都不知道考什么题型,作文又不太容易批得公正。考前就有老师讲,很可能今年不会有作文题,说我作文好就吃亏了,所以要多复习成语什么的,这句话给我留下了印象。

我在交卷之前问还过监考老师:"老师,今年考试没有作文吧?"照理老师应该告诉我,这个不应该是违反考场纪律。他说:"不知道,你不应该朝别人看。"我看别人一直在拼命写,写很长的东西,可是并没有看到是在写什么。老师就说你不要去看别人,你这样是作弊行为。我对这样的话当时有点赌气,你说我什么都可以,但是你说我作弊,我是坚决不能容忍的。我想对于我哪里需要作弊,于是我就赌气地交卷了。交完卷到了门口,我突然觉得我一定错了,但我不知道错在哪里,于是我就看坐在第一排的考生,我突然意识到那是在写作文。我马上问老师:"老师,是有作文的吧?"这个老师现在告诉我:"有啊,你自己怎么没看到。"我当时就哭了,说:"我又没有作弊,我能不能现在进去补做?"她说:"不可以,这是考场纪律问题。"那一年,像我这样作文漏做的,据说整个淮阴市一共有十七人。其实也不是那位监考老师的责任,她也是被培训说这个高考太重要了,不能这样不能那样,所以她必须保证万无一失。现在想来这也是我自己的问题。

总而言之,我第一年就这样错过了机会。因为第一门语文课就受了很大打击,其他科都不想考了,但是我还是坚持考完所有科目。当时假如我愿意,是可以上一个较差的学校的。但我觉得很冤枉,当时我妈妈说应该去,这样至少不是农村户口,明年谁知道又会有什么意外情况呢。当时再回生产队的压力也是很大的,因为向生产队长请假的时候已经是非常艰难、非常破例了,总之回去是相当没面子的事情。但是没有其他办法,人生就是这样。

重要的人生使命

因为中小学没上什么正经课,大家基础都很差,起点都很低,所以只能靠自学。我记得上初中的时候,物理课讲振动、单摆之类的,基本上就没几个人在听,都在打扑克,一个班多的时候十几副扑克。因为当时老师不能要求学生必须读书,真是靠学生自觉。我不太喜欢打扑克,我父母亲也要求我不可以参加打扑克,加上我对物理也蛮有兴趣,所以有时就我一个人听课。记得有位数学老师叫张晓琪课上得好,但讲"鸡兔同笼"的一元二次方程组应用题时,还悄悄说你们不要传出去,因为题意不革命。1977年高考之后,因为缺中学教师,淮阴市颁布了一个政策,把高考某个分数以上的这部分人抽去做教师,所以我在1978年五六月份开始被抽去城里"老坝口中学"做中学教师,同时教两个班的初中物理和语文,但户口还在农村。我做了两个多月教师,然后就收到了南京大学的录取通知书。

我的教材是一直保存着的。我记得那时候纸张很缺,废纸很贵,不少人毕业后将教材卖到废旧品站,所以很多考生的复习用教材是从废旧品站买来的。那时候我们做笔记都很节省,我课本边上的笔记都是密密麻麻的,"文革"后期还被老师拿到市里面去当教学成果展览,看来我学习还是很用功的。七七级、七八级的学生还是相当热爱学习的,学习动机大多发自内心。

我于1978年再战高考,考上南京大学。两次考试只隔了半年时间,第一次是12月,第二次是7月。我记得那一年又是非常厉害的高温,请假了一个月进行集中复习,生产队长说上一次已经给过你复习时间了。那时候有政审,不像现在可以辞职,不想干就不干了,还要等着一个好评语的,而且评语相当相当重要,如果生产队那一关没过,报考都是有问题的,所以我也得小心地表现。那年夏天很热,又没有电扇空调之类的,我就弄两盆水放在身边,水可以降温,然后把湿毛巾顶在头上,蚊香放在脚下,以这样的复习干劲最后考上了南京大学。填报志愿的时候,我也是根据成绩,而不是根据志向。我的数学不是很好,物理比较好,我去征求了数学老师的意见,他跟我说我数学是好的,只是没有考好,但是我有自知之明,跟班里同学比可能还可以,但第一年的高考失利告诉我:山外有山。于是就选择了地理系。我是我们班唯一一个第一志愿报考地理系的人。

拿到录取通知书的时候,我非常激动。我记得是爸爸首先告诉我这个消息的,爸爸不说他自己激动,只是说:"你外公从来不笑的人,在公共汽车上听说这个消息以后,当众哈哈大笑。"

至于我来南京大学报到的时候,好像不是非常惊讶,也没有激动的感觉,因为没有比较,不知道大学应该是什么样子。倒是有一种担心和迫不及待的感觉，不知道是否能够完成这样重要的人生使命。不过印象深刻的是我们第一年是站着吃饭的，食堂还没有板凳，但大家都很开心，至少大多数人是这样，因为比车间田头吃饭要好多了。

我印象深刻的老师，有我们地理系的，还有地质系的、数学系的、物理系的，因为他们教给我们的东西终生受用。地理系的话，有一位院士，现在已经去世了，是任美锷先生。他在开学典礼上给我们讲过，地理学知识太多了，而且更新很快，更新周期大概是五年。因为发展非常快，所以基础最重要，一个是数学，一个是英语。他对我们这一届的数学的要求是和数学系一样的，我们学的是Ⅰ类数学，难得要命。但是一直到今天，数学的思维对我做教育研究、社会科学，做定量，都很有帮助。以前地理学研究不用定量，是凭经验，但是这样不能传承，也不能写成文章让同行评议或者让别人验证，是不符合科学研究规范的。那个时候的地理学更多可以看作是文科性质的。但是在我们读大四的时候，邀请国外的专家来做报告，发现国外已经是普遍用定量方法了。前几代的老师数学往往不够好，但他们已经清晰地认识到我们这一代应该好好学数学。任美锷先生给我们的远见，就是打好数学基础，学好英语这个工具，未来一定很有用。今天我给学生上研究方法课、定量统计知识，都是靠那时候打下的基础。所以我在教育研究院做院长的时候，其实更早一些时候——大概十几年前——就提出要推广实证研究方法，不可以空谈大话。

还有一位老师叫王富宝，地理系的教授，当时很少见到他，因为他经常去青藏高原研究冰川。他说学地理和学数理化不一样，要有艰苦奋斗的精神。我后来的硕士生导师，朱大奎教授，是研究海洋的，对我们说的一句话很受用：无论别人让你做什么样的工作，都不能说不会；做了就会了。我们是地理系"文革"后第一届（1977年没有招生）大学本科生和研究生，所以很多任务需要边干别学。朱老师的夫人王颖教授，现在是院士，也经常指导我们（他们夫妻学术不分家），她的吃苦耐劳精神给了我很大的鼓励。她是全世界第一个乘坐潜水艇深潜到一千多米海底的女科学家。搞海洋确实非常辛苦,做全潮水文观测要二十四小时不睡觉,因为一旦睡觉,错过了一个小时,跟你同步观察的其他船上的工作就会受影响。我做过几次,相当辛苦。我在研究生阶段去过海南岛做海上观测,那时候刚刚改革开放,有很多人从香港偷渡过来走私手表之类的,很可怕。有一次半夜从船底下冒出来一个人,穿着潜水服,像水鬼一样的吓人。他拿着走私的电子表,一定要我买。我一个穷研究生,哪里有多余的钱。他的粤语我又听不懂,到底要多少钱也说不清。后来渔民船老大出来保护我,把他给弄走了,也不知道他们叽里咕噜说了什么,怎么就弄走了。

我们班应届生很少,像我这样只耽误半年的,就算很幸运的了。我们班1978年高中毕业应届生大概只有三四个吧,我们都叫他们小毛孩。全班二十四个人我大概排在第九第十,还算比较小,最大的是1949年出生的。很多"老三届"都有小孩了,我们班长的孩子都上小学了,我们叫他"老吴",后来叫"吴老"。

野外实习全班合影

班里学习氛围非常浓。我举两个例子：第一个是我们排队打饭的时候，都是很整齐的一列一列，也是"低头族"，头低着背英语单词，排到自己了，再抬起头来。第二个例子，我们早晨六点钟起床，早上大喇叭响，必须起来跑步，围着八舍半小时跑完以后，都拿着英语朗读，冬天是在路灯下朗读。那时候还不能公开听英语广播，那叫听"敌台"，弄不好是刑事犯罪。敌台"美国之音"有很多干扰，"呸呸啦啦"听不清楚。晚上十点熄灯，我们觉得太早，但对知识如饥似渴，因为这个学习的机会太不容易了，而且半夜"敌台"干扰小，听得清楚一些。熄灯了我们就搬凳子坐到厕所里，厕所里不熄灯，因此里面经常有很多人在看书，所以当时的学习氛围是相当浓厚的。晚上有时实在饿得睡不着，就到汉口路用粮票换几个茶叶蛋。

我在学校很少参加课外活动，因为觉得时间可惜了。我的体育成绩是够得上校田径队的水平的。有一年在地理系运动会上，我拿了铁饼、手榴弹两个冠军，四人接力我跑最后一棒，也得了冠军。所以体育部的一位老师就跟着我讲，劝我去参加校队。他们正准备参加在南京五台山体育馆举行的全国大学生运动会，但我一口咬定坚决不参加。我说我没有时间，当时的高等数学给我压力很大，还有线性代数、概率论与数理统计，有几位老师讲苏南和浙江方言，非常难懂，比外语还难，所以只能非常用功才行。那个老师非常遗憾，还跟我们辅导员讲，能不能动员我去参加运动队为校争光。那时候有手榴弹项目，我相信即便今天也很少有人能破我的纪录。这要归功于中学时代"学黄帅"运动的时候，大家都不认真上课了，我做中小学教师的父母不同意我打扑克，但同意我参加运动队。另外那时候开始流行交谊舞，我挺传统的，觉得这是玩物丧志。本来我还喜欢用业余时间看小说、写小说，但是后来都坚决戒掉了。我跟我自己说要"戒"，全力以赴投入学习。大三开始的时候班长吴老告诉了我一个意料之外的消息，前面连续两年我是我们班考试成绩总分第一的人。

当时没有电子资源，更没有网络资源，图书馆借书有时要排很长时间。借书限期一个月，可以续借一次，最多两个月必须还。当时也没有复印机，都是手抄，我的本科学位论文就是手写的，硕士论文是油印的。教室也没有现在这么多，但是学生很多，晚上需要占座，有的学生备有一把锁，把自己的书包锁在位子上。我也做过，但当然也不是非常欣赏这种做法。我基本上是六点起床，读书读到六点半，然后（去）食堂之后到教室上课，中午午睡一会儿，大概半个小时，又去教室，然后又是食堂，晚上又去教室，一直到熄灯回去，就是这么个节奏。

至于西方思想的影响当然是有的，或许是理科生的缘故我当时没有太关心，但暗潮涌动的校园文化是能够感受到的。当时也没有"思想解放运动"这个词吧？倒是没有注意。不过，记得有过关于好像是叫潘晓的人的"人是自私的"观点的大讨论，这个观点当时像一颗原子弹。记得当时弗洛伊德的《精神分析引论》很流行；"英语角"很流行。不过印象深刻的是1980年代开始有大量的西洋古典音乐、港台校园歌曲过来，目不暇接，相见恨晚。还有一系列西方经典名著翻译本，商务印书馆的，还有一些学术报告，但是那个时候还没有多元文化的概念，理科学生都是凭兴趣自己学的。有些同学还热衷于听"敌台"，学外语，准备出国。我们这些买不起收音机的人，只能学油印的地学专业英语教材。

直挂云帆济沧海

地理系的培养方案要求在大一结束时有一次自然地理基础实习，全系所有专业同时进行，地点在南京郊区的湖山。湖山是天然的地质实习点，武汉大学的学生都来这里实习。我自告奋勇地去"打前站"，兵马未动，粮草先行，帮助大家打扫住处，结果不小心一个铁钉扎进我的脚，帮了倒忙，让带队的潘老师用自行车拖到附近的矿工医务室打破伤风针。但是我觉得不能休息，休息很可惜，因为实习不可弥补，所以我就瘸着腿上山。后来听说带我们实习的地质系的周老师马上要调回福建了，他夫妻分居几十年，要不是有带我们的实习任务早已经在福建了。这个老师

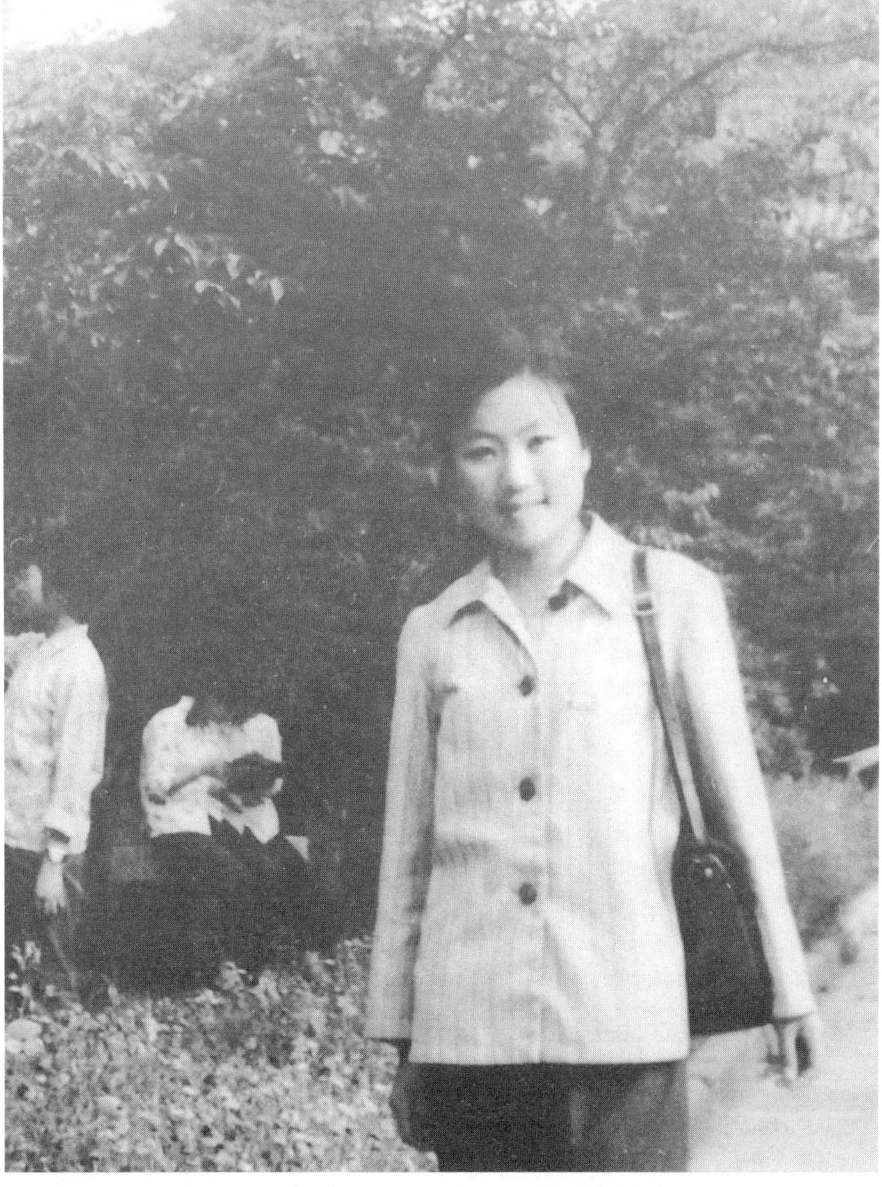

很好,教了我们很多知识,我们非常感激。因为大家认为我语文好,班长就来跟我讲:"你反正脚坏了在家休息两天,给我们写一个节目,最后要开个欢送晚会,或者能不能写一首诗送给周老师,找几个人朗诵一下。"我就写了首长诗《湖山之歌》,四个女生全部出动,手抄之后登台朗诵。这首诗我们全系同学到如今都还有印象。

我跟先生高抒[①]是同班同学。我们班的其他同学都很奇怪,像我这样的人,怎么会是极少数几个能够看到的在校园里自由恋爱的人中的一个。因为我是一个挺保守的人,也不参加课外活动,也不和男同学跳舞,而且我觉得不应该很早地谈恋爱,但结果,我在大二年级二十岁时开始恋爱了。我先生比我大三岁。那时学校是不鼓励自由恋爱的,我经常看到的校园里另外两对情侣,听说下场都非常惨。我先生也是认真学习的人,但他倒不是像我这样什么业余爱好都不要了,他是校民乐队拉胡琴的。我很喜欢听,也很欣赏。

还有一件事,也是在湖山实习,就是大家都不喜欢吃肥肉,特别是女同学,不吃就把肥肉扔掉了。我先生其实也不喜欢吃肥肉,但是他说:"哎呀你们这样扔了可惜了,都给我。"后来他告诉我,是因为以前在工厂里一个月只有一次吃肉的机会。他是在锁厂工作了三年才来念书的。结果他碗里的肥肉堆得满满的,根本吃不下,这是我后来听别的女同学说的,别人是为了笑话他说的,说他傻不拉叽的,我听了以后却感觉完全不同。

当时学校纪律是非常保守、非常严格的。我们恋爱也有同学会议论,不过是极少数人,当然他们也是响应学校的号召,政治上特别积极要求进步。大多数同学,尤其是我们女同学,根本就没有任何反对或者不理解,而且我们女同学大多数都悄悄地有男朋友,但她们不像我这么公开而已。其实我也没有想过什么公开不公开,我觉得我该这么做就这么

---

① 高抒,1978年考入南京大学地理学系,现为南京大学教授、兼任华东师范大学河口海岸学国家重点实验室主任,原南京大学地理与海洋科学学院院长。

做。现在看来我好像有点自我中心。我甚至很有一种——就今天来讲可以这么说——朝好的一面说是创新精神,朝坏的一方面说是特立独行、不守纪律。

但是公开也是有很多问题的,当时估计有三对谈恋爱的——就是校园里我经常能看到的——有一对我觉得是非常美丽的情侣,那个女孩子梳着两个长辫子,而且长得非常秀气,好像是中文系的,男孩子也很文气,跟我们俩比完全不同。但是后来我听说这两人非常惨,是否属实我不知道,据说毕业后一个分到了新疆,另一个到了西南很边远的地区。我们俩要毕业的时候,都想考研究生,但是很困难,因为当时有人认为我和我先生思想品德有点问题,用现在的话说是"不过是另类"。我先生最后还是在朱大奎教授的帮助下考上了研究生。第二年我报考时还有人说我的政治品德不够,是朱老师再次争取,我才有了考试的资格。结果在九个考生中以第一名被录取,也只有一个名额。朱老师在我们后来的成长过程中,多次给予及时有力的帮助,令我们终生难忘。

我先生不管在班里还是考研究生,学习成绩都非常好。我们结婚后一直是以他为中心。我很传统,是一个对家庭非常 devoted 的人,只要我先生需要,我可以牺牲任何我的兴趣。我和我先生在大学时代就用英语做练习的方式写过这样的共勉的句子:"I am devoted to you, we are devoted to science"。当时生活还是很艰苦的,一个家庭要夫妻双双干事业太辛苦了,于是我主动提出一个概念叫"二保一",就是妻子包揽家庭事务,保证丈夫工作。能做到这样真的是很不容易了,像生炉子,买煤饼这些都是我自己做。

我后来的经历还是相当曲折的。硕士毕业以后,听从先生的安排,不在同一个海洋所工作,我转向做地理教育,去了浙江省教育学院。后来我先生先被公派出国,被推荐去欧洲海洋学的中心——英国的南安普敦大学海洋系攻读博士学位。那时候出国是很难的,两个人都出国就更难了,带孩子更不可能。虽然我是"二保一",但我还是用空下的时间尽量发展自己。我自己考了 EPT①,因为当时浙江教育学院可以公派了,我当时是教研室主任,学校给了我一个公派名额。我通过了 EPT,但护照却拿不下来,就是因为我坚持带孩子出国。因为我小时候一直跟外婆长大,与父母亲不是很有感情,这是很大的遗憾和教育上的缺陷。我恋爱很早,可能跟这个缺陷有关系;而且我先生也有同样的寄养在亲戚家的经历,他也舍不得。

我先生出国两年后我才出国。夫妻分居整整两年,靠每周一封信保持交流。偶然打国际长途电话,我要背着孩子,骑几公里的自行车到市中心的电话亭,排队进去。但是当时跨国电话很贵,差不多五分钟的通话费要半个月的工资。因此很少打电话。我们的信可能有三十万字。当时有一件事现在还记忆犹新。学校本来同意我带孩子出国,我已经开始办理护照,但后来他们莫名其妙、不由分说地反悔了,要我自己从公安厅撤回我的护照申请,有一句话很厉害:"你不撤是不行的,我们是有组织的。"那时候真的觉得很无助,老百姓没处说理去。我又继续等待,直到1989年下半年。

别人办护照容易签证难,我正好相反。因为在外国人看来,夫妻分居两年不光是违反道德的,还违法。英国的法律是:如果丈夫离开妻子三个月,妻子就可以提出离婚。我记得我用英语跟签证官讲我的情况,他很同情,当场就说通过,不需要再跑一趟。所以我到北京办签证,只住了几天,就带着儿子直接飞往英国,这在当时可能是绝无仅有的。

到了英国南安普敦,还是履行我的"二保一"政策。但英国的家务很少,许多菜都不用洗,更不用生炉子,我觉得没事干很难受。有一天我就跟先生说:"我要读书!"我先生说我跟《高玉宝》的故事一样。他当然同意了,他把之前攒的买车的钱交了学费,后来也申请到了助学金。申请的助学金类型是半工半读,要交六百磅一年的学费,相当于当时中国政府公派留学生两个月的工资。我除了家务外,还在先生的实验室打工,

---

① 出国进修人员英语水平考试。

相当于研究助理；有时也帮我自己的导师做一些计算机数据处理的工作。后来我又到大学的学生食堂打工，因为小孩上幼儿园还要钱，而且相当贵。我的工钱是三磅一个小时，刚好是孩子读幼儿园的学费。所以我是边打工边做实验室的工作边读书，然后做一点家务。英国的女性大多数都是在家等小孩长到小学毕业再工作。因为法律规定小学必须接送，早上九点钟上学，下午三点钟放学，这样就会占用很多时间。好在教育研究不需要出海，在图书馆里有个席位就行。

其实我一开始是申请地理系的，南安普敦大学的海洋和地理是分开的两个系。结果地理系解散不久，合到环境学院去了。后来我的博士生导师是从地理系转到教育学院，开始研究地理教育。地理系就把我的申请书转到教育学院。也就是说我的申请信、联系信是寄给地理系的，但我收到的面试通知的回信是从教育学院来的。收到信的时候我也很纳闷，但是我还是决定试试，只要人家要我，我就念！

对我而言，申请教育学的博士学习机会是较为容易的，因为我有南京大学本科和硕士学位，像定量研究方法这些课，都可以免修，考试也比较好过。难的是哲学和心理学，还有社会学。内容看上去并不难，但从理科的思维转变过来比较难，所以刚开始我跟导师有很大的分歧，我甚至怀疑过能不能继续读下去。我觉得导师的观点不对，他们对待孩子的教育太随意、太自由。我跟导师说，英国的教育有问题，口气非常大。每次我和他讨论，导师就会开一串书单，要我去看，开始的两年真的很痛苦。让我痛苦的还有英文，因为我以前学的理科词汇都用不上了，有大量的新词汇还有不同的表达方法。还有一个更大的痛苦后来才慢慢明白，就是西方文化。

开始我完全不理解这种文化，就跟导师争论，后来慢慢地转换思想、转换价值观。我这样一个很传统、很重视家庭的人，也慢慢意识到个人的意义。我们这一代人，像我这样，应该叫不忘初心，始终这样支持先生。但是如果我有女儿，我不会要求她像我这样，我会用另外一个价值体系去衡量。改变价值观真的挺难的，但是一旦改变了，我就不会再轻易地受别人的干扰。所以回国后又有反过来适应的问题。我后来做教育研究院院长，坚持主张要国际化，无论是教学还是科研都要按照国际标准，至少应该做到了解。

回国之后，我跟随先生先到了中国科学院海洋研究所，在三十九岁时担任了人事与教育处正处长。一年后又跟随先生回到南京大学，就在现在的教育研究院工作。我刚来的时候，龚放[①]老师是系主任。我自告奋勇说要开实证研究方法的课，他就把他的传统文科意义上的研究方法课停掉了，让我来上。但是那时候只有我一个人上，只有一门课。龚老师退任的时候，我接他的班，逐步增加研究方法课程，现在增加到五门。当然，与我在英国留学时候的七门研究方法课相比，还有一段距离。我自认为，这是我做了两年系主任、一届院长的最大贡献。后来我觉得自己不能为院里做更多贡献了，而且也在浪费我的研究时间。做院长其实是一种牺牲，学术研究没有时间去做。所以我决定让贤，申请不再连任第二届院长职务，开始做自己感兴趣的研究课题。

回顾七七级、七八级这两级人的前半生，我有一种感慨：理想是船，高考是帆，改革开放是东风。虽然我们基础差、起步晚，被社会嗤笑为"没有大师的一代"，但我们的心中仍然充满理想和忧国忧民的情怀；虽然我们已经年过半百，但耕耘不辍、壮怀不已，憧憬着我们这些小草有一天会绽放出绚丽的花朵。

---

① 龚放教授是南京大学中文系七八级的毕业生。

三十年的轮回

受 访 人	肖　敏
采访时间	2017年3月22日
采访地点	南京大学鼓楼校区
采访整理	单雨婷

作者简介　肖敏，江苏徐州人，1959年生。1978年考入南京大学物理系声学专业，现任南京大学物理学院、现代工程与应用科学学院教授，博士生导师，量子电子学与光学工程系主任。

为自己的人生做主

我于1976年高中毕业，1966年入小学到1976年高中毕业正好是"文革"十年，所以我们十年都没认真读书。我住在城市里面，每天就是在玩，然后1976年到1978年在工厂工作。其实1977年高考我参加了，也被录取了，体检都过了，但是我没去，因为不愿意被随机分配，当时我说不服从分配，就没有去，所以1978年我又重新再考了一次。

我是徐州市人。1977年我们在城市里面，中央关于高考的文件一出来，就听到大家议论纷纷，到处传消息。具体是谁告诉我的，我也想不起来了，但是在还没正式公布之前，我就知道了要恢复高考。当时就想着我有这个能力，又恰好有这个机会，所以就报了名。虽然当时在工厂工作也很好，但是就想着有这个机会，为什么不顺应潮流？当时确实也没有想过能否考上，只是去哪的问题。而且家里也比较支持，因为之前是推荐工农兵学员，我没机会去，我父母就说那算了，你去工厂工作吧，但是高考的话，靠自己不靠父母关系，他们就没意见。工厂那边，当时国家有明确的政策，七七级、七八级这两级，任何单位不允许阻止职工参加考试，虽然不给复习时间，但考试是可以的。我们基本上没有放假，也就最后几天可以请假准备。

当时复习，主要是用晚上的时间。自己找了本旧教材，完全自己看，没上补习班。我的物理只有很少一点基础，因为之前在学校学工学农，还去工厂里实习学柴油机这些机器，一去一个月，就帮着干这些事。不过虽然在工厂里做过，但物理基本的原理是一点不懂。现在复习，就靠看旧教材还有油印的讲义恶补。因为那十年完全没有好好读书，都在玩，在跟老师"闹"、跟同学"斗"，所以我们几乎一点基础都没有。"老三届"刚入学时的成绩比我们好得多，就是因为他们基础好，我们基础差。

但是因为我们年轻学得快,很快我们就赶上甚至超过"老三届"了。

1977年实际上也是有政审的,但是跟我没什么关系,也没感觉到。我父母是市政府的一般干部,不是走资派,也不是"地富反坏右",也没有人来找麻烦说有问题。

1977年我是在徐州考的,预考用的是地方卷。预考我考得很好,统考应该也可以,我记得我数学考得挺好,还把附加题都做了,但是好像没有发下成绩来。我就记得,那一年高考,各单位准备时间很短,就很混乱。录取的时候听说是各个高校在招生办"抢"档案,谁抢到算谁的。本地的学校可能抢得比较厉害,就把一些本地的考生给抢了。七七级录取时间紧,没有太多规则,七八级录取时就有规则多了,就按第一志愿第二志愿这样填报。我当时是被徐州医学院录取了,但我根本就没有申请医学院,它把我的档案拿到了,然后就问我,医学院你愿不愿意来,因为我不想学医,所以就没去。

1978年也是自学又考了一次,当时考得还可以,除了英语选考,我只考了十四分,其他基本都是九十分以上,语文我忘记考了多少。高考总成绩在徐州市应该还是比较靠前的。报志愿的时候,就是想去南京大学物理或者天文系,有时候想想北京大学应该也能考得上,但是当时我没有报北京大学。第一志愿就是江苏第一高校南京大学,当时也没有想过要考出江苏,就觉得无所谓,因为南京大学物理、天文是非常好的专业,也不会想别的。所以报的时候,第一志愿就是南京大学物理、天文专业,应该是物理第一,天文第二,第三专业我记不清了,好像是南京大学的计算机还是大气。我还报了个第二志愿山东大学,觉得山东离江苏比较近,主要志愿就是这两个。我们七八级南京大学的录取通知书收到的比较晚。当时还很纠结,怎么老是收不到录取通知书,比大多数学校好像晚了半个多月。

老师有个性,学生有干劲

我是自己提着箱子来南京报到,也没有家人送我,就记得学校里有很多招生桌子,报到了之后有人带着我们去宿舍。当时物理系招了六个班,每个班大概三四十个人,也不算少了,二百多人,和现在也差不多。那时候大多数同学是很努力学习的,因为我们基础差,大家进来就是学习,也没有别的事情,就是要补课补基础。到了高年级,我们还会做些实验,但是当时实验设备非常差,我们当时还给学校提过意见。那时候做教学实验就是,第一步开哪个开关,第二步开哪个开关,有非常详细的步骤,你打开开关,看看有什么结果,这样便不是自己自主学习,是重复性的,而且仪器也很少。

那时候物理系有很多厉害的老师,比如魏荣爵先生、鲍家善先生、龚昌德先生、蔡建华先生等,有些先生现在已经过世了,当时他们大多都是给我们七七级、七八级上课的。这些老师都是很有个性的,他们能力都很强,在做自己的研究。因为之前都是工农兵学员,比我们基础还差,我们来了之后,老师们就很努力地想多教些内容。当时物理系六个班分为两个大班,一个是基础物理,一个是应用物理,大班上课,就是三个小班一起上,两套老师。我们当时专业方向不是自己选的,我选的是物理系,但是具体专业方向就是分的,如何分的我也不知道。声学、核物理和电子这三个班属于应用物理,另外三个低温、晶体、半导体是专业学科,就是基础物理,蔡先生、龚先生他们主要是教基础物理的。我一进来就是声学专业,但是我对声学不太感兴趣,入学前我连声学是干什么的都不知道。当时转专业是不可能的,我就跑到那边上课,在这边考试,当时也算是特例,很少有人这么做。那时候我们和老师的关系都挺好的,魏先生、蔡先生、龚先生家我都去过,和他们讨论、向他们请教问题,他们都非常尽心地指导我们学习。

那时候同届的同学都很向上的,大家年龄差距很大,最大的三十二岁,最小的十六岁。年龄比较大的"老三届",很多不是高中毕业就是初中毕业就"文革",下放了,他们做事情比较认真沉稳,也会影响到我们。我们大家关系都很好,后来我还被大家推选做了班干部。那时候学校还有工农兵学员,但是我们基本不打交道,工农兵学员也比较低调。基本上七七级、七八级来了之后,老师们的精力全转移到七七级、七八级身上。我们上课也完全不一样,我估计有些老师像龚先生、蔡先生他们,可能都不再给工农兵学员上课了。

改革开放之后,特别是1980年代初期,也受点西方思想的影响,我们在理科,影响较小,就是有时会去听听讲座。我记得很清楚的是,当时有一个加拿大来的教授,还带有翻译,说马列主义也是一种宗教。他说:"马列主义是一种信仰,那既然是一种信仰,和宗教信仰有什么区别呢?"当时听了就觉得奇怪得不得了,就是很新颖。思想解放运动我没参与过,当时读书读得很紧张,比较热闹的就是游行,比如庆祝女排比赛赢了的游行。

当时住宿条件还是很差的,我们住在三舍,八九个人住一间小房子,五张双层床,一张桌子只能坐在床上,边上走不开人。当时别说空调,连风扇都没有,在南京的夏天真不知如何过来的。我刚到美国去读研究生的时候,听电视上讲监狱犯人抱怨住的条件差,我就说我们上大学时住宿条件比他们还差得多,感觉不可思议。但是南京大学的伙食比较起来还是很好的，南京大学食堂当时是有名地好，除大锅饭外还有小灶，是很不错的。对于南京的印象，我们就是有时去鼓楼、新街口走一走，也组织过去玄武湖及爬紫金山等活动，但是再远就没有了，主要是我们把时间都花在了学习上。

理想驱动人生

我当时是本科毕业之后直接去美国读博士。当时出国读研也没有托福、GRE之类的，李政道先生就在美国发起了一个中美物理联合招生项目，叫CUSPEA，这个应该是最早的出国留学项目之一，我是这一项目的第二批。我们是提前参加考试，1981年秋天没毕业就参加了CUSPEA考试，1982年7月毕业就直接出国了。七七级、七八级一起考，我们考试通过以后就申请出国，由李政道先生担保，每年全国有大约一百位学物理的学生有这个机会。考试是先在国内各个高校预考，在全国选出大约八百名学生，然后由美国某大学出卷子，密封到中国来，从这八百人中录取一百人左右，通过面试申请去美国各大学。CUSPEA进行了十年一共送出国九百多人，当时都是去学物理，现在干各行各业的都有。我们出国之后就是一边读博士一边做助教、助研这种，有经费保障。我们那时候出国的动机都是很单纯的，就是要学成回来用自己的知识建设祖国。

我在美国读书，是在德克萨斯大学完成博士学位，后来去了MIT做博士后两年，然后又去了美国阿肯色大学物理系当教授，因为种种因素，在美国待了将近三十年，后来于2009年通过国家第一批"千人计划"回到南京大学物理学院。因为之前我每年夏天都回国访问，经常见到南京大学的老师们，就决定回母校组建科研团队并参与建设新的现代工学院。

燃起梦想，照亮了希望

受 访 人 吴稚伟
采访时间 2016 年 11 月 19 日
采访地点 南京大学鼓楼校区蒙民伟楼
采访整理 朱笑言、许汝南、黄丽祺、朱雪雯
作者简介 吴稚伟，浙江绍兴人，1960 年生，1977 年考入南京大学生物系，现任南京大学医学院教授，博士生导师，南京大学医学院公共健康医学中心主任。

我坐着驴车去赶考

我老家在浙江，但因为我父母以前都在军队，战争结束以后待在西北驻守，所以我中学是在西安六中上的。高中毕业以后实行上山下乡，我就跑到黄土高原上，在陕西省渭南市大荔县石槽公社的第七生产大队待了两年。我们那时候高考报名的要求比较简单，生产队一年以前就已经通知了知青。什么样的知青可以报名高考呢？就是必须要挣足够的工分，工分是在农村参加劳动积累的一个分值，所以我们白天必须在地里干活，晚上复习。那时候我们复习还是比较艰苦的，因为农村没有电，所以只能用煤油灯。当时我们生产队总共有七个知青，我和三个男知青住在一起，只有两盏煤油灯可供晚上复习。但是，我们有个知青，他考音乐类的单簧管，练习乐器的时候非常吵，我们三个人就没法好好复习。所以我们三个知青就用一盏煤油灯，另外一盏让他拿到厨房去练习单簧管。

我们备考的时候没有什么像样的复习资料，书都很少。因为"文革"刚结束，用的几乎都是在街头地摊上买的刻印的资料，还有些是"文革"前考过的一些题目。而且1977年、1978年社会上的复习班也很少，我们只能用找到的几本资料复习。我们当时在农村复习高考的主要问题就是资源匮乏，同时，在农村我们必须要自立，我们还有地要种，当时公社大队是没有什么供应能力的，我们可以去生产队领粮食，但是副食要靠自己解决，这对知青们是一个很大的挑战，很少能够有知青自己种蔬菜、养牲畜。

恢复高考以后，大家复习的热情很高，同时困难也很多，可以借鉴的经验很少，所以知青都会相互帮助复习，学习的气氛很好。当时除了待够年份，挣足够的工分，被招工招进相关机构外，高考是离开农村的一种比较理想的方法。

我当年上山下乡的地方现在离西安也就两个小时车程,但那时候要在一整天的时间,要先从西安坐车到渭南市区(那时的渭南还是一个小县城),到渭南以后转汽车,走好几个小时,到大荔县县城,之后就没有车可以坐了,要步行,还要坐摆渡过洛河(洛河是黄河的支流),过了洛河再继续走:基本上早上从西安出发,到公社已经傍晚了。当时石槽公社没有考点,高考是在另一公社的一所小学生,那个小学离我所在的公社也有几十里[①]路。我们大队共有六个知青参加高考,所以大队给我们提供了一辆毛驴车。因为要在考场那里过夜,所以我们把铺盖等过夜需要的东西也放在驴车上,赶着驴车从队里出发,一路玩一路走,早上出发,走了大半天,下午才到那个公社。到了考试的公社以后,公社的人在考场附近给我们安排了一个废弃的寺,我们就铺着铺盖睡在那里。

1978年是恢复高考的第二年。"文革"期间学生主要学工学农,文化课不受重视学的知识不多。1978年高考语文的作文题目是"难忘的一天"比较简单直观的。当时我们考英语是作为参考分数,不计入总分。我印象比较深的是物理考试,我们受改革开放以后一些新闻报道的影响,对物理学、理论物理、数学比较感兴趣。当时很多考理科的人都想报物理专业,我最想报的也是物理。我高考时物理考了九十七分,丢了三分在量子物理、原子物理上面,因为之前根本没有接触过,不知道怎么作答,总体考得不错。数学考得也不错,但是没达到南京大学物理系对数学的要求。

当时我们对国内院校知道得很少,填报志愿时我是通过一个亲戚了解的情况。我的几个志愿,一个是南京大学物理系,一个是铁道学院,当时叫矿冶学院,因为那时国家的电影宣传片对年轻人影响很大,铁路宣传片上描绘的开矿、炼矿都是非常浪漫的事情,青山绿水好得不得了,所以当时不少人填了这个专业。陕西的录取规则是如果第一志愿录取不

[①] 1里大约等于0.5千米。下文同。

了,但是你的分数达到学校要求,就在同一个学校指定一个方向,所以后来我接到通知是被录取到南大生物系。我高中没有学过生物知识,基本上对生物一无所知。领到通知书后我立刻去找人打听,这是个什么专业,后来才明白。

大学教育塑造了我

刚进大学,很多功课以前都没学过,学起来比较吃力。而且,我明显感觉到南方来的学生,尤其是东南沿海一带的,他们的基础要比北方学生好一些,这和当时地域的信息流通、观念、师资都有关系。最明显的就是英语。我之前压根没有接触过英语,在英语上花的时间和精力很多,但是效果很差,而一些来自南方的同学在中学期间接触过英语,有一定的基础学起来就比较轻松。考入南京大学是很难的,当年西安市只有四个人考进南大,学习机会很难得,大家也很珍惜,一心一意投入在学习上。那时也没有互联网和其他的娱乐方式,学校偶尔会组织一起看电影,但我很少去看。当时生物系、物理系、地质系的一些学生经常聚在一起讨论问题,虽然现在看来问题本身比较幼稚,但是对于交流思想、活跃思维是非常有用的。学生之间交流、讨论完全是自发的,这一点我觉得非常好,反映了那个时代大学生对一些问题的思考,可以塑造年轻人探究问题的习惯。当时学生想学到更多的知识,认识更多的人,不为什么具体的利益,不是为了考试,也不是为了找工作。当然,我们也不存在找工作的问题,毕业了都是国家分配岗位。

大学期间,我印象深刻的老师不少,比如我们系讲植物分类的老师。尽管逻辑推理不是很多,但可以体现老师的功底,在"文革"后对植物分类特征有这么高熟悉程度的人不多。当时我们和化院学生一起上过傅献彩先生的有机化学。傅先生是国家化学的鼻祖之一,他的课讲得非常成功,从肥皂这样的日常物品开始讲有机化学的原理,引导性非常强。另外还有讲物理化学的两个老师,物理化学是一门比较难懂的课,两个老师比较年轻,但讲得非常好,而且非常有耐心,跟学生完全没有隔阂,学生有什么不懂的都会非常耐心地讲解。还有一位中文系的老师。因为1978年南京大学已经实行学分制了,所以我们可以选部分外系的课,我选了中国古典文学欣赏,这个课讲得非常精彩生动,非常适合我们这种本身不是研究古典文学的人来听。南京大学老一辈学者的学术底蕴是很深厚的,尽管经历了"文革"十年的动乱,他们在专业上没有懈怠,而是继续进步。

我当时住在南园十舍,一个宿舍八个同学。宿舍条件是比较差的,特别夏天的时候,没有空调,日子非常难过。夏天很热的时候,有人就把席子拿到操场上去,在席子上浇凉水,这样才能睡得着。虽然生活确实比较艰苦,但那时大家的思想也相对比较简单,社会思潮不像现在分化得这样厉害。而且那时的中国社会相对比较简单,能上南京大学这样的大学,精神上的满足感很强。那个时候学生一个月的生活费很少,一般十五六块钱。外面的餐馆不多,我们也很少去外面吃饭。我记得原来在南园门口有一家馄饨店,卖馄饨和面条,我们偶尔去吃一下,就已经是一件很奢侈的事情了。早上第一二节课结束以后,学生食堂会拿出包子来放在南园门口卖,大家下了课就跑出去买包子,我觉得那个包子吃起来特别香。总的来说生活还是比较单调的。1980年左右学校出现了跳交际舞的活动,在很大程度上丰富了学生的生活。很多学生还是比较保守的,不好意思跳舞,看的人居多。但文科学生,中文、历史还有外语系,有许多同学是很活跃的。

我们一起从陕西考过来的学生,上大学以后也经常联系,一起活动,每年放假回家和返校我们都一起走。物理系的同学叫吴康;天文系的同学叫武杰,他游泳游得非常好,是学校游泳队的成员;另外一个是地质系的同学,后来去了美国,叫顾志斌,他和我是当时南京大学最早拿到国外奖学金的学生。我当时拿到了纽约州立大学的奖学金,他拿到的是密歇根大学的。1981年,南京大学还没有出国的先例,大家都不知道这个事情具体如何操作。我们俩能拿到奖学金与钱志龙教授有关。他是帮助南京大学建设南-霍中心①的物理学教授,是当时约翰霍普金斯大学的校长 Steven Muller 的助理。我和顾志斌在钱志龙第一次访问南京大学的时候认识了他。之后钱先生就告诉我们美国的很多大学都有专项经费,用以资助海外攻读较高学位的学生,他鼓励我们去申请。申请这些学校的第一批材料,都是钱先生转交给我和顾志斌的。申请过程是艰苦的,因为当时我们的英文很差,信息也很有限,我们甚至都不知道表格上问的是什么问题,但是最后还是很幸运地拿到了 offer。

我在海南岛建实验室

1982年毕业后,我去了海南。本来我不是被分去海南。当时偶然得知海南的一个学校想在南京大学招学生,学校告诉他们南京大学没有分到海南的名额,他们就到南京其他的学校招生。那个时候我都不知道

---

① 即南京大学-约翰霍普金斯大学中美文化研究中心。

海南在哪里,只是想象着蓝天、白云、海水、椰子树,觉得是一个很好玩很浪漫的地方。于是我就去找当时生物系的党支部书记,我说:"肖老师,听说现在海南那边正在招人?"肖老师说:"是有人啊,但是已经走了。"于是我就说了我的意愿。他当时以为我在开玩笑,但后来我告诉他,我是真有兴趣,他说那这样的话我再重新联系吧。我当时也是年轻,觉得好玩有兴趣,没考虑那么多,当场就决定去海南了。决定以后我想还是要告知一下父母,就发了个电报告诉他们,我父母回了个电报说,你自己看着办,我就这样去了海南岛。去了之后我才知道那个时候海南还算是国家的边远地区,很少有人去,我从南京坐了一天一夜的火车到广州,然后下午从广州坐轮船,第二天到海口。那天晚上风平浪静,大海确实非常漂亮。

到海口以后,在海口住了一天。那个学校就是现在的海南大学的前身,当时叫华南热带作物学院,学校在儋县,它在海口有个办事处,我就在办事处住了下来。当时还以为已经到学校了,把书和衣服都摆了出来。结果办事处的工作人员来告诉我,明天还有一天的路程。第二天一大早六点,我坐长途汽车出发,中午停下来吃了一顿饭,下午四点钟才到学校。我后来才知道,海口到儋县也就一百六十公里,但是路不是水泥路,海南雨水又多,坑坑洼洼,路面状况就更差,所以车走得非常慢。学校周围全是农村、山地、橡胶林,只有一个孤零零的学校在那里。因为这个学校是1953年国家从战略考虑而成立的,建国后军队在那里开荒,种植天然橡胶。我去了以后还碰到南京大学的老前辈,金陵大学的毕业生,他是第一批开荒建校的人,当时我们热带作物系的系主任也是这样去那里的。那个地方非常闭塞,经常停电。供电一方面靠电网,但是电网很不稳定,所以它又要靠自己的小水利来发电,当时的条件是非常差的。

我在那里待了差不多四年,还是比较长的。条件是艰苦了点,但是给我提供了一个很好的学习机会。我去的时候学校刚拿到了第一期世界银行贷款,就让我负责组建一个生理生化实验室,学校在这个实验室的投入也很大,大概六十多万美元,用于实验室设计、设备采购、规划等等,八十年代六十多万美元是一笔很大的资金了。当时实验室的构建基本是按照南京大学生化实验室的模式翻版过去的。我在那里四年,这个实验室就建起来了,我当了第一届实验室的主任。后来我去了英国爱丁堡大学读博士,一直到了1990年5月。读完博士学位后离开英国又去了美国,待到2006年,差不多二十年,才又回到南京大学。

高考赐予我那数学之外的礼物

受访人 冒 荣
采访时间 2017 年 3 月 27 日
采访地点 南京大学龙江小区
采访整理 朱笑言、单雨婷、黄丽祺、朱雪雯
作者简介 冒荣,江苏南通如东人,1949 年生。1977 年考入南京大学数学系计算数学专业。1982 年 1 月毕业后留南京大学工作,先后任校长办公室秘书、副主任,高等教育研究所副所长,公共管理学院党委书记。

兴趣是我的启蒙老师

我是南通如东人，小时候在如东县栟茶镇长大，小学一到四年级在栟茶小学读书。那时我父亲是一所农村中学的校长，小学五年级我就转到我父亲那里的一所农村小学，在那里读了小学五六年级和初一，以后又转到栟茶中学上初二、初三。小学五六年级和初一那几年，我经常到父亲学校的图书室找书看，学校里有些老师的书也会向他们借来看看，因而看了不少书，有当时流行的长篇小说，像《林海雪原》《铁道游击队》等，以及一些古典小说，像《三国演义》《封神榜》等，也有一些地理、历史常识和数学知识方面的书。这段经历，培养了我的读书兴趣，也为我打下了初步的知识基础。小学六年级的时候，我从一位老师那里借来一本1949年以前小学算术应用题集，书很厚，上面的应用题很难，本应使用代数方法解的题要用算术方法来解，然而，这些题目对思维训练很有益处。我父亲学校有一位数学老师是南通师范高等专科学校毕业的，上初一后，我从他那里得到两本当时苏联的中学数学习题集，初中阶段曾做过上面许多习题。

1964年，初中毕业后，我进入如皋中学读高中，当时的如皋中学是省立中学。高中时期，我对数学一直抱有浓厚的兴趣，高一的时候便已基本上把高中的数学课程都看过。我的班主任恰好是数学老师，曾把他学过的《高等数学讲义》教材借给我看。当时，华罗庚在推广运筹学，学校团委书记还曾专门借给我一本运筹学方面的书看。除了数学以外，我小时候喜欢动手实践，小学时做过模型飞机，高中时又对无线电感兴趣，学着装收音机，也看些无线电方面的书，如《无线电工学》等。

高中读了两年，遇上"文革"，本应是1967年高中毕业，但因为"文革"，到1968年8月才离开学校，插队下乡在当时的如东县新林公社。

后来，1970年4月开始做代课教师，先后辗转了几所小学。一开始在一所叫秀贞小学（为纪念烈士顾秀贞，这所小学就是以她命名的）的公立小学代课，当时有个女教师休产假两个月，我去代她的课，两个月后的6月，赶上农忙，又回生产队劳动。当年9月，再去另一个大队的一所叫林南学校的公立学校做代课教师，次年2月，再转到当时公社的中心小学新林小学任教。这两所学校和以后去的栟茶小学那时都是"戴帽子"的，有初中。做代课教师期间，上课之余，有时间就找点书看看。当时我的一个初中同学，作为工农兵学员去读大学，曾给我寄了两本入门的高等数学教材和习题集，我就趁空闲时间做完了那本习题集。

时间一晃就到了1972年。当时有一个政策，1971年3月前在全民单位做合同工的可以转为正式工，根据这一政策，我从代课教师转为正式教师，1974年又从乡村回到城镇，到我家所在的栟茶镇栟茶小学工作，1975年9月被借调到县教育局教研室工作半年，1976年初再回到栟茶小学。

1977年国庆节时，我正忙着结婚，在广播里得到高考的消息后，马上就报了名，接下来准备考试，当时准备的时间并不长，好在原来有些基础。那时的高中教材，我在教育局教研室时曾大致翻了一下，觉得很简单，因此也认为高考难度不会太大，所以，我的复习主要精力放在时政方面强化对一些记忆性知识的复习。那些年学校教师的政治学习很多，要求"学马列"，也读过马列的几本书。由于报名的人比较多，我们县还组织了一次预考，筛选了一部分人。正式考试时间大约在11月底或12月初，天气已经比较冷。我们县有两个考点，全县八个区，东四区和西四区各一个考点，西四区的考点设在如东双甸中学，距离栟茶镇四五十华里①。临考前一天，我上午上完课，下午骑着自行车到双甸。我母亲厂里同事有个亲戚在双甸镇上，我就住在他们家里。总共考了两天，有四门课程，语文、数学、理化和政治，没有外语考试。那年考试不是全国统考

---

① 1华里等于0.5千米。

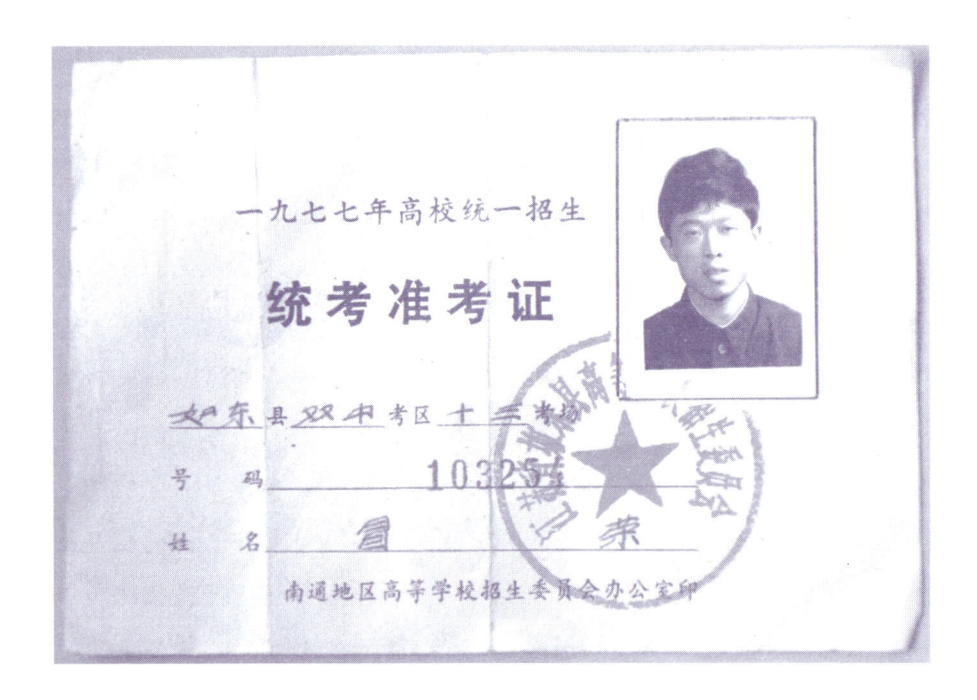

的试卷，是各省出的题。两天考试结束后，我又骑着自行车回到栟茶。

考前填志愿，第一志愿我填的是南京大学，第二志愿是南京师范学院，当时也准备读完大学回来再做教师，第三志愿便就近填了复旦大学，因为南通离上海比较近，当地人买东西很多都会去上海。当时其实我对高校的了解并不多。考分出来后体检时，因为我当时算是考得比较好的，又曾在县教育局待过一段时间，教育局长曾希望我把志愿换成北京大学、清华大学，可我觉得南京大学也挺好的，而且我已经结婚了，上学还是离家近一些，方便一点。

漫议校园生活

高考后到那一学期临近结束时，还没收到录取通知，我心里也忐忑，因为学校要考虑下学期的排课。直到1978年初得到通知，我才定了心。二月份去南京大学上学，栟茶镇当时没有车直达南京，要到海安转车。哥哥在海安，我就前一天到海安，第二天早晨坐汽车到南京。那时候汽车速度还很慢,上午乘车,中午停下来吃饭,下午才到。我带着一个小木箱和一个包,在中央门那里搭公交车,忘记是搭 1 路还是 33 路,在珠江路下车,公交车站在南京大学鼓楼校区汉口路路口南边,下车后步行即到学校,相隔不远。"文革"期间我来过南京两次,去过南京几所大学,但却没找到南京大学,来上学才知道就在鼓楼附近。到了南园找到数学系的接待站,高年级的学长在那里接待,领着我到了宿舍,宿舍在二食堂对面的三舍,记不清是三楼还是四楼,有几个同宿舍的同学已经来了。

那时的学习氛围很好,大家都很勤奋。每天早晨,校园里都是读外语的。我们宿舍的几个同学,每天早晨都一起跑步。到了晚上,宿舍十点多熄灯后,还有同学在路灯下看书,后来学校为此专门开放了一些夜间自习教室。因为学校教室不够,在现在的计算中心那边北大楼的后面,盖了一排简易教室,称"北平房"。之后,在图书馆前面也盖了一排平房,称"南平房",当时南平房曾通宵不熄灯,许多同学会在那里看书到很晚才回宿舍。

入校后第二学期,我被系里推荐到校学生会。校学生会有学习部、宣传部、文娱部、体育部,我到了宣传部,后来担任了宣传部长和学生会副主席。当时,宣传部的一项主要工作是出大学生黑板报。黑板报在学校南园橱窗那里,基本上每两个星期更新一次。那时不像现在有这么发达的网络,学生能接触到信息的媒体很少,所以黑板报每次更新时都会有很多人看。校学生会文娱部组织的活动,较多的则是跳交际舞。一开始找不到合适的场地,就在学生食堂把餐桌挪开,那时匡老(指匡亚明校长,编者注)也来参加过一次。跳舞的学生文科的比较积极,理科的多是去看看,但也有很活跃的。当时因跳舞还在黑板报上引起一场风波。先是黑板报上发表了一首赞美跳舞的诗,大意是跳舞给大学生活带来青春的旋律。后来有反感跳舞的同学在旁边贴了一幅"鸿鹄将至"的漫画,画面是一个同学在教室上课时想入非非,想着异性舞伴。以后又有赞同跳舞的同学在漫画旁贴上几首打油诗,回讽反对跳舞的人是因为吃不到葡萄说葡萄酸,才"打翻一坛酸醋,酸掉几颗大牙"。

除了出黑板报，学生会还组织一些书画展览、诗歌朗诵等活动。建国三十周年时组织了一个诗歌朗诵会，并准备了一点纪念性的奖品，评奖后曾出现了一点小矛盾，以后做了些解释便皆大欢喜。还有一次书画展览，一位来自斯里兰卡的留学生提供了很多国外风景的彩色照片，他自号照初法师，当时彩色照片很少，因此展出很吸引人。画展中曾有一幅男性裸体画像，有人觉得不合适，建议把那幅画拿掉或者用东西把画上某个部位遮起来，我们解释说，其实大家看得都很坦然，你不当回事也就没有事。现在想起来，在学生会工作的这段经历，虽然多了些事，但还是很有意思的。

全校只有一台计算机

我们进校那一年，南京大学数学系招生的有两个专业，一个是计算数学专业，一个是计算机软件专业，以后计算机软件专业分出去成立了计算机系，但不少课程两个专业仍在一起上课。我们最基础的课程是数学分析，在大学中不同学科的高等数学课程难度上有较大差异，数学系学得自然要深一些。每个定理的推导过程都要弄清楚，课后要做大量习题，有一本来自苏联的吉米多维奇编的《数学分析习题集》，难度较大，几千条题目，很多同学都一题一题地做完了。

我读的是计算数学专业，计算数学需要把实际问题归纳成数学问题，建立数学模型，再通过计算机来解决数学问题，寻求所需的数值，因此要学一些计算机编程方面的知识。计算机技术发展很快，当时学的几种计算机编程语言，早已被淘汰。那时候不像现在，每个人都有电脑。当时学校只有一台晶体管的保加利亚进口的计算机，在北大楼，体积很大。最初所编写的计算程序，要通过纸带穿孔输入，纸带上一排有八个孔的位置，孔的不同位置组合可分别表示总共二百五十六（2^8）种不同字符，我们编好程序由专门的程序员在纸带上穿孔后再让我们校对，校对相当麻烦，要花很多时间。以后换成卡片输入程序，一张卡片一个语句。

因为学校只有一台计算机,编好的程序计算机能不能通过,要等很长时间。有的程序是需要晚上到中山东路一个研究所的计算机上去验证的。

大学时期也曾考虑自己的人生方向,当时并没有考研究生的打算,反而是觉得自己已过了三十岁,正是年富力强、精力旺盛之时,应该去做些实际工作。为此毕业前看了些经济学和数学史方面的书。想以后做实际工作时搞点数学史研究。毕业时,也许因为在校学生会待的时间较长,被学校留在校办,留校后因为工作需要,开始接触一些教育学方面的书籍,也看了一些科学哲学方面的书。

1982年1月,我留校后开始担任秘书工作,1985年9月担任校办副主任,1987年下半年离开校办到高等教育研究所。在校办时,我曾经考虑报考数量经济的研究生,因为原来大学的同学大多读了研究生,后来学校允许在职人员在职攻读硕士学位,于是,我便选读了我校数量经济学专业的硕士课程,但没过多长时间就因工作而放弃了。离开校办时,实际上我面临着几种选择,有的同事建议我去人口研究所,说那里可以用得上数学,有的领导希望我去校报编辑部,但考虑到与校办工作的联系性,我还是选择了去高等教育研究所,以后一直从事高等教育学,以及教育经济与管理领域的教学研究工作。这期间,既因工作需要,又赶上1990年代初学校鼓励中青年教师在职攻读博士学位的机会,在1993年3月至1998年初我在职攻读了中国近代史博士学位,了却了曾有过的读研究生的心愿。

知识饥渴时代的学习

受访人 张 捷

采访时间 2017年3月10日

采访地点 南京大学地理与海洋学院

采访整理 单雨婷、许汝南、黄丽祺、朱雪雯

作者简介 张捷,江苏泰兴人,1960年出生于无锡。1977年毕业于无锡四中,1978年考入南京大学地理系,现为南京大学地理与海洋科学学院教授,旅游地理与旅游规划专业教授、博士生导师,南京大学旅游研究所所长,中国地理学会旅游地理专业委员会主任。

我的家庭从祖上说起可以算是书香门第,祖上多人是岁贡,在泰兴开设了第一家金融机构——张吉祥钱庄,老家泰兴祖上故居的一块"桐竹园"石刻现在就收藏在泰兴市博物馆,通过这个石刻我还联系上了家族世交、我们地理院金瑾乐教授(清翰林院编修、泰兴金鉽先生之孙)。现在根据这个石刻的文字信息考证我们家族,很可能是宋朝理学家张载的后裔。后来父亲专门对石刻做了长跋之后我又重新去做了一个木刻匾额。

我的父母都是中学老师,我在我父亲的影响下还比较喜欢书法。但是我们这个时代"文化大革命"影响了高考,我是在"文革"的时候上了小学、中学,1977年高中毕业前"四人帮"被粉碎。高中毕业以后,因为我是家里长子,按照当时的政策,城市居民的长子可以分配到大集体企业工作,所以后来我就被分配到无锡红星手帕厂,并和一起约二十名新工人借调到无锡第二棉织厂(为荣氏企业和新布厂,解放后从公私合营又变成了国营)。我在厂里当保全工。在正式分配之前,我在无锡市教育局木工厂当过油漆工,油漆课桌、教学楼窗户等,也都做过,所以还算有些经历。

少年教育:捉襟见肘的半工半读

我的初中和高中都是在我父亲教学的学校——无锡市第四中学修读的。但是市一中也是我名副其实的"母校",因为对于普通市一中毕业生来说,母校只是语文修辞上的隐喻,而对于我来说,市一中是母亲的地标,因为我的母亲就是市一中的教师。"文革"期间,父亲所在中学的学生学农需教师带队下乡学农,所以暂时与母亲居住在市一中集体宿舍内,曾经当过运动员获得全国名次的母亲为了培养我的意志和锻炼体魄,每天早晨早起专门陪我徒步到惠山直街并爬惠山,回想起来,当时我不满十岁。这段经历直到母亲七十五岁时我陪登上川西松潘高原黄龙寺游览石灰华彩池，我们还一起幸福地回忆这段时光。实际上，现在我也经常采用母亲的方法来教育在南京大学上学时的女儿，要女儿加强体魄和意志的锻炼。

"文革"对我的教育经历有过较大的影响和冲击。例如当时初中开始将物理变成"三机一泵"，化学变成化肥农药，生物变成农业基础知识。我们当时会学农业基础知识，讲农药怎么用，怎么种植农作物，以及毛主席归纳的"土肥水种，密保管工"农业八字方针，这些东西我们都学过，也受到了很大的影响。那时候毛主席有"五七指示"："学生……以学为主，兼学别样，即不但学文，也要学工、学农、学军，也要批判资产阶级。"每学年我们所有人都会去农村学农一个月，不是现在的实习，而是称作接受贫下中农再教育，到农村去收割粮食，收割麦子、挑麦子，或者插秧，低档一点劳动的就是捡麦穗、稻穗之类的。这段经历让我脚上现在还有一块疤，当时不小心踩到地上的镰刀了，很大一个口子，以至于走路地上留下血迹，有人问是怎么回事，自己却不敢说，一说就是犯了"小资产阶级"病了。

在读书方面，当时很多书是不能看的，像《岳飞传》都是禁书，因为岳飞保皇，杭州岳飞墓都被封了，当时都不讲他英雄就讲他保皇。当时住在农家的仓库里，我在被窝里拿着手电筒看书，班主任翟老师说"看《三国》吗"？我就顺着说是，老师说了声"注意眼睛"就走了，我心里想"还好没有被没收"。初中全班也曾经去太湖边现在无锡影视城那里附近的军嶂山下无锡林果场学农，到果园里帮忙。学农可以有军训拉练，感觉像现在旅游一样快乐。有一次去看日出的经历至今难忘：爬到山顶上看日出，太湖边上一个山峰，有个庙，当时太阳已经出来了，太湖捕鱼的船出来，哗啦一大片，千帆竞相出港入湖捕鱼，那种景观现在已经没有了，现在太湖的水太脏也没有那么多渔民，那时候我看到的景观就很震撼。跑到山顶上的一个庙，已经没有人了，房子很破，墙上写着毛主席语录，当时就算是在一个破庙里都能感受到"文革"无孔不入的影响。

对我个人而言，影响最大的还是"半工半读"。当时只有我们无锡第四中学这样做，因为学校想通过这个赚点小外快，要求高中让我们这些学生一边读书一边工作，而且都是马马虎虎混过去。按理说应该是一学期安排一个月的时间学工，结果我们学校直接联系一个工厂，半个学期让我们高一学生作为正式工人，把人家整个车间包下来了，用当时时髦的话叫"半工半读"。那个时候如果按照正常工人八小时三班倒，小孩身体会吃不消，进驻学校的工宣队也很聪明，让学生一天四个班倒，六个小时一趟班，换班时间是早上六点、中午十二点、晚上六点和十二点。作为正式工人的收入，半个学期工作劳动的工资就是免掉本学期的学杂费五块钱，但是我们当时很开心，夜班有补助，可能就一毛两毛，因为自己能赚钱了。在当时的经济条件下，五块钱就是一学期的学杂费，吃一顿早饭也才五分钱。后来高中毕业到工厂工作，学徒工一个月就十七块多，要到后面转正评上正式技工才能有三十块。当时大家的想法是：要是天天能够吃烧饼油条，日子就非常好了。两根油条一个烧饼就能吃饱，一个烧饼三分钱，两根油条五分钱，一天三顿就两毛四，一个月也才需要七八块，加上其他最多九块钱就够了，还可以省钱，就觉得很开心了，也不会想要买房子。

从学制上来说，因为我小学正好是六年制转成五年制，秋季入学转成春季入学，所以我小学上了五年半；到初中高中时又改回来了，所以比正常四年（初中两年、高中两年）我又多上了半年，五年半加四年半正好就是十年。这大概就是"文革"对我在教育和心理上的冲击。

"文革"对于我的家庭也产生了的影响。我父亲一直对自己销毁从老家带出来的乾隆写的四条书法巨幛而耿耿于怀；在"文革"时期怕抄家查出"封资修"，所以我父亲自己在家中先把这个幛子悄悄烧掉。"文革"后父亲很长一段时间心里放不下，我就对他说，这是缘分到了，当时万一抄出来了，命都不保，身外之物不用在意。

高考初心：纯洁的理想主义

1977年有恢复高考的消息了，从父母那里得知后，城里的工厂放人基本没什么问题，我也就赶紧报名参加了。那时候先要经过市里的考试，达到分数线以后才能参加省里的考试，省里达到分数线以后，才能参加体检，然后是政审。当时我一直冲到省考后的体检，但后面就没拿到通知了。我父亲当时是老师，就托人帮我问情况，听说我在市里考试成绩是比较靠前的，在前一百名。后面猜测省考体检说明成绩也还可以，但是没能录取的最大可能是因为我父亲的家庭出身算破落地主，我的政审不过关。总之我1977年就没有考上大学，在工厂里继续工作，等到了1978年。1977年、1978年参加高考的要感谢邓小平，改革开放、恢复高考的政策他都落实得很好，客观来说，当时仍有"两个凡是"等等以往传统惯性思维的压力，他能顶住这种惯性思维来批准恢复高考，本身就是很大的进步，所以邓小平在我心目中的光辉形象永远存在。

1978年正在工厂工作的我报名了高考，根据当时的政策，凡是报名高考的在工厂工作的工人都可以放假两周回家复习，也算有了两周休息的时间。平常我们一般是这样的，白天上班，晚上补习，厂里下班后就赶紧上补习班，补习班回来以后自己复习到深夜，第二天再去上班。那个时候还要跟应届生竞争，所以我们也算是比较辛苦，但也很充实。当年，我去的补习班是靠近我工厂的无锡市一中（我母亲是教师）。我们补习班的老师都非常和蔼可亲。举一件令人感动的事情：那个时候是春季，晚上我们在教室里听课，还有同学不是正式补习班的学生，就晚上在教室外面隔着窗户听，周祥昌老师看到了就说"那个同学你进来听吧，你进来没关系的"，大家都很感动，这么好学的同学，这么慈祥的老师。当时补习班也不是公开的，我因为父母是老师的关系，所以进去了。一个补习班大概六十几个人的样子，具体有多少班也不清楚。那些好学的人，是非常令人感动的。老师非常负责，记得有个教化学的胡老师，女儿刚刚不幸意外病逝，仍然按时来帮我们上课补习，大家也是感动和感谢不已。

我高考取得成功，很大程度得益于市一中高考补习班，因为我是工人，白天上班，晚上去上补习班。各位名师的教学风采、道德风范迄今一直深深印刻在我的记忆之中。就拿数学课的几个老师来说，除了上课层次清晰深入浅出以外，还各怀绝技。例如几何要画圆，周祥昌、周公贤两位老师是不用教学圆规的，周祥昌老师在黑板上画圆，用小指做圆心，拇指食指捏住粉笔头，像耍太极拳一样刷的一下就好，周公贤老师自有另外一套，什么都不要，慢慢地左边一下、右边一下，让学生觉得一个圆怎么就那么圆！更有趣的是，周公贤老师在讲代数时推导一个定理，而且介绍这在解题时非常有用，说这就是著名的"韦达定理"，一本正经地一笔一画写到黑板上，一边嘴里还念着"韦——达——定——理——"说着马上又在"韦达定理"的"韦"字边上加上单人旁，又将"达"字去掉走字底，结果"韦达定理"变成了"伟大定理"，说你看，"韦达定理"真是"伟大定理"呐！劳累的同学都哄堂大笑，疲劳瞬间解除！

"文革"快结束的时候，其实已经开始恢复秩序，并且开始转型，转向教育秩序了。举一个例子，我们原来上高中时，大多数会开卷考试，化学、物理都是开卷，而我们初中的时候，就没有化学物理课，都是上工业基础知识、农业基础知识，替代化学物理，为了符合当时知识青年到农村去接受贫下中农再教育的政策，以便知识青年到农村去马上就可以干活。初中高中我们学过拖拉机，以及拖拉机柴油机的原理，还要开拖拉机，在学校的操场上，苏式老师借一台手扶拖拉机，每个人都要上去开，必须学会分档、挂离合器、手扶拖拉机的转弯等。当时高中化学物理都是开卷考，最有趣的是，英语考试也开卷。高考的时候，英语成绩不算正式分，所以考不考都没关系。我英语是很差的，抱着看看大学入学英文考卷是什么样子的心态，就去考了，考了以后没多久大家都跑掉了，我也不懂简单回答了以后也是提前走的。我的英语考试就考了几分，不到十分，因为选择题我不会做就不做（自己觉得是诚实的表现），很多题目不会就没选，自己觉得会的才选，所以这个成绩就比你随便勾选的分数还要低，现在说来也是一绝了。当时理科就是数学物理化学，文科就考地理历史。考试的难度肯定比今天要容易得多，但对当时的人来说还是比较难的，而且是很紧张的，但是大家心里都会用一些为国家做贡献的、比较纯洁的理想主义来激励自己。

七七级和七八级其实就差了半年，因为七七级考完以后，1978年的春季入学，七八级考完以后，像南京大学是十月份入学，这就是当时高考大致的情况。从当时来讲，考大学对人生改变确实有很多，但是人的想法还是受到邓小平和中央政府的理念影响，当时是为了工业、农业、国防、科技四个现代化建设，还是非常纯洁的理想主义，讲个人的很少，因为当时大学生是包分配工作的，而且都是国营企业。当时大学生分配工作的工资，在全国范围内，除了一些地区，都是一个规定的标准，而且是一个非常好的标准，大学生一出来工资比十年的工人要高得多。但是，会出现这个问题，比如你是南京人，你很可能会被分配到西藏去；你搞气象的，你很可能被分配到华山山顶气象站去，有些人就在那里搞了一辈子。可高考对于人一生的影响是毋庸置疑的。

填报志愿："时尚"的理科

当时要选择自己的专业了，因为我在工厂工作，做的保全工，师傅是潘洪生，一个小年轻（无锡话：年轻人）二三十岁，现在说是"小鲜肉"，白净机灵，还是厂工会的文艺干事，负责到电影院买电影票（当时计划经济时代电影票是稀缺资源），待人仗义和蔼，对我这个小徒弟也是关爱有加。我当时工作就是跟着师傅"平车"，负责校对织布机的三大主轴、一个小轴，当时觉得很枯燥，也有大学生就在那里做机器设备创新什么的，我就在那儿看，觉得："啊？！大学生毕业出来还是倒腾这些个？"对我来讲，不懂机械工程那么多知识，也没什么兴趣。所以我想我考大学，就不学工科。

我曾经还想考文科,跟我父亲说了自己的意愿。但是那个时候"左倾",比较强调阶级斗争,社会人文的研究会受到政策很大的影响,比如我们现在的地理学在当时人文地理中是没有的,就是受到"左倾"政治的影响,认为人文地理是为资产阶级服务的学科。所以我父亲坚决不同意我报文科;他说:"文科有什么好学的,你看郭沫若,研究那么厉害,'文化大革命'一来,自己说以前所有的研究都作废,你研究能做到郭沫若这样水平吗?!"除了读文科怕受到政治影响以外,其他因素也影响了我报专业的意向。

当时比较倾向于宣传像陈景润这样的,这种纯科学的研究,而且大家普遍认为数理化不行的人才去考文科,所以权衡下来,我就选择了理科。我对化学是非常感兴趣的,我母校无锡第四中学有个很好的化学老师是张衡励先生。我现在还记得,他不是无锡人,在无锡第四中学教有机化学,他上课上得非常好,引起了我和同学们极大的学习兴趣,以至于我中学毕业后在工厂时,还叫我父亲去借学校图书室的有机化学的书来

阅读消遣，觉得那些化学键、有机分子模型非常神奇有趣。我非常喜欢化学，虽然这跟我的工作没有关系。等到后来进入南京大学以后，在鼓楼校区，有一次来自北京大学著名教授荆其毅先生来作报告，一看名字就是我看的那本书的作者，居然是学部委员。回过头来，一个中学老师，上课上得好了以后，尽管有些东西与你的工作没有直接关系，但是你会去关注，这就是老师的魅力。当然也可能与当时知识的饥饿状态是有关的，以我自己为例，我就很喜欢古诗词，我也写了很多诗，在《人民日报》《南京日报》《无锡文博》等发表过，但是我写的都是近体诗。因为在那个时代，几乎没有古诗词读，人人都在读毛主席的诗词，所以毛主席的诗词三十几首我都能背，还有鲁迅的，这就是一种知识饥饿的状态。我当时报南京大学填了两个志愿，因为喜欢有机化学，所以填了化学，但是地理才是第一志愿。我已经落榜过一次，其实落榜了也可以去上什么电大、大专班之类，但我当时决心要上一个正规大学。而我父亲对化学有偏见，说"你看学校的化学实验室都爆炸了，多危险啊。这样吧，你就报个地理，再报化学，但是地理要报在第一个"，所以我就上了父亲的当，在与父亲的博弈中败下阵来。家长其实是为了保险，因为化学系录取分数要高一点，后来才知道其实我的分数也是可以进化学系的。就这样，我第一志愿进了地理系。报南京大学是在模拟了一下之后，大概觉得自己分数还可以的情况下报的。1977年第一次报考后时真的曾经做梦收到大学录取通知，但是落榜了，直到第二次参加高考才算进入高校。

　　关于地理专业，现在看来我觉得地理学是一个非常有趣的学科，自己很幸运。因为地理学可以研究任何自己感兴趣的内容：我喜欢旅游，就研究旅游地理学、地貌学；我喜欢九寨沟，就研究九寨沟地貌、风景成因与旅游市场地理结构；我喜欢书法，就研究书法地理学、书法景观学；喜欢自然、喜欢音乐，就研究自然声景观、音乐地理学，而且这些我都得到了国家自然基金的资助。更有趣的是我的爱人当年参加建设江苏省高校网络时，南京大学还没有互联网，我就研究信息地理、互联网地理学，现在看来是国内互联网地理实证研究的最早的成果。

空前绝后的学习时代

之后我便进入了南京大学学习。报到的时候，大家都非常兴奋。学习氛围也非常好，现在难得一见了。当时大家英语普遍比较差，学英语就要有多种途径。上课是其中的一种，老师从 ABCD 字母开始教起，而且都还带着各方的口音。但是上课不足以让你英语的水平有很大提升，所以大家很勤奋地寻找其他途径。第一个是听收音机里的英语广播，再后来电视里有个电视节目叫"Follow me"，当然当时看电视是很难得的，这些都可以作为学习英语的资源。南京大学还会播放"英语九百句"（"English 900"），就放在校园广播，早上八点钟上课，它就六点半到七点钟放，让我们获益匪浅。条件好的学生有短波收音机，可以"偷听"美国之音的 Special English 这类节目。

最让我感动的是南京大学的学习氛围，冬天六点半非常冷，我们也没有空调，穿得又单薄，大冬天一早六点半到七点半站在电线杆下面，一两百人在那里跟着念英语，而且是水平很低的"English 900"。现在再也不会有这样的景象了，一是大家英语水平都高了，二是技术设备也越来越完备了。再后来就拼命跟着英语的广播节目学习，我读研究生的时候，坚持跟着美国之音的学英语节目学习。大学的时候大家会自己补充其他的知识，有个同学很喜欢《基督山伯爵》，无线电广播里播音，把小说念出来，当时叫演播，每天半小时要播很长时间，我这个同学坚持听完了；而像我就会去图书馆看一些中国古诗词、章回小说、古代文学、文字学以及西方非常著名的小说。在我们一进来时南京大学图书馆就号称藏书两百万，但是喜欢的书不一定借得到，因为学生太多。我喜欢书画，一般书画的书籍没有，我就借书画鉴定、文字学的书看。

当时的学习过程中，也有太多给我留下深刻印象的老师。老师们上课都很认真。给我留下深刻印象的有包浩生老师，也是我研究生的导师。当时我去听了包老师研究澳大利亚的报告，觉得太有水平了，他通过分析一组数据,现场测定以后做线性回归,可是有几个点数值非常奇怪导致整体回归相关系数太低,后来去现场一看,找了这几个特殊点的特殊例外原因并删除这些数据,提高了模型的有效性和准确性,这就是包先生的一个非常有名的成果,也让我觉得搞科研很有意思,也是我后来追随包先生读研究生的重要原因。还有就是杨怀仁教授,他是准院士,"文革"前都不上课,"文革"结束以后,开了一个科技大会,郭沫若写了《科学的春天》,号召全国科学界知识分子都要为国家做贡献,杨怀仁先生已经六十多岁了,却坚持来给我们本科生上课。当时作为课代表的我还很懵懂,直到有老师提醒我说杨先生六十多了,每次上课要找把椅子给先生坐,从那以后,作为课代表,我的一项很重要的任务就是上课前搬椅子擦黑板。我记得那个时候是1979年,杨老师就讲全球变化,在当时是很超前的。老师进教室我们班长喊"起立",老师喊"坐下",然后才正式上课。大学的时候林承坤老师对我们全班的关心和课程的认真负责、任美锷教授的朴素衣着都是同学们印象深刻的记忆。

说到住宿,我住在鼓楼十一舍,一个房间九个人,人已经算少,因为名单中一个是南京走读生,所以少了一个人,算很不错了。我们有一张三层床,上面两层就放行李。教室是当时还有平房,水泥砖做的课桌,冬天很冷的。

我们同学之间相处都非常融洽,"新三届"和"老三届"的高年龄同学(二十六到三十岁读大学)都有,也只是有一点生活上的差异,学习差异好像谈不上。比如我们班有个同学,1949年出生的吴新哲同学(后来是班长),入学时都有小孩了,但他依然很珍惜学习的机会,也带动了我们。当时总体来讲学习都很认真,不像现在有的同学还因沉迷游戏拿不到学位。当时最多也就可能有个别同学对专业不满意的问题,但对我来说不存在,我觉得我还蛮喜欢地理专业的。我们当时没有现在这么多活动,社团也很少,基本上没有,就自己看书,自己有个人的兴趣爱好。大学四年我坚持每天中午会写十六个毛笔字,欧阳询的九成宫,基本上四年就是这样过来的。好在我们地理班有个出去实习的活动,一年级结束时有个普通地质实习,到南京汤山住一个月,然后再到无锡,再到庐山,这样的活动让我们对地质都比较熟悉。集体活动不多,可能受到苏联的影响,改革开放后流行跳交际舞。但是那个时候大家都不太开放,谈恋爱是不允许的,甚至有个同学,礼拜六悄悄地坐火车回家会自己的太太,礼拜天再回来,结果一次被人检举,让他在班里作检讨,说违反学校纪律。那时候也没有了解港澳台之类渠道,个人活动也有校规约束,就连我们外出到庐山、无锡实习也基本上没有出去逛,很少有什么出去玩的集体活动,最多也就个人去书店,买一点宣纸毛笔,就在珠江路和广州路那个角落里,夫子庙那边。印象里只有一次,班篮球队到玄武湖集体照了相。记得一个同学是舞蹈队的,穿紧身红毛衣稍微显示了一下女性身材的线条美,当时就被负责学生工作的副系主任狠批了一通。

我们和工农兵学员可能会有一些矛盾,但是总体还好。那个时候会有很少一些正式高考考进来的学生觉得比较骄傲,看不起被认为靠关系推荐来的工农兵大学生的情况,但是我们班没有。我进大学时,跟地质系一起上了很多课程。大学同学对高等数学的主讲苏维宜老师、地理学基础主讲雍万里老师以及党史课马洪武老师等等许多授课老师都印象深刻。地质系、地理系、气象系都有,相处都很融洽。理科这边就是物理、化学、气象、生物、地理、地质、天文、计算机这些系主干,电子、环境等也是后面才分出来的。

我与旅游地理的缘分

后来我大学毕业了,面临分配问题。毕业时我想考华东师范大学沉积学的研究生但没考上,所以就服从分配。国家分配是班上多少人就分配多少岗位,我们班有六个人考了研究生,所以就有二十四个工作岗位给十八个人挑。我当时很中意一个杭州海洋二所的岗位,我就让老师考虑分析对比,我说专业课考试无法比较,但对比研究生全国统考英语、政治分数的排名是可以的,我的成绩是排在前面的,所以我去那个单位不会给南京大学丢脸,辅导员后来与系里商量也同意了。后来因为王小波同学(与著名作家同名,现在也是著名科普作家)跟着王颖院士朱大奎老师参加海洋地貌生产实习过,朱大奎老师考虑专业对口就建议由王小波同学去杭州了。当时我们三年级生产实习,有喀斯特、河流、海洋地貌、第四纪地质四个专业方向,而我现在做的是旅游规划。当时做喀斯特地貌是在贵州,河流在三峡,海洋在江苏沿海,第四纪地质在华东地区。当时我不清楚具体情况,就问负责带队到贵州去的俞锦标老师(著名喀斯特地貌学家)打听我们队是否安排参观黄果树瀑布?是否同意我们在桂林自己旅游?俞老师非常和蔼可亲地说:"可以!"当时火车票有效期是四到六天,行程是两天两夜,所以可以中途下车旅游或休息一天后,继续上车原来的车票还是有效。我们是这样设想的,我们小组(我是组长)在杭州上火车(属于私自行动),桂林下车,玩一天半,再到贵州安顺去。这样我想我就可以玩遍中国三个第一了,天堂之一的杭州西湖、甲天下的桂林山水,还有中国第一的黄果树瀑布,于是我就申报在贵州那边的实习。父母很担心我今后分配工作的时候会直接留在贵州,的确,最终我还是选择了在贵州研究喀斯特地貌,主要还是因为可以旅游,说来也是我对旅游地理研究的缘分了。

大学毕业分配,当时就业无锡有名额,杭州宁波也有一些,有一定选择,分配时我就被问到对于就业有什么想法。我说自己有下面几个想法:第一,不想放弃学了四年的地貌第四纪地质专业,一定想专业对口。第二,父母有点老了,希望可以靠近家里以便照顾。第三,我的表达能力较好,也喜欢教师职业,所以喜欢到学校。说起口头表达能力,大学入学初我还比较害羞,公开场合发言就觉得脸红心跳。我决心改变,当时每周三的政治学习会有讨论和发言,我就决定从这个场合来锻炼自己在公共场合的发言、突破自己的局限,所以我有意识地锻炼自己的表达能力。在很长一个时段自己希望能突破,并有机会锻炼这种能力,记得每次鼓足勇气想等这个同学发言完了我就发言,结果同学结束后我没有跟上,还是别的同学接上去发言了,就这样经过无数次鼓足勇气后的失落,终于有了第一次的突破,逐步得到提高,乃至到了后来,我们政治学习我都是第一个发言讨论时事政治问题的,我的大学毕业班级鉴定应该有这么一条:"政治学习积极发言"。

回到毕业分配,虽然当时有个南京地质学校名额,但是有个南京同学,所以我最后决定去桂林冶金地质学院。在家里我母亲感情不怎么外露的,但她那次舍不得儿子的情绪还是充分表露出来了,下课后专门从无锡家里赶到南京(火车从无锡到南京要三四小时,晚上很晚到南京)来叫我不要去,而我父亲也希望我能留在江苏。我母亲跟南京大学哲学系胡福明老师和他的爱人张老师是无锡师范学校的同学,所以我们就到他家咨询。胡老师很有远见地说桂林多好啊,将来有事可以坐飞机啊,飞机多快啊,当时连我自己都不相信飞机会有现在这么普及的状况。我母亲对于我选了桂林还是很失望,主要是舍不得儿子远离。我在桂林冶金地质学院(现在的桂林理工大学)当了两年教师,给大三大四的学生——也就比我小两三岁吧——主讲了"地貌与第四纪地质学"课程,带实习,也上地景素描讲座,算是比较受学生欢迎的那种吧,据说当时负责教学的主管院长张秋光教授(场论专家)还专门在院教学会议上表扬过。

现在回想起来,大学对我的影响真的蛮大的。我现在的专业跟当时有差别,但是那时候读地理还是打了下很多基础,对学术的兴趣也是那时候培养出来的。那时候学风非常好,没有专业英语课程,也没有地貌专业英语,就自己看一些地质类专业英文教科书。总体来说大家都单纯而勤奋,我在南京大学度过了很美好的学习时光。

十六岁上大学

受 访 人　秦亦强
采访时间　2017 年 3 月 31 日
采访地点　南京大学鼓楼校区
采访整理　朱笑言、张益偲
作者简介　秦亦强，江苏南通人，1962 年生。1978 年考入南京大学物理系，现为南京大学现代工程与应用科学学院教授、副院长、博士生导师。

"学好数理化，走遍天下都不怕"

我是七八届应届高中毕业生，1977年下半年学校通知了大家恢复高考的消息。当年很难找到参考书，仅有的参考书都是"文化大革命"之前印刷的，在这种情况下，复习完全是靠自己。那时考试跟现在不一样，当时是全国统考，但有个初考，初考是由各地级市组织的，对应届生和往届生的分数要求不一样。

当时还有一个问题就是政审。我有一个中学校友，比我们高四届，他跟我们家是邻居，他的父母是老师。他父亲按照过去的说法是"右派"，于是他毕业以后就去插队了，但是他非常自信，相信以后知识会有用的，所以他在插队期间自学英语。高考的时候，他考到了现在的苏州大学，当时叫江苏师范学院，但大家都拿到录取通知的时候，他还没拿到，可能就是政审没通过。但是我感觉当时还是有很多珍惜人才的领导，他最终还是拿到了录取通知。他毕业以后，刚好外交部招翻译，他就被选中了。之后他做过赵紫阳、邓小平的翻译，后来联合国在各国招工作人员，他应聘成功，一直在联合国工作。

1977年初考的时候，我们也去参加了，考了以后分数也不错，但是因为我们是应届生，当时还没有毕业，基本上没人参加后面的全国统考。七七、七八级高考录取学校分类不像现在这么明显，由于各种原因考到差一点学校的考生不一定水平不行，大家都是百里挑一的优秀人才。我们那年高考英语是不计入总分的，所以我记得很清楚，大家考完英语以后最开心，因为没有分数的压力，我们的英语一般都是考二十分左右，其实很多现在的优秀中学英语老师，是在那个时候参加高考的，他们读了师范学校的英语专业，到中学里任教。他们都是人才，只不过当年基础教育整体落后，才形成了"千军万马闯独木桥"的局面。

我们那时候参加高考入学学生的背景非常复杂,有一些是1966年到1968年高中毕业的"老三届",有一些考生已经工作一段时间了,还有就是像我这样1978年高中毕业的应届生。我们比较幸运,感受到了高考给我们带来的变化,高中毕业不用上山下乡了,直接进入高校学习。七七级是1978年2月入学,我们七八级是1978年的9月入学。当时考生的年龄也是参差不齐的,我们应届生一般都是十六周岁——那时候六周岁上小学,小学六年,初中只有两年,高中也是两年,加起来是十年,所以我们是十六岁上大学。也有一些"老三届"知青,他们上大学的时候已经三十多岁了。

我们当时可以填五个志愿,我的第一志愿是南京大学;第二志愿是南京工学院,就是现在的东南大学。当年南京大学在江苏招的学生还是特别多的,我们一个班一共三十八人,大部分都是江苏籍的。选择物理专业,是因为我中学的时候只有物理、数学好。我们当时没有报考专业指导,比如说航空航天、机械电子、金融管理等,这些专业背景我们不了解,也没有老师介绍这些专业。当年物理系的录取分数线比计算机、商学院录取分数线都高。因为当时有一个说法,"学好数理化,走遍天下都不怕",现在看起来,当年我们选专业太窄了。

初生牛犊不怕虎

报到的情节我还是记得非常清楚的。我从南通坐上海到汉口的长江轮过来,当时心里还是比较激动的,因为是第一次离开家乡,第一次来南京,但是感觉南大在接待方面,更多地把注意力集中在了火车站,因为火车送来的是来自全国各地的学生。下关的四号码头,没有南京大学的新生接待站,等了很久来了两个老师,其中一个是心理研究室的桑志芹老师,记得当时她是化院的辅导员。

当时南园宿舍有几栋楼,二、三舍是学生住的,一号楼是原来的校医院,二号楼主要住女生,三号楼主要住男生。靠东面的的四、五、六号楼,有好多是专门给年轻教师住的,那时南大教师的住宿条件也非常差。我记得我们那个时候住在三舍,前两年还在,现在拆了以后重建了,就在食堂对面。三舍前面的四舍,是在我们读书期间建的,当时叫新甲楼,后来还建了新乙楼。宿舍条件确实非常差,一间房子住九个人,而且每个人的想法不一样,要求不一样,比如有的人爱抽烟,当时我们很少在房间里呆着。后来搬到新甲楼,条件改善了许多。

刚入学时吃饭是一起吃桌餐,大家来齐了才能吃,每桌一个牌子去领菜,一桌子五个菜,八个人就吃五个菜,大家一起打饭吃饭。刚开始的时候连坐的地方都没有,就在桌子边站着吃饭。后来慢慢改成了用饭盆自己去打菜打饭。刚入学时我们的助学金是十四块七毛,后来涨到十八块七毛。如果家庭比较困难的,还可以再申请三块钱,就是二十一块七毛,二十一块七毛足够生活的基本开销,家里就可以不用负担基本生活费了。那时候我们还有一些基本福利,每个学生都有南京户口,有户口就有粮票、烟票和其他一些票据,有一些南京特产凭票供应,所以我们逢年过节买一些南京特产带回家也是非常开心的。

南京大学的特点就是早上我们不用出操,其他高校大部分都要出操。我们没有班主任,每个年级有一两个辅导员。那时候我们还经常集体出游搞一些活动,去玄武湖划船,去欧阳修的故居、李白的故居——就是采石矶——安徽的那些地方我们都去了,栖霞山我们也去过,还组织了不少活动,有不少珍贵的照片。

我们上大学时,对政治对品德还抓得非常紧。我们班的一个同学,他在入学前就是党员。但他就是在英语学习上花的时间过多,在开党员大会的时候也听"美国之音",后来加上一些其他原因受到党内处分。我们也有几个比较出色的同学,都是由于恋爱过程中的行为,受到学校处分,影响了今后的发展。其实他们都是优秀的专业人才,如果在平时能够及时交流和正确引导的话,都不会出现这样的结果,实在是很可惜。我们这批当年的毕业生确确实实在各个岗位上都为社会为国家做出了贡献,有几个特例就是因为政治原因被埋没了。还有一些才华横溢的同学。到了不适合他们的企业，发展也受到很大影响。

我们那届南大物理系，一共两百多人，六个专业。包括晶体物理、声学、无线电物理、磁学、低温、核物理。物理系女生很少，我们班三十八个人就四个女生，大概十分之一到九分之一。我们这一届当时出了一些人才。核物理专业的好多都到基地去了，所以他们班将军比较多。我们这一届到目前有一名中科院院士，是核物理班的吴岳良同学，半导体班的金小桃同学目前是国家卫生和计划生育委员会的副主任。还有一些同学，毕业后出国了，现在多人回国入选了国家"千人计划"，继续为祖国作贡献。

我们那一级有不少"老三届"，年龄最大的是1946年生的，1946到1949年生的比较多。他们跟我们的年龄基本上就是两倍的关系。我们应届生和他们"老三届"，对学习的态度有所不同。"老三届"和有过工作经历的同学，非常珍惜来之不易的学习机会，学习非常投入，非常认真。而我们这批应届生，十六岁上大学，到学校里如果把握不好的话，就会迷失自己。总觉得学习没有那么迫切，没有那么来之不易，所以就不是非常努力。那个时候如果有班主任或者辅导员来引导，结果就会不一样。现在很多家长都是有知识、有文化的，他们会跟孩子讨论未来的规划。那时候一般的父母做不到这一点。所以在这种情况下怎么规划未来，就完全靠学生自己。做得比较好的是这些"老三届"和有过工作经历的同学，他们有工作经历和社会阅历，也年长一些，对社会就有比较深刻的认识。那时候学校的图书馆、阅览室、教室都非常紧张。我们现在鼓楼校区的郑钢楼，原来是教学楼，只有为数不多的教室用于自习，当年校园里还有一些平房用于上课和自习。图书馆很小，就是现在位于樱花道的老校史馆。那时候借书比较费事，要把填好的书单递给图书管理员，他（她）们进去找到书抱出来。由于学校没有足够的自习空间，所以很多人就不得不在宿舍里学习，在宿舍里学习，很显然学习效率就会受影响。我是应届生，我们参加高考的心态是不觉得高考有多么难，不觉得压力很大，也没有很好珍惜这样的学习机会，更多的是兴奋，年轻人可能就是想去尝试一下新鲜的东西,也许去农村里插秧、养猪也是挺有乐趣的,但真正在农村长期生活过的人心态肯定不是这样的。我们的心态就是初生牛犊不怕虎,什么都敢尝试。但是说到底,学习的投入程度还不够。

南大物理的课程体系还是非常好的,师资力量很强,老师特别好。我们的任课老师,水平非常高,都非常有亲和力,对学生非常热心,对学生的辅导都非常细心。那时候很重视教学,学部委员(院士)、资深学者都给我们上过课。对我们影响特别大的,一个是龚昌德院士,一个是蔡建华先生。蔡建华先生跟龚昌德院士是齐名的,可惜英年早逝,他们都在物理方面有很出色的成就。龚昌德先生上课非常诙谐,也很形象,我们都很愿意听他的统计物理课。蔡建华先生文革期间被迫害,手指有残疾,他上课仅拿着粉笔,不带任何东西,完全凭记忆来上课。量子力学的推导非常复杂,他就完全靠记忆自己推导出来,而且特别严谨。记得当时七七级的人告诉我们,蔡建华老师量子力学课很严格,他们班里三分之一都不及格。我们都很担心,碰巧蔡建华先生的女儿就在我们这一届,是声学班的。他为了避嫌,让辅导老师出考卷,所以那次我们的通过率相对高许多。

我们入学时南大还没有进入国内一流大学之列,地位实际上比现在要低。南京大学、复旦大学、南开大学,山东大学、四川大学、吉林大学、武汉大学、中山大学、厦门大学等,这些学校基本上是一个档次的。1985年到1986年,国家提出要重点建设若干所高校,但是第一批没有南大。南大的学生就说,南大成了二流,我们变成"二流子"了,后来曲校长重点抓了SCI,把南大拉了上来。南大通过这三十多年的努力,地位还是提高了很多。

我们在大学课堂学习之余,更希望有动手实践机会,所以就有一批学生经常去南京的无线电元器件厂,现在鼓楼医院对面的双龙巷,新街口地区都有。我们就拿着证明去买晶体管、电阻,电容和喇叭等,买了回来装半导体,把半导体收音机装响了,觉得特别开心和激动。我们那一批应届生很多大学毕业以后,想赶快走向社会,因为我们没接触过社会,继续读研深造的不是很多，后来一些研究生都是出去工作了几年，发现这个社会没有想象的那么完美，工作也没想象的那么顺利，所以回头来再读书。其实说到底有的人天生就是读书的料，就是做学问做科研的，到社会上、到工厂里，不一定能发展得很好，所谓人尽其才。

分配工作的时候，像南大这样的综合性学校实际不占优势。现在的一些领导干部，他们都是来自于机关。他们为什么会到机关呢？因为他们很多是从专业院校（比如农学院，交通运输学院）毕业的，农学院毕业就去农林厅、财政厅。我们一起高考的一个中学校友，南京农业学院毕业就直接分配到省财政厅，后来官至副厅长。而南大这样的综合性大学，没有和哪个政府机关是对口的，这就导致我们的分配方向非常少，多数分配到研究所，或者到工厂。当时南京有很多电子厂，比如说熊猫。熊猫在南京是首屈一指的好单位，当时叫七一四厂（南京无线电子厂），它和七三四厂（南京有线电子厂）都带有军工色彩，待遇都非常好，都不愿意到南大招人。在山西路有个南京电子管厂，迈皋桥有个华东电子管厂，南京还有很多厂，比如说半导体器件总厂。所以我们毕业的时候就是到研究所，能够到这样的电子厂家就是很理想的了。现在情况就大不一样了，用人单位招聘很多都要求"985"大学，综合性大学有很好的去处。我们当年的分配，不知道是学生自己的因素还是家长的原因，都不想离开家乡。其实有的单位挺好的，由于地处外地都不愿意去。江苏的学生，都喜欢在江苏工作，南京不行的话，镇江、无锡、苏州都好。到了企业以后才发现，都是那种简单的电子元器件——电阻、电容、晶体管生产。后来这些企业大部分都倒闭了。

境界从此开

大学对我整个人生的轨迹、命运的影响，是非常大的。因为在大学里不管是混了四年，还是认真读了四年，都能接触到特别多的资源，知识渊博的老师、各种各样的校友、各种各样的来访学者。记得有一年学校邀请了诺贝尔奖获得者巴丁访问南大,去听报告的人就很多,教室都挤不下了。主持人开玩笑说:"大家不要挤了,不要来听了,他的英文讲得很差的。"巴丁为什么有名呢?他是两次诺贝尔物理奖获得者,一次是对低温超导BCS理论的贡献,一次是晶体管的发明。当年我们就在教学楼二楼的一个教室听了他的报告。这样的一些活动,对我们的影响非常大,开拓了我们的眼界。

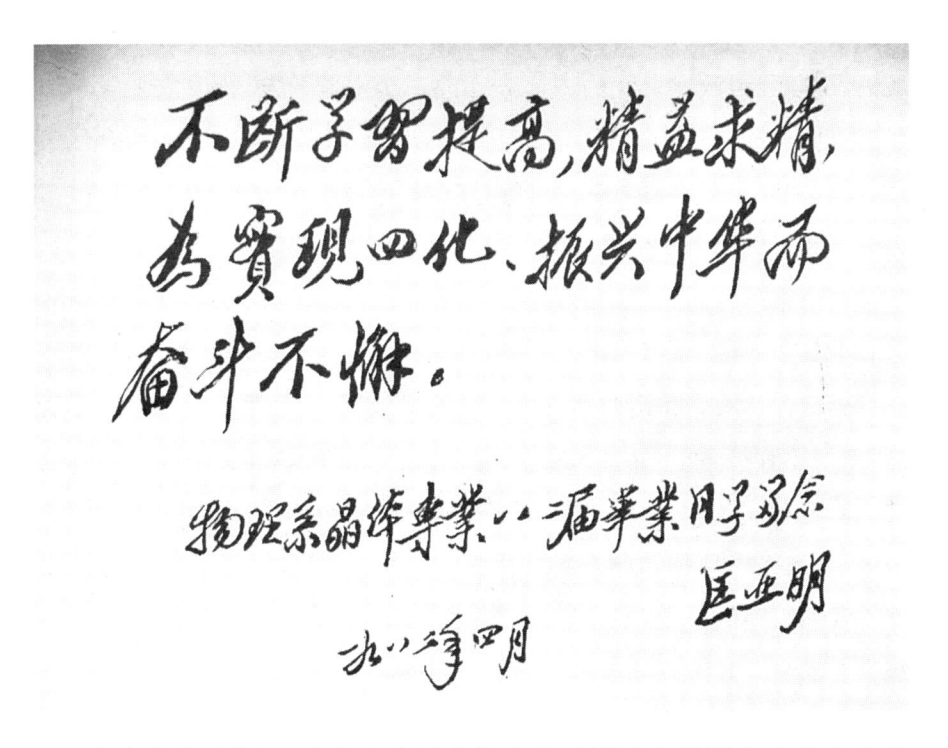

> 不断学习提高,精益求精,
> 为实现四化、振兴中华而
> 奋斗不懈。
>
> 物理系晶体专业八届毕业同学留念
> 匡亚明
> 八二年四月

在南大学习期间,南大在全国高校率先开设了大学语文和美术鉴赏课程。这两门课程对我们的影响也是巨大的。我有一些文学和艺术方面的知识就是在那个时候学到的。当年南大也在国内高校率先实行了学分制,修满学分就可以提前毕业,当年我们有一批同学修满学分提前半年和七七级同学一起毕业。大部分提前毕业的同学都是出国或读研究生了,就我和声学班的沈重明分配了工作,他去了南京大桥机械厂,我分配去了解放军通信工程学院。我们这批提前毕业的学生的毕业证书用的是匡亚明老校长的印章。

我感觉南大当时虽然不是很出名，但是三十多年毕业生里院士、杰青众多的原因，就是南大地处江浙沪一带，招收的江苏学生多，经济、教育条件较好，这一带的学生那时候除了北大、清华，高考成绩好的优秀学生基本都到南大来了，也有一些可以去北大、清华的学生来了南大。那个年代学生都不太愿意离开家乡。江苏考生就上江苏的高校，报考学校主要都是家乡附近的，所以这一带比较优秀的考生，都到南大来了。南大近四十年来培养的这些毕业生为近年来南京大学地位的提升也做出了贡献。

追忆编

追逐命运的曙光
——南京大学历史学系七七、七八级校友的高考追忆

苦等录取通知的煎熬

陈益民

人生总有几个让自己刻骨铭心的日子。1978年9月23日,就是让我没齿难忘的一天。我的命运,正是从那天起,发生了根本性改变。

如今谁家孩子考上大学,那是毫不稀罕的事。可是在1978年,那时哪家孩子考上大学,可真是光宗耀祖的大事。而我家那一年竟同时有两人考上大学,这在我们那小县城里可能是绝无仅有,因而多少年来一直沉默寡言、很少能在他人面前昂首高声说话的父母亲,真是扬眉吐气,很风光了一阵。在得到不少赞誉的同时,不少人向父母讨教"教子之方"。我父亲初中肄业,母亲小学毕业。父亲用复写纸准备了一叠政治形势方面的复习资料,在我的政治分数中有他付出的巨大贡献。至于其他几科,就非他所长了;母亲在高考前则完全是照顾一家人的生活,学业辅导确实无能为力。而父亲单位一位同事认定,父母对孩子高考起关键作用,居然买回一大摞那时刚刚上市、重印自"文革"前的中学数理化课本,说是自己也要狠狠钻研一下,以"辅导"其刚上初一的孩子。乡下老家的人则更上一层楼,把我们考上大学归功于我爷爷的墓地风水好,纷纷劝那些想要考大学的乡下后生上那墓地去祭奠一番,据说是可能沾上一些考上大学的灵气的。

我家只在"文革"中照过胸佩主席像章、手捧红宝书的全家福相片,很多年没有全家合影。而考上大学的那年全家又去照相馆郑重其事地合了影,并在照片上写下了"欢送某某兄弟俩上大学"字样。

这都是中榜以后的事情。而中榜以前,却也曾经让我们多么紧张多么忧虑!

我下乡时已不是直接进生产队,因为贫下中农经过十年对知识青年的"再教育",已不能忍受与他们同起居、共劳动。于是,各大队便有了一些知青点。我去的知青点叫农科所,那儿从不搞什么科研,与普通生产队一样,整天只是忙一般农活。考大学前的两个多月,我想向所里的负责人老张请假,要求回家复习。老张很不愿意,因为那时不仅仅我,还有好几位小青年都跃跃欲试,想要参加高考,大家都请假的话,那不耽误了农活吗?我父亲单位的周科长在搞"四清"运动时是老张的上司,父亲便请周科长亲赴乡下找他说情;同时在生产资料公司工作的哥哥借自己为公司调运化肥的机会,不知是通过正当还是不正当手段,先后两次为我那农科所搞来了紧俏物资——六百六十公斤化肥。这样,老张便网开一面,同意我在考前两个多月回了家。

尽管如此,在农活最忙的"双抢"(即一边收割稻子,一边抢种二季稻的秧苗)的日子里,老张还是强行让我回所里跟大伙儿一样去干一两天。那时距高考仅剩五天!不得已,我哥哥与妹妹陪我一起,去所里为完成我的任务而干活。毕竟都不是干农活的料,三人顶着烈日干了一整天,累得贼死,也不过收割了七分地的稻谷。老张看我们意思到了,也就没再强求我继续干下去,同意放我回家。我们赶紧去马路边等待回城的班车。而班车来了,车上满员,车未停便呼啸而过。这让我们着急不已。恰好有一辆路过的手扶拖拉机,经请求,我们得以搭上这顺路车。谁知拖拉机"咚咚咚"走了一程,也就十几里路,不走

了。我们只好下来，拖着疲惫不堪的脚步，又步行近二十里路回家。当时天气极热，我们又累又渴，到家时都快虚脱了。

记得那年是7月20日开考的。因为天热，考卷均被印成上下联贯的长条形，这样很好，可以避免被胳膊汗湿。自我感觉还是信心满满的，觉得考得还可以。一考完，我便奔回所里，重新开始劳动的日子。尽管自我感觉良好，但别人问起考得怎样时，我还是很低调，装模作样地称希望不大。老张便语重心长地劝我说：考大学也不那么容易，以后还是安安心心在这儿干活吧。

考后头一个月过得很轻松，没有一点儿心理负担。天天与大伙儿一起白天干地里的农活，夜晚轮班制作米粉，有时夜半饿了要吃夜宵时，便偷偷摸摸去农民老表的菜园子里偷窃人家的蔬菜。让我感到后怕的是，那时如果在地里踩着一条毒蛇，那不完蛋了？在乡村的草丛里，金环蛇、银环蛇、眼镜蛇是时常出没的。我有一次大白天在菜地锄草时就发现过一条银环蛇，吓得自己一蹿蹦得老远。

9月以后，我便心神不安了。我从报上看到江西的重点大学分数线初定在三百八十分，自己考分差了两分，只能期待一般大学了。可是先前报志愿时，由于父亲对我能否考上信心不足，便在"一般大学志愿"的填报时，愣主张把当地一所师专填成第一志愿！等看到自己的考分，知道即使不能上重点大学，那也应该上一般大学里较好的学校吧，可是如果最后按第一志愿将我录取到那所地方师专去了，倒霉不倒霉呵！

我哥哥比我早知道考分，并且也更早地接到录取通知书。父亲见状，直怪我笨，在家一再叹气，说："这个魔气，说不定考不上了。"魔气在当地方言中就是傻瓜的意思。他后悔当初还不如让我留城，叫我哥哥下乡，这样，我考上考不上也无所谓了。

等待命运判决的日子，真是一种煎熬。我平生第一次出现失眠。每天犹如热锅上的蚂蚁。那年的9月17日是中秋节，人家都回家团圆去了，我却独自留在农科所里没有回家，继续等待着那将要到来的不知是怎样结果的录取通知书。明月当空，周遭寂静，我无比落寞，无比孤独，仰看夜空,长叹人生一步走错,会带来多么糟糕的后果!

也许自我感觉等待的时间太漫长了吧,自己竟然渐渐有点儿麻木了,以致到9月23日那天,我们所里一位姓郭的女士从外面回来,告诉我说公社邮电所有我一封挂号信,我都不相信,认为她在逗我玩儿——即使她从来不怎么与我逗乐。后来另几位女士很认真地告诉我是真的,我才半信半疑地前往邮电所。

等我真的到了那儿,从邮电所带着惊喜表情的女营业员手中接过挂号信,第一眼看见信封右下角赫然印着"南京大学"字样,我的心几乎怦怦地要跳出来了。我本来根本没指望被重点大学录取,只是一直希望别让当地的师专把我录取了去。这可真是大喜过望啊!虽然打开信封,看到录取通知书上还写明是"考古专业",我脑子里一闪,依稀觉得这个专业是不是像地质队一样老得在山野里辛苦吧?但这个念头一闪就过去了,丝毫未影响我被重点大学录取所带来的激动。

那天,天空下着一点儿毛毛雨,我也不知自己是怎样忘情地跑回农科所的。后来据所里看见我跑回的人说,我是一手高高摇晃着信,一蹦一蹦地在田埂上跳着回来的,嘴里还哼着不知道叫什么名字的曲子。

我的命运,也就从那时那刻起彻底改变了。九月,曾蕴涵着我的忧虑,也带给了我最大的快乐。至今要问我此生中最快乐的时光是什么时候,我会说,就是收到录取通知书的那一刻。这一刻的来临,正是中国恢复高考的东风、开启改革开放序幕的甘露,给一个普通人所带来的人生重大改变。

我亲手撕毁了一件独一无二的文物

管永星

我是四十年前那个恢复高考的幸运儿之一。

四十年前的那个秋天,中国恢复高考。各个省的考试时间并不统一,江苏省的复考是12月的23日和24日。

高考停止了十年,宣布恢复高考,十年的毕业生一齐涌来,报名的人数实在是太多了,所以先组织了一次初考,及格的才有资格参加复考。

至今仍然记得,那是一个残阳如血的傍晚,我走在农村的一条田埂上,忽然路边的大喇叭里传来恢复高考的消息,我浑身的血液好像刹那间凝固了,起了一身的鸡皮疙瘩,像被施了定身法,两只脚忽然就定住了,再也迈不开步。放眼望去,每片落叶似乎都在起舞。

上小学前,有位邻居家的女性考上了大学,邻居们都去祝贺,还有人送了块非常漂亮的墨绿色的丝绒布。看我摸着那块丝绒布露出很羡慕的神态,带我去玩的祖父说,你将来也会像她一样考上好大学的,也有人送你比这更漂亮的丝绒布。

那块漂亮的绿色丝绒布,在我心中种下了上大学的美好的理想。

理想随着"文革"的到来粉碎了。爸爸被揪斗戴高帽子游街,在五七农场劳动改造。一年中只能回家几次拿取换洗衣服。我小学没毕业就下地干活挣工分。即使是所谓的"复课闹革命",取得了上初中的学籍,但仅仅是期中考试和期末考试去参加以保留学籍,平时都是以挣工分为主的。每天只能挣二点八个工分,十二岁那年挣了八百多工分,那以后每年都挣一千多工分。直到1971年父亲被解放了,就是说可以带着帽子回来工作,我很幸运的上了高中,才算正常上学了。高中毕业以后还是回家挣工分,以为就那样当一辈子农民。后来劳动表现不错,被贫下中农推荐成了一名民办中学教师。

决定参加高考后,我面临的第一个难题就是:我完全不知道复习什么,怎样复习?更没有时间复习。不知道复习什么,是完全没有高考的概念,不知道会考什么、怎样考。我们习惯的考试就是学工、学农、学军。其他的专业考试从来没听说过,更不知道怎样考。大中城市的人可能有他们的交流圈,大概还知道一个复习的范畴和边界吧,我们在最基层的农村,两眼一抹黑,脑中全空白。

就是饥不择食慌不择路的那种慌乱和迷茫。只要是书就多看一点,只要是知识就赶快记住,至今记得当年找出人民日报的社论,几乎每篇都搞出了大纲和中心思想,以为那些都会考到。还有什么二十四个节气应该播种什么,应该收获什么,等等,都被我们想当然的纳入了复习的范围。

没有时间复习更是一个大难题。我那时是高中的班主任,教语文。这个高中班有六十多个学生,我一个二十出头的高中毕业农村小姑娘,这份工作本身已经非常吃力。再加上执教的那个学校叫做戴帽子学校,就是从小学一年级一直到高中,教高中班的老师中有两个都在复习高考,如果都考走了,可能就没有更合适的高中教师,那个帽子就戴不了,校领导管辖范围就会变小了(事实证明我们当时的猜测是对的,这个高中班的老师包括我第一届高考考走两个,那个学校就再也办不成高中了,就变成了只有初中的学校了,不过这是后话)。为了这一点,我们学校的教导主任姓薛,是坚决反对我们高考的。为了不让我们参加高考,每天晚上都要搞政治学习和集体办公,九点半或者十点才肯散。我们是三个女教师住一间房,回宿舍后是不方便再看书复习的。

所以每天晚上集体学习或办公以后,就从学校奔赴回家。大概五公里到六公里的农村的漆黑的夜路,土路沟沟坎坎,两边芦苇深深,黑影幢幢。约一小时才能赶到家中,开始看书学习。到夜里两点半,最晚三点必须睡。到五点半起床再赶回学校，装作从未离开过学校的样子，去参加学校老师早晨的集体操。

其实我这样每天夜里的私奔，很快大家都知道，我们的校长姓王，跟那个薛主任大吵了一架，认为他不该阻挠我们参加高考。同宿舍的两位女教师更是一字不提我每天夜里不在房间过夜的事实。

诸多好心人的保护与帮助，保证了我每天夜里的私奔成功，保障了这一点点挤出来的复习时间。

高考前大概三到四天的样子吧，忽然有人言之凿凿地告诉我，今年高考考试成绩占一半，政治表现占一半，还是要看手上有没有老茧的，这说明了你的劳动表现如何。你得注意哦。

听了这个话，吓出一身冷汗！原来我的手上是有老茧的，干农活时，曾经稚嫩的双手血泡起了一个又一个，生老茧是家常便饭。可我已经当了四年半老师，老茧都退掉了。为此愁得不行，跟爸爸妈妈商量好久，终于想出了一个主意。

我到大队的供销小店里去买了两瓶白酒，每瓶一块八毛。然后我自己起草写了个证明，原话大意是：我队社员管永星劳动表现良好，手上老茧很多，因为劳动表现好，被贫下中农推荐去当民办中学老师已经四年多，手上老茧已退，特此证明。拎着这两瓶酒，带着这纸证明，傍晚时分我惶恐不安的进了生产队会计的家门，说明了来意，请他在我这个证明上盖上生产队的公章。生产队会计是个好人，知道我说的都是真的，写的也是真的。就给盖上了章，那两瓶酒推拉了半天，却不过我的一片真心，还是留下了。

于是我在参加复考时，口袋里是非常郑重小心的揣着这纸证明的，只等考试完看老茧的时候，就把证明掏出来。

四十年前的12月24号下午，最后一门考试结束了，走出考场，问监考老师，下面我们到哪儿去？老师很奇怪地看了我一眼，你还想考吗？没有考试了，你想去哪儿就去哪儿，回家吧。我不相信的问他，不是说要看手上的老茧吗？他说不要啊，傻丫头，谁告诉你要看老茧的，没这回事儿,回家吧,回家吧。确定了好几遍,真的不要看老茧,从口袋里掏出这张纸,撕成碎片,向天上撒去,那些碎片跳着无声的舞蹈,像雪花一样在我面前悠悠落下。

太高兴了,这次高考居然真的重视成绩,不用看手上的老茧!

1978年的2月18日,我收到了南京大学历史系的录取通知书。

在停止高考的十年间,靠推荐上大学,凭白卷,凭劳动表现,凭出身,凭关系……我们那个公社当时包括大专中专,每年能被推荐上大学的,也就是寥寥几个,再加十倍也轮不到我。

感恩恢复高考,感恩让我赶上了这个好时代。高考虽然至今诟病很多,但是我相信这仍然是相对来说最公平的竞争机制。

那一纸证明虽然已经撕碎,但是她始终留在我的心中。她证明了那个时代的荒唐,证明了我们那个群体当时心中的惶恐和无奈,无助和茫然,恐惧和挣扎。

至今依然记得当时撕碎那纸证明时的轻松和跳跃,放肆与欢笑。一边撕着,撒着,一边高声叫嚷:啊,不要看老茧了呀,不要看老茧了! 全然不顾周围好奇的目光。

是的,当时的表现应该有些疯。

那是这辈子做的最快乐的事情之一。

幼稚的我说不出来那个时代已经结束的高论,但是本能中何尝不是这么感觉的呢?

虽然时间愈久悔意愈浓——知道有文物这个概念之后,就开始后悔,那纸证明如果不撕掉该有多好!

如果保存到现在,该是一份多么独特的文物。

懵懵懂懂的高考经历

胡友祥

1974年,我高中毕业了,毕业就失业,究竟何去何从,心中没有任何着落,国家也没个说法。拖到1975年,企盼曙光来临,能赐给一个什么充满光明前途的政策吧,结果仍是痴心妄想,国家政策依然如故:知识青年到农村去,接受贫下中农的再教育!如果说,1960年代末不少城市青年是怀着一颗颗火热的心走向广阔天地的话,那么过了这么若干年之后,城市青年终于明白,广阔天地带给人的命运,却毫不广阔!我家七个兄妹,我排行最小,上面已有哥哥姐姐成为活生生的例证:他们下放农村多年,失去了成为城里人资格。没人能够帮帮他们,让他们脱离在农村年复一年的"修地球"命运。没想到,这样的命运,又轮到了我。我并不怕吃苦受累,但去到农村,未来的出路何在?怀着这样的茫然,我开始了苦不堪言的农村接受"再教育"的生活。这一干,便是漫漫的三年!

1977年九十月间,恢复高考的春雷震响,让我喜不自禁。我内心早已对前途绝望,对上大学想都不敢想,怎么会有这样好的机遇从天而降呢?哥哥当年想通过推荐上个中专,上蹿下跳,托这人找那人,到公社那一关就是通不过。他后来终于明白了,像我们这样的平头百姓家的孩子,虽然有大队的一再推荐,但自家没有后台,想靠推荐上个中专都成了泡影,更别说上大学了。哥哥明白了,我也就更明白了,因此,天天陪伴我的只有锄头、扁担,连钢笔都没有——平时也实在是用不上它。

可这时居然有参加高考的机会了,这不是天上掉馅饼吗?我知道,这是我唯一能抓的一根稻草,不容多想,必须奋力挤上那座"独木桥"。

于是,立即找借口,向生产队长请了假,回家复习。我是和一个中学好友一起复习的。这位同学来自苏州城,"文革"期间苏州流行一个口号:"我们也有两只手,不在城里吃闲饭。"搞了个让许多家庭下放苏北农村的运动,他们全家也就被赶出了苏州城,下放到了苏北。他们过来时,同学还在读初中,也不得不转学到我们中学,与我在同一个班。类似他这样的同学,我们班有男女七八个人。这位同学的成绩在这批同学中算好的,人也很好,他成为我的好朋友。到恢复高考时,我们两人便一起为高考这一目标而奋斗了,就在他家空空如也的四间草屋里复习起来。那时条件相当艰苦,他的父母及其他亲人已陆续返回苏州,身边没有长辈,我们只有靠自己做饭吃,连着青菜和水煮饭,吃了几天了,便无米下锅了,菜也没有了。好在还有同学惦记着我们,及时背了一个大的口袋,里面有米等等,还有一大块肉,那可真是雪中炭、及时雨,令我们感动。那时,我与同学天天晚上在一盏小油灯下苦读,四周很安静,附近有一个理发的老头,晚上偶尔会过来与我们吹吹牛。日子就这样过得飞快,转眼间就到了上考场的日子了。当时对于什么文科理科毫无概念,就那么稀里糊涂地报考了理工科。当时心里没有一点把握,完全带着一种碰运气的想法上考场。可能是考生太多吧,先要进行预考,就在我们读书的公社中学,考完后我感觉不太好,以为没戏了呢,竟然把书一扔,不看了!可命运偏偏眷顾我,预考通过的通知还是到来了,让我到县城去参加二考。这二考其实才是真正的全省统一考试。考得晕晕乎乎的,也不知究竟考得怎样,紧接着便接到了体检通知,然后还得以填报志愿。但是填什么大学,学什么专业,一窍不通,听说报纸上登了招考学校名单,但地处偏僻,又看不到这张报纸,也没有高人指导一下,现在还能回想起那乱哄哄的场面。还好在现场蛤巧碰到一个数学老师,她说江苏师范学好,我就写上了;这时边上有人说有个南京邮电学院,我就又把这个写上;第三个格子填哪个学校?我哪知道有什么学校啊,就留空了。记得表上最后有个是否服从分配还是服从调剂的选择,我依然是懵懵懂懂,鬼使神差地写了个"不服从"!这不糊涂蛋吗?你不就是为上学吗,只要有学就必上，怎么又不服从分配了呢？于此可见当时我之懵懂。

然后就是漫长的等待，天天盼望邮局有我的入学通知书。公社里参加体检、填写了报考志愿的许多考生，先后拿到了各式各样的入学通知书，最差的也拿到了师范学校（中专）的通知书，唯独我，"空空道人"，一无所获。与我一起复习的苏州同学接到了镇江农机学院的入学通知书，也就是现在的江苏科技大学。他其实填的志愿前两项与我差不多，就是不知从哪知道有个镇江农机学院，便比我多填写了这个学校，结果人家就成了。还有一个我下放的大队的考生，拿到的是我听也没听说过的武汉测绘学院。我奇怪他是如何填写了这个志愿的。这时候我才知道全国有那么多的大学可上，有那么多的选择呢。至于没有被录取，究竟是什么原因，真的是不知道的。但是那时大家都比较盲目，我志愿填江苏师范学院就肯定是个大错，据说那年相当多的人都报它，认为这个学校一般，容易考中，但却是大撞车。后来听说当时如果胆大一点，填南京大学，可能也会上的，据说南京大学七七级最后又扩招了一批，分数线已经相当低了。也有人对我说，"可能是有什么人写了个人民来信告了你一下，那肯定没有哪个学校要你了。"像我这等小萝卜头也会有人告么？反正是名落孙山了，这印象太深刻了。但也长了见识，知道什么是文科、理科和工科，也知道如何填高考志愿了。最重要的是知道了自己几斤几两，居然胆子也大起来，野心也有了。后来的一段时间，我其实心里期待的是，不要再来什么通知书，来了也真的没什么好学校的。我心里已经决定来年考文科，冲刺名牌大学了。如意算盘是我考文科主要是历史、地理两门功课好好准备；数学基本不要再学了，有时间做做练习题就行；语文、政治也经历过考试了，政治再加点功夫，语文大多数人在短时间都不会有太大的提高的。我于是就向母亲说出大话：今年没收到通知书可能是好事，我再考能上更好的大学。我母亲没有吱一声。她自己没上过一天学，但她相信她的孩子。这里还要说一个奇怪的事情，高考后，我那个苏州同学整天心神不安，听了别人的主意，找瞎子算命。瞎子说你家房子最近要拆一半，拆了你就远走高飞了。我们当时认为真是瞎说，他家房子是下放时,当地帮忙建起来的,他父母已经回苏州去了,没有要拆一半房子的任何理由。奇怪的是,没有几天,他家房子边上一个小水利项目要上马,需要开挖一条河,这样他家屋子要拆掉两间,正好是一半。没有多久,他的入学通知书也来了,真的是匪夷所思的事情。

没有多长时间,我的高考的"二次革命"就又开始了。这次复习还是闷头大干,方式方法还是两人组合,是与另一位中学同班同学一起复习。那也是一位关系特好的同学。我俩中学刚毕业时,还被当时的公社文化站长找去一起编了个故事,代表我们公社参加了全县的故事演讲会,反响还不错的。那可是我们第一次住县招待所,吃大鱼大肉,此后在外住的宾馆条件再好,也没有像那时那样给我留下这么深刻的印象。1977年,那位同班同学没有参加高考,重要的一个原因也是不摸底。他的弱点是数学不行,历史、地理相对好。1978年已经有高考的学习大纲了,我们就白天各自学习,每天相聚一次,相互提问,相互指教。效果也还是不错。

不知不觉,夏天到了,高考如期而至。我们的考场设在县二小的教室。当进学校大门时,碰到中学的政治老师,他劈头就问:"你们跑这儿来玩呀?"人家是来应考的,怎么被老师当作不务正业的游民了呢?原来我们没有参加过学校的辅导班,平常也没有到学校去,因而他想不到我们是来上考场"战斗"的。

这次高考的结果是我拿到了南京大学历史系的入学通知书,我的同学拿到了南京师范学院中文系的录取通知书。我的分数是三百九十五分。结果是理想的,而过程却仍不乏浑浑噩噩。回想起来,不应有的失误历历在目。在数学考卷上,有个对数的题目,难度不大,只要换一下底数即好做了,我当时也知道不难,但就是自以为数学水平基本过关了,平常习题做得少,以致在考场上遇到这道题时脑子却一下子"短路"了,做不下去,于是做了一半先扔下,想等最后再回过头来解决它,而到了后面,根本就没有时间再考虑它了。记得那道题可是十分以上啊。好在最后面有二十分的大题,倒是被我拿下了。再如历史考试,那是夏日的下午,考的过程中,天突然下起了暴雨。一时那个小学教室变得很暗,又没有灯光照明,看纸上文字不太清晰,加上我又懵懂依旧,最后的一个大题,题目是"鸦片战争前后的……"我只看到了"前"字,忽略了题目上的"后"字。这样答案就不完整,相当于只做了一半,失了大分。那道题本来真的是会做的呀!考完回去的路上,听众人一说,是鸦片战争前后,我才懊悔不迭,恨自己糊涂,我本来自信历史基本上是不失分的。这样一自责,问题又来了,晚上想来想去就是睡不着。到了深夜,我哥哥好心拿来了安眠药,当时因为有个政策,一家下放三个的,可以有一个招工名额,这个机会就给了我这个哥哥,我们高考期间就住在哥哥工厂的宿舍里。还以为吃了药能睡个好觉,可这药好像一点也不管用,翻来覆去的,一夜无眠。而不幸的是,第二天还要考语文啊,气人的是,等真进行考试了,这安眠药的药效却开始发挥作用了。我拿了考卷才写几行,晕乎乎地就想睡觉,头很重,脑子一点都不听使唤。最有意思的是那个作文,一篇文章缩写成八百字,写好了,横过来数,竖过来数,就是算不清到底写了多少字,本来自己数学还不差,此时却连这样的小学一二年级的数数水平都达不到。没办法,只好这么交卷了。还有,有个词语填空,应写"伫立"一词,我明明想起来了,最后却忘了写上去。后来想想真是很滑稽,这安眠药不能怪它不管用,只不过管用的时间太滞后了。不幸的是,这事还殃及池鱼,与我一起复习一起赶考的那位同学,本来不失眠,也一片好心地把安眠药当补脑丸一般,也让人家吃了一颗,同样中了招。后来这成了我们多年的笑谈。

  1978年江苏省是告知考生高考成绩后,才填报考志愿的。根据自己的成绩,我感到填南京大学比较稳妥,当时填了历史和经济两个系,只是把经济系填到了下面,这才把我分到了历史系。最初我并不清楚自己究竟是喜欢读历史还是喜欢读经济。入学后再上中国通史课,一点新鲜感都没有,觉得很乏味。那时高考复习时,读了一些历史方面的书,比如关于党史,读的是胡乔木的《中国共产党三十年》,已经学得够深入了。当时在学校还一度怪自己,志愿还是填得有毛病呀!

我从小上学之路就不平坦。由于哥哥姐姐从学校毕业后就下放到了农村,这让我产生了误解,以为上了学读了书的人就要下放农村。因而我小学毕业后,一度不去学校上学了,上学有什么用?上与不上都是一样嘛。尽管有高玉宝自学成才的榜样,但那个对我而言太遥远了,并且我也不知道这类榜样的故事。玩了将近一个学期,乏味了,又想上学了,这样,哥哥找到中学老师,老师跟校长一说,校长说让他来吧,就这样我又到中学念书了。在那个读书无用论盛行的年代,有人想上学,学校还是欢迎的。初中毕业时,一度又不想上高中了,下放的阴影太大了。后来还是硬着头皮,把高中念了下来。

当我拿到入学通知书时,最高兴的是我母亲。她到那时才说了一件事,说我上高中时,有个同事当众说,某人家孩子还上什么高中,当真的想上大学呀?当年我的那些初中同学毕业后,没继续念高中的,个个都进了工厂,我们一起念高中的一批同学最后结局都是下放农村。因而相比之下,似乎上高中反而是更不好的选择。好在世道变迁,我迎来了恢复高考,最后还真的考上了大学,母亲别提有多高兴了。我三岁时父亲就在贫困交加中病逝,一直守寡的母亲,用她的毅力,含辛茹苦地把七个未成年的孩子拉扯大。那时母亲整天为生计而劳累,她没有精力也没有能力规划子女的未来,但她付出了她的全部,她认定孩子上学总是好事,让所有子女都上了学。多么伟大的母亲呀!在那个生活极度贫困的年代,母亲所付出的一切,未经历的人是无法体会的。每当想起这些,我就想流泪,内心对母亲充满了无限的敬爱。

我基本上是在自然状态中成长起来的,不像如今的孩子们,时时刻刻都在父母包办一切的状态中成长。成长过程充满着茫然,以致参加高考仍是充满着茫然,懵懵懂懂。但毕竟是考上了,并且考上的还是著名的南京大学,现在想想,恍如做梦。

如今大学毕业也过去几十年了,回想参加高考的经历,真是有趣:1977年参加体检了,填报志愿了,看似应当被录取,却又名落孙山了。而塞翁失马,焉知非福。1977年即使考上,也必定是个一般的大学。未考上，却增添了我的信心，也让我了解了有关高考应注意的事项。此后尽管仍有糊涂之处，1978年，终挡不住我迈入南京大学的步伐。因此，可以说，我从七七级下落（或叫上升）到了七八级，从考理科转向考文科，这个折腾，这个变化，实际上是我人生的一次大转折。它很值得我回味，也是值得我珍惜的经历。

准考证中的难忘岁月

李友仁

1977年恢复高考后,包括作者在内的一大批知识青年改变了自己的命运——从1978年至2014年的这三十六年间,我不知处理了家中的多少物品,然而一张1978年我参加高考的准考证却被我珍藏至今。因为从大处说它见证了共和国那段独特的历史,从小处说它彻底改变了我的命运。而日前正在播出的电视剧《历史转折中的邓小平》则艺术地再现了当年邓小平高瞻远瞩力主恢复高考制度的决策过程,让我看了触景生情,不由自主地想起了自己当年参加高考时的情景。

我的这张准考证正面有"高等学校统一招生准考证"字样,注明考生姓名、文科类别、准考证编号、考试地点、考场编号;贴有照片,未打钢印,盖有"江苏省新沂县大专院校招生委员会"的红印章;最下方注明"此证代报名费伍角收据"。准考证背面上方有《考生须知》,共六条,下方为日程安排:7月20日,上午政治,下午理科物理、文科历史;21日,上午数学,下午理科化学、文科地理;22日,上午语文,下午外语。除语文科目两个半小时外,其余科目均为两小时。

记得在1968年,我于扬州中学高中毕业后与李昌集、祝寿培等同学组成一组,到兴化林潭公社北刘大队插队。九年间,一直在农村生活,什么苦活、累活都干过。然而,表现再好亦无用,仍然是招工无路、上学无门、上调无望。无奈之下,1977年,在徐州新沂县工作的父母想方设法把我迁到了新沂的一个知青农场插场,这样满一年后我即可招工进城。就在此时,我听到了恢复高考的消息。大喜之下的我立即报了名(遗憾的是这张1977年的准考证未保留)。

1977年的江苏省高考,分为初考与统考,由省里统一命题。初考在11月27日进行,仅考政文、数学,按录取比例及初考成绩(分数不公布)确定参加统考人员名单。我参加了初考,自认为考得很好,但是未能参加统考。我后来才得知,当年的文件规定,招生对象为"工人、农民、上山下乡和回乡知识青年、复员军人、干部和应届高中毕业生,年龄二十岁左右,不超过二十五周岁,未婚。对实践经验比较丰富并钻研有成绩或确有专长的,年龄可放宽到三十岁,婚否不限(要注意招收一九六六届、一九六七届两届高中毕业生)"。而我是一九六八届高中毕业生,因此受到了限制。

有了1977年高考的经历,所以我对1978年的高考未加留意,以为还会受到限制。幸好李昌集来信告诉我,这一次,"老三届"(六六届、六七届、六八届这三届初高中毕业生)都可以报名,他在扬州、祝寿培在兴化都已报名,他还寄来了考试大纲和复习资料。于是我再次报了名,领到了这张被我保存至今的准考证。

1978年,我虚岁已三十岁,在农场是绝无仅有的,因此农场对我特别照顾,可以半天劳动,半天复习。李昌集寄来的材料派上了大用场。按照大纲,我看语文,做数学,背历史、背地理。因为外语不计入总分,仅作参考,因此放弃。一个月后,我如期在新沂中学第九考场参加了高考。印象最深的是,正值7月下旬,天气十分炎热,考场内前后均有脸盆架、脸盆和毛巾,好让考生擦擦汗、洗洗脸。考试结束后,继续回农场劳动。不久,成绩公布,我以全县文理科第一、总分四百二十九分的成绩被南京大学录取。

1978年10月初,我终于跨进了梦寐以求的大学校门。当时我们班有五十九位同学(后来增至六十四人),来自全国各地,以江苏的最多。大部分为男生,女生仅五人。年龄大的已结婚生子,小的刚跨出中学校门。

1982年大学毕业后,我回到了阔别十四年的家乡扬州,与李昌集、祝寿培相聚。

　　而今,凝望着这张1978年的高考准考证,由衷地觉得电视剧《历史转折中的邓小平》的剧中人说出了包括我在内的一大批知识青年的心里话:如果不是小平同志出来,猛抓教育,我们就不会成为大学生。我们的机会确实难得,邓大人确实伟大!

抓住命运的一线曙光

陆 华

我的中小学读书经历有点奇特。从上小学到高中毕业都没离开过我们村（那时叫大队），小学到初中是"戴帽子"的一至七年级，而高中则是公社中学在我们村设的一个高中点，周围五六个村的高中生都齐集这里。高中的两排教室居然是我们同学自己挑泥担土夯实土墙搭建起来的。那时我真是个乡下人啊，活动范围基本上局限于本村，因而有机会看到公社中学特别是县里中学校园的时候，我心里那个羡慕啊，感觉那就是高不可攀的神圣"上等"学校。

我于1975年夏季高中毕业。别以为当年在农村就一定风行"读书无用论"。那时，我们村年轻人不问大小，高中毕业生可以按大劳力计，拿大人的工分；初中和小学毕业生则只能视作半劳力，或视同妇女，干的农活计的工分要少一些。这显出了不同文化档次的不同待遇。当时我很自豪，因为我能算壮劳力，干挑粪、挖塬、挑渣、挑秧等重体力农活，与农村大汉无别，从事高强度劳动。这不是傻小子吗？只为了多赚点工分，就愣把自己单薄的身子当作壮劳力去使了。真不知为什么高中毕业就是壮劳力，初中或小学毕业就是半劳力？事实上我有两个小伙伴，岁数与我相当，一个初中毕业，一个小学毕业，他们就没有被当作大人对待，而我却成了"大人"。

当时我正是长身体的时候，这样长期超负荷劳动，压制了我的身体发育，我的个头后来也就停止在一米六几了。这到底是怨国家呢，还是怪自己呢？而且还充满着危险。记得有一次天下大雨，我们挑粪上船往田里送，粪要从岸上挑到船上，再由船运到田头，再挑到田里沤庄稼。这不仅是重体力活，而且还有很高的危险系数。我穿着草鞋，挑着两大桶粪，踩着摇摇晃晃的跳板上船去。跳板长约五六米，很窄，上面钉几排楞子，从河岸搭到船上，坡度极陡，踏上去很危险。当我小心翼翼挑担走到了船头，眼看将粪倒进船舱，这一担就算大功告成，不曾想脚下一滑，"哗——"连人带桶掉进了粪舱，整个人成了臭烘烘的"粪人"。又脏又臭是不是？庆幸吧，粪池保证了你不至于折腿扭腰！只是那个臭气熏天，那个恶心得要作呕，实在令人难受。父亲为此黯然神伤，曾悄悄落泪。此后，他使尽浑身解数想帮我改变命运，找点别的活去干干。而当时所谓改变命运，不过是到铁匠铺当学徒，或到食品站当杀猪屠夫的助手等，这可都是被乡人看成是很体面的活了。

上大学？做你的黄粱美梦去吧！当时工农兵上大学，仅有的若干招生名额，从来都是公社和大队的"干部子弟"的特权，并且按地位等级排队排到五年以后了。谁说那个时代没有腐败？这个算不算呢？那时批判"资产阶级法权思想"，但法权好像压根就没被批倒过。因此，我是从来不曾憧憬过上大学的美丽愿景的，倒是对于参军，还有几分想入非非。但当兵也是要走后门的，还轮得上"纯贫下中农"中的我？那么，还有什么出路呢？真是在一个没有希望的黑夜里，我依然用黑色的眼睛寻找着一切可能的希望。

后来，大队成立了"农科队"，从各生产队抽人组成，我以高中毕业的优势，得以侥幸挤入。由此再次证明那个时代的"读书无用论"之谬，即使高中毕业的我未必真学到了多少高中的知识，但名义上还是高中毕业嘛。何况，所谓农科队，根本没有科技含量，整天干些平田整地的勾当，有没有中学知识倒也无所谓的。然而，我不是一个壮实的好劳力，文化底子也薄得很，但我还真是一个科技工作的好苗子。如果国家把我从小好好培养，屠呦呦式的诺奖后来万一砸在了我的头上，也未可知啊！当年，我和一个"文革"前的老高中生一起搞了个小型农化厂，居然在那么简陋的条件下，在农用微生物方面竟然有所建树，如培植出了红花草根瘤菌、蘑菇菌之类。那时每过几天,我都要挑着担子走十多里土路,将菌种送到公社农科站,再由农科站分发到各个大队去种植。但我这人怎么就这样倒霉。挑粪吧掉进粪舱,到了干别的活吧,又掉入了另一个险境。记得那是唐山大地震后,我们这一带的防震级别奇高,家家都搭建防震棚,公社分片成立了防震指挥部,我被临时抽调到"防指",协助指挥指挥什么的。有一天夜里,我奉命去公社领取电池和马灯(桅灯),回来的路上,伸手不见五指,在灌溉大渠上,我连人带车栽进了渠里,未指挥好他人,倒把自己指挥进了大渠。所幸天不亡我也,我命大,居然脱险。

多舛的经历,促使我琢磨个人的前途和命运。尽管那个时代个人是很难把握自己的命运的,而我却琢磨出种种"改变命运的办法",比如说当兵,比如说贩卖东西,甚至还琢磨出这么个"英明"设想:找一个有背景的对象,然后借助老丈人之力把我介绍进一个国营或集体企业当工人。我个头虽然矮点,但模样还是不算难看的吧。诸般幻想,最终居然有一条差点成真:参加当兵体检,身体合格,带兵的连长挺喜欢我的,一下让我有了当兵的希望。但我被要好的同学劝阻,那时开始恢复高考了,他们认为我比他们更有希望考上大学,最好把当兵的名额让给他们。于是我听了他们的意见,没去当兵,结果后来真成了个大学生。而当年我的所有改变命运的预想中,其实根本没有上大学这一项。不能说我短视,也不能说我燕雀安知鸿鹄之志,得怪"文革"叫社会底层的人,压根儿不敢有那想法。而未曾践行一下找个有背景的女人、做个乘龙快婿的设计,不知这算不算今生的一大缺憾呢?

也不能说没有一点儿改变命运的机会。1976年,毛主席去世后的那个冬天特别寒冷,大雪封门的天数在我一生的记忆中是最多。我有机会跟随家乡的一位老师到县城东台镇红旗小学(东师附小)当代课教师,巧合的是,十三岁获得江苏省数学竞赛第一名周曙东就是这个学校的(后来被中国科学技术大学少年班录取,据说成绩远超当时名满天下的宁铂),而我算是他的间接老师,于是窃以为他后来能高中中国科学技术大学,也有我一份功劳在里面似的——不许说我占天功为己有,人家难得有机会找出一点自己年轻时候的丰硕功绩晒一晒。他的母亲李承国老师正好与我同教三年级的一个班,她教语文,我教算术。当时的公办代课教师还是很令人羡慕的,每个月有二十多块钱的工资,这是我有生以来第一回能赚得的"巨款"啊!可惜我只有资格动用其中六块钱,其余的全被我那位老乡"代为保管"了。因此,那一段有钱的日子,我的生活却过得异常清苦。我非常渴望能将这个代课教师当下去,可是我那位老乡(时任校革会主任),也许因为靠山动荡,也许因为城里人排挤,或许也有自身的不检点(喜欢赌钱),总之很快被调离了,于是我指望着多沾点光的贵人,我这小人物难得拥有的"靠山",一下让我的梦成了百千碎块。

我得知恢复高考的信息是在公社食品站正挥舞锄头、担起簸箕挖石灰塘的时候。我能到公社食品站干活,是因为食品站在我们生产队征地建一个收购点,有两个征地合同工的名额。我的无权无势的父亲,不知经过了怎样的千辛万苦,百般周旋,拜遍各路"菩萨",得以让我进站里生猪收购点。这至少比一直在村里挖地挑粪强啊!然而有一天突然从高音喇叭里听到这么一个喜讯:"群众推荐、领导批准,文化考查、择优录取。"说的是恢复高考招生的十六字条件。天哪天哪,一个社会底层的人改变命运,竟然还会有这条道么?实在是大大超出我能达到的想象空间。这是命运向我展露的一线曙光,我本能地想要抓住它。我立即找到食品站站长,说也想去试试参加一下高考。站长人不坏,但对我这个"过高的、不切实际的"想法颇不以为然,认为我不可能考上,何必凑那热闹,于是不给予我任何一点方便。站里出纳小病大养,他奈何不得,对我却颐指气使。他让我临时代理出纳。我作为合同工,受了委屈,也只能忍气吞声,哪敢挺胸抗争啊?这个工作来之不易,丝毫不敢不听领导的话。食品站每天收购生猪上百头,进出金额一万多元。当时的一万元,绝对是巨款啊,且由一张张一元、二元、五元、十元的票子组成,数量之多、分量之重,简直如同现在的一百万!因此我每天上班都小心翼翼、战战兢兢。哪有机会复习什么数理化啊!但我还是决心一搏,白天不行,晚上回家复习!我必须试一下考试的运气。这可是完全靠自己能力而非后门的机会啊,对于寒门子弟来说,在当时就是最大的公平和正义。在我印象中,除了高考那几天外,我几乎没有请过一天假。真正复习时,问题就来了,语文还有点底子(初中考高中时,我曾获得全公社语文作文第一名),而数理化几乎一窍不通,在高中学的是"三机一泵",与高考全无关联;我到公社中学一位熟悉的老师那里试图寻得一点帮助,只见他宿舍里围了一群想参加高考的学生。作为老师,他从来没有这样被重视过,因而也非常尽心尽力。他出一道四则混合运算题给我做,我做不出来,令他大失所望,对我也就不再过问。而且,那时根本没有学习资料,真不知复习要从何处入手,完全就是懵懵懂懂。对我来说,这根本不是复习,而是一次真正意义上的学习。幸好食品站有一职工的儿子是梁垛中学的应届毕业生,还是学习尖子,他常常把学习资料借给我看,对我帮助最大的是一本许莼舫的《代数与初等函数学习指导》。开始是他教我,后来我们一起相互探讨,再后来他居然跟不上我的思路了,我反过来教他。我突然发现自己原来还是"很聪明"的啊!自信心油然而生,虽属下里巴人,但开始敢大胆地妄想:只要苍天给我一根杠杆,我就可以撬动地球!后来在梁垛中学举行的一次模拟考试中,我的成绩拔萃,遂被大家公认为可以考上大学。现在的学生高考前也很辛苦,但与我那时的辛苦相比是不一样的。我白天要上班收发款,晚上才有时间学习。当时物资匮乏,煤油灯的煤油定量供应,站里发的一点煤油根本无法支撑我学习的照明,每天要把灯罩擦得锃亮,将灯芯拧得小得不能再小,只为节省每一滴煤油,延长照明时间。睡眠也被压缩得短而又短。由于复习时间有限,我把主要精力放在数学上,而文科复习大撒把,放得有点过了,这导致高考时数学考了九十九分的高分,这在当年文科考生的数学成绩中可谓鹤立鸡群。而我的文科分数却乏善可陈。一个拿到如此高数学分数的人,却跑到文科专业去了,这怎么看也像是中国数学领域的重大损失,许多同学至今还这样拿我找乐。

我们的高考,称"千军万马过独木桥"毫不为过,十几届的中学毕业生一起挤进同一考场,录取率之低可想而知。而录取与否,仿佛天堂地狱之别,考上的就成了天之骄子。我之所以说恢复高考只是命运中的一线曙光,是因为你能否抓住这曙光中的一线生机,就完全靠个人的努力和运气了。在我们那个高中点的历届毕业生中,我是唯一一个考上本科并且是进重点大学的学生。一纸录取通知书,彻底改变了我的命运。当年想都不敢想的"城市户口""国家干部",曾交织着无限景仰与极度自卑的身份地位,在一刹那间被跨越了,人生能有如此大的起伏,这也算是我此生最大的感慨之一了。

从上学到今天,经历过几多风雨,遗忘了许多人和事,但始终清晰印在脑海里的是:母亲包好粽子送我上考场的情景;还有考上之后,父亲骑着单车驮着行李被褥,顶风冒雨送我到公社车站,眼看着我乘车前往大学的情景。每每想到这,我就不禁心头一酸,眼里噙满了泪水。这,就是永恒的爱!1978年,我永远怀念!

花甲之年忆高考

孙 鸿

2015年10月大学同学聚会扬州后,班里有好事者建议各位同学写写各自的高考经历,一时应者如潮,都以为我们这代人见证了中国从封闭困顿走向改革开放的历史,应当留下一点历史印痕。班中翘楚益民同学在新浪设有博客"南大过客",陆续发布同学回忆,并在微信群转发。同学一场,我也凑一篇,追本溯源,以作滥竽之数。

我家住北京西城区厂桥,胡同西边的马路叫西什库,从西边称那胡同为永祥里;东边马路叫爱民街,从东边叫那胡同为爱民一巷。如今物是人非,胡同消失了,抬眼看到的是宽阔的平安大街,留在我心头的则是空荡荡的怅惘。

1968年,我从厂桥小学毕业,就近入学,进入北京四中。此时已男女合校,四中已不再是原先的男四了,想想居然还曾有男女分开上学,禁不住要莞尔一笑。

我父母都是知识分子。1970年,我随父母迁到邯郸,个中原委不堪回首,无非也是知识分子臭老九,必须到基层去接受改造的意思。北京的初中需三年毕业,那时我正上初二,而邯郸初中两年毕业,我一转学到邯郸就面临毕业了。虽然不能说邯郸人对北京的教学质量存有偏见,但那儿的学校坚定地让我重读初一却是确实的,这样我莫名其妙蹲了一班,至1971年才在邯郸四中初中毕业。此时十六岁了,算是成人了吧,于是可以进入工厂光荣地成为工人阶级(或者叫无产阶级)的一份子了。四中归机械局工宣队管,我被分到了机械局下属的工厂。由于我的乒乓球水平不错,1970年、1971年我先后获得邯郸市中学生乒乓球单打冠军,邯郸地区中学生单打第三名,因此,我理所当然的也成为机械局乒乓球队的队员了。

那时只要能不上山下乡,能进工厂当工人,那就是最叫人兴奋的事情了——尽管主流媒体一直宣传知识青年在广阔天地大有作为,但进入1970年代以后,谁都明白了去那"广阔天地"就是叫人失去城市户口,失去吃"商品粮"待遇,因而不再有多少积极主动要求上山下乡的城市青年了。不过说来奇怪,我能够在邯郸城里待着,能够当上一名工人,却从没有那种兴高采烈的心情。其缘由,一是文化人的家庭,多少有些对文化的向往,而工厂毕竟缺少一些文化。那时虽然能读到的书籍极少,但好在还有某些红色作品尚不错,我就总记得高尔基自传体小说中的一句话:这个地方不是你待的,你应该去上学!初中毕业,应该继续学习的东西太多了,而我就此止步了吗?我一直心有不甘。二是我家从北京迁到邯郸,从伟大的首都迁到一个下面的地级市,心里总有一种落差,每当听见广播里播放李双江唱的《北京颂歌》,"灿烂的朝霞,升起在金色的北京……北京啊北京。"那高亢的咏叹调子,总在有意无意地提醒我,我是北京人,不是邯郸人!我不断地问自己,难道我就这样在邯郸当一辈子工人了?

而现实就硬生生地摆在那儿,你不在邯郸做工人,还想怎么着?到1978年,我已经当了七年工人。二级工,邯郸制氧机厂金一车间钳工组组长,也不能说不是一个好工人吧。

1977年,得知高考的消息后,心情怎么形容呢,岑参《白雪歌送武判官归京》虽然描写的是北方雪景,我却用来描写我的心情:"忽如一夜春风来,千树万树梨花开。"我流下了眼泪,多年压在心底的愿望,面临着得到实现的可能,心里怎能不激动!不过,转念一想,1971年初中毕业,在学校原本就没学到多少东西,参加高考,有希望吗?事实也正是如此,1977年冬第一次仓促上阵,名落孙山。当然那年全国五百多万考生,只招收二十七万,竞争也确实激烈。

头一次不行,次年再来。记住一句话,机会只眷顾有准备的人。好在我初中毕业后看书不少,俄国文学、法国文学代表作看得最多,德国、美国文学看的也不少。名人回忆录、史学著作、哲学著作也多有涉猎。总之,能找到的书都看。自忖文科问题不大,物理化学没学过,考理科就别想了,为了增加考上的机会,决定考文科。而文科要求考数学,数学我是完全不行,于是别的几科大撒把,先把数学搞上去,照今天的话说,就是恶补数学。怎么补?连书都没有,找中学同学,看有没有中学课本,后来找了几本数学书,主要是习题集,会做题能得分就行。邯钢附中有补习班,我主要听数学课,成绩进展神速,我这才发现,只要刻苦,哪怕是短期突击,也能把那个时候的初中三年高中二年的课业拿下来!当时真是不浪费点滴时间,补习班里有人总结说,主要精力攻数学,厕所蹲坑时看政治。别忘了,还上着班呢,工厂经常加班,也就是一干十二个小时,早七点到晚七点。什么苦都不在话下,只要心中有目标,满怀着希望,苦中仍带着乐趣。

三十多年过去了,高考情景仍历历在目。我在邯郸二中考场参加考试。当时二中校外自行车里三层外三层,场面宏大。"文革"时老三届六个年级,最大的1947年生;我"文革"时上小学;还有比我小五六岁的。十几届考生都集中在这一时刻拼搏。从全国来说,那样规模的壮观考试场面,必将是前无古人,后无来者了。1970年代末,邓小平改革,深得人心。高考改革,改变了多少人的命运。

考前恶补数学,终起了作用,前面小题一分没丢,三角函数题也做出来了,考完,文科考生都哭丧着脸,我脖子一挺,宣称成绩一定七十分以上,令大家张嘴结舌,以为我吹牛。而我满脸梨花开。我的高考得分:历史九十二分、政治八十一分、地理七十七分、语文七十四分、数学七十分,共三百九十四分。就我所知,我周围的人没这么高的分数。分数公布后,我带徒弟兰晓勇(当年考了二百八十多分,上邯郸师范学院)到锻工车间,忽然受到掌声欢迎,那个心里美啊,一种被人由衷地赞许和钦佩的感觉,在后来的人生中就很难再体会到了。其中有一位锻工考生率先鼓

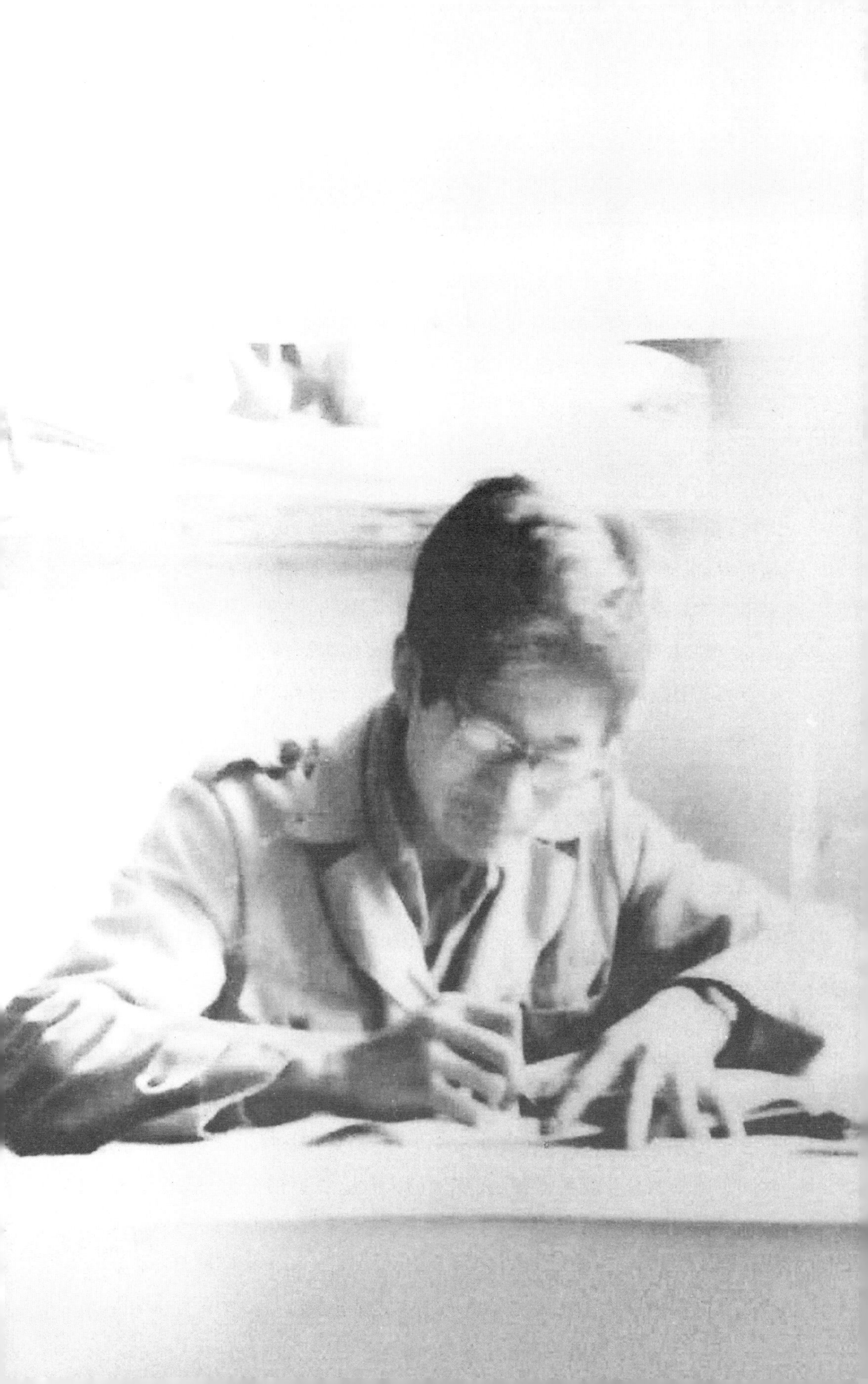

的掌,他不知道我怎么考的,不明白为什么他总成绩比我少了三百分!由此也可见那时虽然千军万马争过独木桥,但其中大量的人不过是陪考的,水平太差。十年"文革"浩劫,大家都未曾好好读书,恢复高考时最终就看谁平时文化积累多,或者谁脑子聪明,能在短时间内迅速提升水平。

到了南京大学我才知道,与同班同学相比,我的总成绩并不超群,不过,数学考分还是不低的,比如衣志强同学说,他那年的数学考分很可怜,只是比后来成为著名历史学者的高华强一点,高华当年甚至没进数学考场!忘了衣志强说的原因,高华是成绩太差没去考还是别的原因没考呢?(高华数学没有成绩,而其他几科加起来,仍达到三百五十分以上)。也有例外,我的同学陆华数学考了九十九分,真令人瞠目。再说说英语考试。那年英语只作参考成绩,不计入总分。我当年在初中上英语课,老师只教"Long live Chairman Mao."之类简单口号,所学英语水平可见一斑,但为了能给成绩增加一点筹码,我还是毅然决然地、英勇地参加了考试,并取得了二十六分的"不俗"成绩。我的邻居、曾在同一个补习班的王明泰高考成绩不错,与我一起上了南京大学,他上的是地质系,邯郸那年考上南京大学的只有我们两人。他说,这次谁英语交白卷谁才是笨蛋呢。只要所有的选择题都打钩,便瞎猫碰死耗子也可以白捡不少分数。他就是这么做的,并且还在考卷边上画蛇添足地写了一行歪字:"I study English."以示他一向认真学习英语。他是个上了高中的人,英语水平肯定比我强,我已经忘了他的英语得分,有一点我可以肯定,得分比我低。我除了没写 I study English 外,卷面干净,一字未写!唯独选择题全钩选了。选择题共四十分,四选一,得分概率百分之二十五,随机平均分应该是十分,我的最终得分是二十六分,得分率达百分之六十五,我到现在也没明白,怎么分数那么高。是因为太想上学了,上天眷顾吗?得知分数后我一时颇为洋洋自得。我的英语成绩也不白给,上南京大学后,我被安排在英语快班,与那些从二十六个字母学起的慢班同学拉开了档次。这是后话。

当时,文科专业选择有限,当年南京大学只有中文、历史和哲学等专业,还有经济专业。我比较喜欢经济专业,认为可以学以致用,不尚空谈。但为了上学,我首先选了服从分配;我的历史成绩超过九十分,心想,报历史专业把握大,所以报了历史专业。填报学校,没敢报北京大学,第一志愿报了南开大学,最末的志愿是邯郸师范专科学校。那时真是盼望着上学,只要有学校要我,我就走。因为太着急了,还到邯郸师范专科学校找人问录取情况,人家说,你这分数太高了,到不了我们学校。这让我心里安稳了许多。那就安心等待吧,突然有一天,录取通知书到了,一看,是南京大学!我看了又看,一脸疑惑。我报的是南开大学呀,怎么给弄到南京去了呢?有人笑我不懂行,说南京大学更好啊,那是过去的中央大学。过去的中央大学,可以与北京大学一比的。这下我顿时心花怒放,感觉自己简直就是一步登天了,不但上了大学,而且上了前中央大学。记得《儒林外史》里面的范进中举后高兴得掉进了水沟里,我虽然不像他那么迂腐,但那种从里到外的高兴劲儿,却是相同的。人生能经历渴求、努力,最后到达成功,那也算是一段最值得回味和珍惜的体验了。

顺便说一句,我因为上学前工作了七年,可以带工资上学,而我那些从农村考来的同学们就没有这待遇,因此,前面所说进工厂当工人一节,此处又体现了一下它的优势。

考上大学的那年,我二十三岁。

首次来到南京大学的那年,我心中的梨花开得好灿烂。

五兄弟见证高等教育史

王虎华

1982年7月的一天,我毕业离校。离开生活了四年的大学,离开南京城,真是百感交集。

陈红民和何平送我到车站,火车开动了,我一个人默默地流下眼泪。后来我将当时的心情写信告诉红民,他很感意外。我想,他一定因为生在南京,长在南京,读书在南京,二十多年从来没有离开过南京,当然不能理解我作为一个漂泊游子的心情。又过去二十年后,红民终于在五十岁的年纪,义无反顾而令很多人不可思议地离开南京大学去了浙江大学,大约可以算作我当时流泪的另一个注脚吧。

早在毕业时的四年前,1978年10月下旬的一个清晨,父亲用扁担挑着我和四哥的行李,跨出了家门。我回望一眼生活了二十年的家,年已花甲的母亲站在门口目送着我们,我的眼泪夺眶而出。

我正告别父母,告别老家,告别土地,告别农民身份,告别贫穷与饥饿,告别二十年的酸甜苦辣……这是一次历史性的告别,我心中难免翻江倒海。

我常常开玩笑说,我们兄弟五个上大学的历史,就是活生生一部新中国高等教育史。有一句流行的话,叫作"知识改变命运",其实未必。因为这句话只有在国泰民安的背景下才能实现,若是在"文革"那样的大劫难中,情形就会相反,当时的流行语是"知识越多越反动"。

大哥比我大十八岁,初中毕业后就去无锡谋生了。先是跟堂叔学皮匠,后来进了无锡柴油机厂,从工人进步为一个副科长。1964年初夏的一天，大哥回到老家，对父亲说，我马上要去北京上大学了。在父亲听来，大哥真像在说着梦话，但事实上却是真的。原来，毛泽东主席提出要从工人中选拔大学生，他复习报考，居然考取了北京政法学院，成为王家历史上的第一个大学生。

二哥是兄弟五个中最聪慧的，从靖江县中学考入江苏省泰州中学读高中。用家乡话说，他上名牌大学是"系在老杨树上的牛"，跑不掉的。可是，他就要毕业的1966年初夏，"史无前例"的"文化大革命"爆发了，大学居然成为二哥一辈子也不能再圆的梦。厉害的终究厉害，他在当了军官以后，参加自学考试，竟然获得江苏省党政干部专修科总分第一名，几张答卷完整地刊登在《江苏自学考试报》上。尽管他一直讽刺我们，那么容易的数学题都不会做还上名牌大学，但我们还是奚落他终归是一个"野路子"大学生。

三哥先是当兵，复员后种田，恰遇推荐工农兵学员，初中毕业的他竟然做梦一般地走进了上海外国语学院。三哥是一个老实人不吃亏的典型，因为我父亲只是一个生产队长，根本没有权势资源。三哥以埋头苦干远近闻名，在干部社员中有很好的口碑，但当初谁也没有想到这样的品质与上大学有什么关联。

我和四哥分别于1973年、1974年高中毕业，好了，这下死心了，推荐的事八辈子也轮不上我们了。然而，又仿佛做梦，高考制度恢复了。当时不乏冷嘲热讽，认为我们弟兄俩一起复习是癞蛤蟆想吃天鹅肉。在酷热的夜晚，我们躲在厚厚的夏布蚊帐里苦读，叮嘱父母亲不要让别人知道，免得被笑话，没想到还是走漏了风声。后来四哥被华东化工学院录取，我进了南京大学，确实惊动了乡里，蚊帐里的大汗如雨倒成了"头悬梁"一类的美谈。当时大家的底子都太薄了，我所在的文科考场，共有九十个考生，最后就取了我一个。其实我们复习时有好多题目不会做，都是二哥认为是很简单的，当时的教育质量与濒临崩溃的国民经济堪称同步。

在祖辈受穷的乡亲们眼中，上大学和进工厂的意义是一样的，那就是变成了吃皇粮的"国家户口"。当时,一些女知青用身体换到返城指标的事时有所闻,说来说去还是为了一个"国家户口"。曾几何时,户口没什么用了,政府却用它作为诱饵,赚农民的血汗钱,真是不该。我几个外甥买了城市户口,不但花了钱,照样失业,还把原来赖以生存的责任田给"买"没了,真是人财两空。这时候他们才明白,上大学不只是"国家户口"事。当然,现在又不同了,毕业等于失业的人越来越多了,我们的儿女们又会总结出什么新的体会来呢?2007年,扬州的高考录取率达到百分之八十五,全市只有四千三百三十五名考生落榜,报纸上有《今年我市24207名考生金榜题名》的大号标题。如此大的金榜,恐要价值连城吧,近来黄金市场大涨,不知是否与高考金榜面积猛增有关。

多年来,我的太太一再说,你们应该感谢邓小平,是他恢复高考改变了你们的命运。我说,是的。不过,要是毛泽东不搞"文革"呢?我想,即使是邓小平本人,也宁可不要这样的感谢,因为它的代价未免太大,那是一个国家长达十年的动荡与衰败、几代人受尽饥饿与折磨的代价啊!

我离开了那段不堪回首的国殇,离开了曾让我饱受饥饿与折磨的故乡,就要开始我全新的生活,怎能不泪下潸然。

二十多年来,南京大学的课堂与校园无数次在我睡梦中出现,我在梦里常常与同学和老师相会,足见大学生活的来之不易与终生不忘。梦醒来,难免一腔惆怅。

或许,高考的命运就是国家的命运,大学生的命运就是民族的命运吧。至少,在我,在我们弟兄,感觉是如此实在和真切。

蜜月里新娘送我上大学

徐瑞清

1978年的春天来得特别早,注定让我终生难忘。都说人生四大喜事:久旱逢甘霖,他乡遇故知,洞房花烛夜,金榜题名时。再过一个月将满二十八岁的我,起码是双喜临门——洞房花烛与金榜题名。

我时任常州市城建局政工组副组长(分管宣传工作),对象在常州钢铁厂团委,我俩都是老三届,尽管我和她五年前就认识了,但作为女友却是二嫂陈玉芳牵的线。当我决定参加高考时,和她交往还不到半年,见面次数并不多,但双方都感觉比较有眼缘。为防夜长梦多,我们加快节奏明确关系,并且商定提前结婚;在南京大学任教的姐姐徐桂玉得知后专门来信祝贺并告诫,既然决定了,考上大学后对婚姻不得反悔。

受制于当时的社会环境,我们的恋爱没有轰轰烈烈、花前月下,只有低调含蓄、陋室约会,连公园、电影院都未涉足过一次。晚婚是必须的,领证要组织审批,婚礼要遵守规矩,移风易俗,不大操大办。那年2月2日上午,局政工组副组长(分管组织工作)的李招莲通知我:"经过组织政审,准予结婚。"当天下午,我请局老文书张福根开具介绍信,双双去东风区(今天宁区)民政局领证。当时的结婚证在今天看来,简直有些不可思议:没有二人的结婚照片,盖着红彤彤的"东风区革命委员会"公章,有东风,有革命,政治色彩够浓吧?还有"计划生育,勤俭持家"八个大字作映衬,既是政策教育,也是人生引导,倒也可以理解。然而,结婚证上后来还陆续加盖了"大橱已购""棕棚已供应""便桶、拗手票已发"等蓝色印章,则差不多把结婚证当作购货本了。也难怪,在计划经济时代,一切凭票凭本供应,把结婚证当供货凭据,最可信赖。只是,现在看来,怎么看也觉得有点滑稽。

领了证,第二天我请小伙伴刘国仁借辆小车,把新娘及简单嫁妆接回家,"执子之手,与子偕老。"这婚就算结了。喜宴力求简约,那时候也有规定,酒宴上限只能办三桌,于是只请了一些至亲好友喝个酒,没搞仪式;时兴的自行车、手表、缝纫机"三大件"中拥有两件;三天后在各自单位给同事发个喜糖,连个新婚合影都没有。

2月18日上午,我正在局机关上班,常州电台记者徐田军连蹦带跳送来一封南京大学革委会挂号信,兴高采烈地说:"恭喜恭喜!你考上南京大学啦!"我几乎不相信自己的耳朵:"真的吗?真的吗!"拆信一看,真是南京大学历史系本科入学通知书,报到时间为当月26日至28日。至今我都没有弄明白,这信咋就到了他手里?

十年大学梦,不负有心人。遥想四十年前的1977年秋,全国恢复高考,参加统考的五百七十万人,录取仅二十七万人,进入重点高校更似中上上签。时任局长的张望听说后也很高兴,向我祝贺。我在当天晚上的日记中写道:

"手捧入学通知书,心潮澎湃,思绪万千,久久不能平静。感谢华主席、党中央给了我上大学的权利。"

于是蜜月未满,新娘刘荷娣送新郎官来到南京大学报到,姐姐为我俩在校园照了合影,这差不多就成为我们俩的"结婚照"兼入学纪念照了。新婚不能与娇妻住洞房,却跑学校去挤八个人一间的集体宿舍。同学上下铺紧挨,屋里拥挤不堪。洞房再好,也不能留恋,为了求学,必须挤到这同学之中来。我依依不舍地送别了妻子,开始了我的大学生活。

入学新生,是恢复高考后的第一届,班里同学岁数多在二十多岁,基本上都是经历了工厂、农村或部队历练的人,而其中有五位身着军装头顶帽徽的同学,神采奕奕,着实让我眼前一亮;还有七位美女同学也很养眼,看来我姐的"上了大学不得反悔"的嘱咐是有远见的。老师指定我和丁家钟、周晓陆同学作为班级召集人,这虽然有班干部的意思,但我作为带薪"官员"一变而成为一名普通学生,兴奋之余却也不免若有所失。

我生于城市郊区,自幼家贫。父母很开明,不指望儿女回家挣工分,只要想读书、能读书,不管多难都支持,当然只管吃饱穿暖掌灯,从不过问学业,放学回家还得割草干活,我左手中指有个深深疤痕,就是不小心被镰刀伤及骨头留下的。七分勤奋三分聪明,外加政府助学金,成就我们兄弟姐妹四个"学霸"。大哥徐来兴1960年考取清华大学六年制顶尖学科,姐姐1964年以第二志愿(第一志愿清华)进入南京大学五年制本科。二哥徐瑞锡与我分别是一九六六届省常中高三和市四中初三毕业生,成绩名列前茅,向哥哥姐姐看齐,本来上大学名校,应是顺理成章。孰料世事难测,1966年开始的史无前例的大动乱,无情撕裂了我与二哥的求学之路。1966年6月13日,中共中央、国务院发出通知,决定当年高等学校招生工作推迟半年进行;7月24日,再发通知决定取消高考,此后高校实际上停止招生长达五年……

不能升学了,我只好"上山下乡干革命",回乡成为一个新农民,与锄头、钉耙、扁担、镰刀、粪桶、耕牛为伍。寒冬腊月加入民工队伍,在大运河整治新闸工地挖泥、运土,出卖苦力,为此压伤了肩膀,却感觉已是大男人,可以挣高工分、为家庭分忧了。空余时间算个文艺青年,给《红常州报》写些应景新闻报道,还发表诗歌《老贫农请客》,说的是除夕之夜,老贫农请吃"忆苦饭",召开批判会云云,字里行间透着特殊时代的烙印。生产大队建立拖拉机站,我当上拖拉机手,既耕地又运输,有了小毛小病自己修理。后来,基层整党整团、恢复从1966年起停止的组织生活,我当选大队团支书,时任党支书兼革委会主任的徐金泉意欲培养接班人,带我到各生产队蹲点"抓革命、促生产",召开村干部会议,由我作战备形势报告,讲述珍宝岛事件,宣传"深挖洞、广积粮、不称霸",俨然半个大队干部了。1969年末,我经推荐参加通讯员培训班,不久进入郊区革委会报道组,次年到城建局革委会报道组,在《红常州报》发表许多通讯报道,多年被评为优秀通讯员。此后,得以先后担任城建局秘书和局团委、工业学大庆办公室、办事组、政工组负责人。

1971年后高校逐步恢复招生，实行"自愿报名，群众推荐，领导批准，学校复审"，经过两年以上劳动锻炼的在职人员方可入学，被称作工农兵大学生。我向局革委会主任、军代表李成基申请上学，他笑着说："小徐，你其他条件都够，但有一条，工作走不开啊！"我无奈作罢。在城建局从事文字工作和主持团委、宣传工作，正值"文革"中后期，从宣传"一打三反""深挖五一六""批林批孔"，到贯彻"三项指示为纲"开展全面整顿，再反过来"批邓、反击右倾翻案风、追查反革命"，直到1976年10月学习华国锋"抓纲治国"决策、揭批"四人帮"、继续批邓，舆论宣传就是无休无止的折腾，常常自打耳光，无所适从。不过，尽管时光流逝、身份变迁、工作忙碌，我的大学梦始终难以割舍。

　　1977年10月20日，国家恢复高等教育招生考试的喜讯传开，从通衢大邑到穷乡僻壤，高考成为人们的热门话题。"文革"中离开校门的十一届数千万中学毕业生如闻春雷，从四面八方涌向新设立的各级招生委员会打探消息，从各个角落搜出尘封虫蛀的中学课本。一场空前规模的大学习大复习随处可见，琅琅书声随时可闻，勃勃生机重现校园学舍。一方面我心中死灰复燃，这是一个鲜明的人生信号，是改变前途实现梦想的新转机；另一方面却顾虑重重，报名得过几道坎：单位放行，未婚妻支持，符合相当于高中毕业文化水平要求。

　　自从决定参加高考，我内心必须过的第一关就是未婚妻的同意。事实上，作为老团干，我和她经历大致相仿，有着不少共同爱好。我确信，她会是我人生路上的最好伴侣，我们很快进入谈婚

1978年2月南大报到时徐瑞清与夫人合影

论嫁阶段。从此,我忙于应付即将到来的高考,她则忙于考虑新房布置及筹办嫁妆。她那时根本就没考虑过我如果考上大学,是否会变心的问题,而事实上我也确实不是一个环境一变则见异思迁的人,因此,她这一关,过得很畅快。

这一关一过,我就和时任公社干部的二哥共同努力,一起复习迎考。二哥作为省常中优秀生,决定报考同济大学理工科,而我没学过高中数理化,就选择文科,报考复旦大学新闻系和南京大学历史系。清华大学、南京大学毕业的大哥和姐姐,为我们迎考出谋鼓劲。11月11日晚上机关政治学习,我正式提交报名申请,此时离考试只有半个月了。四天后时任局长的陈革带给了我一个喜讯,说经请示市委组织部,同意让我报考。

江苏全省参考人数太多,考试不得不分两次进行,11月27日各市初考,淘汰筛选后的幸存者于12月23～24日参加统考。获悉文科必考数学,且对文理科考生同题同卷,我倍感压力。复习备考时间只觉得不够用,白天上班,晚上逢星期一、三、五政治学习,好不容易有个周日还常常加班开会。只好挑灯夜战,根据功课的轻重缓急合理安排。幸亏我基础还行,初中课程简单温习一下就放过,重点是恶补高中数学,攻克解方程,从数列、导数、函数、对数、立体几何到不等式,全是新课题。过程十分艰苦,总算效果不错,我与二哥连闯初考、统考两道关口,双双取得高分进入体检。遗憾的是,二哥却因体检不合格而没能如愿进入同济大学,后来在干部文科大专班毕业,又通过自学考试获得法律专业本科文凭,在首次律师招考中以全省业余人员最高分进入律师队伍。

到校后我听系里负责招生的老师讲,南京大学一般不收第二志愿考生,但恰好当时没招满,看到我的高分,就录取了我。看来我还真是个幸运儿。然而,好事多磨,很不幸,也许是工作、迎考、准备结婚等事集中于一时,过于忙碌、过于辛苦的缘故,入学不久我大病一场,以至于不得不休学回家。不过,在家养病,我可没有闲着,一边求医问药,一边主攻英语,从而英语大有长进。还操持一些力所能及的家务。妻子上班之余,一直精心照料我,使我不久就得以康复。这段时间,才真正开始我俩的蜜月生活。

我复学再次进入南京大学，已是半年后，我被转入七八级，有幸又结识一批新的亲密无间的同学，然而七七打头的学号直到毕业始终未变。休学时自习英语所积聚的优势迅速显现。有一次英语课，老师用口语发问，全班没人举手，不曾想他点名我来，就在起立一瞬间，我突然明白了他的提问，很快用英语回应。不少同学没听懂对话，课后还来问我。我后来还曾参加全校学生英语竞赛，一举夺得第五名的好成绩。

在南京大学学习紧张，与妻子只能鸿雁传书，以至于女儿呱呱落地之日，我都不在身边。记得那几天刚好去苏州大学实习，途中私自下车到医院产科看望妻女，见到襁褓中的小天使，漂亮的脸蛋特别像我。那一刻我意识到自己成了父亲，心里激动不已，然而我却无法为坐月子的妻子做点什么，只能满含歉疚之情把妻子托付给母亲就匆匆离去。因未请假私自脱离集体，我还受到带队老师的公开批评，也是我自打上小学起第一次在学校里当众受到的老师批评。

我的妻子其实很要强，也有一个大学梦。然而孩子问世了，她只能一边工作，一边带孩子、忙家务，却始终不忘初心。没有机会踏上千军万马拥堵不堪的独木桥，她就千方百计挤出时间业余学习。记得她参加南京大学党政干部基础科的自学考试，复习迎考废寝忘食、夜以继日，有时捧书看着、看着，一头歪在桌上睡着了。她在工厂宣传科、组织科繁忙工作之余，连取六门单科结业证书（毕业需要结业十一门科目），在全厂绝无仅有。如果说其中还有我一份贡献的话，那就是我常帮她画出课本上的重点，用简明的文字写成提纲，方便她复习和记忆。后来她奉调市机械冶金工业局纪委工作，面临新的挑战，只能暂停自学考试。一年后她又考入中央广播电视大学党政管理干部基础专修科，业余学习近三年终于毕业。此后她调入市级机关工作，参加中央党校函授学院本科班业余学习，其时已年近五旬。她克服困难、不懈努力，终于获得涉外经济专业本科毕业证书。其时，我们的女儿刚好成为大学新生。前后二十多年，我们全家进入"大学时代"。

我上学时，学校已实行学分制，我英语相当于免修，其他科也学得扎实迅速,由此得以与班上另外三位学友一起早早修满了学分,提前半年于1982年1月毕业,而这又正巧赶上了我七七级同学"那趟车"。因此,戏称我为七七级、七八级的"两朝元老",大约不为过吧?毕业,我放弃了进入省级机关的机会,回到常州,从市城建局调入市政府办公室,四年后又奉调市地方志办公室,后来曾任市委党史工作委员会主任、市地方志办公室主任、《常州市志》总纂组副组长、《常州年鉴》主编等,从事史志工作十四年,亲历了第一轮新方志编修的盛况。

我在南京大学担任历史系七八级(本科班和大专班)学生党支书时,吸收了一批要求进步的同学入党,其中有同学现任国家宗教局副局长,有同学成为驻外特命全权大使(他还曾任南京市委常委、宣传部长),有同学在中央文献研究室成为邓小平等领袖研究专家,还有其他一些同学,他们毕业后都做出了显著业绩。我与母校南京大学有缘,姐姐、姐夫也从南京大学毕业,姐姐留校任教直至退休,外甥、外甥女南京大学毕业分别被美国和加拿大名校录取深造,侄女、侄女婿分别是南京大学博士、硕士,也进入美国名校攻读,在芝加哥成家立业。十分欣慰的是我女儿徐依宁,后来获得复旦大学硕士学位,正好圆了我的复旦梦。这些都是后话了。

我与妻子的求学之路,包括我女儿上大学,正可说是共和国改革开放在高等教育方面的一个缩影,是恢复高考四十年值得回顾的一道风景线。2018年2月,我将迎来与妻子的结婚四十周年,也迎来我入学四十周年。我在想,届时,我应当带上妻子,一起重访南京大学,寻访当年她送我上学时我住过的宿舍楼,并在那栋楼前,肩并肩再合影一张。这,应是十分有意义,我期待着这一天的到来。

我的高考传奇

杨冬权

杨冬权,江苏淮安人,全国政协委员,国家档案局原局长、中央档案馆原馆长。

每个人的高考都有故事,但每个人的高考故事都不一样,也不是每个人的故事都有传奇性。我的高考故事可谓传奇。我参加过两种高考制度下的两次高考,对两种高考制度都有深切体会;我在恢复高考制度后的高考中,又经历了初考和复考两场考试,这在全国各省中为数不多;然后在初考失利的情况下意外又获得复考资格;复考时,还因在考试前一天晚上的一次借书复习和在上考场前上厕所路上的一次和陌生人闲聊,意外得分,最终被重点大学录取,开始了由农民到局长的人生转折和华丽转身;同时,复考中,自己平时的爱好学习也奠定了坚实基础,发挥了重要作用。我能够上大学,国家政策起了决定性作用,个人努力起了基础性作用,个人幸运起了关键性作用。

今年是恢复高考四十周年。这次恢复高考,不但改变了国家的未来,而且改变了因此而受益的无数个人的命运。今天,"草根"逆袭成为很多人的梦想。我的高考故事,既具有传奇般的故事性和戏剧性,又有着"草根"逆袭的典型性和代表性,并可以深刻说明国家政策与个人努力、个人幸运之间的辩证关系,可以完整地诠释三者的不同作用,因而更富有人生的启迪意义和教育意义。因此,我愿以此文来纪念中国恢复高考四十周年。

恢复高考前的一次高考：考得好但上不了

我出生在苏北淮安一个叫毕圩的小村庄，全村从来没听说历史上有人中过举人、进士或上过大学、留过洋。我的祖辈世代务农，读书识字的很少。我父亲读过几年书，算是村里比较有文化的人了，因而当过生产队的会计。他在村里的伙伴们，有人读书比他多、比他好，因而成为"吃皇粮"、拿工资的公职人员。所以他很羡慕人家，便尽力让我们兄弟读书上学，企图以此改变家族的命运。

我1955年出生，五岁上小学，1966年小学刚毕业时，"文革"开始了，学校停课闹革命，1968年至1972年又上了初中和高中。这时，大学已停止招生，很多知识分子下放到农村劳动，"读书无用论"在全社会泛滥，很多人不愿让孩子读书，但我的父亲坚持让我和哥哥一同上中学。兄弟二人同上一个班，在我们全公社和全中学，这是唯一的。但高中毕业后，我们只能回乡务农了。

1975年夏，有一天，一名大队干部让我填写一张表，说大队推荐我上大学，原来这是一张大学招生推荐登记表。此前也知道，全国的大学自从1966年停止考试招生后，1972年又恢复招生，但招生办法不是考试，而是由群众推荐，领导审批。由于"走后门"现象渐渐严重，所以不少地方推荐上大学，凭的是"关系"或"后台"，而不是表现和业绩；看的是出身或成分，而不是水平和能力。自己深知，我的家没有当官的亲戚、朋友这样的"社会关系"，反而有一个在台湾的叔祖父这样的"海外关系"，自己不可能被推荐上。所以，看到这张表，自己不禁感到意外了起来。后来得知，我遇上了一位"伯乐"。这位"伯乐"是我们公社党委宣传委员，姓陶，人称陶委员。他这时正好在我们大队蹲点。之前，全国学习小靳庄，我们大队搞文艺活动，担任生产队会计的我，自编了一台文艺节目，由我们队三十二名比较年轻、有文化的社员参演，我也是演员之一，并在没人指导的情况下，自当导演。这台节目，除了有独唱、对唱、小合唱、表演唱、对口词、群口词、三句半之类的小节目之外,我还和另一社员表演了一段相声,表现的是我们一个冒雨坚持劳动的场面。由于农村人没见识过相声这种形式,再加上表演的又是日常劳动,生活味儿浓,所以这台节目在参加全大队会演后,很受欢迎,我也声名鹊起。陶委员不但对这台节目大加赞赏,请公社领导和外地到我公社的参观人员来看这台节目,还对我本人大加赞赏,认为这是一个人才。于是,他就把我作为本大队上大学的推荐人选向公社推荐了。他看到推荐表上我还不是团员时,马上让大队团支书给我拿来一张入团志愿书,让我"突击入团"。俗话说,"祸不单行,福无双至"。没想到,就在这一天当中,幸福竟然两次来拍我的脑袋。

我们公社有三十二个大队,每个大队推荐上去一个人,故这一年我们公社共有三十二个被推荐者,据说一共有八九个招生名额(含大学、中专、工厂大学等)。这次招生,是由县招生组进行考试。上午考的是文化课,要求写一篇作文,题目叫《论反对资产阶级法权》。我比较关心时事政治,又喜欢写议论文,所以,我很快就从什么是法权破题,接着又层层递进地论述什么是资产阶级法权、为什么要反对资产阶级法权、怎样反对资产阶级法权。我的试卷获得招生组的好评,在后来由全体考生参加的试卷讲评中,我的作文被招生组作为范文进行讲评。

然而,考得好并不意味着被录取。因为公社领导在审批时,是不考虑考试成绩好坏而只考虑考生后台大小、关系亲疏的。所以,当得知某某某被某校录取的消息而自己没有任何消息时,自己并没有惊讶和伤心,因为这只不过证实了此前我们的分析和推测而已。幸福没有再一次拍打我。我的"伯乐"也暗中为我惋惜。他无力继续改变我的命运,因为他只是公社党委委员,而不是公社党委书记——那个决定我们这些被推荐者命运的人。

这就是我的第一次高考。这是一种虽有考试但不唯考试,也不以考试为主,而只以考试作为"参考"或陪衬,也可以看作是幌子的高考;是一种考试分不及关系分、人情分的高考,是一种能否录取不取决于考生水平和能力而取决于审批者意志和权力的高考。尽管我在全公社考得最好,而且先前还有一个小幸运、小意外,但也最终没有被录取。因为国家的大政策——领导审批,赋予了领导以随意录取的权力;而一些领导们的公权私用,又使得高校录取不是唯才是取或唯表现是取,而是异化为有些人唯关系是取、唯后台是取。据我知道,有的人仅仅小学毕业,但也因自己有亲戚与公社书记关系好而被录取了。更有传闻说,这一年本公社最终被录取的人,全是公社书记一个人的关系户,连与副书记有关系的人也未被录取。

我是一个"逆来"而能"顺受"的人。我本人对我的未被录取,一点没有难受或激愤,而是照样该干嘛干嘛。倒是我那位耿直的爷爷,不识字但又认死理,觉得我考得好而上不了大学,不公平,因而想不通、气不过,终日激愤、郁闷、伤心,几天后竟然精神失常了,以致白天晚上不睡觉,见人就问:"我们家冬权考得好为什么上不了大学?"经我们兄弟姐妹劝解了好几天,他才又恢复了过来。那种不正常的考试制度,竟然把一个正常的人气得不正常了。事实证明,不公平的考试制度能把好人气疯。这是这场考试给我们家留下的一个深刻印记。

对恢复高考的消息冷漠以对

1977年9月间,我大队的一名插队知青告诉我,她从南京探亲回来,听说今年要恢复高考,建议我复习迎考。我对这个"小道消息"将信将疑,加之已有了上次高考的经历,我已经彻底"认命"了:我就是当农民的命,而没有上大学的命,还是踏踏实实在农村干一辈子吧。所以,我听到这一消息后,无动于衷,心里连一个复习的念头都没想过。可以说是心如死水、微澜不起。

大约一个月后,10月20日晚,广播中播出了全国从今年起恢复高考的消息。无数人听后热血沸腾,激动万分。符合报考条件又有希望的人,都忙着四处找课本、找复习材料、找复习老师,但我却不动不摇,毫无动静。有几位高中同学来劝我,说你这水平若不报考,叫我们这些人怎么好报考呀。我被他们带动了起来。于是找出自己已闲置了几年的中学课本,利用空闲时间看一看。这时候,正值秋收秋种和秋季分配的关键时刻,我是生产队的会计,不但要带社员们抓紧干农活,而且还要抓紧时间算分配账,我根本没时间看书。尽管我当时的大队领导和生产队社员都劝我脱产复习一些日子,但我始终没脱产复习,而只在空闲时看看书。

记得有一次到相邻大队开会,碰到一名教师,他是南京知青,正在复习迎考。他问我的复习进度,我告诉他,初中数学还没有复习完。他惊讶地说:"没几天就要考试了,你连高中数学还没有复习,那你还考什么大学呢?"我淡然一笑说:"陪考呗,考着玩儿。"

幸好,我的母校老师连续几天每天晚上义务为我们做复习辅导,我每次都去参加了。这可以算是我高考前的一次系统复习了。可惜,这次辅导,只辅导了我们上中学时学到的语文、数学、政治、物理、化学等,历史、地理没有辅导。我曾向同学借"文革"前的历史和地理中学课本,但没能借到。因为这时候,"文革"前的中学老教材是社会上最热门的抢手货,紧缺得很,也金贵得很,我哪能借得到呢?所以,直到考试前,我也对我一直没学过的世界历史一无所知。虽然知道世界上有"四大文明古国",但始终不知道是哪四个。

初考失利,心灰意冷,然而竟又得以复考

恢复高考,恢复的是中断了十一年的高考。从六六届到七七届,这十一年中毕业的初中和高中生,只要年龄不超限,都可以报名。据说江苏全省有两百万考生,因而决定分两次考。第一次为初考,由各个行署出题并组织,为全行署统考,由所有报名者参加;第二次为复考,为全省统一出题,是全省统考,由初考成绩达到参加省考标准者参加。全国进行初考、复考两场考试的省并不多,现在知道浙江省也是这样的。

初考时间我本来忘记了,最近读到一个大学同学的回忆文章,因他记日记,故说江苏各行署的考试日期是1977年11月27日,也就是在恢复高考决定公布的一个月又一个星期之后。换句话说,考生们的复习时间总共不到四十天。

初考我报的是文科,考数学和语文两门。一大早,母亲就为我和同样参加考试的哥哥做了米饭,还炒了菜,算是优待了。考场是我熟悉的母校教室。由于抱着无所谓的心理参加考试,所以一点都不紧张。上午好像是考语文。具体题目现在已经忘了,但好像最后一道题是写一篇心得,现在记得写得挺顺畅,没费太大劲,印象较深的是我在文中引用了"春蚕到死丝方尽,蜡炬成灰泪始干"这句唐诗。整篇文章写得有激情、有文采,自己相当满意。下了考场走到家,两公里路,一点不觉得累。中午满以为有更好吃的,但不料竟然是稀饭,还不如早餐了呢。这个细节,我记得很牢。因为考上大学后,还拿这事同母亲开过玩笑:"妈,你连你儿子考大学都不知道犒劳一下呀?中午就让我们喝稀的!"说实话,那时我们家生活还可以,中午吃干饭也是常事,但我母亲不识字,压根儿就没有把儿子考大学当回事。不像现在的城里人,把儿子高考当作天大事,又租房子又租饭店地陪着、款待着,生怕有一点不周全。

下午吃完饭,稍微休息了会儿,就又奔走两公里去考场。下午考的是数学。几何、代数、方程等还可以,其他的就不行了,有些高分题根本不会做,开了天窗,心情比较沮丧,感觉自尊心受到了伤害,切切实实感到了自己的"不行",技不如人。

出了考场后,路上心想:一共考两门,其中有一门考砸了,复考肯定无望了,今生只能踏实在农村干农活了。所以,心灰意冷,情绪落寞。一进家门,就拿了一把粪叉,默默地到自留地里挖胡萝卜去了。几十年后,当年考什么,我已基本忘了,但考后干了什么,今天却还清楚地记得。

初考下来,考得好的、有希望复考的人,又接着继续复习了,准备迎接复考;而我这个考得不好、自觉复考无望的人,则像几年前高中毕业后所做的那样,一心务农,没有再做任何的复习。

12月的一天晚上，我已入睡，忽然听到院子里妹妹在叫唤："二哥，你的复考通知下来了。"这是妹妹从公社看戏回来了，在公社教书的哥哥知道我复考通知下来后，便让妹妹回来告诉我。由于在睡梦中，加上这消息来得太突然，自己没有激动，将信将疑地又继续睡觉。第二天，哥哥把复考通知书带回家，我看到后才确信，并又开始在空闲时继续复习我的数学。

后来才知道，我为什么数学没考好而仍能获得复考资格。因为考文科的考生，只要语文超过八十分，则两门考分总计超过一百一十五分，就可以参加复考。我就是因为语文考得好，把总分拉了上来，因而即使数学考得不太好，也仍有资格复考。

我的人生，在这时候，恰恰可以用一句古诗来形容：山重水复疑无路，柳暗花明又一村。之后不几天的一个下午，我正在麦地里施化肥，远远看见在公社上学的三弟一路跑来。原来哥哥得知让我参加高考体检的消息后，让他回来告诉我。他比我还高兴，便从学校一路跑回来，急着把这一消息告诉我。

体检是在县城的师范学校（中专）进行的，这是我第一次见到这么高级的学校和这么漂亮的校园。体检中，我第一次知道自己是近视眼，也因此而明白我以前为什么看人看不清楚。体检休息时，我还第一次坐了沙发，以前只在小说里见过这个词，这次算是见到实物并亲自体验了一下坐上它的感觉。

复考前几天，公社通知我去填志愿。其他考生都在那儿对着好多学校名字认真琢磨，慎重选择，我则三下五除二地很快填好。每人可填报四个志愿。我的第一和第二志愿选了一个全省最差的高校：南京师范学院淮阴分院（大专），两个志愿选了两个不同的专业。因为我考大学的唯一目的就是跳出"农"门，转变身份，从农民变成市民，从挣工分变成拿工资，从吃集体生产的粮到吃国家供应的粮，从捧"土饭碗"到捧"铁饭碗"。至于上哪所大学哪个系，都不是我最关心的。选定第一、第二志愿后，又随便选了第三和第四志愿：南京大学哲学系和历史系。这四个志愿中，我真正喜欢的是南大哲学系。因为我在农村劳动时,读到了一些哲学著作,加之自己又爱思辨,并爱和人辩论,因而对哲学产生了浓厚的兴趣。其他几个志愿,都非我所愿,是出于不得已而随便选的。

在三十二个考生中,我第一个上交了志愿表。公社的文教辅导员看了后,中断了手里的活,对其他正在埋头选志愿的考生们说:"大家看看人家杨冬权填的志愿!要根据自己的实力填,靠船下篙子,不能好高骛远。北大、清华是名校,但你有那样的实力吗?"没想到,我这低调的志愿,一下竟成了让人学习的样板了。

复考中,幸运之神连连眷顾我

复考是全省统一的,本来我忘了复考时间,但最近从同学的回忆文章中得知,是1977年12月23日和24日两天。这时,距初考不到一个月。复考在县城进行,我们公社全体考生由公社统一组织于22日下午到了县城,住进了县委招待所。这是我一生中第一次住县城招待所。由于人多,全公社三十二个考生被安排在一个大房间里,在地上睡大通铺。

吃完晚饭后,考生们没有一个人出去逛街,全都坐在地铺上做考前的最后复习。我没有带复习资料,所以早早就睡下了,想用充足的睡眠来迎考。但是别人都在看书,头顶的电灯一直在亮着。我有一个毛病:照着灯光睡不着。于是便又坐了起来,向周围寻找有什么书借来看。恰好,我见邻铺考生的枕头下有本书,他暂时没有看,于是便借了来,随手翻着看。

这是一本中学地理课本,以前我没学习过,当看到有一个叫"暗射地图"的词语时,我不知是什么意思,便好奇地认真看下去。其中看到一幅例图,是中国分省地图,图中有各省分界线,但未标地名,让人填省名。这就叫"暗射地图"。这样,我便第一次把我国的各省位置记在了心里。

考场设在我们上次体检来过的淮安师范。12月23日,我们早早来到考场。这天上午是考史地。进考场前几分钟,有人提议说,咱们上个厕所轻松一下吧！于是一群人一起去上厕所。就在这上厕所的路上，我自嘲地自言自语道："嘿，像我这样的人来考大学，不是瞎扯淡吗？我连世界'四大文明古国'都不知道，还考什么大学呀？"没想到身边有个陌生考生竟然接过了我的话，说："啊哟！你连'四大文明古国'都不知道呀？"我赶忙问："哪四个？"他告诉我是：希腊、埃及、印度、中国。

上完厕所，进了考场，监考老师发下试卷。我一看，乐得差点叫起来，第一道题，就是一道填空题：要求填上世界"四大文明古国"的名字，得分四分。我心中一阵狂喜，把几分钟前上厕所路上别人告诉我的知识填了上去。

后来我知道，别人告诉我的四个古国错了一个，希腊应为巴比伦。这道题，我得了三分。但是，这三分，是把我送进南京大学的最关键三分。因为这次高考录取非常公正合理：不按考生志愿录取，而按考生成绩由各高校分批录取。这年，南大文科录取的最低总分是二百八十分，而我的高考总分是二百八十一点五分，刚过南大的录取线，这样，南大作为第一批录取院校，把我录取了。如果没有这三分，我可能进不了南京大学。我从未梦想过自己能到南京大学上学，但这三分，竟把我未梦过的事变成了真。

这三分，也是后来实现我一系列人生梦的最关键三分，是改变我个人命运的最关键三分。因为，如果我进不了南京大学，后来就不可能被分配到北京，尤其是到中共中央办公厅工作，更不可能再后来又成为国家档案局局长、中央档案馆馆长。我也从未梦想过能到北京、进入中央机关工作，更从未梦想过当局长、馆长，但这三分，也把我这些从未梦过的事都变成了真。

后来，我常跟别人笑谈说："我今天的一切，都同当年上了一趟厕所有关。"人生在关键时刻，往往上一趟厕所，也能改变命运。当然，上厕所时也不能闷头不说话，还要善于与别人交流，同别人聊天。在任何情况下，善于与人交流，都是助人成功的重要秘诀。一个有益的聊天，可能让你终身受益；同你聊天的那个人，可能就是改变你命运的那个"高人"

"贵人"。可惜的是,直到今天,我也不知道那位同我聊天的人姓甚名谁。

第一道题的狂喜过后,后边还有狂喜。试卷中间又有一道题:在一幅"暗射地图"中,填上十个省的省名。得分,十分。题中给的中国分省地图,正是昨晚在地铺上从同学借来的地理书中的那幅我已经熟记了的例图。记忆犹新的我,很快填上十个省名。这让我又轻取十分。这十分,是把我送进南京大学、后来又帮我实现人生一系列梦想的重要十分。因为没有这十分,我更进不了南大,也更不可能有后来的一切。

所以后来我也同别人笑谈过:"随时随地读书学习非常重要,留心处处皆学问,勤奋时时是机遇。有时哪怕是借别人的书随手一翻,就可能翻出你自己的人生转折来,就可能翻出开启你幸运之门、理想之门的金钥匙来。"

复考中,平时的积累也帮了我大忙我的第二次高考成功,看起来充满幸运、极富传奇,但细想来也不全靠幸运,不全是传奇。其中,也有不少得益于我平时的辛勤劳动和努力学习。

比如这一次的作文,就得益于我的一次刻骨铭心的劳动和平时对天气、对环境的观察与记述。这次高考的作文题是:苦战。正好这一年9月间,正在早稻成熟尚待收割之际,天气预报有一场台风即将来临。我立即组织全体社员,夜以继日地加紧抢收几十亩早稻。经过艰苦的连夜奋战,我们终于在台风到后不久便抢收完毕,避免了稻谷大面积受损。大队领导对我队的这场抢收非常满意,事后曾让我写一篇广播稿送公社广播。我看到这篇作文题目,不暇多想其他,马上就决定写这场抢收苦战。自己亲身经历的场景历历在目、活灵活现,加上此前我在当记工员时,常常于休息时,在记工账本的背面,写下对各种不同天气的观察记录以及对各种劳动场景的描述,其中对台风来时的描述,对割稻、挑把(稻捆)、堆把等劳动场景的描述,此时都派上了用场,涌到了笔底。对这次秋收苦战的描写,我自信会打动阅卷人。当时心中还为此窃喜。但在出考场后,其他考生的交谈却浇了我一头冷水。他们说,这篇作文的主题,应该写科技攻关。因为此前媒体上发表过一篇叶剑英副主席的诗:"科学有险阻,苦战能过关"。因此,这篇作文应紧扣这句诗来写科技攻关。我之前背诵过并也喜欢读这首诗,这一下我十分懊恼自己为何没有想到这首诗。直到考试结束回家后,自己仍为此闷闷不乐。父亲问我为什么,我说作文"跑题"了,肯定考不上大学了。从未做过作文的父亲安慰我说:"抢收也是苦战,不一定搞科研才叫苦战。你这么写不一定'跑题',甭担心。"

再比如这一次的语文加试题,就得益于此前我对古汉语的热爱和钻研。这道加试题是把一篇古汉语翻译成现代文,得分二十分。这篇古汉语,我看着看着觉得有印象,曾经读过并抄写过。此前,毕业回乡劳动期间,我曾从别人手里借到一套"文革"前初中和高中的语文教材,把其中的每篇古文都研读过,并用毛笔小楷抄写下来,同时还抄写了注释和难句的译文。试卷中的这篇古文,是《荀子·劝学篇》中"君子善假于物"那一段,就是这套教材中的一篇,所以我很顺利也很流畅地翻译了出来,几乎得了满分。回队劳动期间,除了抄过这套语文教材中的所有古文外,还向别人借阅过"文革"前中华书局出版的《中华活页文选》合订本一册,它收的都是古文名篇,印象最深的是《史记》中关于鸿门宴那一篇,曾经饶有兴味地读过好几遍。特别是还借阅过一本线装本的《古文观止》,每在劳动间隙,我都以此书解乏。我在很多名篇上都写满自己的见解和心得,还对十多篇较浅的古文尝试进行过现代文翻译,当时曾暗下决心,将来要把《古文观止》全部译成现代文。正是这些平时的苦功夫,让我在考试中如鱼得水,易如反掌地以近乎满分完成了这道加试题。上学后同老师聊天,知道我之所以被南大历史系而非哲学系录取,主要是因为我的这道古文翻译题考得好。

又比如这一次的史地试卷中有一道是关于巴黎公社的题。我在上中学时,对巴黎公社就很感兴趣,对马恩著作和今人文章中关于巴黎公社的评价、论述等记忆犹新,所以这道题也答得相当完整。

可以说,我这次高考总分二百八十一点五分中,除了那三分是幸运分以外,其余二百六十多分都是靠上学时的学习和劳动时的业余学习所得到的基础分、功夫分、扎实分。没有这二百六十多分作基础,那三分就发挥不了关键性的"临门一脚"的作用。这也说明一个道理:偶然中有着必然,必然中也有偶然。幸运是给勤奋者的见面礼。勤奋和幸运是相辅相成的,没有勤奋作基础,幸运就成为不了关键,而只能作为陪衬,成为流逝的火、飘过的云;成为沙漠中的雨,积不成水。

大学录取通知书圆了我的大学梦、人生梦。1978年2月18日、19日,连续传来消息,我们公社的两名南京知青先后被上海的两所大学录取。20日,父亲吃完早饭同家里人说:"别人的大学通知书到了,为什么冬权的还没到呢?今天我到邮局去问一问。"快中午时,我在地里挑河泥收工正走在回家的路上,忽听有人喊:"冬权,你的大学通知来了。"听到这喜讯,我一高兴,双手一摔,扁担竟然从肩上掉了下来。这时我心想,如果这消息是真的,恐怕这扁担这辈子我也不会再扛起来了。后来问别人才知道,父亲上午真的去了公社邮局,问邮递员有没有毕圩大队杨冬权的挂号信。邮递员查了查,说有一封南京大学给杨冬权的挂号信。父亲因到公社还要办其他的事,就让先回来的村里人向我报捷。

中午,全队的人都知道了消息,很多人到家中来祝贺我。我说,没看到通知,还不知道什么情况呢。草草吃完饭,我赶紧拿上我的图章,去公社取挂号信。打开信才知道,我被南京大学历史系录取了。尽管这是我填的最后一个志愿,也是我非常不喜欢的一个系,因为我对历史一窍不通,除了小学学过的那点中国历史外,就只有"文革"中批判过的《三字经》和看过的"评法批儒"文章中的那点历史知识了。但这丝毫没有影响我的情绪。我为我的大学梦圆而激动不已。有些见识的人告诉我,南京大学那是全国名牌大学,全公社还没听说过谁上过这所大学呢。

我决定按照通知上所说的报名时间,于2月底去报到。于是我拿着通知,去找大队领导,商量我的职务交接和交接人选。我组织了一个算账组,把我担任会计以来两年零两个月的账目全部清算了一下,签字后在生产队公示。这样,我可以清白地离开。在和村里的每户人、邻村的一些熟人告别后,我走上了上大学的路。这时,我穿上了母亲这几天为我赶制的新棉衣。上南京大学使我跳出了"农"门,实现了身份转变,由农村户口转成了城镇户口。这是人生的第一次转变。我这个毫无靠山的草根小民,逆袭成功,成为一名光彩照人、让人羡慕的大学生。

在南大四年的学习中,我先后有两篇论文在全国性学术刊物上发表。我实现了自己"要在世上留文字"的梦想。这使我在南大小有名气。毕业时,中共中央办公厅第一批到南大招人,南大历史系把我推荐给了中办。我这个非中共党员,居然被中共中央办公厅这个党的高级机关录用,我和我的同学们都惊呆了。这又是一件我做梦也没有梦到过的事。经过多年努力,我于2006年被任命为中央档案馆馆长、国家档案局局长,后又被选为党的十七大、十八大代表,参加举世瞩目的党的全国代表大会,最后又成为第十二届全国政协委员,参加每年一次的全国"两会"。这"全"字头、"中"字头、"国"字头三个职衔,让我的人生达到了顶点,取得了圆满,让我备感荣耀,这又都是我做梦也想不到的事情呀!这就是我的人生梦。

余 感

后来知道,这次恢复高考的决策人是邓小平。所以,我和当年的二十多万高考恢复后第一批入学的大学生们,都由衷地感谢邓小平,感谢邓小平的这一果断决策,感谢中国共产党的这一英明决定。我的经历说明,那是一次真正公平的考试。

像我这样毫无背景和后台、毫无任何关系的农家子弟,仅凭自己的一点才华和一点幸运,就走进了大学校门,之后又走进了中央国家机关,走上了高级领导岗位。仅从这一点来看,高考制度就不可轻废。它是草根阶层走向精英阶层的一条光明大道,是平民子弟改变自身和家庭命运的一个重要途径,是社会保持阶层流动的一个必要通道,是体现社会公平的一个显著标志,也是国家网罗人才、让青年一代实现梦想的一个重要手段。从中外历史来看,目前没有比考试更公平高效的选人办法,也没有比考试更公正的用人尺子。如果废掉这把尺子，改用其他的尺子，比如推荐的办法、选举的办法、个人决定的办法、世袭的办法等，弊病都会比这多，危害都会比这大。在设计出更加科学合理的选拔人才办法之前，先不要轻言废弃考试制度。这是我从我个人两次高考中所得出的对高考的不成熟看法。高考是一种选拔人才的方法。高考应选出有水平、有能力的考生。因此，高考制度改革的方向，应该考虑如何减少除考生以外的一切人为因素，而不是加强除考生以外的一切人为因素。否则，考试结果就会被各种心怀私利的人所控制，出现异化，出现倾斜，失去公平。高考又是社会的一个"风向标"，是引领社会风气变动的"指挥棒"。考试不公平，又会加剧一系列的社会不公平，使社会失衡一步步加剧，直至崩溃，继而以新的制度建立新的社会平衡。这就是考试公平与社会公平、社会稳定的关系。于此，益见四十年前高考制度改革对中国社会发展的重要作用。

终于挤上了末班车

郑会欣

郑会欣，1949年9月生于香港，1982年毕业于南京大学历史学系，曾任中国第二历史档案馆史料编辑部副主任。1988年12月返港定居，先后获香港大学哲学硕士、香港中文大学哲学博士，1990年起受聘于香港中文大学。现任香港中文大学中国文化研究所高级研究员，历史系兼任教授。南京大学中华民国史研究中心客座教授。

1977年10月在教育部召开的高校工作座谈会上，邓公在听取了各方意见之后一言九鼎，决定立即改革高校招生制度，恢复高校招生考试的制度。就这样，1977年、1978年全国有千万以上的青年参加了"文革"后的高考，其中数十万考生通过考试进入了大学，成为恢复高考后的首批大学生，这就是如今人们常说起的七七级、七八级。三十多年过去了，作为当年的一名考生，当时的情景，特别是录取前后的波折仍历历在目。我也常常对人讲，我是恢复高考后挤上这趟末班车的最后一名乘客，因为在这之后对于招生的年龄有了较严格的限制，我如果1978年不参加高考的话，那我这辈子就会与大学无缘了。

上大学是我们这代人的梦想，但是学历史却不是我最初的理想，套用瞿秋白先生的一句话，我学历史就是一场"历史的误会"，但自从入了史学大门，我也从来没有后悔当年的这一选择。

我是共和国的同龄人，"文化大革命"爆发前我已直升高中，我所在的中学是省重点,又是全省五年制中学的试验学校,我的各科成绩都不错,照说高中毕业凭成绩考大学估计问题不大。当然我也很清楚,像我这样的家庭出身能通过政审,上个一般专业的大学就算不错了,保密专业肯定是不能上的。然而一年后爆发的"文化大革命"彻底打破了我们这代人升学的美梦,记得北京四中和师大女附中的毕业生提出延期高考的呼吁,当时我还没有什么感觉,可是这一延就是十多年啊!因此高中毕业之后,等待我们的唯一出路就是上山下乡,到农村去接受贫下中农的再教育。

继北京大学、清华大学1970年试点之后,1972年,全国各个大学开始陆续招生,说是要在工人、农民、解放军战士和知识青年中通过考核,选拔一批具有实践经验的学员。当时的招生原则是"自愿报名、群众推荐、领导批准、学校复审",目的是"上大学,管大学,用毛泽东思想改造大学"。这个消息又燃起了我求学的希望,于是赶紧复习已经丢弃多年的课本,可是很快又出了个"白卷英雄",上大学要讲究出身,要靠推荐,要有关系,那几年看到一批批工农兵学员走进大学,心中真是充满了羡慕之情。而像我这样既不是"红五类",又毫无后门关系可走的人想上学简直是痴心妄想,因此多年来只能将求学的愿望深深地埋在了心底。

1975年6月,我离开苏北农村这个"广阔天地",招工来到徐州,当上了一名煤矿工人,后来又调到供销科担任计划员。1977年10月下旬,虽然事隔多年,但这件事我记得还是很清楚,当时我到外地出差,旅途中听到广播,说是国家将从今年起改革高校招生制度,实行自愿报名、统一考试、择优录取的原则,通知规定,除了高中毕业生可以直接报名参加考试外,对于其他考生的年龄也应适当放宽,为此特别还提出允许1966年至1968年毕业的中学生(即老三届)参加考试。听到广播的一瞬间,我的求学之梦不禁又重新燃起,然而这只是个闪念,多年来招工、招生中所遭受到的一次次挫折,又很快让我心灰意冷,心想还是算了吧,何必没事找事、自找没趣呢?

没想到几个月之后,我们矿上居然有十几名同事考上了大学,其中有不少就是老三届，而且据我所知他们的出身也不怎么样。此时父母亲也不断给我写信，他们解放前都毕业于名校（父亲毕业于上海交通大学机械系航空门，母亲是燕京大学国文系的高才生），当然希望他们的子女也能上大学。他们在信中说，以往因为家庭的海外关系和父母的历史问题影响了子女的上学，感到十分自责；如今国家政策放宽，凭成绩录取，为什么不去试试呢？这番话和眼前的实例深深地打动了我，我终于决定报名参加1978年的全国统一高考。

决心虽然下了，但是考什么专业呢？当时我在距离徐州数十公里之外的一个小煤矿，不要说无法参加什么高考补习班了，就连一本中学的教科书也找不到。我掂量了下自己（经历了那么多的运动，谁还不会分析个形势呀），十多年来蹉跎岁月，浪迹天涯，数理化早就忘得差不多了，要全面复习吧，时间又太紧张，考理科肯定有问题；好在自己平时喜欢看书，虽然不是那种有目的、有计划，或偏重于什么方向的读书，但也漫无边际、杂七杂八地看了不少书，而且我这个人的记性还不错，于是就决定报考文科。

此时距离高考的时间已经很短了，在这期间领导还不断叫我出差，因此平时根本没有空闲，只能晚上抽出点时间看看书。说句老实话，考文科其实就是吃老底，靠的是平时的积累，也没有什么好准备的，于是我将主要的精力放在复习数学上。我那时已经在矿上从事管理工作，具备了一些经验，也挺喜欢这行的，因此想报考文科类经济或企业管理方面的专业。

1978年7月22日（如果我记忆不错的话），"文革"后第一次全国统一时间、统一试卷的高校招生考试开始了（1977年是由各省分别出试题）。我们的煤矿虽然地处徐州，但却属于扬州地区管辖，矿上的工人大多是来自南京、上海以及扬州地区各县市的插队知识青年，彼此间年龄、经历差不多，上大学也都是大家共同的理想，因此全矿有不少人报名参加这次高考。矿上还不错，专门为我们这些考生们准备了班车，考试的那几天，我们几十名同事就像古人参加科举一样，每天天不亮就从数十公里外的铜山县乘车赶到设于徐州市第一中学的考场。当我第一天走进考场的时候，心潮起伏，思绪万千，想想离开课桌已经整整十二年了！

我再环顾四周,看到像我这样的老考生还真是为数不少,此时心中似乎又有了一丝安慰。

记得我们文科是先考政治和语文,考完后自我感觉还可以,可是临到考数学,有一题突然卡壳,耽误了时间,也影响了后面的考试。几天考试下来,心中还是挺懊恼的,没想到准备时间最多的数学竟然没有考好,作为"文革"前的高中生也真是不应该。后来高考成绩下来了,数学真的是没有考好,只有五十六分,所幸政治、语文、地理和历史几门考得还不错,都在九十分左右,其中历史分数最高,五门课的总成绩为四百零九分,是我们全矿考生中的状元。

分数出来了,紧接着就是填报志愿,这可是个重要的事儿。我同家人商量,因为我考的是文科,选择的余地本来就很小,最理想的当然是南京大学,可是南京大学是江苏乃至华东地区的名校,肯定有不少人报名,我一来年龄偏大,二来又没有路子,一致认为报南京大学可能希望不大。当时正好停办多年的中国人民大学宣布复校,我想中国人民大学本身就是文科院校,"文革"前的学员又大都是调干生,也就是说对年龄的要求应该不会太严,讲究的是有实际经验,因此最后决定报考人民大学。

学校定下了,下面就是填专业了。因为数学考得不理想,所以我不敢填报工业经济、企业管理这些吃香的专业,最后选择的是农业经济。之所以报考这个专业,一是因为农村经济存在的问题确实太多,也需要花大力气进行改革,而我曾在农村插队将近七年,有切身的体会,也有一定的实践经验;当然更重要的原因是我认为这个专业较冷门,报名的人肯定不会太多,应该说机会还是挺大的吧。我还清楚地记得,当年报考学校的志愿表中有一栏"是否服从分配",我当时想只要有学上就行,就毫不犹豫地填上"服从"二字。

过了没多久,各大学的录取通知书便陆续寄来了,看到其他同事收到本省和外地高校的录取通知书,先是重点学校,后是普通院校,我心中当然十分焦急,但总还是在想录取通知恐怕还在路上,可能明天就收到了。可是一天天过去,最后竟然连淮阴师范专科学校、南通师范专科学校这些专科学校的通知书也都寄来了,还是没有我。这时我再也坐不住了,于是就向我们的供销科科长请假,说我要亲自到省招办(当年江苏省招生办公室设在镇江)去查询结果。科长对我也非常同情,他说你考了那么高的分数竟然没被录取,简直是岂有此理。这样吧,你就直接到镇江,顺便到镇江橡胶厂催一下货,算你出差。

当晚我就乘火车从徐州赶往镇江,找到我父亲单位南京航空学院临时派到招生办工作的一位古老师,他帮我查了一下,然后告诉我没有被录取,虽然他没有说明是什么原因,但我从眼神中可以看出他的同情。尽管我已经有了思想准备,但听到这个消息后还是非常失落和难过。这时古老师又向我透露了一个消息,他悄悄地告诉我,由于今年参加高考的同学很多,成绩普遍也不错,省领导已经决定在落榜的考生中扩大招生名额,他鼓励我不要灰心,赶快回去做准备。

后来我从其他渠道打听到,因为我的第一志愿是人民大学,所以材料最先被中国人民大学拿去,考分当然是合格的,可是由于父亲的海外关系和历史问题却影响了我的录取,但他们又不想马上将我的材料退回,因此等到最后他们决定不录取我的时候才抛出我的报名数据,可那时就连最后一批学校也都完成了招生工作。我个人的这段遭遇说明,尽管当时"文革"已经宣布结束,尽管招生的原则说是"分数面前人人平等",但是讲究出身、强调成分、注重政审那一套左倾路线还是很有市场。如果不是后来省里实施扩招的政策,那我真的就被淘汰了。当然事后回过头来再想想,幸亏中国人民大学那些人把我的材料扣下来,否则我已填写了"服从分配",凭成绩肯定会被某一中国人民大学录取,那我就会与南京大学无缘了。多年之后,一次我与当年号称"京城改革四君子"的朱嘉明闲聊时又说起这段往事,我不禁开玩笑地说,如果当年中国人民大学录取了我,很可能以后就跟着你们一起混了。朱嘉明听了后赶紧说:还好没录取。

我在镇江办完事赶紧回到煤矿,不久扩招的通知果然下来了,我又重新填报志愿。因为我考试的所有成绩中历史分数最高,因此这一次就将南京大学历史系作为首选。我想肯定是参加招生工作的那位古老师回学校后反映了我的问题,因此南京航空学院的人事部门很快就派人到徐州,将我父亲"文革"期间被审查的一些不实材料抽出来予以销毁。直到今天,我都一直深深地感谢那位与我虽然只有一面之缘、但却古道热肠、热情相助的古老师。

以后的事儿就很顺利了,不久我就收到南京大学的录取通知,告知已被历史系录取。当年全省扩招的范围相当大,但录取的都是两至三年学制的专科生,只有南京大学的匡亚明校长有魄力,有远见,他决定入学两年后再从扩招的学生中进行考核,按照百分之十的比例择优选拔。因此1980年的夏天,我又通过考试进入了历史系的本科班。

我们入学比本科班晚了两个月,1978年12月中旬,当走进南京大学历史系教室的那一刻,我就深深地感到,这将是改变我人生道路的一个关键时刻;可是当时我不知道的是,就在我进入大学的那些日子里,北京正在举行党的十一届三中全会,而这个会议的召开,却是改变我们整个国家和民族命运的重大转折。

后　记

单雨婷

南京大学口述历史协会成立于2013年,由热爱口述历史事业、有志于参与微观历史记录、关爱个体生命记忆的南京大学师生组成。成立四年以来,我们先后完成"中央大学、金陵大学校友西南服务团口述历史""金大金女大抗战西迁口述历史""南京大学溧阳分校口述历史""江苏柳琴戏艺术家口述历史""侵华日军南京大屠杀幸存者口述历史""南大校友恢复高考40年口述历史""江苏省检察机关恢复重建40周年口述历史""尧化新村(烷基苯厂宿舍区)40年变迁口述历史"等项目,积累了一批口述历史文献资料。这些项目,通过一个微观的方面,呈现出百年中国的社会变迁。

南大七七、七八级校友高考恢复40周年口述史,启动于2016年暑假前夕,那一天在南京大学历史学院匋堂纪念室,青年学者孙扬副教授和我们团队成员一起探讨:恢复高考对于当代中国历史和改革开放全局的重大意义。它不仅仅是改变了一代青年人的命运,还拉开了思想解放的序幕,让人们重拾对知识的尊重。

我们将受访对象固定在南大七七、七八级毕业后留校任教工作的校友,因为他们的经历,不仅见证了恢复高考的关键时刻,同时也见证了改革开放以来中国高等教育事业的发展,尤其是南京大学近40年来的历史。在口述历史采集过程中,我们先采取漫谈的方式,请老师从童年、家庭、基础教育开始回忆,一直谈到毕业分配,以高考前后的经历和大学生活为重点。虽然名为"高考记忆",却不以某一事件为主题将受访老师的回忆聚合,而是以完整的个人自述的形式呈现恢复高考亲历者的人生轨迹。或许这样做看似削弱了与校史主题的关联性,但因读来多了"琐碎"的细节,增加了很多人情味,更觉得真实而温暖。不同的个体生命,在时代洪流中摸爬滚打,最终奏出一支辛酸而高昂的命运交响曲。

采访过程中,团队成员数不清打过多少电话、发过多少短信和邮件,老师同意采访的欣喜和久久联系不上的怅然若失,依然记忆犹新。黄卫华老师提供给我们的南京大学七七、七八级录取名单,团队成员就抱着名单一个一个核查各个院系的官网,找出那两届毕业生、且在南大任教工作者。方法虽然笨拙,但十分有效,也因为如此,我们的采访人基本能覆盖了当时南大的所有系科。

做口述采访、整理文稿对于团队成员来说,也是一个学习的过程。受访老师中应届生很少,40年前他们准备高考的时候,大多都是白天或者在工厂做工,或者在农田干活,或者给学生教课,只有在晚上才能顶住疲惫看书学习。那时资源匮乏、条件简陋、生活艰苦,竞争又相当激烈,能够脱颖而出、跳入龙门的少之又少。他们凭借着自己智慧和积累进入南大,自然无比珍惜这个来之不易的学习机会。早起晨读英语,晚上借着厕灯学习。他们没有今天大学生那么多的娱乐生活,大家在一起写诗歌、出板报,步行去玄武湖、雨花台,从老师身上,我们可以真切地感受到南京大学薪火相传的"诚、朴、雄、伟"品格。

高考40年后,我们要感谢受访的各位老师,他们将自己的故事讲述出来,留下一段珍贵的记忆。这其中虽然文学院吕效平教授因为种种原因,委婉地拒绝了我们发表口述文稿的请求,但是依然感谢吕老师向我们分享他的高考故事。

为了更好的呈现这一主题,在"家·春秋"口述历史影像记录计划的支持下,我们还截取讲述本书中贺云翱和陈仲丹两位老师的高考故事,拍摄了纪录片《一座县城的高考记忆》。这部作品获得2017年度第三季"家·春秋"大学生口述历史影像记录大赛的"最佳口述历史采访奖"。

在此，要感谢唐建光先生、渠馨一女士对南京大学口述历史协会的支持和帮助，尤其感谢他们一直致力于积极推动全社会的力量参与到口述历史这项事业中来。

南京大学党委宣传部王明生部长，南京大学社会科学处王月清处长，南京大学历史学院张生教授、谭树林教授、孙江林书记、任玲玲副书记，以及南京大学学衡研究院孙江教授一直在扶持和推动口述历史这个新兴学科的发展，没有他们的呵护，我们无法走到今天。南京大学校史研究室牛力老师也一直在积极推动，让口述历史在校史研究中发挥更大作用。

我们在口述史采集进行过程中，还得到了南京大学教务处和双创办领导老师们的大力支持，邵进、张亚权、蔡颖蔚、董婷等老师，都曾给予很多具体的建议和立项上的帮助。南京大学生命科学院学院卢山教授，文学院曹虹教授、刘重喜书记，天文与空间科学学院解晶老师，为我们提供了不少七七、七八级校友们的联系方式并向我们推荐受访人。

2017年6月高考前后，我们的"南大口述历史"公众号每天推送两千字左右的高考故事，引起了老师、同学和社会的广泛关注。浙江大学陈红民教授、香港中文大学郑会欣教授他们一直关注我们的项目进展，随时向我们提供各种线索，推荐回忆文章。在两位老师的帮助下，我们又向十位南大历史系校友约稿，请他们帮助回忆高考前后的生活。

在此，我们向以上所有老师，致以由衷的谢忱。

这个项目的顺利进行还得到了"南京大学人文基金"的支持。

完稿之际，我们非常感激受访老师们或者占用暑期休息的时间、或者挤出公务繁忙之余接受口述史访谈，同时认真地修改采访实录稿。老师们的认真也让我们感受到沉甸甸的责任，老师们暖心的回复总是让人觉得满满的感动。

最后，还是要感谢南京大学口述历史协会的老师和同学们，特别感谢武黎嵩老师一直以来带领我们开展口述历史工作，感谢孙扬老师的学术上的具体指导。感谢我们项目组的伙伴们——朱笑言、张益偲、黄丽祺、朱雪雯、许汝南、袁缘六位同学。